作者简介

杨剑龙 上海师范大学二级教授、博士、博士生导师，中国老舍研究会副会长、中国现代文学研究会常务理事、上海市知识青年历史文化研究会副会长、上海市人民政府决策咨询特聘专家、香港中文大学客座教授、澳门城市大学特聘教授。

中国书籍·学术之星文库

新世纪初的文化语境与文学现象

杨剑龙等 ◎ 著

中国书籍出版社
China Book Press

图书在版编目（CIP）数据

新世纪初的文化语境与文学现象/杨剑龙等著．
—北京：中国书籍出版社，2017.3
ISBN 978-7-5068-6052-9

Ⅰ.①新… Ⅱ.①杨… Ⅲ.①中国文学—当代文学—文学研究 Ⅳ.①I206.7

中国版本图书馆 CIP 数据核字（2017）第 027566 号

新世纪初的文化语境与文学现象

杨剑龙等 著

责任编辑	刘　娜
责任印制	孙马飞　马　芝
封面设计	中联华文
出版发行	中国书籍出版社
地　　址	北京市丰台区三路居路 97 号（邮编：100073）
电　　话	（010）52257143（总编室）　（010）52257153（发行部）
电子邮箱	chinabp@vip.sina.com
经　　销	全国新华书店
印　　刷	北京彩虹伟业印刷有限公司
开　　本	710 毫米×1000 毫米　1/16
字　　数	323 千字
印　　张	18
版　　次	2017 年 4 月第 1 版　2017 年 4 月第 1 次印刷
书　　号	ISBN 978-7-5068-6052-9
定　　价	68.00 元

版权所有　翻印必究

目　录
CONTENTS

绪　论　新世纪初的文化语境与文学现象 ································· 1

第一章　新世纪初的生态文化与生态小说 ································· 8
　第一节　生态危机下的当代生态文学　8
　第二节　新世纪初的生态小说　22
　第三节　新世纪初生态小说评价　43
　结语：生态小说创作之展望　48

第二章　新世纪初的后现代文化与"80后"小说 ······················ 50
　第一节　撩起"80后"的神秘面纱　50
　第二节　"80后"文学的文化语境及影响　59
　第三节　"80后"文学的主题探究　69
　第四节　"80后"文学的形式观照　76
　结语："80后"文学的思考与前瞻　84

第三章　新世纪初的网络文化与网络文学 ································· 90
　第一节　众说纷纭的网络文学　92
　第二节　世纪之交的网络文学概况　100
　第三节　新世纪初网络文学的类型分析　108
　第四节　新世纪初平民网络话语的狂欢　124
　结语：网络文学何去何从　135

第四章　新世纪初的无厘头文化与戏仿文学 ················ 138

　　第一节　无厘头文化与研究　138

　　第二节　戏仿文学的"前世今生"　144

　　第三节　大话——语言狂欢和平民视线　150

　　第四节　恶搞——对现实的夸张批评　161

　　第五节　戏仿文学的社会背景和文化语境　170

　　第六节　戏仿文学解构的真实性和有限性　175

　　结语：戏仿文学的长短与前瞻　181

第五章　新世纪初的官场文化与官场文学 ················ 184

　　第一节　官场文学：别样热闹的风景　184

　　第二节　官场文化与官场文学　187

　　第三节　官场文学的文学性考察　205

　　第四节　大众文化语境中的官场文学　220

　　结语：官场文学的生命力　229

第六章　新世纪初的大众文化与传记文学 ················ 231

　　第一节　传记文学的概念及其研究现状　231

　　第二节　新世纪初的传记文学概观　237

　　第三节　新世纪初的政治人物传记　245

　　第四节　新世纪初的文艺家、学者传记　258

　　第五节　新世纪初的平民传记　269

　　结语：文化语境与新世纪传记文学创作　278

跋 ················ 281

绪　论

新世纪初的文化语境与文学现象

虽然文学并非因进入了新世纪而发生根本性的变化,但是新世纪文学作为一个概念已逐渐为人们所接受。《文艺争鸣》杂志于2005年第2期推出了"关于新世纪文学"的专栏,将"新世纪文学"作为一个新的文学概念加以讨论,学者们认为新世纪文学的提出是对新时期文学、后新时期文学的终结,具有十分重要的意义。

虽然,新世纪文学延续了新时期文学、后新时期文学的发展脉络,但是在中国社会的转型与发展中,新世纪的文学多少呈现出其新的倾向与特点,新世纪初①出现的一些新的文学现象,与新世纪初的文化语境有着重要关联,这也应该成为学者们所关注与研究的论题。

一

新世纪初,中国社会延续着20世纪90年代以来的市场经济商品经济发展的轨迹,市场与读者成为影响着新世纪初文学的基本因素,文学创作从以往的"作家——作品——市场——读者"轨迹,逐渐转变为"读者——市场——作家——作品"的过程,由出版社窥测读者阅读兴趣、策划创作选题,再请作家就某些有市场的选题进行创作,完全改变了传统的文学创作的环节链②,这对于文学创作产生了极为重要的影响。有学者指出:"20世纪90年代末21世纪初,无论在大的文化语境还是文学思潮上,都有一系列的新变化。尽管其新变往往非常微妙乃至容易被论者忽略,但其嬗变律动与其实质指向都与90年代的文化/文学思潮表现出本质的区别。"③研究这种和文化相关的文学创作与文学现象的变化,对于文学的发展具有相当的意义。

在新世纪的文化语境中,在中国社会不断加快走向全球化的脚步中,新世纪

---

① 我们将进入21世纪后最初七八年称为新世纪初。
② 见杨剑龙《新世纪文学市场化与当代小说创作》,《文汇报》2008年7月27日。
③ 张光芒:《论中国当代文学的第三次转型》,《当代作家评论》2004年第5期。

初的文化呈现出日益多元化的色彩,在大众文化流行的趋势里,在对于传统观念与道德伦理的颠覆中,人们在物质不断丰富中加强了对于个人欲望的肯定、对于个人权益的重视。

美国哲学家奥尔特加(Jose Drtegay Gasset)在《民众的反抗》一书中较早地提出了大众文化的概念。他认为大众文化主要是指在一个地区、一社团、一国家中涌现的、被一般人所信奉接受的文化,它是大众社会的产物。美国大众文化评论家伯纳德·罗森贝格(Bernard Rosenberg)将工业化了的大众社会视为一个充满了单调、平淡、平庸、丧失人性的社会,人们在富裕的生活中却充满了孤独感。大众文化通过大众媒介的表现与传达,暂时可以克服人们在现实生活中的孤独感、危机感,但它可能大大降低人类文化的真正标准。新世纪初,中国社会在经济不断发展的过程中,虽然并非如西方工业化社会是充满了单调、平淡、平庸、丧失人性的社会,但大众文化却日益成为流行的主要文化之一。大众文化以消遣性娱乐性为本位,以商业性时尚性为外表,以现实性及时性为内涵,呈现出一种日益世俗化的倾向。

由于电脑与网络越来越成为现代人生活中不可或缺的一部分,网络越来越成为人们驰骋遐想表达自我的天地,在网络上便捷地查阅资料、发送电子信、发表作品、表达见解、QQ对话、网聊等等,已形成了一种与人们新的生活方式相关的网络文化,以往报纸杂志发表文章的审查制度在网络上基本没有了威慑力,反对权威性追求自由表达成为网络文化的基本特征,随意性、粗鄙化也成为网络文化的某种倾向。

与网络相关的是当代影视的发展,与影视相关的又出现了以调侃颠覆戏仿恶搞等为基本特征的"无厘头文化",这种缘于粤语方言"无来头"无准则、无分寸的粗俗随意,在周星驰《大话西游》为代表的"无厘头"电影的影响下,迅速为社会上年轻人所追捧,影响了他们的行为方式、话语表达与审美态度,构成了无厘头文化现象。

随着中国社会经济的日益发达,自然环境的恶化、官场的腐败成为中国社会的两个重大问题,在不断翻译介绍西方生态学理论的基础中,在中国社会生态问题日益严重的现实面前,为中国社会的生态危机而呐喊,为保护生态平衡、保护自然环境而疾呼,成为一种新的文化现象,在我们只有一个地球、保护我们的家园等呐喊声中,中国的生态保护一再为有关人士所提出,生态文化已经成为当代社会文化的一个方面。在层出不穷的官场腐败案件中,这种与权力捆绑在一起的腐败,给执政者的形象带来了负面的影响,不仅对于党风党纪,而且对于社会民生都产生了巨大的危害,反腐倡廉已经成为一种社会呼声,关于官场的规则、潜规则等的说法在社会上流行,民间流行的一些茶余饭后的段子不少也是针对官场腐败的,权力、权术与权利等,成为官场文化纠结的一些基本内涵。

虽然近些年来中国作为发展中国家,在经济上有了突飞猛进的发展,在世界上获得了越来越高的声誉与影响,但是中国社会仍然处于从农业社会向工业社会的转型中,在向现代化道路迈进中。由于中国社会不断开放的政策与环境,对于西方文化的介绍引进,对于非洲文化、澳洲、拉丁美洲等国家文化的介绍与接受,形成了中国社会文化的多元与纷杂,农业文化、现代文化、后现代文化同时在中国的土地上孕育萌生,现代性理论、后现代理论的翻译介绍,反对"同一性""整体性"与崇尚"差异性"和"多元化"思潮的萌生与发展,使后现代的某些话语在中国的土壤上找到了知音。

德国社会学家马克斯·韦伯在质疑启蒙哲学时,对于现代社会作了如此的分析:"我们这个时代,因为它所独有的理性化和理智化,最主要的是因为世界已被祛魅,它的命运便是,那些终结的、最高贵的价值,已从公共生活中销声匿迹,它们或者遁入神秘生活的超验领域,或者进入了个人之间直接的私人交往的友爱之中。"[①]被祛魅了的世界已经走向了世俗化、消费性。在GDP日益增长的社会语境中,人们对于文化的需求也越来越突出,文化呈现出更加缤纷多元的色彩,这成为新世纪初的一种倾向,在以大众文化为底色的氛围中,人们各取所需地寻觅着接受着各自的精神追求文化消费,在文化日益成为一种生活需要和呈现出消费色彩时,新世纪初的中国文学也呈现出缤纷的色彩。

二

与20世纪80年代文学的铁肩担道义迥异,也与20世纪90年代文学的走向民间不同,新世纪初的文学在整体上具有平民性、狂欢化的色彩,基本不为国家民族的宏大叙事而津津乐道,而为个人的生存与娱乐而执意追求,基本不为启蒙民众的历史责任而任重道远,而为自我表达与宣泄而我行我素。

新世纪初的网络文学、戏仿文学更可以见出如上的特点。借助于互联网而发达的网络文学,已经成为新世纪一种不容忽视的文学力量,在具有相当自由度的网络文学作品发表的现状中,虽然总体上网络文学仍然比较粗糙,但是逐渐由网络成长起了不少网络作家,出现了不少有影响的网络文学作品,在市场意识中将网络文学作品印刷成为纸面文学的效应中,网络作家又有不少从网络走向图书市场,推动了网络文学的发展与兴盛,加上网络文学稿酬制度的发展,进一步刺激了

---

① 马克斯·韦伯:《学术与政治》,三联书店1998年版,第193页。

网络文学的创作。慕容雪村、清秋子、夏岚馨、大姐、深爱金莲、江树、海水群飞、不K拉、云天空、安琪父亲、永恒玫瑰、六月飞雪等，成为网络写实作品的代表；罗森、天下霸唱、萧鼎、萧潜、老猪、烟雨江南、玄雨、树下野狐、苏逸平、景旭枫、阿越、波波、骑桶人等，成为网络玄幻小说的代表。他们在网络上驰骋他们的遐思、发挥他们的才智，构成了网络文学众声喧哗的话语空间。

在"无厘头文化"背景中产生的戏仿文学，成为新世纪初的一道有趣的景观，甚至成为人们茶余饭后的谈资，电影《大话西游》之后出现了诸多戏仿作品：《东方时空内部晚会》《一个馒头引发的血案》《鸟笼山剿匪记》《为人民币服务》《大话李白》《大话三国》《水煮三国》《Q版语文》《Q版史记》《玩转三十六计》《搞定孙子兵法》《春运帝国》《闪闪的红星之潘冬子参赛记》《中国版自杀兔》《布什与猩猩的惊人相似之处》《武林外传》《疯狂的石头》《大电影之数百亿》《人体成为地球最后的水源》等，在竭尽调侃、戏谑、嘲弄、颠覆之能事后，在狂欢化的语言表达中，却也有对于诸多社会现象文化现象的愤懑与讥刺。

新世纪初的文坛上，"80后"文学已经成为不可小觑的文学阵营，他们的创作大多以其个人生活为半径、以个人体验为核心，基本呈现出以青春叙事、成长叙事为基调的青春文学，弥补了中国文坛历来有成人文学、儿童文学，而缺少青春文学的遗憾，也使他们的作品拥有众多青少年读者，在中国独身子女的氛围中，形成了他们作品令前辈作家惊诧的市场发行量，在名利双收的诱惑中，也吸引了更多的年轻写手加入这个阵营中，出现了李傻傻、郭敬明、张悦然、韩寒、春树、孙睿、小饭、蒋峰、周嘉宁、苏德等有影响的"80后"作家，在他们的创作颠覆传统、宣泄欲望、自我迷恋、自我标榜、孤独意识、悲观情绪等色彩中，一定程度上呈现出现代与后现代文化的某些特点。

从某种角度说，新世纪初的官场文学、传记文学与大众文化的流行密切相关，虽然官场文化成为官场文学的根基，但是人们对于官场腐败的憎恶、对于官场内幕的好奇，成为官场文学走俏市场的原由之一。陆天明《大雪无痕》《省委书记》《高纬度战栗》，周梅森《绝对权力》《国家公诉》《至高利益》《我主沉浮》，王跃文《梅次故事》《西州月》《官场春秋》《官场无故事》，张平《国家干部》，汪宛夫《机关滋味》，范小青《女同志》，肖仁福《待遇》等，成为新世纪官场文学有影响的作品。新世纪初传记文学的兴盛呈现出两种倾向，一种延续了以往对于领袖、名人的崇敬与关注，出现了诸多此类传记：毛新宇《爷爷毛泽东》，孔冬梅《我心中的外公毛泽东》《毛泽东与贺子珍》《与王海容谈毛泽东外交往事》，毛毛《我的父亲邓小平》，韩石山《徐志摩传》，陈廷一《宋氏三姐妹》《贺氏三姐妹》《周氏三兄弟》《蒋氏父子》《宋氏三兄弟》等。新世纪出现诸多电视主持人传记，如倪萍《日子》、赵忠祥《岁月情缘》、敬一丹《声音——一个电视人与观众的对话》、水均益《前沿故事》、杨澜《临海凭风》、崔永元《不过如此》、白岩松《痛并快乐着》等。一是拓展了对于平民人生的兴趣与书写,出现了诸多平民传记:刘红庆、王景春《向天而歌:太行盲艺人的故事》、刘邦立《我是北大四不像》、陆步轩《屠夫看世界》、李崇安《牵手一家人》、母国政《岁月剪贴》、陈丹燕《上海的红颜遗事》、胡辛《网络妈妈》)、陈燕《耳边的世界》、路福《路福记事》、国亚《一个普通中国人的家族史(1850—2004)》、陈子衿《一个和生命奋战的勇敢灵魂》、杨孟勇《一位心脏移植者的自述》等。

与其他文学作品相比较,新世纪初的生态文学是最具有忧患意识的,作家们面对环境污染的日益严重,面对生态危机的不断呈现,纷纷加入到生态文学创作的行列中,出现了不少有鲜明生态意识的生态文学作品:姜戎《狼图腾》,杨志军《藏獒》《远去的藏獒》,郭雪波《狼孩》《银狐》,雪漠《大漠祭》《猎原》《狼祸》,叶广芩《山鬼木客》《老虎大福》《黑鱼千岁》《猴子村长》,李传烽的《红豺》,温亚军的《寻找太阳》《驮水的日子》,陈应松《豹子最后的舞蹈》《松鸦为什么鸣叫》《狂犬事件》《马嘶岭血案》《太平狗》《独摇草》,李晋瑞《原地》,张炜《鱼的故事》等,这些作品在对于生态环境恶化的描写中,表达了保护自然保护生态平衡回归自然的企望。

新世纪初的文学现象是多元的、复杂的,我们在此列举如上的文学现象,只是关注到新世纪初文学的某些方面,并未注意到新世纪初文学的全部,并且大多仅关注小说文本,未对于诗歌、散文、话剧、报告文学等文学体裁予以关注。

三

我们梳理新世纪初的文学创作,意在观察新世纪初文学发展的趋势与走向,在总结此阶段文学创作的某些症候时,评说在新世纪初文化语境下文学创作的长与短,以引导新世纪文学健康有序地发展。

在新世纪多元化的文化语境中,文学创作也具有多元化的色彩,但是又一定程度上呈现出某些共性。

新世纪初的文学创作在忽略传统的启蒙、教育等职责时,注重文学的自我表达与娱乐特性。中国文学历来强调启蒙的传统、教育的功能,自梁启超提出文学新民说以来,中国文学就承担着极为沉重的重任,在救亡图存的民族现实危难面前,文学就担负着种种不堪的负荷。就是在新时期,文学在控诉"文革"伤痕、反思历史灾难、面对改革现实时,仍然具有着这种启蒙或教育的企望。自20世纪90年代以来,中国社会加快了市场经济商品经济的步伐,文学成为商品已经成为一个不争的事实,文学逐渐摆脱了以往政治功能教育功能的窠臼,突出了娱乐功能消遣功能。进入了新世纪,网络文学、戏访文学、"80后"文学等大多注重自我的表达,努力抒写自我的生活与情感,注重靠拢自我的生活与体验,注重文学本身的娱乐性特征,文学变得越来越轻松,文学脱下了以往启蒙、教育等沉重的外套,而注重以戏谑的、调侃的、诙谐的笔调,叙写人生抒发情感。

新世纪初的文学创作在忽略传统的经典性、贵族气等追求时,注重文学的个人化、平民性。在西方文学的影响中,中国20世纪文学整体上逐渐走着一条欧化的道路,在传统的通俗文学被鄙视、被歧视中,中国新文学注重文学的经典性,呈现出鲜明的贵族化色彩,无论是语言的表达,还是思想的建构,从总体上背离了"五四"初期为启蒙民众的文学大众化企图。新世纪文学在20世纪90年代文学的轨迹上前行,文学创作已并不将经典性作为追求,只要将自己的真实生活与真切感受写出来,就达到了表达自我的目的。新世纪初的文学,呈现出鲜明的个人化的特征,无论是"80后"的创作,还是"戏仿文学";无论是生态小说,还是网络文学,都可以见出创作者独特的个性特征。在新世纪初的文学创作中,呈现出鲜明的平民意识,作品常常描写社会底层人生,官场文学在对于官场生活的描绘中,其实关注的是百姓的利益与眼光;传记文学中出现了诸多以普通平民百姓为传主的作品,屠夫、盲艺人、普通百姓都成为传记文学的描写对象;小说创作也常常将眼光靠拢平民,鲜有贵族气,而多了平民色彩。商业文化产业"用平民主义来巩固自身的文化折中主义基础……它卖出自己的产品时宣传的是人人都有权拥有自己的趣味,可以自由地按自己的方式享受快乐"[①]。

新世纪初的文学创作在忽略传统的崇高性、史诗性等风格时,注重文学的平易性、世俗化。晚清以降,中国文学就越来越注重崇高性、史诗性,将民族、国家作为作家描写的主要对象,在救亡图存中,让文学承担拯救国家危亡国民性改造的历史重任。就是新时期的文学,也常常在反思、寻根等文学潮流中,注重写出民族文化、民族发展的历史,在史诗性的创作中呈现出崇高的美学风格。新世纪初的文学,淡化了崇高与史诗,而强化了平易性与世俗化,作家注重描写普通人物的普通生活,几乎没有宏大悲壮,只有平平常常、普普通通,小说创作不执意追求跌宕起伏的情节、大开大阖的人物命运,而描写最有生活质感的普通人生。无论是"80后"文学的成长经历,还是网络文学的家长里短;无论是戏仿文学的异想天开,还是传记文学的平庸无奇,作家都老老实实地叙写出来,不注重惊心动魄,只要求有

---

① 莱恩·昂:《〈达拉斯〉与大众文化意识形态》,见罗钢、刘象愚主编《文化研究读本》,中国社会科学出版社2000年版,第395页。

血有肉。

　　新世纪初的文学在多元文化的语境中,呈现出其独特的光与彩。新世纪初的文学注重文学自我表达与娱乐性,脱下了以往文学过于厚重的道袍与盔甲,使文学回到其原初的境地。新世纪初的文学注重文学的个人化、平民性,使20世纪30年代后文学逐渐强化的阶级性群体性得到了改观,突出了文学个人化个性化的特征,也使"五四"时期周作人提出的平民文学倡导真正得到了实施。新世纪初的文学注重文学的平易性、世俗化,洗净了以往文学伪善的油彩,将文学本真的、切实的面容呈现了出来,在世俗化的叙写中使文学充满了生活的真实与生动。

　　当然,我们也应该看到新世纪初文学的某些不足,在过于强调个人欲望的满足中,往往忽略某些社会的责任;在注重文学娱乐性时,又常常以过于随意的恶搞、戏谑展开戏说,使文学有时简单化地变异为一种笑料;在注重创作的个人化时,有时却极端突出个人的物欲追求,而忽略自我的修养;在注重文学的平民性时,往往又降格以求,缺乏对于平民社会的批评与针砭;在关注文学的平易性、世俗化时,有时将文学等同于生活的录写,甚至将世俗化等同于庸俗化,文学变得粗疏粗糙,缺乏对于文学精致化、经典化的追求。

　　新世纪初,在中国社会的转型过程中,文学也处于一种转型的阶段。在中国社会步向现代化的过程中,文学创作也逐渐发生着变化。

第一章

新世纪初的生态文化与生态小说

在全球生态危机的背景下,世界生态文学得到了迅速的发展。新世纪以来,处于中西生态思潮交汇的中国生态小说也持续发展。本文通过对这一时期生态小说的背景诠释和特征概括,梳理了这类小说在表现生态危机深层根源、反人类中心主义、人与自然关系等方面的作用,指出其在取得了一定的成就的同时,也存在着创作根基不深、科学理性淡薄、参与程度低下等不足。一方面从微观上分析作家作品,一方面从宏观上梳理新世纪以来生态文学的状况,有利于进一步拓宽生态批评的视阈,为逐步建立起本土的生态批评文化提供一定的参考。

第一节 生态危机下的当代生态文学

一、中国当代生态文学研究综述

从世界范围里看,我国的生态文学研究起步相对较晚,这和地区现代化进程有关,因此其在国内的发展也参差不齐,如台湾的工业化起步较早,其"环保文学"早在20世纪80年代就已经蔚然成风,而大陆的生态写作自80年代中后期才逐渐兴起,至90年代才稍具规模,生态文学的创作在质和量上都没有形成气候,研究的开展自然相对迟缓。

近年来我国生态文学研究大致可以归为几类:

一是对相关生态文学的理论译介、对话和研究。所谓相关生态文学的理论,是因目前与生态交叉的学科其形态并不稳定,尤其是和文学边缘交错的哲学、文艺学、美学、伦理学等研究还不能形成学科架构,视为一种批评角度似更为妥当。国内生态批评理论的研究,主要是译介和对话。欧美数十年来纷繁复杂的生态理论和声势浩大的环保运动,都是后来者不可或缺的借鉴经验。在今后相当一个时期内,我国的生态批评理论研究无论从深度还是广度上都需要保持开放的姿态,进行"拿来主义"式的积累和建设。这方面的成果较多,也最为复杂:如鲁枢元的《生态文艺学》①寻找文学研究和社会生活相结合,提出了"生态学的人文转向"、"后现代是一个生态学时代"以及"重建生态乌托邦"等重要思想。余谋昌的《生态哲学》②从历史、政治、经济的层面分析了生态文化的内涵,并相应地从精神、制度、物质等层次提出了建设生态文化的策略。雷毅的《生态伦理学》③从环境和人类文明的关系、现代环境运动的兴起等方面表明当代人类需要新的人与自然关系。此外,曾永成的《文艺的绿色之思——文艺生态学引论》④,王进的《我们只有一个地球——关于生态问题的哲学》⑤等专著都是此类批评的代表。此外,"王诺的《生态批评:发展与渊源》、朱新福的《美国生态文学批评述略》、梁坤的《当代俄语生态哲学与生态文学中的末世论倾向》、刘蓓的《生态批评研究考评》等论文,都有一些新的见解:宋丽丽直接与西方生态批评家对话的文章,特别是王诺的西方生态批评专著《欧美生态文学》都是很有见解的生态批评研究成果。不仅如此,从事西方生态批评研究的学者还特别注重对西方生态文艺创作和生态文艺批评的推荐介绍,如《世界文学》2003年第3期,有一辑就是"美国生态文学小辑",清华大学出版的《新文学史》丛刊就设有"生态批评"专栏,选载英美生态批评译文。这些有关西方生态批评的研究和介绍,为中国21世纪生态批评发展提供了重要的参照系⑥。

　　整体上看,国内的生态批评还是理论色彩不足、感悟多而理性少。尽管国内学界都期望能够在这股生态文论的潮流中,一扫长期以来的"失语"状态,主动贡献有中国特色的生态研究成果,但是目前的进展比较迟滞。新世纪以来,将文学置于生态圈视阈内的生态批评,深入研究文学和自然环境之间的联系,以其开放、批判、广泛的视阈追求人类生存的终极关怀,生态批评尽管没有成为主流的社会力量,但一直受到重视和响应,在深度和广度上小有开拓。虽然因为"生态"一词带有流行的色彩,但实质性的建设少,发掘思考的少,套用概念的多。

　　二是对著名生态作家和经典生态作品的解读。这方面主要包括国内外生态文学的批评实践。近半个世纪以来,从蕾切尔·卡森《寂静的春天》拉开生态文学

---

① 鲁枢元:《生态文艺学》,陕西人民教育出版社2000年版。
② 余谋昌:《生态哲学》,陕西人民教育出版社2000年版。
③ 雷毅:《生态伦理学》,陕西人民教育出版社2000年版。
④ 曾永成:《文艺的绿色之思——文艺生态学引论》,人民文学出版社2000年版。
⑤ 王进:《我们只有一个地球——关于生态问题的哲学》,中国青年出版社1999年版。
⑥ 彭松乔:《科学发展观视域下的中国21世纪生态文艺批评》,参看中国环境生态网http://www.eedu.org.cn/Article/ecology/ecoculture/ecostudy/200609/9642.html。

的序幕,当代欧美生态文学的舞台已经演绎了近半个世纪的宏大旋律,西方生态文学已经成为全人类有目共睹的华彩乐章。毋庸置疑,借鉴和研究西方的生态文学成为各国研究者不可回避的重要内容之一,文本的译介和解读是重要的途径。但是和生态理论的受到的"重视"颇有不同,国内对这些经典文本的翻译相对冷漠、鲜有人问津。这种失衡从国内较有影响的"绿色经典文库"便可窥见一斑,两辑16本书属于文学范畴的只有5种,还不到三分之一。如果进一步分析,其中徐刚的《伐木者醒来》是国产的,剩下的《瓦尔登湖》《我们的国家公园》都是19世纪的作品了,《沙乡年鉴》《寂静的春天》是20世纪前期和中期的作品,但是从中也可窥见我国和当代西方生态文学的整体性隔膜。

目前国内对西方生态文学的研究有一定局限性,其主要成果集中在三个方面:首先是对世界名著进行生态角度的再批评。作品大致包括了莎士比亚的《李尔王》[1]、雨果的《悲惨世界》[2]、麦尔维尔的《白鲸》[3]、海明威的《大双心河》[4]、托尔斯泰的《复活》[5]等等,以此为对象探讨生态文学,捕捉其中被长期遮蔽的生态理念,确实别开生面、耳目一新。这其实也是西方学者目前研究生态文学的主要方式之一,通过经典文本的诠释深入细致地捕捉长期深埋的生态"矿藏"。他山之石,可以攻玉,通过这种借鉴一方面可以快速累积起一定数量的文本积淀。需要指出的是,由于文本的外来性质,这些批评原创的空间并不大,其中多数作品已经为西方生态研究者进行过细致的解读,况且他人之酒虽可浇一时之块垒,但是也容易落入窠臼,往往出现从理论架构到文本选择都亦步亦趋的状况。

其次是对当代优秀生态作家的介绍、研究。这部分的研究一般具有较大的原创性和借鉴性,因为其中有相当一部分的作品并未翻译成中文,故而这种研究本身就带有译介传播的性质,值得引起必要的重视。厦门大学的王诺教授访美归来的专著《欧美生态文学》,是国内第一部欧美生态文学研究专著,以素描式的手法鸟瞰当代英美生态文学前沿的动态、观念、意识,并辟出一章扫描了法国、德国、加拿大、苏联和美国的生态文学创作概况。他在《中国绿色时报》上连续发表的《生态文学十二讲》[6],介绍了俄罗斯作家阿斯塔菲耶夫的《鱼王》、艾特马托夫的《死刑台》、瓦西里耶夫的《不要射击白天鹅》、美国作家爱德华·艾比的《沙漠独居

---

[1] 徐晓霞:《生态批评视阈下的〈李尔王〉》,《甘肃联合大学学报》,2005年第3期。
[2] 任秀芹:《雨果〈悲惨世界〉中生态环境透视》,《云南师范大学学报》,2004年第4期。
[3] 邹渝刚:《白鲸的生态解读》,《山东大学学报》,2006年第1期。
[4] 田一万、朱荣华:《〈大双心河〉的生态解读》,《廊坊师范学院学报》2004年第3期。
[5] 李文富:《〈复活〉的文艺生态价值解析》,《渝西学院学报》2005年第1期。
[6] 王诺:《生态文学十二讲》,参见"博克网"http://column.bokee.com/106606.html。

者》、北美印第安人的《西雅图宣言》、法国作家加里的《天根》、加拿大著名女作家阿特伍德的《"羚羊"与"秧鸡"》、法利·莫厄特的《鹿之民》等对国内来说还相对陌生的生态作品。此外,这类研究对象还包括了美国当代作家安妮·迪拉德的《汀克溪的朝圣者》①,唐·德里罗的《白噪音》②,美国现代作家薇拉·凯瑟的《我的安东尼亚》③等。通过这些研究,使国内学界迅速把握国际生态文学发展动向,但是此类论文目前相对较少,关注的作家作品较为局限,选择视阈相对狭窄。

再是研究一些生态文学的潮流,目前研究比较集中的是关于欧美浪漫主义诗人和当代女权生态主义的讨论。前者关注以纯朴的感情激发人与自然间的和谐,如华兹华斯的《丁登寺》④、济慈的《秋颂》⑤都是备受关注的对象;生态女权主义逐步已成为当代显学之一,涉及文本的如美国小说家珍妮·斯梅蕾的《千亩农庄》⑥、英国小说家约翰·福尔斯的《收藏家》⑦等等,将矛头指向以征服者的姿态掠夺自然的父权主义传统。此外是对一些具有典范性意义的生态作品进行反复阅读探究。如梭罗的《瓦尔登湖》,仅近几年就被解析了数十次之多,但是"开垦"虽然频繁,批评的角度、观点则大同小异。

国内的生态文学文本解读目前还处于比较原始的阶段,较少见到经典的现当代文学作品的生态阐述,大部分的文本批评往往潜伏在"自然""绿色"等名目下。"生态"作为一种人类的精神烙印,已经深深存在于各种文化现象中,以中国的现当代文学为例,不乏可供生态目光打量的文本。现代文学史上有不少弥足珍贵的生态文学文本,如郁达夫的小说经常在批判的主题下流露出对自然的眷恋,许地山和废名因为宗教的体验往往表现出一种超越自身的悲悯。鲁迅、周作人、郭沫若、宗白华、冰心、王统照、徐志摩、丰子恺、沈从文、冯至等都可以不同程度地罗列其中,他们的小说作品或多或少地在生态文学领域内占有一席之地。尤其是沈从文已经引起了当代生态文学研究者的重视,《边城》《长河》已被视为现代中国的生态经典作品一再被解读。类似的作家还可以提到林语堂,之前一直放在东西文化的背景下展开诠释,鲜有人纯粹从生态视野来剖析他的"山地情节"、塑造"自然人"的意识和小说叙事中展示的生态伦理思想。从 20 世纪 80 年代开始到目前的

---

① 张建国:《〈汀克溪的朝圣者〉与后现代主义》,《外国文学研究》2005 年第 2 期。
② 朱新福:《〈白噪音〉中的生态意识》,《外国文学研究》2005 年第 5 期。
③ 孙宏:《〈我的安东尼亚〉中的生态境界》,《外国文学评论》2005 年第 1 期。
④ 赫荣菊:《析华兹华斯的〈丁登寺〉中的人与自然》,《赤峰学院学报》2005 年第 6 期。
⑤ 陈葵阳:《谈〈秋颂〉的意象功能与生态背景》,《山东外语教学》2005 年第 2 期。
⑥ 左金梅:《〈千亩农庄〉的生态女权主义思想》,《当代外国文学》2004 年第 3 期。
⑦ 张峰:《约翰·福尔斯小说〈收藏家〉的生态女性主义解读》2004 年第 5 期。

生态创作，从白族作家张长在1980年发表的一篇以森林保护为主题的《希望的绿叶》开始，中国的生态小说日趋繁荣，但是目前只有徐刚、李青松、苇岸、郭雪波、胡发云、满都麦、乌热尔图、沈石溪、刘先平、王治安等数十人的作品，被不同程度地解析过。

　　总体来看，我国的生态批评存在着文本选择视阈狭窄、批评角度单一、诠释模式简单的弊病，导致丰富的文本解读过程趋向单调雷同。尤其是对国内的生态文本缺乏深入研究。事实上，西方的生态文学研究往往是宏大的理论构建和细微的文本解读相辅相成，前者提供视角与理论观照发掘文学史上被湮灭的作家作品，后者通过具体的诠释为理论奠定基础。从这个意义上来看，中国当代生态文学批评上的不少欠缺，就是来自实践上的"先天不足"，没有一定程度的本土批评的积累，很难生成有自身特色的生态批评理论，从而导致遮蔽了中国生态文学的创作与发展。

　　三是对国内生态文学发展轨迹的梳理。鉴于国内的生态批评实践的不足，生态文本资源呈现出贫乏的状态，当代的生态文学研究一方面应该从微观上评说作家作品，大力发掘文学史中被遗忘的"生态死角"，逐步发掘确立一批经典的生态文学样本；一方面从宏观上梳理国内生态文学的状况，理清我国近百年来生态文学的脉络，有利于拓宽研究的视阈。在目前生态理论研究领域众说纷纭、百家争鸣的阶段，通过这类梳理活动，推动作品的解读，形成文本诠释——梳理批评——理论研究的良性动态循环模式。

　　文学作为社会人生的反映，生态文学在当代呈现出"显性"的特征，而在近现代的历史中往往以"隐性"的方式存在。国内以生态眼光打量现当代文学的，是皇甫积庆等合著的《20世纪中国文学生态意识透视》①一著。此后陈旋波的论文《生态批评视阈中的20世纪中国文学》②从生态批评的维度重新审视一个世纪以来的文学进程，钩沉湮没在启蒙、救亡等社会历史命题中的生态主义脉流，反思现代化进程中被遮蔽的生态伦理，透视历史转型期间生态美学的缺失，从而揭示了中国现当代文学潜隐复杂的历史价值和生命价值。文章着重探究了西方生态思潮的影响，以相关著述的译介和出版为叙述线索，回顾了中国生态文学曲折多变的进程：从世纪初具有"生命反思"特征的怀疑主义者王国维和章太炎肇始，逐一梳理了郭沫若、宗白华、冰心、王统照、郁达夫、徐志摩、许地山、丰子恺、废名等，探究了周作人、沈从文、冯至等现代作家受到泛神论、浪漫主义诗学、存在主义等思

---

① 皇甫积庆等合著：《20世纪中国文学生态意识透视》，武汉出版社出版2002年版。
② 陈旋波：《生态批评视阈中的20世纪中国文学》，《创作评谭》2004年第4期。

潮影响下独特的生态理念和创作情况；重点分析了当代文学在西方生态哲学思潮影响下的有力回应，如80年代"寻根文学"中贾平凹、郑义、乌热尔图、张承志、李杭育等人的自然生态地域作品的创作，90年代徐刚、马役军、江浩等生态报告文学的兴盛，和贾平凹、张炜、李国文、刘恒、郭雪波等纯文学形态的生态作品的问世。

其次是当代的生态文学发展梳理。此时期生态理论界虽然较热闹，但是很多基本的问题并未得到解决。有些研究侧重从文体概括，齐先朴《简论当代生态散文》①，着眼于当代散文创作中生态题材和主题的分析，列举了冰心、冯骥才、周涛、李存葆、张炜、苇岸、王晓妮等人姿态各异的作品，尤其以周晓枫的"动物系列"为例分析了当代生态散文在观念、角度、抒情方式上的特征和变化。温阜敏、饶坚的《中国生态文学概说》②一文，从概念、内涵、特征、审美价值等方面作了探讨，对今后的发展趋势作了展望，但是对生态作家的创作现状一笔带过。总之，这类论文往往侧重梳理思潮和理论的变迁，而对具体的创作情况常常一笔带过，罗列作家众多，涉及作品甚少。

近年来中国生态文学研究与国际学界的差距正在逐步缩小，尤其是21世纪人类的整体生态自然观发生了新转变，人们将眼光重新投向东方的生态传统与思想，希冀从中找出全人类的出路。这无疑给中国生态批评学界一个参与国际的机遇，将中国的天人合一的生态智慧与西方学术研究接轨，在立足本土扎实研究的基础上，通过译介——对话——文本诠释——梳理批评——理论研究等多方面的努力，形成有自身特色的跨文化生态批评理论。

二、全球生态危机与生态文学

2000年，英国利物浦大学的教授乔纳逊·贝特在《大地之歌》中写道："公元第三个千年刚刚开始，大自然已经危机四伏。大难临头前的祈祷都是那么相似……全球变暖，冰川和永久冻土融化，海平面上升，降雨模式改变，暴风更加凶猛。海洋被过度捕捞，沙漠迅速扩展，森林覆盖率急剧下降，淡水资源严重匮乏，物种加速灭绝……我们生存于一个无法逃避有毒废弃物、酸雨和各种有害化学物质的世界。"③对此，贝特质问道："我们究竟从哪里开始走错了路？"④

20世纪是人类史上前所未有的高速发展阶段，科学上取得一系列突破后，技

---

① 齐先朴：《简论当代生态散文》，《济宁师范专科学校学报》2004年第2期。
② 温阜敏、饶坚：《中国生态文学概说》，《韶关学院学报》2004年第1期。
③ JonathanBate：The Song of the Earth，Harvard University Press，2000，Cambridge 转引自王诺《欧美生态文学》，北京大学出版社2003年版，第1页。
④ 同上。

术成为现代人类的共同"图腾"。从工业革命时代开始成为人类改造和利用对象的自然界,已经进一步沦为被肆意攫取的仓库和承受污染的垃圾场。"人类将自己视为所有物质的主宰,认为地球上的一切——有生命的和无生命的,动物、植物和矿物——甚至连地球本身——都是专门为人类创造的。"①当这种以人类中心主义为核心的发展模式逐步取得辉煌成就之际,伴随而来的是资源短缺、环境污染、生态破坏、精神堕落等重重危机。在人类渴望技术进步的强烈的诱惑中,这种危机已经开始呈现出失控的趋势。"(工业革命的)高生产率往往伴随着对人类生态环境的高破坏性,它的有效性和优势性通常只具有短期效应……可以断定,工业革命的价值将随着人类生态危机的加深而越来越受到人们的普遍怀疑。"②这种怀疑如今已经随着地球生态环境的危机四伏,普遍激起人们的生存焦虑,当代的生态文学正是在这样的背景中衍生壮大的。

当代生态文学的兴盛也是文学自身发展的结果。人类社会在经历了数百年疏远自然、改造自然的历程后,出现了重新回归自然、顺应自然的转折,开始重视构建自然与文学的关系。生态危机的日益加剧促进了全球生态文学的繁荣,生态文学以其开阔的视野和独特的角度成为当代人本主义和科学主义新的"融点",将"文学是人学"推进为文学也是自然之学、生态之学的境界。"人的文学"因此开始脱离单纯指"人"的藩篱,而转为真正意义上的生命书写,其区别在于,之前人类文学中对生命的歌咏其本质上还在局限人自身,立足点还仅仅是人,而现在自然与人成为互动的主体或者系统,生命现象成为人直面的对象而非附属的傀儡。这一变化的结果便是生态思潮和文学观念的彼此交融,生态文学也由此而兴盛。

何谓"生态文学"?"生态"一词的词根源于希腊语"kikos",意为"家"。1866年,由生物学家恩斯特·海克尔用这个词研究概括"三叶草""金龟子""花斑鸠""黄鼠狼"之间的生存循环关系,形成了生态学的雏形。此后,随着地球生态环境的日益恶化,这门科学开始聚焦于生物有机体与其生存环境的关系上,并逐步形成独立的学科。20世纪初,生态学进入了社会科学的领域,涉及政治、经济、文化各个方面,形成了崭新的世界观,这种观点投射到文学艺术上,便形成了具有现代意义的生态文学。生态文学目前名称较多,由于国家、地区、时代不同,故而类似的概念还有"环境文学""环保文学""公害文学""自然书写""大自然文学""绿色

---

① Rachel Carson Of Man and the Stream of Time Frederick Ungar Publish, New York, 1983, p.120,转引自耿潇《劳伦斯的小说与生态伦理问题》,《重庆工商大学学报》2005年第5期。

② 赵林:《告别洪荒——人类文明的演进》,东方出版中心1999年版,第34页。

文学"等等,所指虽然相似,但是内涵颇有不同。如"公害"一词多为英国、日本等地所用,顾名思义着眼于揭露环境污染,因而侧重纪实性写作,术语的外延和内涵都比较狭窄;而"自然书写"多为美国学者认同,但是思想和体裁上失之过于宽泛。

我国目前比较通行的是"环境文学"和"生态文学"两种提法。前者是1984年我国作家高桦首次提出①,沿用至今,目前的社会认同度比较高,甚至也为官方认可,如2003年我国举办了首届"环境文学"奖。这和中国当下环境污染问题的突出有较大关联,由于当代文学对环境的变化多数停留在被动记录和感性认识上,故而此提法迅速得到一定的认同。后者目前多为学术界所常用,并有逐渐普及的势头。"环境文学"的问题首先在于环境的概念比较宽泛,指的是"周围的地方或者周围的情况和条件"②,并不能和自然等同,无法准确地建立人和自然的探讨关系;其次是环境和生态在内涵上有细微的差异。生态研究者格罗特费尔蒂认为:"'环境'是一个人类中心的和二元论的术语。它意味着我们人类位于中心,所有非人的物质环绕在我们四周,构成我们的环境。与之相对,'生态'则意味着相互依存的共同体、整体化的系统和系统内各部分之间的密切联系。"③因此,以"环境文学"为名,容易使文学中的生态学主题走向片面、狭隘,也不利于人和自然关系的深入探讨。

"生态文学"则以其生态整体主义的反人类中心主义为特征,提倡人类以生态系统的整体利益和内在规律去衡量价值、约束人类的活动。对于生态文学的定义目前说法较多,侧重点也各有不同。有的倾向于从现代化进程的角度审视人和自然的关系:"生态文学是特指诞生于工业化进程造成的现代自然生态危机和精神生态危机的背景下,通过对人与自然关系的描写来映现人与社会、人与人、人与自我等关系,表现人类所面临的自然生态危机及其背后所蕴涵的深层的精神生态危机,对自然、人、宇宙的整个生命系统中处于存在困境的生命进行审美观照和道德关怀,呼唤人与自然、他人、宇宙相互融洽和谐,从而达到自由与美的诗意存在的文学。"④有的侧重从学科交叉角度来诠释生态环境与人的互动:"生态文学有狭义和广义之分。狭义的生态文学主要是阐述人与自然和谐或不和谐关系的文学作品。这里的自然指的是大自然中的动物、植物、山川、水域、空气等生态环境,即

---

① 温阜敏、饶坚:《中国生态文学概说》,《韶关学院学报》2004年第1期。
② 《现代汉语词典》,商务印书馆1996年版,第550页。
③ Cheryll Glotfelty & Harold Fromm(ed.):Yhe Ecocriticism Reader:Landmarks in Literary Ecology. The University of Georgia Press,1996,Athens,p. xx. 转引自王诺《欧美生态文学》,第4页。
④ 张丽军、乔焕江:《生态文学诞生根源探析》,《长春大学学报》2004年第5期。

物理圈和生物圈。广义的生态文学包括有关所有的'生态圈'的文学作品。它是在狭义生态文学的基础上衍生出来的。除人与自然即'物理圈'、'生物圈'的关系之外,它还关注包括'科学圈'和'精神圈'等层面的内容。"①王诺在《欧美生态文学》一书中概括了生态文学四个方面的特征:第一,生态文学是以生态系统的整体利益为最高价值的文学;第二,生态文学是考察和表现自然与人的关系的文学;第三,生态文学是探寻生态危机的社会根源的文学;第四,生态文学在很大程度上可以看成是表达人类与自然万物和谐相处的理想、预测人类未来的文学②。并由此得出目前较为准确的生态文学定义:"生态文学是以生态整体主义为思想基础、以生态系统整体利益为最高价值的考察和表现自然与人关系和探寻生态危机之社会根源的文学。"③

生态文学的概念,首先明确了判断是否生态文学的尺度,其次有利于揭示文学与自然的渊源,再者着眼于探寻生态危机的社会根源和破解方式,指出了生态文学对于维护生态系统的整体平衡作用。当然,这个定义也有值得商榷之处,如几乎全部解析术语中"生态"的含义,而忽视了对"文学"的本体诠释。或许作者觉得生态文学简而言之是以文学表达生态思想的载体,由于目前生态文学的表达方式和传统文学没有显著差异,故而没有进一步展开讨论。文学是一个在历史中不断变化和建构的概念,尤其是在当代生态批评的视野中,生态文学的哲学基础、知识图景等都是有所变化的。乔森纳·卡勒认为:"文学就是一个特定的社会认为是文学的任何作品,也就是由文化来裁决,认为可以算作文学作品的任何文本。"④因此这个定义从宏观上看缺少前瞻性,没有预留对生态文学发展的想象空间,微观上忽略文学的审美特征,如对布伊尔给出的文本描写着重"一种独特的感受过程"⑤的观点,采取主动忽略的态度。正如有学者指出:"生态文学之于生态学,自然有个恪守基本原则和规范的问题,不能像一般文学那样作倏忽意兴的创造,但它毕竟是文学而不是生态学,需要凭借情感和形象凸现自我的功能价值……对于生态文学来说,它的主要价值不在写了什么样的生态而是怎样写生态,即怎样根据自己对现实生态的切身体验和感受,通过写情和写人的审美中介将生

---

① 方军、陈昕:《论生态文学》,《中南民族大学学报》2003年第2期。
② 王诺:《欧美生态文学》,第7—10页。
③ 同上书,第10页。
④ 乔森纳·卡勒:《文学理论》,李平译,辽宁教育出版社1998年版,第23页。
⑤ Lawrence Buell:The Envioronmental Imagination:Thoreau,Nature Writing,and the Formation of American Culture,Harvard University Press,1995,Combridge,pp.7-8. 转引自王诺《欧美生态文学》,第7页。

态转换成审美话语。真正的生态文学,它的所有有关的生态的思维理念都被充分地情感化、形象化了的,因而它的生态叙事既是生态的,更是审美的,具备了文学作为人学应有的情感和美感、温暖和魅力。"① 也就是说,生态文学不应该只是生态学理论在文学上的反映物,不仅仅是生态和文学的简单沟通,而是应该力图辟开一种新的文学视野。从这个意义上来说,处于变化发展中的生态文学内涵具有模糊性和不稳定性,因此本文更倾向于将生态文学界定为:生态文学是一种以人类生态理论和文学想象结合为基础、以探寻人和自然关系为目的、以生态生存的审美和情感为依托的文学样式。这个定义一定程度上可以缓解目前生态理论和生态文学之间缺乏兼容性的现象,有利于建立起一种生态现象和生态认知、情感和审美融为一体的诗性思考,某种程度上更为符合文艺理论家童庆炳对这类创作的感受:"一种崇尚生命意识的文学,崇尚人与自然生命力活跃的文学,崇尚人与自然和解与和谐的文学。"②

三、国外生态小说扫描

如何应对目前愈演愈烈的生态危机？如何看待自然和人的关系？如何审视人类文化和环境危机的关系？1962 年,美国蕾切尔·卡逊女士发表的科普作品《寂静的春天》,已经成为当代公认的生态文学标志性作品。该作品犹如旷野中的一声呐喊,人们开始意识到隐藏在干预和控制自然之中的危险所在,重新评估自然的深层价值,这部作品可以说开启了全球自觉创作生态文学的时代。

强烈的社会使命感和自然责任感促使文学家们纷纷将目光投向了生态领域,共同促成了 20 世纪末波澜壮阔生态文学的发展大潮,其涉及的体裁多样、内容丰富,报告文学、散文、小说、诗歌、戏剧、影视都有不同程度的参与,题材从简单的环境问题揭露,逐步深入涉猎到政治、经济、文化的各个层面,而这当中,尤其以生态小说的成就最为突出。

现代生态文学的开端标志便是从小说肇始的,作为一种文艺思潮,不少人认为现代生态文学的鼻祖是 19 世纪的美国小说家麦尔维尔,其代表作《白鲸》以史诗般的壮丽辉煌,创造一个完整的生态系统,这里有以实玛利代表的自然沟通者形象和亚哈代表的自然征服者形象,以及他们和白鲸莫比·狄克代表的非人类成员进行的生态互动,揭开了人类中心主义若隐若现的血腥,发出了反对人类生态暴力的呐喊。

---

① 吴秀明:《我们需要什么样的生态文学》,《理论与创作》2006 年第 1 期。
② 童庆炳:《漫议绿色文学》,《森林与人类》1999 年第 3 期。

生态小说已成为当代生态文学中最主流的体裁，一方面，当代西方生态文学批评界着力对以前的文本进行生态解读，从中钩沉以往被遮蔽的内涵，从而逐步确立经典的生态作品库，而这些文本中小说占了大多数。例如雨果的《悲惨世界》、海明威的《大双心河》《老人与海》、托尔斯泰的《复活》、霍桑的《红字》、劳伦斯的《虹》、陀思妥耶夫斯基的《死屋日记》、契诃夫的《樱桃园》、哈代的《无名的裘德》、塞林格的《麦田里的守望者》等，都已通过生态视角的诠释被公认为生态佳作。另一方面，用小说来抒写生态话题已成为当代作家的主要选择之一，近年来比较受到关注的生态作品基本上以小说为主，如加拿大作家阿特伍德的《"羚羊"与"秧鸡"》、英国女作家多利丝·莱辛的《马拉和丹恩》、俄罗斯作家达吉亚娜·托尔斯泰娅的《斯莱尼克斯》等作品，都脍炙人口，风靡一时。这种倾向一定程度上是由于生态思想本身具备的复杂性、深刻性，比较适合在小说领域内得到充分表现，也因为当下的生态文学的发展侧重于警告、启示的阶段，往往以人类未来的生态灾难为背景展开叙写，作品往往负荷宏大的想象空间和逼真的细节，小说自然成为生态文学的首选。

生态小说极大地丰富了生态文学的创作，由于各国不同的文化传统和地域特色，尽管面临的生态危机有颇多相似之处，但相应的优秀小说创作却角度各异、精彩纷呈。例如前苏联的生态名篇往往善于以人们对待大自然的态度来揭示人性，故而小说的风格多半呈现悲哀的色调，无论是艾特玛托夫的《白轮船》，还是阿斯塔菲耶夫的《鱼王》，都通过沉痛的反思指出人类背叛自然的过程就是人性毁灭的过程。美国的生态小说则受到较多的后现代思潮熏染，通过虚构人物或者未来场景阐释生态话题，前者如作家艾比的《有意破坏帮》，讲述海都克通过故意破坏的方式来保护环境的故事，主人公现在已经跨入著名文学人物的行列，而这种虚构的情节在生活中被年轻人模仿，甚至成立了相应的组织；后者以小说家博伊尔的《地球之友》为代表，遥想在2025年生态极度恶化的南加州，生态保护者转向自然至上过程中受到的考验，并以悲剧的形式思索环保者面临的遭遇和困惑。

除此之外，法国、德国、日本等国家也有不少佳作问世，如法国的图尼埃采用颠覆的手法抨击了《鲁宾逊漂流记》人类野蛮自大的征服陋习，发表了小说《礼拜五，或太平洋上的虚无境》，将主人公转为需要自然来改造的对象。日本女作家加藤幸子的小说《森林的诱惑》，写一对新婚夫妇在森林中的不同体验——丈夫置身于夜晚的自然中无法入睡，甚至产生恐惧的幻觉，而妻子则迷醉于自然的静谧和活力，安然酣眠，含蓄地表达了人和自然间应该建立的和谐信任关系。

四、中国现当代生态小说一瞥

从世界范围看,我国的生态小说创作与研究起步都相对滞后迟缓。由于近百年来的特殊国情,生态意识始终没能占据主流思潮,甚至由于宏大的历史变革主旋律在某种程度上压抑了人与自然间和谐的古老文化传统。从"五四"新文化运动开始,文学在启蒙主义语境下受到进化论和改造观的深刻影响,其中无可避免地隐含着人与自然对抗的因子。尤其是小说被过多赋予了思想启蒙、民族救亡、社会改造的沉重负荷,古典文学中天人合一的境界追求一度为特殊的历史情境所遮蔽。当然不少中国作家的创作还是具有"就是叙述生命本身的故事,生命故事本身就是文学叙事的目的"①的特点,蕴含着浓厚的生命意志和自然气息,尤其将人的生存思考沉淀为一种传统。对"人"的生命力的张扬一方面妨碍了"人"进入自然生态的领域的坦途,但同时也留下了探讨"人"的生存境遇的曲径,对当代人重新探索人和自然的关系具有启示性的意义。

当然,"五四"以后由于个性主义、泛神论、浪漫主义等的盛行,因而部分中国现代作家有意无意地保持了对生态美的追求,留下了不少弥足珍贵的文本。

当代的生态小说创作因为不同地区现代化进程不平衡,在各地的发展也参差不齐。如台湾的工业化起步较早,其"环保文学"早在20世纪80年代就已经蔚然成风,出现了杨宪宏、心岱等一批著名的生态作家,小说方面更可上溯至1978年,由钟肇政创作的《白鹭鸶之歌》以直面环境污染的前卫姿态开一代先河。此后长篇生态小说渐受关注、影响颇大。其中的名篇如王幼华的《广泽地》,以黯淡、凄冷的色调描绘都市边缘的众生相,刻画了受到工业污染的城市郊区的腐臭景象。宋泽莱的《废墟台湾》颇类似于目前备受生态研究者推崇的"生态反乌托邦小说",通过2015年两位国外旅行家的偶得一本日记,揭开了2010年台湾生态系统崩溃的面目,着力刻画生态环境受到破坏的惨状。

大陆的生态小说起步相对较迟,目前最早涉及环境话题的生态小说,可能是白族作家张长在1980年发表的一篇以森林保护为主题的《希望的绿叶》,但当时并没有产生很大的影响。这一时期的中国社会处于以科学、民主为核心的现代化追求中,科学的倡导成为时代的重要标志之一,在现代化初期的悸动氛围中很难冷静下来思考这种变化,社会关注的侧重自然而然地遮蔽了生态思想的发展。

20世纪80年代中期,随着现代化进程的深入推进,伴随中国经济高速发展而来的环境破坏,迅速引起了广泛的关注,故而生态报告文学风靡一时,出现了沙青

---

① 张卓:《新时期环境文学解读》,《社会科学战线》2006年第1期。

的《北京失去平衡》、徐刚的《伐木者,醒来!》、陈桂棣的《淮河的警告》等一系列名作,这类客观报告一定程度上对环境破坏起到了警示作用,但是以激情的呼唤见长,而缺少深邃的探究,以揭露局部的生态问题见长,而缺少整体的生态观照。因此,报告文学带来的质疑主要还是对现代化变革的补充和思考,当然,这些纪实作品也预示一种转折,即环境问题开始在中国当代文学中引起瞩目。

这类环保题材作品在小说界也很快引起重视。1986年女作家谌容创作了当代第一部长篇生态小说《死河》,对中国存在的严重的环境污染问题作了真实的、不加粉饰的描写,塑造了我国第一批生态工作者的形象。李悦的长篇小说《漠王》反映了沙漠生态环境的保护问题,同时动物生态小说在这一时期开始逐渐兴起。1985年郭雪波发表的小说《沙狐》描写内蒙古草原人与狐群间的故事,展现了人类寻找迷失的自我和精神家园的挣扎和希望,小说以其绮丽雄浑的风格,20年后再版再次受到关注。1989年冯苓植的《黑丛莽》被改成电影《野狼谷》,以狼王乔勒为首的狼群和人类对艾力玛山腹地的争夺为背景,以主人公断魂张和女儿果果与狼群之间发生的爱恨情仇为线索,展示了一曲壮美的人狼之歌。这一时期在动物小说领域取得较大成就的还有儿童动物小说,以独特的视角和姿态诠释人和动物的关系。

从文化层面开始走向回归自然趋势的潮流,萌生于"寻根文学"之中。尽管这"寻根"的主要努力方向是对传统意识、民族文化心理的挖掘,导致这一思潮的内涵广而驳杂,但是根本的两个主题都在一定程度上促成了现代意义上的生态回归思潮。一个是对古老文化传统的恢复,其中隐含了恢复天人合一的和谐境界意味,如韩少功在《文学的根》中就提到:"小说《月亮和六便士》中写了一个画家,属现代派,但他真诚地推崇提香等古典派画家,很少提及现代派的同志。他后来逃离了繁华都市,到土著野民所在的丛林里,长年隐没,含辛茹苦,最终在原始文化中找到了现代艺术的支点,创造了杰作。"①另一个是对地域民族文化的挖掘,作家们在自己熟悉的、亲密的、独一无二的自然领域内寻找创作源泉,并构筑——对应关系,如陕西风情和贾平凹、湖南楚风和韩少功、草原生活和张承志等等,这驱使作家在写作过程中逐步和自然产生丰富的精神联系,因此无论是原始生命对个体生命的极度张扬,还是以传统文化为背景考察人的命运,作品中生命的思考和自然的气息都开始有所融合。

90年代,伴随全球化的不断扩大和环境遭受的惊人破坏,生态危机成为全人类都无法逃避的话题,处在市场经济浪潮峰巅的中国,人们开始反思自身发展模式的弊端。生态主义得到了官方和民间的双重认同,逐渐成长为抗衡当代消费主

---

① 参看新浪文化生活 http://cul.book.sina.com.cn/s/2004-04-26/53694.html。

义和技术主义的强大存在,开始影响社会的观念和实践。

这一时期生态报告文学仍然十分兴盛,生态文学的体裁和题材都趋向多样化,散文、诗歌、电影都有所参与,尤其是在小说领域开始取得实绩。张炜的《柏慧》采用第一人称,以书信回忆的方式,向读者展示了作品中"我"的精神世界:主人公从葡萄园来,参与了各种文明活动之后,又回归葡萄园,寻求"大地"的保护,这喻示着人与万物都返回了自身,并在大自然里建立起一个和谐的世界。张抗抗的《沙暴》讲述草原上的知青因为希特勒党卫队的帽徽是老鹰,所以乱捕滥杀老鹰,导致老鼠泛滥成灾、植被破坏、沙尘肆虐。彭建明的《大泽》以宏大的篇章构建了洞庭湖区的变迁史,揭示了人与人、人与湖之间相互依存又相互冲突的事件。铁凝的《秀色》则探讨了自然环境与文化的关系,张扬的《消息不宜披露》写被掩盖严重的污染事实,阿成的《小酒馆》写滥伐森林。此外,刘心武的《青菩溪之恋》、赵大年的《玉蝴蝶》等作品,都从不同角度和侧面关注生态话题。

此外,鄂温克族作家乌尔热图的创作具有较高的生态批评研究价值。他的作品大多集中在80年代,《七岔犄角的公鹿》①中小男孩在饱尝人间冷暖后,在一只公鹿身上获得慰藉和温馨,并且让继父特吉扭曲的心灵得到改变。《一个猎人的恳求》②和《琥珀色的篝火》③都获得大奖,其创作高峰出现在90年代左右,由于其钟爱的狩猎文化受到破坏,作家从对森林大地的热爱转而发为深沉的生态思索和文化忧患。他在1993年《收获》第6期发表了小说《丛林幽幽》,以游猎部落季节性的迁徙经历为背景,讲述了一个男婴神话般的来历,以及人对自然的敬畏,风格沉郁凝重。乌热尔图的创作开少数民族的作家进入生态创作的先声,展示民族文化冲突和生态纬度的复杂状态,对开拓我国独有的生态文学观念有一定的意义。类似的情况还有张承志,他从生态哲学的层面探讨人和自然的关系,"经历了复合型文化生态品格的形成过程,以民族代言者的身份出发,关注人类生存的生态背景,表达对自然的回归,倡导简单生活的理念,尤其是通过对欲望的批判和对和谐理想的寻找,体现出了作品的生态内涵"④。

20世纪末,胡发云的中篇小说《老海失踪》⑤激起了广泛的讨论,其探讨社会发展和自然之间矛盾的主题别具一格。主人公老海喜爱自然风光拍摄山区美景,发现了神秘的"女峡"景观和珍稀的乌猴,纪录片的获奖传播给当地带来经济的发

---

① 乌尔热图:《七岔犄角的公鹿》,《民族文学》1982年第5期。
② 乌尔热图:《一个猎人的恳求》,《民族文学》1981年第5期。
③ 乌尔热图:《琥珀色的篝火》,《民族文学》1983年第10期。
④ 王静:《人与自然:张承志创作的生态概观》,《民族文学研究》2006年第3期。
⑤ 胡发云:《老海失踪》,《中国作家》1999年第1期。

展,同时乐土却沦为捕猎者的天堂。小说结尾老海为了保护乌猴急红了眼,拿起猎枪失踪了,留下一盘没有结局的录像带。这部小说有三处值得重视:一是直接表达生态主题,揭示人和自然间的和谐与对立的复杂关系;二是塑造了极富个性的、有典型意义的生态主义者老海的形象;三是妙在提出问题,但未作解答。

第二节 新世纪初的生态小说

一、新世纪初生态小说的背景

历史的车轮驶进新世纪,处于迅速推进工业化和城市化发展阶段的中国,对自然资源的开发力度不断加大,粗放型的经济增长方式、技术水平和管理水平的落后、污染物排放量不断增加,形成我国环境污染的加剧。

我国属森林资源贫乏国家,森林覆盖率只有16.55%,人均森林蓄积9.048立方米,只有世界人均蓄积(72立方米)的八分之一。2004年全国水土流失面积达356万平方公里,占国土面积的37.1%,其中水力侵蚀面积165万平方公里,风力侵蚀面积191万平方公里。水土流失范围广,遍及所有的省、自治区和直辖市。中国天然草原面积3.93亿公顷,约占国土总面积的41.7%,其中可利用草原面积为3.31亿公顷,占草原总面积的84.3%。90%的可利用天然草原不同程度地退化,每年退化的面积以200万公顷的速度递增,近年来,我国草原生态环境整体恶化的趋势仍然没有得到扭转。加剧草原退化的主要原因一是草原过度放牧,二是不合理开垦、乱采滥挖,三是工业污染、鼠害和虫害等。我国的水污染也日趋严重,从2004年监测的情况来看,七大水系的412个水质监测断面中,Ⅰ~Ⅲ类、Ⅳ~Ⅴ类和劣Ⅴ类水质的断面比例分别为:41.8%、30.3%和27.9%,主要城市和地区的地下水水质受人为因素影响较大,而每年482.4亿吨的废水排放量更加剧了水质的污染。此外,我国的大气污染也不容乐观,2004年二氧化硫排放量为2254.9万吨,工业粉尘排放量为904.8万吨,出现酸雨的城市达到了298个,超过80%的城市酸雨频率比例上升了1.6个百分点。加上环境破坏带来的气候异常,如干旱、洪涝、台风、冰雹、高温、雪灾、低温冻害等多种气象灾害,我国的生态环境问题已经触目惊心①。

---

① 相关数据援引《2004年中国环境状况公报》,中国网"中国环境状况公报"http://www.china.com.cn/chinese/ch-hjgb/。

现实环境危机已经让历经5000年历史的中华民族,开始面临前所未有的生态劫难,一个有着天人合一传统的民族,何以将自己赖以生存繁衍的家园肆意摧残到这样的境地?

中国文学似乎并没有为解答这个问题做好准备。新世纪初,生态文学并未得到预期的飞速发展。这主要表现在三个方面:一是除了少数作家,大部分作者对生态知识和观念还有一定的隔膜,往往在写作中只能呈现朴素的环保经验表达,或者纯粹的个人体会,无法在真正意义上进入生态文学的领域;二是生态文学并未取得广泛的关注和普遍的认同,处于亚文化的"边缘"状态,到目前为止没能成为创作的主流题材;三是生态文学在体裁和表现手法方面没有取得突破,尤其缺少兼顾"生态"和"文学"两者特点的作品,阐释观念者存在着以理害文的弊端,情文并茂者缺乏较好的生态观作为支撑。以2003年全国首届环境文学奖的入围和获奖作品来看[①],大部分属于八九十年代的创作。把一批老作品拿来,一方面固然是时间上有点紧迫,留给新世纪的不过短短几年创作空间;但是从另一方面可以看出,新世纪初还是延续了当代中国生态文学整体较为疲软的状态。

从内涵上看,生态文学并不迎合甚至反对当前的社会文化潮流:经济过热、资源掠夺、欲望膨胀、精神麻木,但随着环境日益恶化,"生态""环保"等词汇成为社会流行语,但是在这片喧嚣声中,生态文学逐渐开始出现实质性的进展。

随着新世纪的到来,生态文学没有出现与现实环境危机相匹配的繁荣,但生态批评一直受到关注,尽管没有成为主流的文化力量,生态观念上的传播已对文学创作构成了直接或者潜在的影响,尤其是新世纪以来中国生态文学创作已逐渐进入更为深层次的生态写作状态。新世纪的生态小说创作呈现出微妙变化——在观念上积极地把生态意识糅入创作中去,形成了不少颇具个人特色的"准生态"作品。从作家个体的创作状态来看,不少人甚至选择了把自己"流放"到自然界,打点行囊走向青山绿水、蛮荒森林——既然生态小说是反映人和自然的文学,不深入只能流于形式和概念。有意思的是这种"老海失踪"式的转变悄然伴随新世纪而展开,尤其是集中在2000年,这一年叶广芩开始进入秦岭腹地,陈应松找到了神农架……不久,一系列生态小说络绎不绝地问世。

从整个社会文化背景来看,新世纪初的中国生态小说依然受到中西生态思潮的影响。中国古老的天人合一传统渗入其中,往往倾向于个体融合于自然之中的生态和谐气息,这种审美经验往往建立在生态危机未曾出现的前提下,充满了人

---

① 首届全国环境文学优秀作品奖入围作品名单》、《首届全国环境文学优秀作品奖入围作品名单》,《绿叶》2003年5月。

类童年时期经验,这也正是不少中国生态作品的动人心魄之处;另一方面是欧美生态思想以其反思的视角,对科学、技术、理性造成的生态危机和资源枯竭现状进行清算,要求对百年来现代工业社会的文化传统和生产模式进行批判。在全球生态危机日益严重的新世纪到来之际,这两种观念随着人类的整体生态自然观出现渐趋融合之势,表现出彼此不可替代的重要性。但中国的生态小说目前较为拘泥于本土的创作方式,对西方一个世纪以来的工具理性批判并不熟悉,对科学地看待人类命运缺少理性的支撑,因此作家们往往只是在自己熟悉的"自留地"里谨慎地抹些绿色,以呼应当代生态文化的呼唤和感受。

如上状态导致了中国生态小说颇为尴尬而独特的局面:由于缺少对深层生态观的理解,导致作品往往呈现"准生态"的色彩,无法为研究者提供可阐释的经典性文本,而只能筛选其中具有生态元素的作品进行研究。

二、新世纪初生态小说的特征与分类

如果说20世纪80年代是中国生态小说的启蒙期,90年代是上升期,而进入新世纪以后,便处于潜在的调整时期。新世纪初生态小说呈现出这样几个特征:一是动物题材的创作得到进一步拓展深入,作家通过人和动物之间关系的描写,思考自然、社会和人之间的生态互动联系。二是多数题材具有强烈的地域特征和民俗色彩,通过城乡二元对立的视角,将民族生态传统和现代发展观比较,揭示环境和人之间的矛盾冲突。三是出现了不少有丰富生态意识的准生态作品,并且有诸多以长篇形式问世。为了对新世纪以来的生态小说有较清晰的认识,参照王诺的定义,将其分为生态责任小说、生态启示小说两大类。所谓生态责任小说,指作家从物质和精神上考察自然和人之间的关系,探寻人类发展模式造成生态危机的各种根源,通过小说确立人类对自然的义务和责任。生态启示小说是指以虚构文本为特征,通过臆想故事或者预测未来的方式来批判、警示人类的小说。

我国的生态小说主要集中在生态责任的类型中。所谓责任,即没有做好生态分内的事,因而应当承担相应的过失并力图挽回。在逐步进入现代化进程中,中国的环境危机主要表现为生态责任缺失,严重破坏了农业文明天人合一的传统,使人与动物、山川、河流等渐趋对立与疏离。本文将新世纪初的生态小说分为动物生态小说、地域生态小说进行梳理。

地域生态小说是一个相对含混的概念,涵盖了目前生态小说中具有明显地区风格、民族特色的作品。这种分法也有明确的原则,即以作品展示的生态内涵、主题思想和艺术特色为标准,如同为湖北作家,陈应松的"神农架系列小说"虽然也以动物为主要描述对象,但是对山川的险峻神秘、风土人情刻画用力颇多,甚至深入探讨生态伦理问题,寻找人与人相处的原点,因此并入地域生态小说;李传锋的"动物传奇"虽然也以鄂西恩施地区的原始丛林为背景,但主要着眼于山林、人、动物的关系探讨,渲染动物和人相互依存的共生共荣的场景,因此归为动物生态小说。类似的还有"大漠之子"郭雪波的作品,主要刻画内蒙古草原人和动物的生存状态与命运,但是已经超越了动物与人二元关系的范畴,展示了沙漠地区的独特生态状况,故考虑纳入地域生态小说中。

动物生态小说

新世纪以来,在生态问题日益引发现代人焦虑的语境下,中国一部分生态小说将表现的对象设定于人和动物,用充满灵性的文笔描绘出生意盎然、缤纷多姿的动物世界,以诗意的语言传达了对人与动物、与自然和谐共处的向往和追求。从人类历史来看,世界上每一个民族都和动物有着不可分割的关系,人类生存必需的渔猎、游牧、农耕生活,某种意义上就是和动物打交道的过程。动物的形象很早就进入了人类文学的领域,但是此前由于人自视为万物之灵,将人之外的动物称为禽兽,在对动物的描写上是一种俯视的姿态。当代的动物小说的兴盛一定意义上和反人类中心主义的观念有内在的联系,人们开始有意识地反对"通过某种动物行为的描绘,创作主题有意识地表现人类社会的某些思想感情和伦理道德",或者拒绝"各种动物形象往往肩负着人类某种伦理品性任务"①。这些作品倾向于表现动物丰富的习性、性格甚至某方面真正的兽性,创作本体意义的动物艺术形象。北大教授曹文轩曾指出:"动物小说的不断写就与被广泛阅读就是一个证明。它显示了人类无论是在潜意识之中还是在清醒的意识之中,都未完全失去对人类以外的世界的注意与重视。那些有声有色的,富有感情、情趣与美感甚至让人惊心动魄的文字,既显示了人类依然保存着一份天性,又帮助人类固定住了人本是自然之子,是大千世界中的一员,并且是无特权的一员的记忆。"②这段话可以视作当代动物小说被置于生态小说视野中观照的概括。

不可否认,不少作家创作的动物小说并未完全进入生态创作的领域,只是在自己熟悉的题材上,或多或少地摄入了生态思想的部分元素,作家甚至一开始也未必意识到是生态题材,只是在创作的时候将一些本真的经验、体会、想象添入其中,之后却受到生态批评的关注,部分作家也逐步转型为生态文学作者。新世纪以来大量生态动物小说的出现,其原因主要在于后现代的生态思潮下,文艺开始重新关注自然,思考人类和自然的关系,反省人对自然扭曲的掠夺关系。从深层

---

① 施荣华:《新时期动物小说的嬗变》,《云南师范大学学报》1998年第6期。
② 曹文轩:《动物小说:人间的延伸》,《儿童文学研究》1997年第1期。

的时代哲学思潮来看,这些小说是对长期以来根深蒂固的"人类中心主义"观念的形象化挑战,要求人类摆脱狭隘的自我骄纵状态。所谓"人类中心主义",即是以人类的利益为尺度来解释和处理整个世界,人类的一切活动都是为了满足自己的生存和发展的需要,如果不能达到,这一目的的活动就是没有任何意义的,因此一切应当以人类的利益为出发点和归宿。人类中心主义实际上就是把人类的生存和发展作为最高目标的思想,它要求人的一切活动都应该遵循这一价值目标。从历史的发展来看,"人类中心主义"本身也是一种进步,它成功地克服了此前人类社会普遍以神灵为中心、对人类自身的了解处于混沌的蒙昧状态,成为促进人类发展的动力之一。但是由于这种观念的自身的局限和偏颇,只看到了人的眼前的物质利益,只看到了人对自然的征服、改造、占有、利用,或者说,只看到了人的利益而没有看到生态系统生存发展的需要及其对人的长远价值,在实践活动中造成了严重的环境问题和社会问题,这些问题已严重威胁到人类的进一步生存与发展。如约翰·希德在《超越人类中心主义》中就指出:"人类中心主义就是人类沙文主义,这种观念认为人类是万物之王,是一切价值的源泉,是所有事物的批判尺度,它深深地蕴涵在我们的文化和意识之中。"[1]要消除生态危机,必须扬弃"人类中心主义"的错误观念,而确立整体的生态观念:"人类绝不是、也绝不能君临万物、自我孤立地生存于世,而是、也只能是与其他生物和非生物相互依存。人类若想长久地生存于这个星球上,就应也不能作万物的中心、主宰和统治者,而只能做万物的朋友——平等互利、密切融合、休戚相关、生死与共的朋友。"[2]只有摆脱了人类中心主义,生态才会得到净化,人与自然才能和谐。

　　国外学者把生态观念的进步概括成"一个中心转化和扩大的过程:从人类中心主义到动物中心主义,再到生物中心主义,最后是生态中心主义"[3]。倘若这种说法成立的话,国内的这些动物生态文本正是处于第一阶段的过渡当中。现代人在潜意识中已经习惯将世间万物分类,人为万物的灵长,优于动物或者自然界的其他生物,甚至高于自然,"生活在这个文明中的我们继承了这样一种心理习惯……我们不再认为我们是这个地球的一部分……我们甚至学会否定我们自己

---

[1] 王诺:《欧美生态文学》,北京大学出版社2003年版,第244页。
[2] 同上。
[3] 王诺:《欧美生态文学》,北京大学出版社2003年版,第46页,事实上作者王诺并不同意这种界定,认为这是用传统的人类中心主义方式来误解生态整体观,因为整体观的前提就是非中心化。但是从具体的操作实践来看,这种渐进的方式无疑更为符合现实情况,因为对人类中心主义的改变需要一种可操作性的认知改变过程。事实上如果按照作者的观点容易走向另外一个极端,容易否定人类改造自然的合理性和现代科技的进步性。

生命的一部分"①，因此从这个意义上来说，对动物的重新认识和评价是人类回归自然迈出的第一步，而新世纪以来的动物小说展示的正是这种回归的重大转折状态，将动物作为人类最为亲近的朋友，通过人和动物的关系调整，重新恢复人类和其他生态整体间的和谐、稳定的关系，重新确认人类在自然整体中的应有位置，重新承担人类在自然整体中的责任和义务。

新世纪以来，随着环保观念的加强，人们越来越注重对自然环境的关注，动物在各种文学作品中频频出现，它们成为了人类和自然的纽带，作家不仅站在人类的叙述角度把动物看作"自然形态"之物来进行外部的观察与描写，而且在生态观念上作深刻的自我反思。由于历史文化、思想观念或者个人经验的局限，新世纪以来的动物小说的创作虽然精彩纷呈，但是在生态观念上比较驳杂，出现了不少生态观念较强但是并不符合生态整体利益的作品，可以视为一种"准生态"的创作现象，虽然在对生态哲学的认识上并不深刻，在生态伦理道德上也颇不完善，但是由于其反对以人为中心、以人为尺度的鲜明姿态受到广泛的关注和争议。

（一）准生态长篇动物小说的兴起

新世纪的几部著名长篇动物小说体现了"准生态"的特点。世纪之交出版的《怀念狼》②追述了商州南部曾是野狼肆虐的地区、人和狼之间发生过惨烈战争的故事。但是百年后时过境迁，狼成了保护动物，于是舅舅傅山、"我"和一个绰号叫烂头的人担负起了追踪普查这些狼的职责。在一路上怪异的人狼冲突中，狼表现出和人一般的友好、感恩特征，而人变成的人狼却行为怪异、"兽性"十足。《怀念狼》以独特的视角，在看似平常的故事里作深度的开掘，拷问着人类生存以及自我精神的归属。在这部小说里，猎狼行为并不是人征服自然的体现，而是被视为自然生态中一个物种和另一物种之间冲突中的共生与互证。姜戎的《狼图腾》出版后激起了社会的极大反响。小说是一部以狼为主体的叙事史诗，由几十个有机连贯、紧张激烈而又新奇神秘的情节组成，讲述了北京知青陈阵在内蒙古大草原插队和草原狼之间一个个神奇而惊心动魄的故事。从文本来看，《狼图腾》是一个复杂的主体，牵涉较多层面的问题，既有对人性的丰富考察，也有对国民性的探讨，甚至对民族特征的剖析等等。

这两部小说的共同之处在于突出了反"人类中心主义"特征。《怀念狼》通过

---

① Susan Griffin, "Split Culture", ReVISION 9 (Winter/Spring 1987): 17 – 23. 8. Griffin, Woman and Nature, The Roaring Inside Her (San Francisco: Harper? & Row, 1978), 转引自金莉《生态女权主义》，《外国文学》2004 年第 5 期。
② 贾平凹：《怀念狼》，作家出版社 2000 年版。

展现禁捕所造成的人与狼的物种退化,对人的精神危机、人的命运前景进行反思。在物质文明不断发展的今天,包括人在内的自然物种却在退化,农业文明的诗意传统断裂了,人类无法逃避生存和精神的双重危机。贾平凹发现了狼,欲借助狼的原始野性来拯救人类。《狼图腾》从本质上突出了人对动物的自觉敬畏,小说中人只是观察者或者配角,主要通过对动物的自然习性、禀赋、脾气、情感、性格的描写,在保持动物"兽性"的本真状态的前提下,使动物的生活和人类在某种层面上获得和谐,从中领略人生的意义与生命升华的思考。在小说中,狼表现出来的勇敢、智慧、顽强、不屈、忍耐、团结、谨慎的精神,狼的每一次侦察、布阵、伏击、奇袭的高超战术,狼对气象、地形的巧妙利用,狼的视死如归和不屈不挠,狼族中的友爱亲情,狼与草原万物的关系,倔强可爱的小狼在失去自由后艰难的成长过程,无不栩栩如生。除了狼之外,小说中还有不少动物让人印象深刻,如狗,桀骜不驯的二郎、英勇的巴勒、聪明的黄黄;还有修巢的天鹅、斗狼的老兔、风流的种马等,性格各异,令人叹为观止。以一个人类的视角,平等地叙述这些动物主人公的故事,既是这部小说新奇独特所在,更是其跨入生态范畴的最主要因素。值得一提的是,小说是作者扎实的生活经历酝酿而成,故而避免了当前国内生态文学中常见的说教味,也没有为了诠释生态理念而损害艺术创作的通病,小说甚至被评为中国生态小说"在文学本体上走向成熟的标志"①。这部小说通过狼群的荣衰叙述了蒙古草原逐渐消失的生态悲剧,探讨人性与狼性、人与自然的关系。作品的价值在于:首先,作品提出了草原生态系统的平衡性问题。草原文明的发展依赖于生态的稳定,即构成人、狼、马、羊、鼠、旱獭、兔、草等之间的相互依存的动态平衡。正如蒙古老人毕力格提出的"大命"和"小命","在蒙古草原,草和草原是大命,剩下的都是小命","把草原上的大命杀死了,草原上的小命全都没命"②。为了保障草原的发展,必须跳出局部的功利视野,而重视草原整体的生态状况。其次,作者揭示了草原生态被破坏的各种原因。一是人类的生存方式要符合环境的特点,不能盲目以一地的经验强加于别处。草原上的狼和牧民是顺乎天理而生存的,他们尊重当地的自然规律,那些农区的人往往以农耕文明的经验治理草原,结果造成草原不可逆转的破坏。二是人性的贪婪欲望导致对自然资源的疯狂掠夺,是真正摧毁草原的深层原因。小说花了不少篇幅写包顺贵等人挖芍药、捕天鹅、赶尽杀绝旱獭等令人发指的恶行。三是对现代科技在生态破坏中的作用予以揭示。整体上看,草原生态的被破坏一定程度上和现代科技、工具的介入有着直接和间接

---

① 张卓:《新时期环境文学解读》,《社会科学战线》2006年第1期。
② 姜戎:《狼图腾》,长江文艺出版社2004年版。

的关系,从而大大加速了草原的沙漠化。从人与动物的关系而言,正是科技的兴盛帮助人们凌驾于万物之上,使得非人类生物束手待毙,小说中为了灭狼而采用的无色无味的毒药、飞奔的吉普车、先进的枪械,都酿成了狼的数量锐减。

从某种意义上来说,强烈的"反人类中心主义"意识作为当代生态小说的一个重要特征,是构成生态文本的基本元素,但是如果我们不加分析地肯定或否定人类中心主义,不仅在理论上会造成一定的混乱,而且在实践中也将是有害的。《怀念狼》将人性防线的崩溃归罪于现代文明,将技术文明与自然生态简单地对立起来,一味诅咒城市、崇尚原始,残留着不少文化寻根的痕迹,力图表达一种血脉延续的神圣感与矛盾感,反而暴露了作家想象力的局限和生态智慧的准备不足。小说的隐喻也较为肤浅,故事情节也稍显散乱,尤其试图以"狼性"挽救人性、呼唤人类的本能,则有些牵强。《狼图腾》比《怀念狼》更为激进,从创作意图来看作品并不重视生态观念的阐发或生态审美的追求,而是着力于探讨中国民族精神的发展,立意要将"狼血"注入民族肌体之内。因此,小说中草原和狼以及其他动物间衍生的生态系统平衡过程,只是被用来投射到民族精神理念的层面上进行阐释,在较大程度上妨碍了其生态保护主题的表达。另外,文本中反映的生态知识结构并不全面,使《狼图腾》的生态表达处于一种原始、朴素的经验范畴中,虽不乏浓郁的个人思考色彩,但妨碍了小说在生态视角上的进一步深入。尤其是作者为了突出狼图腾意识,构建虚幻的民族乌托邦,过分重视将实力和野蛮视为文明进步的动力,把动物界信奉的弱肉强食当成了人类社会的真理,走向了另外一个极端。

新世纪以来这类作品还包括杨志军的《藏獒》《远去的藏獒》等,擅长用以具有灵性、个性突出的动物形象来折射人类社会,并融入创作主体的深沉思索。同样有学者指出:"国内动物题材的小说大多并不关注人与自然关系这一主题。比如《狼图腾》着力于对汉民族文化的批判,而这种批判是狭义、肤浅的,其中对狼的描写很不到位,对草原、对蒙古族的理解也相当缺乏。杨志军的《藏獒》、黑鹤的《黑焰》都是写藏獒的,通过描写动物反过来关照和思考人性的缺陷,并不是对人在自然界中的生存状态的反思。"[①]尽管这类作品刚进入生态视野,还无法较好地符合生态文学的特征,但是作品却具有鲜明的本土特色,能够将人类对生态形而上的哲学思考转换成形象生动、充满艺术感性魅力的文学作品,为我国新世纪生态动物小说的进一步开掘奠定了基础。

[①] 王洪波:《环境文学应成为文学的主流之一》(采访整理),参看光明网读书频道 http://www.gmw.cn/content/2006-06/04/content_427208.htm。

(二)中短篇动物生态小说的繁荣

新世纪初,中国的动物小说在中短篇上颇有建树,产生了不少有价值的生态文本,而且真正意义上进入了生态创作的核心范畴。与长篇小说比较,中短篇小说较为单纯的情节容量,易于集中地阐释主题。叶广芩的《山鬼木客》[1]、《老虎大福》[2]、《黑鱼千岁》[3]、《猴子村长》[4]、李传锋的《红豺》[5]、温亚军的《寻找太阳》、《驮水的日子》[6]等作品都是其中的主要代表,通过人和动物的关系来揭示人类与自然的相处之道,具有鲜明的本土创作特色和丰富的生态伦理内涵。特别是这些小说在反对人类中心主义的基调上,建立起一种尊重生命的世界观,深入探讨人和自然的生态伦理关系。1923年学者施韦兹曾指出:"在本质上,敬畏生命所命令的是与爱的伦理一致的。只是敬畏生命本身就包含着爱的命令和根据,并要求同情所有生物。"[7]所有的生命是一种休戚与共的整体,人类作为特殊的物种具有强大的文化、知识和创造能力,也对自然有着更大的责任,而这类小说正是在物种平等的基调上,用文学的方式进行感性和理性的思考。

从内容上来看,首先这类动物小说的创作与作家的经历体验有着直接联系。涉及的题材大部分是作家深入自然界体会感悟后的结晶,通过创作体现生态保护意识。在创作行为和主题表达上都属于主动的状态,因此作品真实生动。如陕西女作家叶广芩从2000年开始到西安市周至县挂职任县委副书记。"秦岭山地的人文景观、社会生活为她提供了大量的创作素材。厚重的文化积淀和淳朴的民风民俗,给芩姐的创作展示了一个全新的、更加广阔的空间,而她也不失时机地、紧紧地把它抓住了。寻找野人、捕捞大鱼、围猎老虎、抢救小熊猫、捕杀金丝猴……这些传奇的故事成就了芩姐的《山鬼木客》《黑鱼千岁》《老虎大福》《熊猫碎货》《猴子村长》等一个个中篇。"[8]相比较之下,李传锋是较早开始从事动物小说创作的作家,早在1981年即发表了较有影响的短篇《退役军犬》。1989年的长篇《最后一只白虎》既奠定了他在少数民族作家中的地位,也开始将创作介入生态的领域。小说以一只白虎出生到死亡的奇特遭遇,揭示自然生命的同一性,批判人类

---

[1] 叶广芩:《山鬼木客》,《芳草》2001年第2期。
[2] 叶广芩:《老虎大福》,《人民文学》2001年第9期。
[3] 叶广芩:《黑鱼千岁》,《十月》2002年第5期。
[4] 叶广芩:《猴子村长》,《北京文学》2003年第5期。
[5] 李传锋:《红豺》,中国文联出版社2003年版。
[6] 温亚军:《驮水的日子》、《寻找太阳》,《天涯》2002年第3期。
[7] 施韦兹:《文明的哲学:文化与伦理学》,转引自余谋昌《生态哲学》,陕西人民教育出版社2000年版,第148页。
[8] 叶广芩:《穿旗袍的县委书记》,《北京文学》2005年第7期。

贪婪的欲望和对生命的捕杀,并隐含着对乡村诗意和城市发展的矛盾与冲突。此后的动物传奇系列使其声名鹊起,对故乡山野世界的记忆与热爱动物的淳朴情感构成了作家独特的生态视野。

其次,这类动物小说往往以人类过分贪婪造成的环境破坏为背景,揭示生态危机最终必然殃及人类自身的事实。著名经济学家戴利曾说:"贪得无厌的人类已经堕落了,只因受到其永不能满足的物质贪欲的诱惑……贪得无厌的人类在心理和精神方面的饥渴是不会饱足的……备受无穷贪欲的折磨,现代人的搜刮已进入误区,他们凶猛的抓挠,正在使生命赖以支持的地球方舟的循环系统——生物圈渗出血来。"①叶广芩的《黑鱼千岁》便是关于这种欲望的真实寓言。主人公儒认为动物天生是人类的猎物,所以出现在他周围的生物统统都是他的抓捕对象,竹鼠、野兔、飞鸟甚至搁浅在浅滩上的黑鱼,捕杀生命不仅是满足物质的需求,更重要的已经成为儒的本能,他饥渴地从中获得快感,正如他抓到大鱼,却并非需要,最后送给了别人,却又去捕杀第二条,结果和黑鱼同归于尽。小说指出了人类如果继续肆无忌惮地把自然视作永不匮乏的资源,永无休止地掠夺下去来满足自己生理和心理畸形的需求,最终只能和万物同归于尽。

再者,这类动物小说散发着生物平等、自然和谐的气息。哲学家辛格认为"所有的动物都是平等的","毫无疑问,每一种有感觉能力的存在物都有能力过一种较为幸福或较不痛苦的生活,因而也拥有某种人类应予关心的权益。在这方面,人类和非人类之间并不存在一条泾渭分明的分界线"②。著名军旅作家温亚军的生态小说就擅长通过人和动物的彼此依存,展现出一种平静温馨的爱意。《寻找太阳》背景在条件艰苦的苏巴什哨卡,讲述了战士们和一对小羊羔"太阳"和"月亮"共同生活、彼此依存的动人故事,展示了和谐的自然关系中蕴含的勃勃生机:一方面战士们为了让羊儿顺利过冬而绞尽脑汁寻找干草,并冒着暴风雪搜救失踪的"太阳",而小羊的存在也给战士们枯燥乏味、寂寞难耐的生活增添情趣,写出了一种纯朴的境界:只要人和动物和谐,即使在人烟稀少的边疆,依旧充溢着生命的温情。《驮水的日子》讲述了一头驴"黑家伙"与一名上等兵在驮水的过程中从对立较劲到产生感情的过程,将人和动物间的关系写得如两个挚友一般,以平等的姿态沟通人和动物的情感世界,温馨、平淡而又深厚,"笔触细腻温柔,与自然环境

---

① 戴利、汤森编:《珍惜地球——经济学、生态学、伦理学》,马杰等译,商务印书馆2001年版,第179页。
② 辛格:《动物解放:我们对待动物的一种新伦理学》,转引自余谋昌《生态哲学》,陕西人民教育出版社2000年版。

的恶劣正成对照"。①

　　这类中短篇小说展示了人类和动物交往的各类图景,揭示出在人类中心主义观念中人类残酷无情、鄙视生态伦理的暴行,呼吁人类承认自然万物存在的价值,强调应该尊重自然万物的生存权,从不同角度深入挖掘人和自然关系的内涵:

　　一是对人和自然关系的生态伦理进行深刻而又复杂的思考。作家通过故事探索人类和自然之间到底是何种关系?人类社会的标准是否可以用来对待自然?人是自然的统治者还是自然的一员?李传锋的《红豺》中美丽的红豺被视为与人心灵相通的精灵,但也有专家从民俗学的角度指出"自然生物的人格化与精灵化,实质上反映了一种人与自然的生命相互依存的关系内涵。山民从自身的生存需要出发,捕杀有害于己的动物,因为这样的动物与人的关系是彼荣我损的关系……这一内涵并不以全面承认一切生物的平等关系为前提,而以是否对人的生存有利为前提"②。所以从主题上来看,小说表达的人与动物间彼此依存又互相争斗的复杂情感,显得尤为深邃。叶广芩的《山鬼木客》描写一个失意的考察者陈华,长期隐居山林中寻找野人(即山鬼木客),和人类社会逐渐隔离,当他下山时自己居然被看成野人,遭到种种粗暴的对待和刁难,于是他更为怀念山林中的动物朋友——岩鼠、熊猫、云豹等,最后在落日的美景中他终于一睹野人的面目,听到野人的吟唱。小说以主人公对人世丑恶的厌憎和对山林世界的眷恋,寄托天人合一的美好向往。

　　二是人和自然关系的道德思索。"真正伦理的(即有道德的)人认为,一切生命都是神圣的,包括那些从人的立场来看的低级的生命也是如此,只是在具体情况和必然性的强制下,他才会作出区别。即他在处于这种境况,为了保存其生命,他意识到自己行为的主观和随意性,并承担起对被牺牲的生命的责任。"③但在生活中,关爱动物、尊重生命容易得到人类的普遍承认,问题的核心在于这种承认一旦面临现实往往会举步维艰,特别是这种责任的扩大化会在一定程度上造成尖锐的冲突。叶广芩的《老虎大福》写秦岭最后一只华南虎被猎杀的故事,家园遭到破坏的老虎"大福"不得不经常破坏附近村民的太平生活,它成了村里人的心病,于是终于被乱枪射死,并被破肚分尸。小说的主题询问这样一个问题:人类有什么权利去掌握其他生物的生命?作家巧妙利用其熟悉的家族小说擅长于描写人的

---

① 李瑞铭:《幽默小说的源与流——类型小说选后记》,转引自千龙网阅读空间 http://culture.qianlong.com/6931/2004/11/05/53@2359473.htm。
② 柳倩月:《红豺为什么那么美?》,《湖北民族学院学报》2005年第5期。
③ 施韦兹:《文明的哲学:文化与伦理学》,转引自余谋昌《生态哲学》,陕西人民教育出版社2000年版,第149页。

社会和伦理关系的特点,只是将其改为动物形象的背景,从而入木三分地表现了现代人生态意识的薄弱和欲望的贪婪。进一步分析,"大福"的悲剧是现代人类毁灭和伤害自然的惯性导致的,是人类轻视其他生命的生存权利造成的。或许,只有当人类把保护、繁荣生命当做一种重要道德的时候,才能真正意义上回归自然。

三是人和自然关系的深重忧患和重建可能性探讨。叶广芩的《猴子村长》讲述了两代人的冲突,侯家坪的村长为了给动物园捕捉六只金丝猴而兴师动众围猎,他父亲侯自成阻挠不成,退而要求放掉余下的猴子,也遭到拒绝后干脆上告,结果村长被撤职判刑,儿子最终也理解了父亲的情感。这些作品的主题集中在人和动物关系的探讨上,展示了自然界在人类的紧逼下面临的生存困境和由此衍生的人类自身的精神困境。小说指出人类应当学会多从其他生物乃至非生物的立场看问题,并进而学会从生态整体的观点看问题,才有可能摆正自己在自然万物中的位置。唯有这样,人与万物之间才能重建和谐友爱的关系。

四是探究人和自然关系趋向对立的深层根源。叶广芩的小说,从小处着眼,追索人类的生态责任,批判人类的生态暴行,表达了对生态和谐境界的向往。《山鬼木客》揭示了人类和自然的隔阂和对立,从文化层次意识到人类已经"把人和动物对立起来,把动物按人的爱好分成好的坏的"①。陈华的遭遇某种意义上是人类自然良知的象征,"人是自然的儿子,是它的长子"②,但是这种认知得不到人们的共鸣,甚至遭到反感和羞辱。这种对抗的结果便是《老虎大福》式的悲剧产生,一种物种在生态系统中永恒的灭绝。而《黑鱼千岁》进一步揭示了人类的征服欲望,儒对各种动物的肆意虐杀来源于他对自己是万物之主的认同,因此潜意识里以凌驾万物为乐,越是难以征服的对象就越能激发其征服的乐趣,而结果无疑是带有征兆性的——人和鱼共同走向死亡的深渊。《猴子村长》代表了作家对生态和谐的期待,正是由于人类企图统治自然而造成了目前的危机,只有主动改善与自然的关系,才能重返宁静祥和的生活当中。四篇小说层次分明、逻辑清晰,完整地呈现了作家对人与自然关系深刻而有机的思考过程。

从艺术上来看这些小说有着独到之处。20世纪的中国生态文学创作问题中较为突出的便是重"生态"而轻"文学",但是"生态文学说到底,是用审美的方式与生态进行对话,并将它转换为文学与生态学结合的一种特殊的艺术形态"③。生态小说的创作并非只是简单地通过文字载体表达生态意识和哲学话题,而是要保

---

① 叶广芩:《山鬼木客》,《芳草》2001年第2期。
② 瓦希里耶夫:《不要射击白天鹅》,李必莹译,湖南人民出版社1984年版,第54页。
③ 吴秀明:《我们需要什么样的生态文学》,《理论与创作》2006年第1期。

持文学创作自身的特点,注意采用审美的方式与生态进行对话,并将它转换成一种特殊的艺术形态。在这一点上,新世纪的动物生态小说的表现可圈可点:一是小说糅合了传奇色彩的写实手法,将古老的信仰、民俗民风和现代生态观进行融合。如《红豺》中以鄂西山歌"五句子"独具匠心地穿插在作品当中,起到串联情节的作用,同时也有着象征意义,洋溢着神秘的气息;二是尤其注重细节刻画,叶广芩小说中落日下野人咿咿呀呀的吟唱,"大福"临死前迷茫、清澈的眼神,母猴走投无路为小猴挤完奶后主动迎向枪口,都被工笔细描、动人心魄。三是语言生动,描写具有强烈的色彩感,一定程度上将红豺的形象写得妙趣横生、灵气十足,如"对面的山坳上现出一对红影,像一团烈火,像一树红杜鹃,像梦中仙姬,像祥云落地,啊!红豺,红豺,美貌的红豺,背后衬着蓝天神女峰,双双踞坐在春日的阳光里,眨动着眼波,含情脉脉地望着我们,嘴里咿咿呜呜地说着什么,像是祝福,像是告诫,让人提心吊胆,让人心旌摇动"①。这些描写都生动传神,呈现出语言的生动形象。

此外,微型小说作为一种介于短篇小说和散文之间的文学体裁,以微知著,以少胜多,以微观反映宏观,以其强烈的现实感成为生态创作的支流,其中也以动物题材创作较为常见。毛合祥的《窗上来了一窝蜂》(《人民公安报》2002年12月19日)写两种对待马蜂的不同态度的迥异结果,思考人与动物之间的相处之道。朱耀华的《诱杀》(《文学港》2003年第2期)写人性和兽性的本质,习惯把人当做朋友的豹子恰恰死于枪口。这类作品篇幅短小,然而尺寸之间一波三折,蕴含着深邃的生态哲理。

地域生态小说

(一)地域生态小说概况

以地域的概念来概括中国生态小说中的一个大类,主要是因为"地域"一词的含义较为宽泛,可以大致囊括当代生态小说中最为繁芜的创作形态,如大漠生态小说、神农架系列小说、藏地生态小说、草原生态小说等等,当然也有通过这个提法,指出这些作品由于地域、环境、民族文化的不同而导致的主题内涵、艺术风格方面的差异,进而有利于厘清小说在生态范畴内的题材选择、创作手法乃至生态思考方面的特征。从整体视角来看,"一个地区的自然环境决定或影响了这个地区的经济生产的方式、政治生活的形态,同时也塑造了这一地区的人的性格风貌和精神气质,从而也就影响了这一地区包括文学艺术在内的文化的形式和内容……一个地区的文学艺术可能对那块土地上生息繁衍着的人们的精神生态系

---

① 李传锋:《红豺》,文联出版社2003年版。

统起着微妙的调节作用"①。但是值得指出的是这类生态小说在对自然环境的选择上不仅仅是由于这个因素,它们往往处于大漠、边疆、森林、草原、藏地等蛮荒之地,很少选取城市或者现代化程度较高的地区作为对象,但实际上其所写所思无不与城市中的现实有着密切的关系。其潜在含义是对蛮荒边疆的现象和人类话题进行文学化的反思与诠释,揭示人类无处不在的生态隐患和生态暴力,其矛头最终还是指向自然生态和人类精神的双重危机。

这类小说事实上是新世纪生态小说最为庞杂和独特的部分。从主题的反映来看,生态地域小说和其他生态小说一样重在审视人和自然的关系,探寻生态危机的根源,批判现代文明中干扰自然进程和污染生态环境的思想观念,这类小说还有着更为丰富和驳杂的思想,与地域相关的特殊生存环境一定程度上为其提供了更为广泛的文化社会资源。

被誉为"大漠之子"的蒙古族作家郭雪波,从20世纪80年代活跃至今,奉献了一系列以沙漠生态为题材的佳作《大漠魂》《沙狐》《沙獾》《沙祭》《沙葬》《沙狼》等,其中小说《沙狐》荣获联合国科教文组织颁发的文学奖。郭雪波是当代中国较少的有自觉意识的生态作家,具有强烈的社会责任感和生态良知,因此他的创作尽管以动物为主要表现对象,但是"不是纯粹的动物小说,主要还是描写人类在自然界的活动,与大自然和动物发生的冲突,由此引发的深层次思考"。郭雪波在小说里重视生态观念对创作的影响,宣言式地提出"人类在'人类中心主义'主导下,破坏地球生物链,甚至狂妄的要重新安排生物链秩序,这已经引发了地球诸多灾难。我觉得人类现在应该反思些什么。一个作家写自己熟悉的生活,这是基本创作原则"②。

从郭雪波的生命历程来看,两个因素对他的创作影响颇深。一是他出生于科尔沁草原,"小的时候草原很美丽,有草,现在是荒漠化,沙地,也就是严重的沙化"③,二是自幼受到萨满教文化崇尚自然文化的熏陶,二者交织而成的地域情结,给了他特殊的创作激情和灵感。郭雪波的生态写作是从表现生活逐步深入到生态领域、并且有意识进行创作的过程。他曾谈到:"我不知自己何时起被人称为'生态文学作家'或'沙漠小说作家',当1985年第一次发表《沙狐》时,自己并没想过什么'生态文学'之类命题,只是想着把老家的人与动物生存状况及命运展

---

① 鲁枢元:《文学艺术的地域色彩及群落生态》,《黄河科技大学学报》2002年第4期。
② 赵李红:《郭雪波〈银狐〉和〈狼图腾〉是两回事》,引自新浪网影音娱乐 http://ent.sina.com.cn/x/2006-02-09/1551981156.html。
③ 《郭雪波和崔道怡:关于银狐的对话》新浪读书频道作家在线 http://book.sohu.com/20060120/n241535490.shtml。

现给世人而已。"①20多年来,郭雪波坚持用自己熟悉的大漠为背景,写沙漠中的生态命题,不断探索人和自然的相处之道。

以新世纪为界,可以粗略地看出郭雪波写作的一些变化。前期的《沙狐》《沙狼》《苍鹰》《沙葬》等作品往往有着清晰的环保痕迹,比如在人物上分为保护者、破坏者和外来者的对立形象,在描写上反复强调草原退化为沙漠的细节,甚至忍不住进行呼唤;而新世纪的作品探讨的话题更为宏大深沉、主题更倾向于对自然的回归与融入,将现实与神秘、剽悍与温柔、粗犷与细腻糅合在一起,小说《狼孩》《银狐》②即是典型的代表。《狼孩》③是《大漠狼孩》的修改版本,曾获全国首届环境文学奖。故事讲述村主人公救出了一只小狼仔,而母狼叼走了我的弟弟小龙。小狼崽白耳不忘苦苦追寻母狼;而小龙长大变成狼孩,当母狼凄厉的哀嚎响起,回家的狼孩咬伤亲娘,追随母狼的呼唤而去。人孩狼儿的互换,人性与狼性的对比,自然界两个家庭的悲欢离合,人类的欲望和自然之间不可调和的矛盾,充满血性的人和狼共同在科尔沁大草原上演绎一场生态的悲剧。《银狐》讲述草原上一只美丽的母狐姥干·乌妮格敢和蒙族猎手老铁子们的冲突到最后和解的故事,抒写了人类与自然的生死相依、亲密无间。郭雪波的小说创作关注人的生存环境与生命底蕴,展示复杂的人性,除了提倡动物平等、尊重生命基调外,喜爱把人物置于带有原始感的荒野、沙漠、人兽交杂的奇特环境中,并从地域文化的角度和宗教层面展现民族习俗,蒙古族人信奉的萨满教,若剥离其蒙昧因素,实质是对人类与自然和谐共生的崇敬。这种"天人合一"精神,既体现以人为本的思想,又符合科学发展的规律。而人"无法无天",妄自与天地争斗,归根到底是自取灭亡。

同样以大漠题材创作著称的雪漠,以三部小说《大漠祭》④、《猎原》⑤和《狼祸》⑥开拓了当代生态小说的新局面,主要写当代西部腾格里沙漠的农民在恶劣生态环境中的生活。《大漠祭》以描写西部农村风俗为主,展示人类与沙漠共存的关系;而《猎原》和《狼祸》则表现出农村生态危机下的众生百态和矛盾冲突。《猎原》叙述颇有经验的老猎人孟八爷与能干的青年猎手猛子,受乡公安部门的指派进入大漠深处保护狼,但又发现不少狼不止吃羊,而且危害到人,于是人们迫不得已地杀狼。《狼祸》则一定程度上超越了前两部作品的局限在民俗表达的层次,将

---

① 郭雪波:《哭泣的草原》,《中华读书报》1999年11月17日。
② 郭雪波:《银狐》,漓江出版社2006年版。
③ 郭雪波:《狼孩》,漓江出版社2006年版。
④ 雪漠:《大漠祭》,上海文化出版社2002年版。
⑤ 雪漠:《猎原》,北京十月文艺出版社2003年版。
⑥ 雪漠:《狼祸:雪漠小说精选》,中国文联出版社2004年版。

生态环境和农民的生存状态提升到人类普遍性的意义,写忏悔的孟八爷认识到杀狼导致鼠害横行、于是和偷猎者展开多次搏斗的故事。

除了大漠的生态环境受到现代人的侵害,蛮荒原始的神农架也没有逃脱生态危机的逼近。2000年作家陈应松感到"城市的生活是一种慢性伤害,我想到偏远的地方去"①。于是他离开大都市武汉,一头扎入神农架大山,自然的美丽和山区的贫穷都让他震撼不已,人类生存、自然环境和现实社会的诸多话题开始汇聚到这个古老大山中,这组带有魔幻现实主义特征的"神农架系列"《豹子最后的舞蹈》《松鸦为什么鸣叫》《狂犬事件》《马嘶岭血案》《太平狗》《独摇草》等,以其"粗砺、凶狠、直率、诡异、强烈、充满力量、具有对现实的追问力量和艺术的隐喻力量"②,开始呈现在世人的面前。

陈应松的这些小说为中国的生态文学提供了不少有益的启迪。其神农架系列是生态创作和底层写作、乡村小说完美的融合,水乳无间地展示了传统与现代、自然与社会、个体与历史、文明与野蛮之间错综复杂的关系。《豹子最后的舞蹈》③以豹子斧头自述它们家族在猎人对它们的追杀围剿中,在恐惧和绝望中经历了反抗和复仇的过程,并最终走向死亡,豹子的无私、友善、勇敢和人类的自私、贪婪、冷酷形成强烈的对比。《松鸦为什么鸣叫》④冷静地书写公路给神农架带来的巨大变化,筑路前山里的生活很艰苦的,路通了,生活得到改善但树都被砍了,人们却变得更为势利和冷酷。《独摇草》⑤记录了世外桃源伏水山谷的毁灭。王老民兄弟一心一意地挖通落水泉,把山谷变成良田,结果山谷被圈起来,建起了狩猎度假村。王老民在愤恨之下,一把火把度假村烧成了无人荒谷,自己也凄凉死去。整体来看,陈应松的"神农架系列"小说为人们展示了现代化进程中人类和自然的遭遇,热情呼唤人、社会与自然的和谐相处,以宏大的自然图景和生命主题,展现出了生命的苍茫壮美和对人性的深沉思索,将表现人和自然的关系和探寻生态危机的深层根源融为一体。

新世纪生态小说也频频涉足遥远的青藏高原。杜光辉的《哦,我的可可西里》⑥讲述的是青藏高原掠夺与保护自然资源之间的斗争,将生态保护和欲望动

---

① 《陈应松:在社会底层写作》http://www.qingdaomedia.com/dianbo/content_tv.asp?id=71612。
② 《陈应松:在社会底层写作》http://www.qingdaomedia.com/dianbo/content_tv.asp?id=71612。
③ 陈应松:《豹子最后的舞蹈》,春风文艺出版社2004年版。
④ 陈应松:《松鸦为什么鸣叫:陈应松获奖小说精选》,长江文艺出版社2005年版。
⑤ 陈应松:《松鸦为什么鸣叫:陈应松获奖小说精选》,长江文艺出版社2005年版。
⑥ 杜光辉:《哦,我的可可西里》,《小说界》2001第1期。

力批判话题合而为一。这个扣人心弦的中篇,将故事的背景置于危机四伏而又广阔美丽的可可西里,以特殊的环境对人性进行了最质朴和无情的考验。阿来的《天火》①则发生于藏地小山村,小说用大手笔描画了"文革"期间发生在机村的一场森林大火。按照古老的传统,冬季之前要烧荒,让来年草木茂盛。巫师多吉放火被抓入牢房,而此时一场不知起因的森林大火烧毁了大片的森林并逐步蔓延,于是信奉神灵的村人和救火者发生矛盾,结果"天灾"转为"人祸",而"人祸"加剧"天灾",村子毁于一旦。小说的独特之处在于揭示人类非理性对生态系统的破坏,抓住了"天灾"和"人祸"相互转化过程中的微妙关键。

此外,草原生态小说也是近年来逐渐兴起的一股支流。如孙正连对"大布苏"地域的草原生态书写也开始引起关注,短篇小说集《洪荒》《大布苏草原》对草原风情的细腻刻画和生存境遇的严肃思考都有不错的表现。哈萨克作家朱玛拜·比拉勒创作的短篇小说《生存》《蓝雪》《朦胧的山影》,探讨人与人、人与自然、人与历史的关系有独到之处,而蒙古族作家满都麦的小说创作也开始进入生态批评研究的视野。

(二) 地域生态小说的特征

中国地域生态小说揭示了人与自然的矛盾不应是脱离了环境而进行的对抗,而是在自然界内部的非对抗性矛盾,应当是两者的和谐、统一、发展。因此,地域小说以系统的、互动的观点看待自然和人类。无论在古朴的森林还是僻远的山川,或者宁静的乡村、喧哗的都市,无论是靠近或者远离自然,人类都应该对自然有一种家园的回归和依恋。具体来说,新世纪以来的地域生态小说从四个层面讨论了自然生态关怀和人文精神反思。

一是在城乡二元对立的视角上审视人类生存状态的恶化。从 20 世纪 80 年代末,中国社会激烈的社会转型和经济发展,将城市和农村的距离骤然拉开。伴随着差异的逐步扩大,乡村作为弱势的一方逐步陷入特殊的危机状态,特别由于农民是依赖自然生存的群体,环境的破坏首当其冲危及他们的生存。这类小说直接描写生态恶化和生存质量的下降,如雪漠的小说写农村"耕地逐年退化,撒下种子和化肥只能'望天收'。为了人畜饮水和浇灌可怜的庄稼,人们多次打井,但掘进几百米都不见水。为了生存,人们不得不掠夺'沙窝子':黄柴具有固沙作用,但其种子能卖钱,人们就抢着捋黄柴,一进秋天,村庄四周的黄柴就被人们做了标

---

① 阿来:《天火》,《空山:机村传说壹》,人民文学出版社 2005 年版。

记"①。陈应松的小说《望粮山》②写鄂西北一个贫瘠的山区,这里的农民在一种无望的生死煎熬中苦苦挣扎,悲剧性地展现了城市对农村的挤压。

这类小说的价值更在于通过揭示社会矛盾来反思现代化工业文明的发展方向。当代中国的发展出现了经济主义的倾向,以经济增长为唯一目标,尤其在城乡二元对立中呈现出更为明显的色彩。这种发展模式以牺牲多数人的利益为代价,以牺牲环境和资源为代价,尤其城市在这种模式下肆无忌惮地从农村攫取大量土地、资源和廉价劳动力,同时造成农村生态环境的恶化和生存方式的失衡。陈应松的小说《松鸦为什么鸣叫》讲述山民把公路作为拯救蛮荒落后的先进象征,但是事实上公路并非是一条富裕大道,一方面它不断带走林区的树木、破坏当地的自然环境,另一方面城市文明在淳朴的山村人面前暴露出对生命的冷漠和轻视。作者以悲天悯人的情怀集中展示了中国现代化进程中神农架山民的现代化诉求与囿于时空等限制而不可调和的尖锐矛盾。

二是在"人性"角度辩证地批判人类现代文明中的反生态观念。如《狼孩》故事主人公的结局意味深长,狼崽死于人类的诡计,而人孩终于放弃了人类的文明。小说着力刻画各种生命的形象,不忌惮用传奇的手法来激发读者的阅读快感,生态平衡在这里被转换成人狼相处的爱恨情仇,狼仔的侠义之气,母狼的爱子之心,无不惊心动魄,令人悚然动容。通过对人性和狼性的复杂对照,作者干脆地指出:"大家都说狼残忍,其实狼比人可靠。"③《哦,我的可可西里》将环境的破坏和心灵的异化同步展示,财富造成的人性萎缩和物质追求与精神失落在苍凉的高原上剧烈地冲突着,激荡起深深的叹息和思考,酿成生态家园的丧失和精神家园的沦落。

雪漠的三部小说着力刻画了环境被破坏后的状态,残破不堪、摇摇欲坠的"沙窝子"地区的生态破坏触目惊心,然而人们在欲望和现实利益的驱使下,形成破坏环境——生态恶化——更疯狂的破坏的恶性循环。《猎原》表面上是写偷猎野动物的故事,主题无疑是环境保护。对保护动物的孟八爷和猛子来说,为了维护自身的安全,也以"自卫"的名义杀狼,而以偷猎为生的猎人,也为生活所迫不得已为之。生态危机背景下生存的艰难,渐渐使人性扭曲、畸形,小说结尾大漠的人们在又一次械斗后发觉,"对自己威胁最大的,不是狼,而是水"④时,孟八爷却说"最大的威胁不是狼,不是水,而是那颗蒙昧的心"。因此小说的情节在次第展开的同

---

① 周水涛:《略论近年来"生态乡村小说的创作指向》,《小说评论》2005 年 5 期。
② 陈应松:《望粮山》,《上海文学》2003 年第 6 期。
③ 郭雪波:《狼孩》,漓江出版社 2006 年版。
④ 雪漠:《猎原》,北京十月文艺出版社 2006 年版。

时,内涵也如抽丝剥茧一般层层深入,"作品看起来是写羊的悲剧,狼的悲剧,井的悲剧,在背后是总写大漠的悲剧,在根本上则是写人的悲剧。而这人的悲剧,便是都从不同的愿望出发,而最后却走向了殊途同归的自戕"①。

三是将生态问题和历史反思相结合。《天火》通过对大火极尽铺张的叙写,展示了人物内心的百态,揭示了机村人在面对外族制度和思想侵入时所引发的冲突与矛盾,体现了作家对社会"现代性"的忧思。小说的独特之处便是以洪荒古朴的藏文化为背景,将"文革"喧嚣、野蛮的现代非理性色彩和蓬勃、宁静的古老文化进行对照,小说展示的既是生态的悲剧,更是文明的冲突,"在政治、信仰、心理等层面展开了传统语境与现代话语之间的深层次对话。作品将历史叙事与魔神叙事融为一体,将自然界的森林大火与特定时代人们内心的欲望之火相关联,将历史的沉思和传统的眷恋交相辉映,对岁月的流淌和时世的变迁表现出强烈的困惑与无奈,让人感慨良多,难以一言以蔽之"②。呈现出作品的丰富性、复杂性。

小说《银狐》中哈尔沙村的生存混乱正是人类无视自然法则、为一己私利而恣意妄为导致的,作品情节紧凑、故事精彩,掩卷后给人留下的是沉重的思考,正如作者所说的:"我写过不少狼和狐的小说,如《银狐》、《沙狼》等,主要宗旨在于折射人与人、人与自然的生存关系,而不是从某种理念出发对某个民族文化的狭义宣泄,而是对整个人类生存状态的审视、反思和批判。"③

四是将生态问题和审美表达巧妙融合。郭雪波的《银狐》具有浓烈的沙地风情,一是大漠传奇色彩浓郁,尤其是对萨满教中信奉长生天、长生地、山川河流森林的自然倾向表达得淋漓尽致;二是形象个性鲜明,小说中塑造了两只美丽的银狐——母狐姥干·乌妮格和珊梅,恍若两位栩栩如生的女性,或许作者正有意借此抹平人类与动物之间的鸿沟。陈应松的"神农架系列"生态小说呈现出奇异瑰丽的文化象征图景,以蛮荒神秘的环境刻画,回归真实、原始的自然,尤其在塑造氛围上,采用魔幻手法,勾勒出苍茫悲凉而又斑驳的绚烂画面,将楚地诡谲神秘的文化特色渲染得淋漓尽致。此外,诗意的语言风格也是小说的特色之一。陈应松是怀着诗歌的梦进入文学创作的,这种经历在他的文字上有着深深的痕迹。《豹子最后的舞蹈》抒发了豹子内心痛苦、孤独、绝望的回忆,仿佛一个漫长而诡谲的梦幻,让人压抑得无法喘气:"我是一只孤独的豹子,我的同类,我的兄弟姐妹,我

---

① 白烨:《读雪漠的长篇新作〈猎原〉》,原载《文汇读书周报》2007年1月22日。
② 翁礼明:《悖论中的隐喻——评阿来长篇小说〈天火〉》,《当代文坛》2005年第5期。
③ 郭雪波:《〈狼孩〉后记》转引自新浪读书频道 http://book.sina.com.cn/nzt/lit/langhai/121.shtml。

的父母都死了,我是看着它们死去的;有的是无声无息地消失了,像一阵又一阵的岚烟,像一片掉落山溪的树叶——它们是不会回头的。"①以抒情的话语表达生态被破坏的感慨,充满着悲怆的诗意。

生态启示小说

生态启示小说的提法,源自生态批评家布伊尔"生态启示录文学"。他曾指出:"启示录是当代环境想象最有力量的核心隐喻。"王诺由此概括了"生态预警小说",即又名"生态反乌托邦小说"的概念,这是生态文学的一个重要组成部分,它通过预测和想象未来的生态灾难向人类发出预警。但是本文进一步扩大了"启示"的范畴,除了对未来灾难的预测,也可以包容对和谐幻想的表达,尤其是根据我国的文学创作特点,将具有强烈虚构特征的小说以及采用神话、民间传奇为表达手段的生态作品归入其中,起到以虚写实的作用。

贝特在《大地之梦》中曾说:"深层生态学的梦想永远不能在这个大地上实现,但是,如果我们还会作为一个物种而幸存于世,可能恰恰就依赖于我们还具有在我们的想象性的作品里梦想的能力。"②因此通过想象的方式来进行生态小说的创作,激发人类内心深处对自然的情愫,或者通过虚构的极端危机,警醒人类的生态意识,是一种相当必要的方式和途径。一个民族想象世界的丰富性,它同时也表现在宗教、艺术、文学、劳动、技能等生活的过程中,表现为人类精神文化生活被想象所张扬的复杂与完美。生态启示小说的意义正式通过想象去创造生态环境的完美,或者用想象去穿透生命危机带来的人类毁灭的悲剧,影响了人类对自然的态度、行为的选择,创造诗意生活的理想,为人类提供了一个灵魂与肉体安居的精神生态空间。

山西作家李晋瑞的小说《原地》③,被认为是中国第一部真正意义上的长篇生态作品。通过对"环境的想象",对社会的发展与生态的和谐之间的矛盾进行了反思。小说有两条线索并进,一条是将现代婚姻与原始走婚放到同一个平面上进行比较。作家陆天羽与妻子的婚姻走进了死胡同,而初恋情人苏然突然出现,两人余情未了。为了逃避婚姻乃至婚外情,他接受邀请到埃塔进行文明扶贫,结果埃塔人对爱情的执着、纯洁、自由震撼了他,并让他和苏然爱情复苏。另一条更重要的线索是埃塔在外来文明干扰下的扭曲发展。在世外桃源般的埃塔,人们过着简

---

① 陈应松:《豹子最后的舞蹈》,春风文艺出版社2004年版。
② Jonathan Bate:The Dream of the Earth,Harvard University Press,2000,第38页。转引自王诺《欧美生态文学》,北京大学出版社2003年版,第11页。
③ 李晋瑞:《原地》,长江文艺出版社2006年版。

单而幸福的生活。但是,当外来的力量催化埃塔"发展"时,人们的心灵开始异化,各种现代社会的罪恶开始滋生,宁静与纯朴荡然无存,对雪山与圣湖的信仰遭到抛弃。打着扶贫旗号的商人也终于露出狰狞面目,逼着埃塔人为他无偿劳动,花半年时间炸山找玉石。当一切失败后,埃塔人美好的生活也一去不复返。

小说侧重于对人物内心的刻画,通篇用韵味十足和内涵丰富的语言叙述,展现着原始与纯朴的美,表达着物欲对人性的腐蚀,叙述着"埃塔"面对现代文明的脆弱与无能为力,具有典型的生态启示色彩。小说采用了大量的象征手法也具有启示性的特征,如地名"埃塔"就是虚指,意思是用尘埃堆起来的塔,因此只是一种不真实的、经不起冲击的美好存在,注定会成为一种乌托邦式的美好,注定是一支挽歌;而羊脂玉则是欲望的象征,是让故事情节发展的一个隐秘的力量,没有对羊脂玉贪婪的需求,商人就不会派陆氏兄弟到埃塔进行所谓的文明扶贫,一切便无从发生。

小说质疑了"现代"文明对"落后"文化的干涉。人类现代文明中凌驾万物、征服自然的行径,以及无限膨大的物欲和自私的利益原则,将原始单纯的圣地变成人间地狱一般喧嚣和恐怖。小说通过对比,指出只有物质生活的最大简单化和精神生活最大限度的丰富化,才是人类理想的生存方式。

2004年初,山西作家哲夫的十卷本哲夫文集由美国联邦书局向全球发行。哲夫是我国作家中生态意识觉醒最早的作家之一,他的《黑雪》《毒吻》《天猎》《地猎》《极乐》等,无不直指环境问题。例如《天猎》[①]以虚构的煤城H市的一场黑雪为背景,让形形色色、林林总总的人物悉数粉墨登场,所记之事荒诞绝伦,撇开表象,作者的目的已不在于编织情节或者构筑小说本身,而是要指出生存环境的毁灭,是基于人类对于生态的残暴破坏。《地猎》[②]则通过对一个毒孩的诞生,深入揭示人类心灵的变异,生动细致地展现了人的物欲和顽劣,人的放纵和狂妄会酿出险恶的后果。这一系列小说不仅关注人类对自然环境的疯狂侵害,也指出人类的心灵由此陷入了焦虑、矛盾、险恶的境地。小说的人物大胆虚构、背景凭空创造,但是情节异常生动真实,形象塑造丰满,故事在洋溢黑色批判意识的同时也兼容了深厚的人文关怀。

山东著名作家张炜的短篇小说《鱼的故事》[③]是首届环境文学奖获奖作品,小说通过对渔民、大海和鱼之间关系的勾勒,展开对人类中心主义的批判。其实此

---

① 哲夫:《天猎》,长江文艺出版社1997年版。
② 哲夫:《地猎》,长江文艺出版社1997年版。
③ 张炜:《鱼的故事》,时代文艺出版社2004年版。

前他曾发表类似的小说《怀念黑潭中的黑鱼》①，一群来历不明的黑鱼请求安身在一对老夫妇旁边的水潭和睦相处，但是夫妇俩终究经不起渔夫的怂恿和诱惑，出卖水族，于是黑鱼一夜间消失，水潭化为黑地。这部作品蕴含着在人类社会文明利益的席卷下，古老的人与自然的和谐被无情地破坏，所不同的是，作者将其置于传统和民间的道德体系中来考察，将自然生态的破坏与精神生态家园的逐步崩溃联系在一切，传奇中酝酿着苦涩的味道。在《鱼的故事》中这种对立的气氛更为浓厚、矛盾尤为加剧——人类捕捞的竭泽而渔终于激起了小鱼姑娘的报复，终于有人死在风暴中。张炜通过小说反对人与自然对立冲突的观念，呼唤人的自然本性的回归，来消除人和万物之间的紧张。

生态启示小说的意义就在于在超越而又限制中决定人类对于自然环境的生态价值的选择，超前地表达了人类对自然和谐遭破坏的预警前兆，或者表达了对绿色乌托邦理想至上的追求。人们是环境的想象者，也是环境的承受者，既是自然环境的破坏者又是保护者，同时具有环境想象的悖论和矛盾，又必须从这样的境地中寻找解救自然之路，用环境意识去创造一种生态文明。目前，国内这类小说文本相对稀少，仅仅在一些儿童文学和科幻小说中略有涉及。

第三节 新世纪初生态小说评价

一、新世纪初生态小说的主要成就

中国生态小说已经走过了20多年的历程，从80年代的发轫到90年代的不断提升，尤其是新世纪以来生态写作群落不断扩展，作家的生态使命意识有所增强，创作对社会的干预作用也渐渐有所体现。特别是新世纪以来的生态小说创作，从以前简单的"环境问题揭露——寻找原因"模式，发展到探求生态问题的政治、经济、文化的各个层面，思想不断深化，内涵逐步扩大，注重从个体局部上升到整体，尤其对人和自然关系中人的一方进行深入、严肃的拷问，探究人性及人类文化中累积的种种生态危机根源，如人类中心主义、征服自然观、欲望动力观等。动物小说和地域小说的创作发展，以不同的视角和姿态发展了极富本土特色的生态文学种类。这类写作还在一定程度上缓解了国内生态文本资源相对贫乏的状态，有利于生态批评与之发生有益的互动，形成文本诠释——梳理批评——理论研究——

---

① 张炜:《怀念黑潭中的黑鱼》，北岳文艺出版社2001年版。

的良性动态循环模式,推动本土生态文艺理论的构建。

从发展的眼光来看,新世纪以来的生态小说取得了不俗的成就,尤其和此前不少生态研究者指出的缺失颇有不同之处。这类结论一方面具有阶段性的特点,随着中国生态文学的发展而渐渐有所变化,如陆以宏指出的创作上"重在'悲天',疏于'悯人'"①,认为中国的生态创作侧重对环境危机本身的关注或者对社会整体性的批判,缺少对人的观察和刻画。这些弊端在新世纪的生态小说创作中已经得到较大的改观,尤其是地域生态小说以广阔深厚的文化资源和深刻前瞻的生态观念,对人的形象、人的本性都有精彩的描摹和表现。另外,由于部分学者寻找缺陷往往从宏观的生态思潮角度入手,相对缺少细致的文本考察,容易得出一些看似合理实则并不切实的话语,因此很难切合目前生态文学尤其是生态小说的创作状态。如较有代表性的观点如认为"生态文学大多观赏性不强,生态价值远高于艺术价值,'生态文学研究'也变成了与文学关系不大的'生态思想研究'"②,并且将原因部分归结于布伊尔和王诺对生态文学的定义对"生态"倾斜过多,对文学的本体关注不够,以及"人们赋予生态文学超强乃至沉重的非文学的社会使命"③。事实上中国的生态创作较少受到生态文艺研究的影响,并且在两方面都相对薄弱。王诺的定义固然对创作现状中的生态意识淡薄有矫枉过正的嫌疑,但是并不足以妨碍中国生态创作的文学性张扬。就以目前的生态小说创作实情来看,恰恰是当代文学的生态使命感比较微弱,文本的生态内涵不足,除了早期的报告文学和部分诗歌外,大部分的生态创作并不和其他领域的写作在形象性、生动性上有较大的差距。仅从新世纪以来的生态小说写作而言,填充概念、表达呆板、缺乏文学魅力的文本并不多见。

综合地来看,新世纪以来生态小说创作主要呈现三个方面的突破:

一是生态小说创作展现了当代中国文学回归现实主义的努力。有专家指出"当下的小说创作不但没有了20世纪80年代中期至80年代末的'先锋文学'的那种锐意探索创新的追求,甚至已经失去了最起码的人文理想的精神向度,充斥在故事与细节之中的是庸俗、暴力、滥情、性以及商界的尔虞我诈与官场的权力角逐,说道德伦理严重失范并不为过。人的世俗欲望被无限放大,我们看不到这个时代的政治、经济、文化、思想的背景,感受不到这个时代的精神状态,更没有中国社会重大转型期既波澜壮阔又严酷悲壮的现实图景。没有思潮,不见流派,甚至

---

① 陆以宏:《解读"环境文学"》,《广西教育学院学报》2001年第2期。
② 吴秀明:《我们需要什么样的生态文学》,《理论与创作》2006年第1期。
③ 同上。

个性与风格也凤毛麟角;小说在充分地表达作家的世俗与卑下的叙事欲望的同时,成为取悦大众的工具,商家赚钱的手段"①。而生态小说以直面人类危机的勇气、宏大的人类终极命运,开始扭转这一局面。以目前的创作来看,各种生态小说洗尽了媚俗的"铅华",大则探讨人类的发展,小则关注底层的生存,怀着强烈的生态责任感为生态整体立言,并全面深入地探讨和表现自然与人的关系:自然对人的影响,人类在自然界的地位,自然万物与人类的相互依存关系等。

二是生态小说表现出人类回归自然的强烈愿望。梭罗曾经赞美自然:"我们的母亲就是这广袤的、野性的、荒凉的自然,她同时又是如此美丽,对她的孩子们,如豹子,是如此的慈爱,她无处不在。"②从新世纪小说的创作实践来看,不少作家主动进入自然,通过对远离都市的原始环境的礼赞,对纯朴宁静生活的向往,尤其通过和现代文明中麻木、实利至上的疯狂行为作比较,表达了对美好自然生态和人文生态的向往。如生态地域小说除了表达各种生态话题外,故事展现的自然风光往往和人融为一体,蛮荒古朴的科尔沁草原、神秘野性的神农架、宁静广阔的青藏高原,以及这些荒野中原住民们简朴幸福的生活方式,都容易对现代人产生极大的吸引和反思。

三是文学创作的本体意识逐步增强,叙事感人,情节曲折,吸引了众多读者;尤其是动物生态小说塑造了一大批著名的动物、人物群像,性格鲜明,令人难忘。特别是一些纯文学作家的加盟,大大提高了中国生态小说的文学水准。尤其是生态责任小说的内容丰富多样、手法渐趋成熟,改变了20世纪生态小说长于表现环境问题而文学性欠缺的不足。从文学表达和内涵底蕴来说,新世纪初的大量"准生态"创作更胜一筹,《怀念狼》的寓言方式具有强烈的隐喻性质,呈现出一种荒诞或魔幻的色彩。《狼图腾》塑造的小狼形象深入人心,书中主人公陈阵为了爱狼研究狼而去掏狼窝养狼,而失去了自由的小狼,却最终以反抗回应陈阵之爱。陈阵给小狼以真挚的爱,却无法还小狼以自由,以生命为代价抗争的小狼灵魂升入腾格里,通过这种栩栩如生的刻画,深入探讨了人和动物相处中的真正问题之所在。

二、新世纪初生态小说的不足

作为一种新兴的创作潮流,新世纪以来的生态小说还相当不成熟,在诸多方面还存在一定不足。首先,新世纪初生态小说创作的"根"仍然不深。比较20世纪八九十年代的生态作品停留在呐喊和煽情的阶段,新世纪这些作品在生态的土

---

① 傅逸尘:《城乡二元对立背景下的人性探索》,《小说评论》2005年第5期。
② 梭罗:《散步》,转引自王诺《欧美生态文学》,第215页。

壤里无疑扎得更深入,但是这种深度还是不够,甚至一部分的生态小说如同自然界的藤蔓,只能依附大树才能进入这个领域。正如韩少功所说,文学需要根,那么生态文学的根在何处呢?

生态文学创作需有切身的生活体验。新世纪的不少生态作品都源自作家的深入体验,如叶广芩挂职秦岭腹地、陈应松蹲点神农架、郭雪波对科尔沁沙地的深情、李传锋对湖北山区的眷恋、沈石溪对云南西双版纳的热爱,都铸就了他们生态作品的坚实基础,使得这些文本可以扩大到每寸土地,甚至整个世界。

生态文学创作须提升生态观念。从文本来看,我国作家的生态意识总体比较薄弱,大多习惯于沿用"五四"文学的启蒙思路和人性解放的套路,特别是由于新中国成立以来人与自然二元对立的模式被普遍接受,"人定胜天"的人类中心思维影响犹在,加上作家群体很少对生态话题尤其是自然现状、自然秩序等知识保持关注,其结果便是作家对生态危机了解不多,更不用说在生态语境中探讨人的生命状态和生存方式。生态批评的一些重要研究领域如反人类中心主义、自然价值论等都没有在文学上得到较好的体现,作家往往是在没有具备深层生态学意识的前提下进行创作,作品的生态意蕴难以得到显现。此外,社会生态意识的淡薄甚至反过来阻碍生态观念的传播,某些作家自觉的生态创作往往还会招来研究者在其他视角关注下的否定判断。如郭雪波的创作是较好的生态文学典范,将后现代的理性反思和萨满教的古老传统水乳交融成大漠系列生态小说,但是被个别批评家看成是为了跻身主流文化丢失了自己的民族认同感,"郭雪波已经不是从原有的蒙古族民族文化的角度来进行审视,而是从湮没自己的那个文化系统,或者从主流文化价值系统的需要出发来进行展示"①。这种论调建立在对生态危机的漠视上,其实当下的社会对环境危机的关心不是过了而是严重不足,当地球和人类面临生死存亡危机的时候,与生态思潮相比其他领域的问题都显得相对次要。

生态文学创作需汲取生态伦理传统。中国的古代文化中蕴含着更丰富的思想内涵和更广阔的思想资源,中华民族有着丰富的善待自然、与自然和谐相处的悠久传统,始终相承"天人合一"的生态哲学意识。古典文学的生态研究也揭示,我国的《诗经》、历代山水田园诗、明清小说中都有生态意识的流动,创作应努力汲取这些优秀的生态资源。

其次,新世纪生态小说缺少独特的感受过程。布伊尔在他的著作《环境的想象:梭罗,自然书写和美国文化的构成》中提出,生态文学"文本中对环境的描写必

---

① 李晓峰:《中国当代少数民族文学创作与批评现状的思考》,《民族文学研究》,2003年第1期。

须是一种独特的感受过程"①。创作生态环境文学,作家需要思考的不仅仅是自己家乡的环境恶化问题,而是需要反思整个人类的生存意识和生存状态,审视人类与自然的关系。而当前的生态写作"情感有余而个体感悟不足,因为趋同于主流学术话语、宣传话语的急功近利心态,使生态文学的忧患意识更多地停留在共性层面上"②。与20世纪比较,生态小说的创作中已经摆脱了焦灼的"急就章",而是进入到更深的社会、文化、传统、个人的视角。但是从整体来看,无论是动物小说还是区域写作,尽管站在人类对面的动物不同,或者情节开展的背景不一,文化展开的民族身份迥异,但是探讨的话题、挖掘的人性因素、对生态危机的根源认识都大同小异,如果说个别创作不乏独特之处,也往往只是保留在表层的组合元素上,而不是深层的、基于生态理念产生的个性化体验。动物小说的形象也大致局限在少数几种之上。值得提出的是,目前的生态小说的写作视角极为狭隘,无非投注在自然身上,似乎不说自然,生态便无从谈起,实则从生态文学的特征看,能够反映人类的生活方式、社会模式、文化范式等方面对地球生态造成影响的,无不可以列入其中。美国生态小说《单乳族》写一个家族的女人因为原子弹试验得乳腺癌,所以都是单乳,写得惊心动魄。而我们的作家都很少直面生态危机最大的根源地——城市,而是在千里外反思,固然也是一种不错的方式,但是成为一种雷同的选择,则大大逼狭了这种文学的创作视野。

再次,新世纪生态小说科学知识和理性意识比较淡薄。乐刚曾在《环境主义的盛世危言与末日诅咒》③一文中提出环境写作的道德立场问题,批评某些没有经过生态学专门训练的报告文学作者站在上帝的位置上,发出危言耸听的末日审判。而从目前的小说文本来看,不少作家在没有清晰的生态知识前提下,任意阐释民族的传统或者原始的习俗,作为回归自然的捷径。生态文学和其他文学较大的不同,是前者把生态系统的整体格局作为根本前提和最高价值,因此对人类自身的认识必须建立在科学、理性的基础上,对传统必须有选择地继承和吸收,否则并不符合生态创作的标准,甚至走向极端,产生局限或者过激的理念。生态文学史的里程碑蕾切尔·卡森的创作,在开始写作前便收集资料和素材,努力避免有违反科学的描写,"凭借独一无二的天才,将琐碎沉闷、令人入睡的科学研究材料

---

① Lawrence Buell:The Envioronmental Imagination:Thoreau, Nature Writing, and the Formation of American Culture, Harvard University Press, 1995, Combridge, pp. 7 – 8. 转引自王诺《欧美生态文学》,第7页。
② 陆以宏:《解读环境文学》,《广西教育学院学报》2001年第2期。
③ 乐刚:《环境主义的盛世危言与末日诅咒》,《读书》2000年第5期。

熔炼成诗情画意的作品"①。而恰恰是这种对真实的执著,使她的作品在遭受剧烈的抨击后仍成为划时代的经典。当然,卡森的写作是科普题材和普通的作品有所区分,但是生态创作如果没有良好的生态观念和生态良知作为支撑,无论小说本身多么出色,都无法被列入其中。

此外,新世纪生态小说还呈现了参与程度低下的特点。如研究者指出:"中国的生态文学至今还没有形成热潮,甚至连流派都还算不上。相当多的作家每天都面对日益严重的生态危机——喝被污染的水、吃高残留的食物、呼吸有害健康的肮脏空气、耳闻目睹甚至亲身经历接连不断的生态灾难,但在创作上,表现出来的却是对生态危机的无动于衷。这与当代欧美作家形成了很大的反差。"②中国生态小说的创作目前为止还是"少数人"的领域,大部分的作家都只是通过间接的方式,在自己的创作中选择性地添入一些生态的成分,故而形成了大量的"准生态文学"现象。近年来,中国小说创作整体上向内发展,关心个人的琐屑生活,逐渐和自然产生隔阂,从而很难形成生态文化的社会聚焦。因此,当代生态小说的创作乏人问津,呈现两个极端:有才华的作家依然游离于外,而网站上常见的一些网友写作往往缺少文学性、水准不高。即便是本文涉及的几位生态小说家,虽然其生态创作各具特色,但和他们的其他作品比较,在艺术上也还存在着差距。如叶广苓的动物小说系列和她的"家族小说"对照,在文化韵味和叙事语言上后者都要明显胜过前者。

结语:生态小说创作之展望

在新旧世纪之交,不少有识之士已经认识到 21 世纪将是一个生态危机越发严重的时期。环境污染和生态失衡正在逐步影响人类的精神世界,远离自然的人们将不仅仅承受污染带来的生存窘境,而且面临精神家园沦丧的恶果。作家詹姆斯·乔埃斯指出:"现代人征服了空间、征服了大地、征服了疾病、征服了愚昧,但是所有这些伟大的胜利,都只不过在精神的熔炉里化为一滴泪水。"③20世纪初,饱受劫难的中华民族"国破"而"山河在"。到了 21 世纪初,国虽无恙,但

---

① Carol B. Gartner: Rachel Carson, Frederic Ungar Publishing, 1983, New York, pp. 2 – 3. 转引自王诺《欧美生态文学》第 128 页。
② 王诺、陈初:《佳作难觅 中国生态文学现状堪忧》,载于《中国艺术报》2005 年 4 月 15 日。
③ 詹姆斯·乔埃斯:《文艺复兴运动的普遍意义》,《外国文学报道》1985 年第 6 期。

是山河已经受着污染,中国已经陷入极其严峻的生态危机中,如果再不及时确立生态意识、改变发展模式、反对消费主义,摒弃诸多危害人类环境的文化根源,危机终将酿成惨祸。世纪初贝特的质疑早就为卡森所预见,她曾经大声疾呼:

> 我们现在已经来到一个岔路口,究竟是选择另一条艰难的自救之路,还是继续加速度地在这条看来平坦的超级公路上奔跑,直到灾难性的尽头?

面对严峻的生态危机,越来越多的人已经认识到,全球性的生态危机正严重地威胁着人类的生存和发展,已有许多人自觉地投入到了人类的生态环境保护事业中去,人类的生存问题毕竟是压倒其他一切的问题。生态文学创作将以悲天悯人的人文情怀和冷静深邃的理性剖析,对继续提高人类生态意识、升华生态伦理道德起到重要的作用。生态文学的前途无量,推动它走向繁荣和进一步发展的根本动力——生态危机不仅没有得到有效的缓解,而且在持续加剧中。生态危机真正的内在根源不完全在于人和自然关系的分裂,也在于人类的价值信仰危机,是现代人的文化危机和精神危机的产物。因此,生态文学将在这场人类历史的变革中任重道远。

从生态文学自身的发展来看,本文所论述的文本从内容诠释和思想解析上都采用了阶段性的认知模式,即在普遍的深层生态意识缺乏状态下,以略带实用主义的视角来剖析作品蕴含的生态认知和审美的进步,因此不可避免地带有矫枉过正的色彩,侧重挖掘生态伦理的在文学中的表达。从更为开阔前瞻的角度观照生态文学发展的话,生态文学更应该具备超越生态现实的勇气,应更多地从文学和美学的角度去表现生态现象,成为一种具有独立特征的文学图景和人文创造。或者正如有学者指出的那样:"生态繁衍衰亡给人类造成的不安与思考,在生态文学现象中构成了人类命运与终极存在之间的秘密联系,因为人类最终的唯一问题是生命的活着与死亡问题,而这并不是一个单纯的个人生命问题,而是对人类群体生命的思考,进而是对地球文明、整体性生命状态的思考,即由生态文明立场出发的生命思考,它表达了人类由采集文明到生态文明的意识,因此它更加具有人类整体性生存命运的意义。"[①] 当然从这个层面上来看,新世纪以来的生态小说以其丰富细致的内容、完整跌宕的情节、生动独特的描写,尤其是宏大的生态想象空间和深刻的人与自然关系主题表达,已经开始踏上这条希望与挑战并存的漫漫之途!

---

① 徐肖楠、施军:《生态文学的情感空间和审美意象》,《珠海城市职业技术学院学报》,2006年第1期。

第二章

新世纪初的后现代文化与"80后"小说

第一节 撩起"80后"的神秘面纱

新世纪初,一批被称为"80后"的年青作家的创作引起社会的瞩目。"80后"不仅在媒体上掀起了一股舆论的风暴,其作品更是一度占据了中国图书近10%的市场份额。在新世纪初的几年内,他们的影响力迅速席卷了整个中国,甚至还波及了海外。"80后"的创作队伍由小变大、浩浩荡荡,其代表人物有李傻傻、郭敬明、张悦然、韩寒、春树、孙睿、小饭、蒋峰、周嘉宁、苏德等[①]。

一、关于"80后"的概念

第一个提出"80后"概念的是青年作家恭小兵。2003年春天,恭小兵在天涯虚拟社区(www.tianya.cn)发表了《总结:关于80后》一文,引起了网民对这一文学现象的普遍关注。同年7月11日,在天涯社区副版"别院"开辟出文学专版"生于八十","80后"的文学才华和影响力得到了包括天涯社区和众多网民们的肯定[②]。此后,"80后"这一概念渐渐得到越来越多人的认可,并成为媒体和出版社广泛用来指称这批发表了不少作品,并积累了一定知名度的年青写作者的专有名词。不过,"80后"究竟是指什么目前还有一些意见上的分歧,蔡伟在《"80后"现象的教育思考》一文中这样论及"80后":

"80后"这个词首先由少年作家恭小兵在一篇文章中提出,随后迅速流

[①] 《羊城晚报》在2004年做过一份"80年代出生作家实力排行榜",前十位分别是李傻傻、郭敬明、张悦然、韩寒、春树、孙睿、小饭、蒋峰、颜歌、易术。这一说法在当时引起不小争议,也产生了很大的影响,《现代语文》2005年第6期做了全文转载。而我认为的"80后"代表远远不止这些人,将会在全文中进一步阐释。

[②] 参见茅道《解密80后》,发表于天涯虚拟社区(www.tianya.cn)"生于八十"版块。

传并在网络中被高频率地使用。虽然这个概念的所指并不一致,但多数人把它作为80年代出生的写手的统称。①

蔡伟把"80后"理解为"作为80年代出生的写手的统称",难免会产生诸多的疑问:其一,如果"80后"指的是年青的"写手",那么他们离"作家"还有多远?其二,如果"80后"本身指的就是"写手的统称",那么经常见诸报端的"'80后'写手""'80后'作家"的表述是不是就有概念上的矛盾?其三,把所有出生在80年代的写手都归入"80后","80后"的外延就相当宽泛,这难免会造成理解上的混乱:出生在80年代的"写手"根本无法统计,那些所谓的"80后"统计数据就显得没有任何意义。

策划人刘波对于"80后"是不是该称呼为"作家"提出了这样的标准:"那些只要出版过长篇小说的人,我们就可以称之为作家"②,"80后"一般都发表了长篇小说,那么已经出版了不少作品的"80后"俨然就是堂而皇之的"作家"。按照《辞海》对"作家"的定义"古指文学上有卓越成就的人,今泛指具有一定成就的文学创作者"③来看,发表了一定作品、并产生了一定影响力的"80后",也确实可以配得上这个称呼。我认为:"80后"确切地说是"'80后'作家"的简称,它指的是出生在20世纪80年代、发表了一定的作品(包括网络作品)并且产生了一定影响的作家群体,他们的文学创作就被称之为"'80后'文学"。

"80后"命名的提出,引起了很多的争论。很多人对于是否能用这样简单的断代式的划分来指称一群各有特色的年青作家产生了很多疑问。著名的评论家白烨对于"80后"的命名有这样的认识:

> ……肯定不合理,但目前还没有更精确的概念来代替,有人曾试图用"青春写作"、"学生写手"来代替,但都代替不了,原因就是"青春写作"还包含不是"80后"的作者写的青春题材的作品,甚至还包括"90后"、韩国的一些作品。由此来看,在目前还没有别的概念定义的情况下,使用"80后"一词至少让我们知道说的是什么。同时也因为目前"80后"还不是一种文学写作而是

---

① 蔡伟:《"80后"现象的教育思考》,《中国教育学刊》2005年第1期。
② 刘波在《80后写手是否人人可以称作家?》一文中称:我们不妨大致做个界定:那些在网上认真码字的人,只要发布有长篇小说,或者建有个人文集、写作专栏,我们不妨就可以称之为网络作家;那些经常给报纸杂志写稿子的人,只要在那里开辟有专栏,或者发表的作品达到一个基本的数量(比如不少于10篇),我们就可以称之为专栏作家;那些只要出版过长篇小说的人,我们就可以称之为作家。见《80后写手是否人人可以称作家?》,中国书业博客之"出版江湖"版块(http://blog.bookicp.com/html/2006-8/2006821035261.htm)。
③ 见《辞海》,上海辞书出版社1999年版缩印本,第2303页。

属于一种文化现象,所以这个概念还是可以沿用的。①

白烨在指出"80后"命名不合理的同时肯定了它存在的积极性。有研究者这样指出,按年代来划分作家有其"合理性与可取之处",因为"时间在两个角度具有了研究的价值:一是作家的年龄;二是他们参与文学活动的时间。年龄的社会学含义首先是个人的经历,对于一名作家而言,个人的经历是他拥有的经验,而这样的经验对形成他的世界观与美学观当然是至关重要的,如果从这个角度看,在中国这样一个曾经是政治运动频繁、经济体制转型、社会观念尤其是价值观不断变化的社会里,十年恐怕足以完成一代人的社会人格和知识人格"②。把80年代看成是年青作家社会人格和知识人格形成的阶段,这与其他非同时代的作家就有了本质上的区别,这给了"80后"命名比较有力的支撑。在本文中,我们还是沿用了这一命名,并进一步对之进行了限定。

二、"80后"作家及其创作

不可否认,传媒在推动"80后"的发展壮大过程中扮演了一个极其重要的角色,甚至媒体用了当下娱乐圈最常见的"偶像派"与"实力派"为"80后"做了类似的分类:

"偶像派"指的是作家先天条件优越、吻合时尚潮流的一类,他们的创作往往迎合大众趣味、适宜媒体包装与大众文化消费,代表人物有韩寒、春树、郭敬明、张悦然、孙睿等。

"实力派"指的是作家不跟随时尚、具有独特性格和内在魅力的一类,他们以独立的思想和自觉的写作见长,代表人物有李傻傻、胡坚、小饭、张佳玮、蒋峰等。

如上的分类带有强烈的娱乐色彩和主观色彩,在达到宣传目的的同时却非常武断地为"80后"的创作贴上了标签。据统计,"80后"作家群体近千人③,另据"苹果树原创文学网"的统计,"80后"经常写东西的作者有5000多人,在各种刊物上经常发表作品的有200人到300人④。

我们可以肯定地认为,对于一个开放性强、影响力参差不齐的写作群体而言,其统计数据往往只是一个参考。整体上说,"80后"是一个富有生机、十分开放又动态发展的青年写作群体。他们未形成文学流派,也没有什么共同宣言,从其发

---

① 于濛:《80后告别80后以后》,《中国图书评论》2005年第12期。
② 汪政:《〈小说家的立场〉序》,广西师范大学出版社2002年版,第3页。
③ 参见肖李《"80后"作家群体自我瓦解》,《社会科学报》2006年8月31日。
④ 参见白烨、张萍《崛起之后:关于"80后"的问答》,《南方文坛》2004年第6期。

生发展来看,"80后"的组成可以分成以下三块:相当一部分是出自上海《萌芽》杂志社举办的"新概念作文大赛"的作者群,他们成了"80后"的中坚力量,到了今天还在涌现的新概念作者群依然是"80后"的重要组成部分;另外一部分是一些网站上涌现的知名网络写手,他们用自己的文字成功进入"80后"阵营;除此之外,还有一部分是散兵游勇,他们走着独自创作的路线,渐渐地也积累了不小名声①。这三个部分之间没有严格的界限,只是统一在"80后"的阵营之中。

以下是几位受到媒体和读者普遍关注的"80后"作家及他们的作品,他们的创作成果和影响力使得他们成为整个"80后"中的代表人物。

"80后"作家	作品
李傻傻	《红X》《被当作鬼的人》《李傻傻三年》
张悦然	《葵花走失在1890》《樱桃之远》《红鞋》《十爱》《是你来检阅我的忧伤了吗》
韩 寒	《三重门》《零下一度》《像少年啦飞驰》《毒》《通稿2003》《长安乱》《就这样漂来漂去》《一座城池》
郭敬明	《幻城》《梦里花落知多少》《左手倒影,右手年华》《爱与痛的边缘》《郭敬明成长日记》《一梦三四年》
春 树	《北京娃娃》《长达半天的欢乐》《红孩子》《春树四年》
小 饭	《不羁的天空》《我的秃头老师》《毒药神童》《成名?:韩寒、郭敬明等人成名的心路历程》
周嘉宁	《流浪歌手的情人》《夏天在倒塌》《女妖的眼睛》
蒋 峰	《维以不永伤》《淡蓝时光》
苏 德	《钢轨上的爱情》《赎》
张佳玮	《只爱陌生人》《倾城》
胡 坚	《愤青时代》
孙 睿	《草样年华》
李海洋	《少年查必良伤人事件》
蒋方舟	《正在发育》

---

① 参见眉睫《呼唤理性精神的复归》,《中国图书评论》2005年第12期。

三、"80后"文学现象的产生和发展

"80后"的萌芽可以追溯到1996年郁秀发表的《花季·雨季》和1998年许佳发表的《我爱阳光》这样的青春读物。这些小说一度风靡校园，在学生中间产生了深远的影响，初步培养起了一批"青春文学"的读者群，这些读者大多是出生于80年代的年轻人，对于同龄人的写作产生浓厚的好奇和兴趣，争相阅读这些贴近他们生活现实和情感体验的小说，这无疑为后来的写作热潮埋下了伏笔。

上海《萌芽》杂志社发起"新概念作文大赛"是这场轰轰烈烈的"80后"文学热潮的导火索。1999年，上海市作家协会主办的文学刊物《萌芽》杂志与北京大学、复旦大学、南京大学、华东师范大学、厦门大学等七所国内知名高校，联合举办了第一届全国"新概念作文"大赛。首届大赛中脱颖而出的一等奖获得者韩寒及其他七名被保送进名牌高校，他们成为媒体争相报道的焦点人物。在传媒的大力宣传和推动下，"新概念作文大赛"获得了很大的成功，成为受市场热捧的品牌。而后的郭敬明、张悦然、顾湘、颜歌、蒋峰、苏德等人①，正是依靠了"新概念"这个平台迅速崛起。因为独到的观察视角、老练的文笔和极具争议的言行，高中生韩寒成为了媒体热捧的人物，上演了轰动一时的"韩寒现象"。此后，韩寒一鼓作气写成了20余万字的长篇小说《三重门》，其发行累计已近200万册。更多的"80后"在韩寒的带动下冒了出来，在这场由"新概念"主导的造星运动之后，"80后"开始一步步走进市场、走上文坛。

如果说"新概念"给了"80后"们崛起的契机，那么网络则成为促进"80后"持续升温的乐土。青年作家们热衷网络，网络由于它的开放性和相对的自由性、互动性，在一定意义上成了青年作家们发表作品、评论作品的乐园，很多小说也是因为网络上的持续走红才开始以单行本的形式出现，比如郭敬明的《幻城》、孙睿的《草样年华》等。同时，由"新概念作文"大赛走出来的一批写作者通过网络这个平台结成一个青年写作团体，并像滚雪球一样越滚越大。他们先是在"榕树下"这个"全球中文原创文学网"集结，最后形成了自己的文学阵地"苹果树原创文学网"。网站创始人刘一寒还在出版界与作家之间牵线搭桥，并成功编辑出版了《新

---

① 据统计，第一届"新概念作文"大赛一等奖得主包括陈佳勇、刘嘉俊、徐敏霞、宋静茹、李佳等人；第二届有周嘉宁、蒴瑶、祁又一、怀沙、刘莉娜、张尧臣等人；这些人不仅免试进了名牌高校，他们的文章也成为媒体追逐的热点。从第三届开始因为国家教委作出取消文科生免试直升的不平等决定后，这种一纸作文进大学的形式也戛然而止。但其后，新概念并没有因此而萎缩，反而参赛队伍越发庞大。

概念作文大赛获奖者小说精选》《新概念作文大赛获奖者散文精选》①等书籍,市场反映热烈,销售数一路上升。

  韩寒的《三重门》发表于2000年,是"80后"登上舞台的开始,2002年胡坚的登场再次为"80后"扩大了影响。高中毕业生胡坚一心想凭着自己的书稿《愤青时代》撬开北大免试录取的大门,最终未能如愿,但就是这本书,内容的厚实及与其年龄极不相符的老练叙事方式,让北大教授都叹为观止②。郭敬明的出现为"80后"上演了文学作品发行的神话。2002年底,很有商业眼光的春风文艺出版社与郭敬明签约,以提供大学四年的生活费为条件,买断他大学期间作品的出版权。通过出版社的大力运作,郭敬明的《幻城》及其后来的《梦里花落知多少》两本小说双双突破100万册的销量,郭敬明在2003年以160万元收入入选福布斯"中国名人排行榜",成为"最年轻入选者"。郭敬明造就的文学致富的"神话"大大激发了潜在的"80后"的创作能量,带动了更多年轻人的创作激情。

  2003年1月,文学期刊《芙蓉》推出《我们,80年代出生》专栏,春树、蒋方舟、李傻傻等先后登上主流文学舞台。一直以来对于"80后"现象持谨慎态度的传统文学期刊终于向他们敞开了胸怀,并对他们报以高涨的热情,这标志着"80后"正式迈上"文坛"。"80后"这样的称呼也为大众所接受,并作为一个市场和文学品牌为媒体和评论界广泛采用。

  2004年,对于"80后"和"80后文学"而言,是极其重要的一年。不仅"80后"的影响力在这年达到了前所未有的高度,"80后"文学也创下了令人震惊的销量。2月,著有《北京娃娃》的"80后"作家春树登上美国《时代》周刊(亚洲版)封面,周刊将春树、韩寒等并称为20世纪80年代出生的中国新一代的代表,这个绝对具有轰动性的新闻被国内媒体视为"80后"全面登堂入室的具有"里程碑式"意义的事件。7月,中央电视台做了"80后"的主题节目③,其社会影响力得到了官方的关注。8月,《我们,我们:80后的盛宴》一书出版,该书收集了73位"80后"的作

---

① 两书均由"苹果树原创文学网"的两位创始人刘一寒、李萌主编,并由长江文艺出版社于2004年2月同时出版。
② 北大教授钱理群这样评判《愤青时代》:"看完书有两个感觉:第一个感觉是自己老了,该退休了,胡坚的表达方式让我不太习惯。第二个感觉是胡坚又比我老,我比胡坚天真,胡坚行文中对中国的历史、现实看得似乎比我还透。"见茅道《解密80后》,发表于天涯社区"生于八十"版块。
③ 2004年7月19日,中央电视台《读书时间》栏目以《我们,我们:80后的盛宴》的出版发行为背景,邀请嘉宾评论家白烨、作家莫言以及春树、李傻傻、彭扬、张悦然等"80后"作家,制作了一期名为"恰同学少年——关注'80后'的一代"的专题节目。

品,成为这一群体的全面展示。11月,"80后"研讨会在北京召开①,意味着"80后"写作首次得到学术界的关注和重视,"80后"文学经过几年的发展,终于获得了前辈们的认可。

这一年,"80后"作家们终于扬眉吐气地站在了和他们的前辈们平等对话的地位,他们的作品在图书市场上取得了骄人的成绩:

> 2004年底北京开卷图书市场研究所图书市场调查显示:以"80后"为主体的青春文学图书,其市场份额约占整个文学图书市场的10%!这个数字意味着什么呢?中国现当代作家作品在图书市场上所占份额也不过在10%左右,也就是说,在当前的图书市场上,"80后"作品所占的份额与所有现当代作家作品总和所占的份额基本持平!②

考察"80后"文学热潮的兴盛,传媒在其中发挥的重要作用不言而喻,正是传媒的推动使得"80后"获得了前所未有的发展动力。以下是对推动"80后"文学热潮发挥作用媒体的简单统计,以此可以看出传媒扮演的重要角色。

媒体	单位
报纸	《中国青年报》《中华读书报》《北京日报》《新京报》《申报》《南方周末》《羊城晚报》等
杂志	《萌芽》《芙蓉》《海峡》《上海文学》《花城》《文字客》等
出版社	春风文艺出版社、中国青年出版社、作家出版社、上海译文出版社、上海人民出版社、东方出版中心、远方出版社、世界知识出版社、长江文艺出版社、中国文联出版社、二十一世纪出版社、接力出版社、学林出版社、湖南文艺出版社、花城出版社等
网络	除了大型的门户网站:新华网、新浪网、网易、搜狐网、人民网、千龙新闻网等,更有:榕树下、苹果树、红袖添香、黑锅论坛、黑蓝论坛、天涯社区"生于八十"版块、清韵书院、晋江文学城、起点中文网站、龙的天空等

从该表不难看出,有那么多的传媒机构在为"80后"吆喝、为"80后"文学呐

---

① 2004年11月22日,由中国当代文学研究会和北京语言大学人文学院共同举办的"走近'80后'研讨会"在北京语言大学会议中心举行。白烨、曹文轩、梁晓声、杨匡汉、程光炜、高旭东、陈福民、郑万鹏、路文彬、谭五昌、徐妍等众多知名学者、评论家和作家与会,和"80后"作家、读者面对面交流。
② 参见白烨、张萍《崛起之后——关于"80后"的答问》,《南方文坛》,2004年第6期。或者金元浦发表于2005年4月6日于"文化研究"论坛上的《立足文学现实,回应当下问题——2004年的文学研究》一文。

喊,他们在寻找市场热点中不约而同地选择了"80后",并成为"80后"发展壮大的"推动器","80"后终于成为一个广为熟知的群体,并通过他们作品的热销,在社会上引起了不小的轰动。

四、"80后"研究概况

"80后"的研究,经历了一个曲折的过程,也从侧面揭示了新生的"80后"文学被接受是一个漫长的过程。

(1)"80后"文学最初遭遇了冷遇。在"80后"作家被大量介绍、作品不断涌现的新世纪初,传统的评论界对此文化文学现象没有足够的重视,诚如白烨所说:"主流文坛对于'80后',不能说完全没有关注,但确实关注得不够。"①深究其中的原因,可能众多的专家学者对于"80后"作家抱着一种"还没长大"的"俯视"角度,对他们的文学抱着一种观望的态度,就像白烨、吴俊等指出的那样:"80后"作家已经进入"市场"却并未进入"文坛"②。在这种情况下,关于"80后"的专业评论文章就寥寥无几,更多的只是介绍"80后"作家和作品梗概的简短文章。专业的评论家像程光炜、李敬泽、吴俊、张柠等人对于"80后"的评论往往是片段式的感想,文章篇幅也一般在千字左右,主要是探讨这个现象,指出"80后"所处的环境的变化及其他们面临的问题,未深入到这些年轻人的作品中去,倒是发出了"寻找80后的批评家"的声音③。

(2)传媒带给"80后"研究的误导。在传统评论界对于"80后"文学的观望中,媒体的炒作、对于个别"80后"作家私生活的报道、对于作品中出现的某些"惊世骇俗"片段的报道却愈演愈烈,形成了一个外围报道和核心评论倒置的局面。报纸、电视、网络等现代传播媒介纷纷介入"80后"的宣传,他们从不同的角度把焦点对准了那些年青的"80后"作家,一方面他们为"80后"作家摇旗呐喊,鼓动着作者和读者们的热情,另一方面他们在追求轰动性新闻的动力驱使下,挖掘了很多"猛料",只关注"80后"的个人经历、情感体验等,把"80后"作家当作了"明星"来宣传,而几乎脱离了他们的作品,以至于最后达到了一个令人震惊的地步:"决定一个文本市场价值的是作者的形象和言论所提供的快感,而不是文本本身所提供的快感。作品的价值被非作品的媒体所取代,经济的尺度决定着文化生命

---

① 白烨、张萍:《崛起之后——关于"80后"的答问》,《南方文坛》2004年第6期。
② 可同时参见于濛的《80后告别80后以后》,《中国图书评论》2005年第12期,或者吴俊的《80后的挑战,或批评的迟暮》,《南方文坛》2004年第5期。
③ 可参见张柠《"80后"写作:偶像与实力之争》,《南风窗》2004年第11期。

的进程。"①传媒的权力在"80后"的宣传中起了关键的作用,却产生了严重的偏差。

(3)评论界的关注。事实上,大部分"80后"写作者都很渴望能得到前辈作家与传统评论界的关注和认可。诚如周嘉宁所说,评论界作为媒体的一部分,对他们的写作缺乏关注。"80后"渴望能够有关注他们的评论家,哪怕这些评论充满了指责也是对写作具有帮助作用的②。随着时间的推移,传统评论界对于"80后"的关注也慢慢发生了变化。就在2004年底的"80后"研讨会之后,评论界开始对"80后"有所关注。这种评论的关注大致可以分为两个方面:首先,媒体摆脱一味炒作的做法,开始以一种理性的姿态来探讨"80后"的文学作品及其意义,从"偶像派"和"实力派"的炒作转到了"谁能代表80后""80后的出路"等深入文学层面的讨论,这种转向表明媒体对于"80后"现象有了冷静的思考和评判;其次,专业的评论家,特别像中国社科院的白烨、上海师范大学的杨剑龙③、广州商学院的江冰等人深刻的评论文章开始为"80后"正名,其分析的广度和深度都有了突破,从主题、风格、语言等不同角度指出了"80后"文学的长处和不足,又提出了他们善意的批评和有益的建议。发表于各种理论刊物上的论文、评论文章也多了起来,到2007年初大致有四五十篇专业论文及其更多数目的评论和分析文章。这里有一个有趣的现象,就是在2005年的第一期杂志上,作为对于2004年的年度热点现象的回顾,很多理论刊物不约而同地做起了"80后"的专题评论,像《文艺理论与批评》《理论与创作》《中国图书评论》《中关村》等都在2005年的第一期用了相当篇幅对其进行了梳理和评论。纵观这些文章,他们从"80后"文学的主题、叙事方式、思想内涵、文本特征、文化背景、文学趣味和精神追求等方面进行了分析和概括。纵观以上"80后"文学的评论,基本上达到了"以实事求是的科学态度,客观全面的公正态度,艺术民主的平等态度,通过对文学作品或其他文学现象做出意识形态评价,阐明一定的文学主张和文学观点,引导文学沿着一定的方向发展"④的要求,因此对于帮助"80后"作家们提高自己的创作水平,帮助读者正确认识和研读"80后"文学,都具有指导性的意义。

(4)除了传统评论界的关注,作为"80后"的读者也开始从他们的角度来评说"80后"文学现象。很多本科生开始以"80后"为对象撰写毕业论文,这其中包括

---

① 刘敬瑞:《文学评论系统工程》,中国文联出版社2003年版,第78—79页。
② 见《文学报》,2004年7月5日。
③ 杨剑龙等《少年才子 情为何伤》,《中国教育报》2005年6月29日。杨剑龙等《青春与自恋——关于80后作家的讨论》,《海南师范学院学报》2005年第4期。
④ 童庆炳:《文学理论教程》,高等教育出版社1998年第2版,第327页。

一部分本身就是属于这个文学圈子的年轻人,比如陶磊(夜X)、苏德、画上眉儿等人。除此之外,研究生们对于"80后"的关注也多了起来,比如《文艺理论与批评》2005年第一期上有一个"研究生论坛",发了一组北京大学中文系硕士研究生对于"80后"的看法,对"80后"作家与文本进行了探讨,尤其是文珍的《"80后"看"80后"》,细致认真地分析了韩寒、郭敬明、张悦然、春树和"五虎将"的文章,从文本解读的层面对于这些"80后"作家进行了独特的分析。也有研究生专门以此题做学位论文,其数量不多①,但他们在分析"80后"作品的广度和深度方面都有了一定的拓展。作为同属"80年代"出生的青年学生,他们的研究视角进入了社会大环境的层面和文本研读的层面,在阅读体验和感知中比较了"80后"作家之间的区别,实事求是地分析了他们的长处和短处。这些专业批评的介入无疑让更多"80后"写作者感觉到自身存在的价值,这也引导了年轻读者对"80后"写作进行再认识和再解读,而非一味地处于媒体炒作和商业包装下的非理性接受与误读。总体而言,这些评论和专业论文,对于"80后"有了较为深入的分析和概括,呈现了一定深度和广度。但同时,呈现出对于文本分析不够、侧重关注当红写手而忽略其他、概括共性多而分析个性少。

第二节 "80后"文学的文化语境及影响

"80后"作家都是出生在20世纪80年代的年轻人,他们的生活轨迹和中国改革开放后日新月异的发展进程吻合,他们既是中国翻天覆地变化的见证者,更是深受社会冲击、思想产生巨大波动的一代。随着80年代中期以后国外思想的大量引进,人们整个思维都在全球化的话语中产生"共振",这对于没有"文革"记忆的"80"一代来说,他们的改变往往就会非常自然、非常迅速。思想的改变不仅让他们的整个价值观发生了巨大的变化,更对他们的作品产生了巨大的影响。

一、"80后"文学的文化语境

"80后"作家从出生到成长的大约20年间,中国经历了巨大的变化:政治上,

---

① 我所见到的论"80后"的硕士论文有:华中师范大学胡忠青的《倾斜的青春文学——近年中国校园小说分析》(2004),武汉大学王雅丽的《"80后"文化现象研究》(2005),东北师范大学林明的《论"80后"小说创作》(2006),华中师范大学余贞的《大众文化包围中的"80后"写作》(2006),上海大学张永禄的《青春的焦虑——"80后"小说的成长主题分析》(2006),重庆师范大学赵春梅的《"80后"文学现象研究》(2006)等。

走出了"文革"的阴霾,中国敞开了国门,改革开放取得了巨大的成就,整个国家变得越来越平和、开放,体现出一个大国应该有的姿态,而香港、澳门的回归,让中国的国际影响力蒸蒸日上;经济上,在计划经济向市场经济转变的过程中,中国的经济得到了高速发展,人们的生活水平有了极大的提高;文化上,随着国门的打开,中外交往日益密切,大量外国思潮、文艺理念传入中国,包括大量的西方著作被翻译出版,中国与世界接轨的步子迈得越来越大。一言以蔽之,在"80后"成长的20年中,中国各方面都发生了显著的变化。

(一)经济发展和大众文化兴盛

中国的改革开放为经济的发展注入了强大的动力,而市场经济的蓬勃发展让中国的经济走上了高速发展之路。据统计,从1978年到2006年,中国的GDP年均增长9.67%,特别是2005年和2006年两年都突破了10%,经济收入总量跃居世界第四位。经济的发展不仅大大提高了人们的购买力,他们用于精神文化需求的支出可以大幅提高,有力地推动了文化产业的发展,用以满足人们日益增长的精神需求,这为大众文化的发展和兴盛提供了强有力的支撑。

自90年代以降,随着经济体制转轨、社会转型尤其是大众传媒迅猛发展,中国社会进入了一个大众文化迅猛发展的时代。正如戴锦华所述:

> 无论是已成为普通家庭内景的电视机拥有量在中国城乡的惊人增长,还是在时间与空间维度及权限范围的意义上不断扩大其领地的电视节目;无论是好戏连台、剧目常新的图书市场,还是乍冷乍热、令人乐此不疲的电影、影院与明星趣闻;无论是面目一新的电台里种类繁多的直播节目,还是林林总总的热线与专线电话;无论是耳熟能详、朗朗上口的电视、电台广告,还是触目可见的海报、灯箱、广告牌、公共汽车箱体上诱人的商品"推荐"与商城"呼唤";无论是不断改写、突破着都市天际线的新建筑群落间并置杂陈的准仿古、殖民地或现代、后现代的建筑风格,还是向着郊区田野伸展的度假村与别墅群。当然,尚有铺陈在街头报摊之上的各类消闲性的大小报章与体育、军事、青年、妇女类通俗刊物,装点都市风光的时装系列,悄然传播的商品名牌知识,比比皆是的各种类型的专卖店,使城市居民区钻声不绝、烟尘常起的居室装修与"厨房革命",如此等等,不一而足。①

这场景是当代的年轻人熟视无睹、习以为常的生活现状,浸染其中的"80后"一代,尤其是生活在都市里的孩子,在很大程度上都慢慢地接受了这种文化的濡染,他们的消费观念也随之慢慢形成。大众文化和大众消费形成与发展的后果,

---

① 戴锦华:《隐形书写——90年代中国文化研究》,江苏人民出版社1999年版,第1—2页。

就是人们特别是都市里的青年们开始以一种完全不同于以往的生活方式和思维方式进入新世纪:一方面,他们对于物质的追求到了极其狂热的地步,很多年轻人热衷于追求属于自己的、有品味的生活方式;另一方面,他们在精神层面上的追求却在发生着变化,80年代以来注重个人修养、追求远大人生目标和高尚的道德情操,对未来充满信心执着奋斗的时代精神大大弱化了。人们躲避崇高、放弃远大理想,追求轻松、享受的生活方式。这反映到"80后"的文学创作中间,他们更多的是把自己的生活现状呈现在文本之中,我们很少看到主人公为了一个崇高的理想去努力奋斗,相反他们的小说呈现的故事更多的是旷课、逃学、谈恋爱、放纵自我等率性而为的内容。同时,大众文化兴盛带来的影响就是传媒和文化走得越来越近,甚至形成了两者不分彼此的"传媒文化"。传媒文化往往呈现出信息覆盖面广、价值的渗透性和塑形力强等特征。媒体已不仅仅具有单纯传播的功能,它也参与当代文化的创造工程,并成为大众文化生产和消费的基本动力、主要载体和重要构成部分,形成了当代社会一个举足轻重的"话语体系"。可以这么说,大众传媒所构造的"符号帝国"对今天的社会公众心理、审美趣味、价值取向等具有越来越强大的影响力。传媒作为文学传播的手段与工具,其变迁亦不可避免地对文学发展产生影响,二者间的互动是一个不争的事实。尤其是当今中国崛起的现代传媒,作为一种强势的新兴文化样式,促使着当代文学在其自身发展过程中顺应现代传媒、改变创作路径,从而在继续维持文学创造的有效性并增加文学创造的竞争力之际,能在多元复杂、互动共创的当代文化发展格局中得以生存和发展。"80后"文学一开始就跟现代传媒紧紧联系在一起,无论是对作家们的宣传还是作品的发布,都离不开传媒的介入,并通过传媒的聚焦和放大,使得"80后"有可能在短时间内吸引公众的注意力。这种天然的联系,使得"80后"的文学作品具备了诸多符合传媒文化的特征。一方面,"80后"通过自身的言行来制造热点吸引公众视线;另一方面他们在文本里放进一些"特殊"的内容,诸如对当下社会现实的隐射、抨击或者逃课、同居、性爱等情节,并通过媒体的曝光来制造吸引力。"80后"几乎是由传媒扶着一步步发展壮大,并通过这个强大的平台加以塑造、成型,最后发展得如火如荼。"80后"文学后来的热销完全印证了这种走市场化道路的捷径。"80后"依托着大众文化发达的当代社会中传媒的特殊力量,走上了一条迅速崛起的道路。

(二)后现代哲学思潮带来观念的变化

20世纪60年代,后现代思潮开始出现,到了70年代,"后现代"概念已经被广泛地运用到理论领域,借以描述同现代话语相对立的各种社会和文化现象。进入80年代后,后现代的理论和话语扩展为世界性的文化思潮。在中国,1985年可以看作是一个转折年,各种西方话语涌进中国,后现代思潮也不例外。经历了80年代末期的政治事件,中国的社会结构发生了深刻的裂变,"中国在90年代快速的城市化和消费化,使得中国的城市也迅速进入文化幻象的时代"①,深刻的裂变使得"后现代话语"拥有了广泛的话语场所。

哈贝马斯认为非理性主义是后现代主义的主要特征,而非理性主义则是对传统理性的非难和批判。在后现代看来,正是理性主义的泛滥造成了一系列社会问题和人类的灾难,因而批判、否定、解构理性主义,推崇非理性,成为后现代主义所致力的目标,由此派生的是后现代主义对于确定性的否定。在他们看来,世界不是一个互相联系的整体,事物之间没有某种同一性,相反只有碎片和相对性。后现代主义者反对"同一性""整体性",极力崇尚"差异性"和"多元化"。异质的、矛盾的东西完全可以拼贴在一起,不需要统一与综合,差异不应该消除而应保留,分析和表述问题应从微观入手,反对所谓的"宏大叙事"。

后现代思潮的影响在"80后"作家身上打下了深深的烙印,成为他们不自觉接受的哲学理念。他们普遍表现出对终极价值叙事模式的怀疑,他们觉得小说不必完全具备批评精神、教谕宗旨和人类情怀,也不必提供认识和重建现实的寓意,他们觉得小说创作吻合自我的自由表达就可以了。甚至,他们用"戏仿"的手段将历史和崇高置于嘲讽的地位(据调查,很多女生的"理想"是做一名全职太太等),他们率性地表达出他们想要颠覆一切的愿望,服从于他们内心的愿望来追求与实现自我的绝对自由。

后现代思潮带给新一代的年轻人的影响如果借用弗洛伊德的理论会变得比较明晰。弗洛伊德认为人格结构由"本我""自我""超我"三部分组成。"本我"是指原始的自我,他往往表现出基本的欲望和冲动,只要我快乐,我就无拘无束,不会去理会社会道德和外在行为规范的束缚;而"超我"讲的是个体在成长过程中通过内化道德规范和社会公约机制,达到监督、规范自我行为,达到道德约束的意义。在现代社会,这两者是一对矛盾体,人表现出来的都是经过过滤之后的"超我",按照弗洛伊德的说法,"本我"只好通过梦境来释放了。一定意义上,这是现代人产生诸多焦虑的一个根源,因为"人是一种复杂而矛盾的存在,他以自我为中心,但又不可避免地要和自己的同类交往。他是自私的,但他有可能做到最高的无私,他为自身的需要所控制,但又发现只有使自己与自身需要之外更广泛的东

---

① 陈晓明:《仿真的年代——超现实文学流变与文化想象》,山西教育出版社1999年版,第32页。

西联系,他的生活才会有意义。这就是人的自我中心和道德倾向之间的紧张冲突"①。然而在后现代理论思潮的影响下,现实情况已经发生了根本性的改变。现代人根深蒂固的矛盾似乎有了一定程度上的瓦解,这种瓦解在年轻人身上体现得特别充分。新世纪的年轻人似乎已经不把"超我"看得很重了,他们率性而为,以自我为中心,宁可牺牲他者,也不会伤害自己。他们俨然更接近弗洛伊德所说的"本我"一族。从"超我"又变成了"本我",人们真实的本性就这样顺顺当当地表达了出来。

人类学的研究表明,特定文化权益的成员之间,虽然存在个体差异,却又存在着明显的"基本人格结构",它使群体成员具有相同的冲突和倾向。而且,在任何群体中都存在着主导的人格形态,每一个体都倾向于自觉不自觉地被塑造成这种形态②。"80后"作家群在创作中反映出来的某种风格的相似性(迷恋自我、颓废悲伤等),以及现实生活中表现出来的诸多共性(自私自利、及时行乐、责任感淡薄等),可以看作是其"基本人格结构"受到后现代思潮的影响表现出来的群体性倾向。

(三)出版事业的改革

从20世纪的90年代开始,中国的出版业随着由计划经济向着市场经济的转轨发生了"三步走"的革命:"第一阶段是从1993年开始到1998年,出版业的主线是由'规模数量为主要特征向以优质高效为主要特征'的'阶段性转移';从1998年开始到2002年,集团化发展成为出版业的主题;从2003年开始,企业化转制成为出版业改革与发展的方向和主线。"③从抓数量到抓质量的改变,只是为了适应市场的第一步;走集团化道路,为的是能够在入世后迎接外国出版集团的竞争;而企业化转制成了出版单位真正走向市场、用全新的眼光和策略来主宰自己命运的开始。可以说,市场化的转型,让整个出版界发生了翻天覆地的变化,有些出版社因为体制陈旧、思维僵化就此日益被市场淘汰,而一些主动迎合市场并紧紧抓住机遇的集团就此发展壮大,整个出版格局就此重新洗牌。

回顾从20世纪90年代以来的10多年历史,中国出版业的发展从总体上看,发展速度十分明显,出版业的年出书品种从1993年的96761种增长到2003年的190391种,增长率为96.76%;出书码洋从1993年的136.75亿元

---

① 加德纳:《人的潜能和价值》,见《人的潜能和价值:人本主义心理学译文集》,华夏出版社1987年版,第413页。
② 周宪:《现代性的张力》,首都师范大学出版社2001年版,第306页。
③ 钟鼎文:《中国出版业:走向市场化的十年》,《中华读书报》2004年8月11日。

增长到 2003 年的 561.82 亿元,增长率为 310.84%。出版业的改革也获得了较大的进展,从计划经济色彩浓厚的事业单位、企业化管理模式开始向以市场经济为基础的出版企业模式转变,虽然这一转变才刚刚开始。①

出版业的市场化转型在很大程度上要寻找市场的热点,而通过传媒包装之后的"80 后"正好具备了这种市场化的效应。两者的紧密结合,不仅成为出版社在市场上找到"突围"的重要资源,也成为"80 后"能够迅速发行作品的重要渠道。2004 年"80 后"文学能够占据图书市场 10% 的份额,是双方密切合作的结果。1999 年《萌芽》杂志社首先掀起了"新概念作文大赛"这种市场化的探索,因为这家由上海作协扶持的杂志社之前的发行量不到 5 万册,当"新概念作文大赛"一炮而红之后,《萌芽》的发行量窜到了 50 万册②。《萌芽》杂志社走市场化的策略改善了原先的困境,成为了期刊发行的大赢家。随后,大型出版社也把目光瞄准了"80 后"这个市场热点。春风文艺出版社无疑是其中反应最快、收获也最大的出版社。2002 年底他们与郭敬明签约,共同推出《幻城》和《梦里花落知多少》,通过市场化运作,两本小说在 2003 年达到了惊人的销量,双双突破 100 万册,上演了图书销售市场上的神话。春风文艺出版社不仅抓住了市场先机赚了个盆满钵满,而且还树立了他们在"80 后"中的口碑,为后续的发展提供了有利条件。出版单位急剧的市场化转型无疑成为"80 后"作家们迅速走上市场的有力推动器。这是"80 后"得天独厚的后天优势,是他们能够掀起文学热潮的重要依靠力量。

以上三个方面的变化对"80 后"的创作产生了广泛的影响,他们的创作心态也相应地发生了变化。

二、"80 后"作家的创作心态分析

随着经济的蓬勃发展、生活水平的不断提高,尤其是中外文化的密切交流,"80 后"作家在成长过程中心态也发生了巨大的变化,而这种心态的转变势必会对他们的文学创作产生极大的影响。

(一)颠覆传统　宣泄欲望

80 年代出生的一代,是伴随着中国改革开放的进程成长起来的,他们浸染着自改革开放以来的开放、自由的风气,在全球化的语境中不自觉地接受大众文化的消费方式和后现代的意识感染,他们的思想变迁和这个迅速变化的社会不谋而合。在新世纪初,"80 后"中的这些人年龄最大的也不过 20 岁刚出头,正处于人

---

① 钟鼎文:《中国出版业:走向市场化的十年》,《中华读书报》2004 年 8 月 11 日。
② 数据参见萌芽网站(http://www.mengya.com)。

生中最美好又最迷茫的青春期,这是一个容易产生困惑的年纪:一方面他们年青,喜欢接受新事物;另一方面他们缺乏自觉的判断力,容易跟风和模仿。"80后"的一代,普遍具备了比较鲜明的时代特征:崇尚自由、向往无拘无束,敏感又较脆弱、自私自利等。传统社会重视真、善、美的伦理要求在他们身上已经没有了约束力,他们更多的体验来自当下的社会:对于物质的疯狂追求、对于轻松愉悦生活的憧憬,对于自我的肯定和认同。这种思想意识的转变反映在他们的文本上,和传统意义上的伦理道德要求有了很大的不同。"80后"作家普遍没有历史包袱的束缚,在一定意义上比起"70后"更开放、更率性、更重视自我的体验:年轻的蒋方舟用《正在发育》这样大胆蛊惑的字眼来书写自己成长的感受,其中不乏敏感内容:早恋、同性恋、女生比赛正在发育的胸部等,而且她的文字老练到令人震惊:

  人一结婚,不出5年,男的就不大敢仔细地完整地看自己老婆了,即使看了,也不会仔细看第二遍。然而,我找男朋友,是大大地有标准的。要富贵如比哥(比尔·盖茨),潇洒如发哥(周润发),浪漫如李哥(李奥纳多),健壮如伟哥(这个我就不解释了)。①

出生在1989年的蒋方舟,写下这些文字的时候还只是一个十二三岁的小女孩,她却借助小说冷静地述说着找男朋友的标准,字里行间近似于成年女性的老练和世故。传统社会对女子讲究温婉含蓄、知书达理的要求已经根本不见踪影,取而代之的却是赤裸裸的对于物质和欲望的要求。北京女孩春树在《北京娃娃》中表现出来的成熟和大胆已经远远地走在了同龄人的前面,小说中主人公林嘉芙完全按照自己的想法来做事,学校和家庭的教育成了与她格格不入的对立面,她只有辍学才能满足自己的内心愿望,而她随意的性经历完全颠覆了传统女子守身如玉、洁身自爱的观念,代之以仅服从自我内心的欲望需求。小说因此成为北京地区的禁书,还被文学界称为"中国第一部残酷青春小说"。李傻傻在《红X》中写到了男主人公沈生铁旷课、偷窃、斗殴、杀人等情节。这些小说反映的内容往往超出了传统社会对于"美德"的定义,而且他们在叙述的时候,都是带着自然平静的语气,仿佛这些事情的发生很平常,一点也不奇怪。他们怎么想,就会怎么写。他们颠覆传统的道德标杆,追求本色的表达方式②,其大胆、开放、率真的写作姿态成了他们不自觉的表达方式。

---

① 蒋方舟:《正在发育》,陕西师范大学出版社2001年版,第106页。
② 刘波在《他的自信源于真诚》一文中就说李傻傻的写作就是"本色性"的写作,见《李傻傻三年》,中国青年出版社2006年版,第349页。

（二）自我迷恋　自我标榜

"80后"作家虽然被置于"80后"这面旗帜之下，但是他们具有鲜明的个体化倾向，由于他们各自的生活经历不尽相同，他们的个性也迥然不同。他们有着惊人的相似处：极为强烈的对于自己的迷恋。韩寒是一个恃才傲物的年轻人；郭敬明坚持认为自己的写作风格无人可以模仿；春树认为自己就是一个崇尚摇滚、追求"朋克精神"的青年。《时代》周刊在刊登春树、韩寒的介绍时，用了"Ling – Lei"（"另类"的拼音）这样的字眼来概括这群"80年代的代表"，可能就是对他们强烈的自我肯定甚至自我标榜姿态的一种高度概括。韩寒高中毕业拒绝了复旦大学的免试录取、开始做职业赛车手，春树在一个职校辍学写作，郭敬明在上海大学学影视艺术，张悦然后来去了新加坡国立大学学计算机。他们之间具有一定的个体差异，这造成了他们在语言表述上鲜明的个性。在崇尚自由、标榜个性的时代，他们注定了自我的价值认同和自我迷恋而忽略了对群体性的关注，他们对于"80后"这样一个群体性的称谓表达了强烈的排斥感。

韩寒是其中最明显的一个代表。韩寒因为参加新概念作文大赛写成《书店》和《杯中窥人》等而声名鹊起，随后他因为质疑中国的教育制度，自己一个学期七门功课高挂红灯而备受争议。当他拒绝进大学、却卖出了近200万册的《三重门》后，韩寒的自我认同到了顶点。他开始玩赛车、写博客、出唱片，甚至自命不凡地发表了"永远不进文学圈"的宣言。在他的博客上，他是这样写的：

不参加研讨会，交流会，笔会，不签售，不讲座，不剪彩，不出席时尚聚会，不参加颁奖典礼，不参加演出，不参加电视专访，不写约稿，不写剧本，不演电视剧，不给别人写序。①

韩寒的不可一世本质上是一种自我肯定、自我标榜的体现，而且他表现得非常彻底。他是当下年轻人普遍具有的自我肯定的集中体现，这种过分的自我认同很有可能会走向极端，变得自大自傲，甚至无知。韩寒和学者白烨打起了笔仗，还发表了"文坛算个屁"的"狂妄之语"；韩寒一发不可收拾，又拿诗人沈浩波、赵丽华开刀，批判了他们的现代诗，并发出了"现代诗和诗人早该消亡"的粗鄙论断②。

韩寒的个案充分说明了一个事实：当下的"80后"有着令人震惊的自我欣赏、自我迷恋、自我肯定的倾向，他们往往容易以自我为中心建立起一套价值体系。他们小说中出现的很多内容和言论往往令他们的长辈感到震惊、甚至感到"惊世骇俗"。摒除青春期的张扬和年少轻狂，"80后"身上体现出来的自我意识的膨胀

---

① 详见韩寒的新浪博客（http://blog.sina.com.cn/twocold）。
② 详见韩寒新浪博客上的《现代诗和诗人怎么还存在》一文。

远远超出了很多人的想象,而由此造成的狂妄和不羁,在"80后"身上体现得淋漓尽致。

(三)孤独意识　悲观情绪

"80后"作家浸染了现代社会人情淡漠、讲究实利、自我孤立等后现代的症候,在他们的文本中体现了令人震惊的孤独和悲观,正如曹文轩所说的那样,"80后"的作品"秋意太浓"①。一方面,"80后"作家在社会认知能力和经验上不足,他们既早熟又不成熟,在一定程度上是被隔绝在社会生活之外,很多时候完全生活在自己的想象中,正是因为这种隔绝的痛苦需要表达而诉诸文字。另一方面,因为现代社会各方面的竞争大大加剧,他们需要付出更多的努力才能获得相应的回报,甚至有时付出了努力还不能有所收获。尤其是对于出身贫寒的孩子而言,他们所面对的社会不公几乎是从出生之后就开始的,他们如果想要在竞争中获胜,一般都要付出加倍的努力。不仅如此,平时的生活中还要忍受别人的嘲讽和挑衅,种种压力的堆积难免会让他们产生悲观的情绪,产生对社会诸多失望的地方。

心理咨询师刘明分析道:在他的心理咨询人群中,约有三分之一强都是80年代以后出生的青年或少年,"这些孩子或是学习压力、或是亲子关系、或是心理障碍、或是青春期问题,都存在着一些心理疾患"②。面对那么多的压力,又处在社会经验相对缺乏的青年时期,他们不自觉地就会产生各种各样的困惑、痛苦,有时变得很孤独、很压抑。这种状况在"80后"的文学中得到了很好的证明:郭敬明《梦里花落知多少》写了恋人分离之痛、朋友遭人蹂躏之伤、爱人之死之悲,浓浓的悲情贯穿全文;《幻城》中王子卡索尽管当上了王,却没有了朋友,失去了弟弟,死了恋人,成了"历史上最孤独的王";小饭《我的秃头老师》中的"我"没有好朋友,只有同学的嘲笑;周嘉宁《夏天在倒塌》中小武的父亲抛弃了他们母子俩,小武在同学的嘲笑面前总是扯谎说自己的父亲是经常远行的海员。这些片段反映出了"80后"集体所面临的困境:在日益发达的现代社会,人与人的关系却越来越疏远,他者成了"地狱";在各种社会现实和巨大压力面前,人不自觉地变得孤独和忧郁,而年轻人成为其中最容易被浸染的群体。

三、"80后"文学的市场化选择

"80后"作家正值青春岁月,他们追求时尚、追逐潮流,而这种青春和时尚也

---

① 曹文轩:《"80后"诞生于幸福时代》,《中国图书评论》2005年第1期。
② 张海燕:《因情自杀"80后"作家心理问题凸显》,《法制晚报》2005年7月5日。

被反映到他们的写作之中。这不仅是他们走市场化之路的必然,更是在大众消费时代为追求经济利益的主动选择。在他们的笔下,写作越来越被赋予很多时尚的元素,尽早地出书、最大可能地吸引读者眼球成了他们写作的潜意识。

(一)使用吸引眼球的蛊惑标题

在大众文化盛行的时候,任何商品都讲求"卖点",正如明星要靠绯闻提升人气,电影要用激情戏作为宣传内容,而"80后"的作品,不论有意还是无意,不论是自己想这样做还是出版社有意为之,有一个很明显的事实就是他们花在作品标题上的心思格外多,作品的标题都非常蛊惑人心,借此来吸引读者的眼球,并带动他们的好奇心和购买欲。

性暗示是最大的卖点,容易满足人们的好奇心和窥视欲,因此这类标题就往往容易引起关注。春树自我体验式的小说命名为《北京娃娃》,这样的标题明显就给读者以暗示。

除了具有性暗示的标题,还出现了专门针对少男少女青春期朦胧的情感体验的标题。比如郭敬明就连用了很多温柔诗意的字眼来命名自己的小说:《梦里花落知多少》《左手倒影,右手年华》《一梦三四年》等,用这样朦胧、富有意境的标题来吸引年青的怀着美梦的中学生,尤其是吸引情感细腻的女中学生的眼球。

还有一类标题就是尽量选用特别夸张的字眼来吸引读者的眼球。比如张悦然用《是你来检阅我的忧伤吗》、辛唐米娜用《决不堕胎》、张佳玮用《只爱陌生人》、胡坚用《愤青时代》来分别命名自己的作品。让人看了这样的标题就会禁不住去想作品到底写了什么东西,给他们无尽的想象空间。

(二)追求极具冲击力的艺术包装

《中国出版》有一文这样说:"现代出版社核心竞争力五要素:文化理念、品牌塑造、选题策划、营销网络、人才队伍,尤其选题策划是关键和核心,是出版社安身立命之所在","选题策划的两个关键:第一是卖点,第二是细节生动性,尤以外观形象设计为重,在书稿的含金量上做足文章,开掘书稿的文本价值并放大含金量,进而实现其文化品质最大限度的升值"①。因此,出版社和作家往往对于小说的艺术设计非常关注,精心的策划、充满时尚因子的装帧、强烈的底纹处理效果、精美的插图等,经常被用在小说处理上。以张悦然的小说为例,2004年出版的《樱桃之远》《是你来检阅我的忧伤吗》《红鞋》《十爱》四本小说,尽管由春风文艺出版社、上海译文出版社、作家出版社三家不同的出版社出版,但都不约而同地选择黑底红色的颜色做封面,显得神秘高贵,而小说中间作者大幅艺术靓照、精美的插图

---

① 黎强、袁筠:《试析编辑业务外包及其利弊》,《中国出版》2005年第12期,第40页。

更是精心挑选,而图书装帧、版式设计无不突出时尚和艺术气质。《红鞋》《是你来检阅我的忧伤吗》被设计成当下十分流行的图文小说,图色蛊惑,文字煽情,犹如酿造艳丽的美酒。上海译文出版社在《是你来检阅我的忧伤吗》一书上更是用足了功夫,不仅标题起得意味深长,更是在文字宣传上不吝溢美之辞:"本书是张悦然的最新图文集……优秀而奇特,是当下最时尚最高贵的文字类型。配有多幅华美的照片,诠释诗一般美轮美奂的意境,人如其文,文如其人,相得益彰。"① 而事实上,他们也确实让小说呈现出了非同一般的视觉冲击,张悦然本人的艺术照更被处理得妖艳妩媚,从小说的外观形象到卖点定位都体现出了现代出版机构的匠心。这些并不是个别现象,韩寒的《就这样漂来漂去》《寒:2006 音乐·诗文·影像》一部比一部颇具匠心,后者除了大幅韩寒的明星照,更把他手写的歌词、MV 的画面截图、拍摄花絮、和 MV 拍摄期间的人物、画面统统放进去,两万字硬是做成了 125 页的册子。媒体之前还在鼓吹"80 后"作家中"偶像派"和"实力派",可是到了出版的时候,两者却又混淆在一起了。如果说像张悦然、韩寒等走的是"偶像派"路线,那么在媒体所谓的"实力派"那里呢?出身农村、靠着自己的妙笔走红的李傻傻应该是一个不需要靠包装来出书的代表,可是在《李傻傻三年》中,我们还是看到了李傻傻九大张、四小张的生活照,画面拍得非常质朴、自然,牢牢扣住李傻傻"自然之子"的定位,吸引着读者的眼球。

使用吸引眼球的蛊惑标题,追求极具冲击力的艺术包装,充分地考虑并满足市场的需要,通过多样的手段来吸引读者(在一定意义上,我们甚至用"粉丝"来称呼这些读者似乎更为贴切些),成了"80 后"与出版社走市场化路线的选择。

第三节 "80 后"文学的主题探究

在短短的几年内,"80 后"创作发行了相当数量的作品,并且连续几年占据了不错的市场销量。他们的创作呈现出了丰富多彩的生活阅历,带给读者各种各样的人生感悟和情感体验,"80 后"强烈的个性差异书写着不尽相同的文学世界。纵观他们的文学作品,我们可以发现在他们光怪陆离、异象纷呈的表象后面,还是可以找到几类相似的文学主题,这是一个时代青年人所面临的共同主题,他们在各自体验中叙说着共同的感受与追求。

---

① 张悦然:《是你来检阅我的忧伤吗》,上海译文出版社 2004 年版,封二。

一、青春成长与残酷体验

"80后"作家的写作大多是集中在高中或者大学的阶段,青春期的体验就自然而然地成为了他们笔下最常见的主题。可以说,用自己的笔记录自己成长的经历、包括记录自己的校园生活、朋友交往、爱情体验,是整个"80后"写作最普遍的内容。

春树用一部《北京娃娃》书写着自己的青春。小说写了一个叫林嘉芙的女孩14岁到17岁坎坷的情感经历和令人心痛的生活历程。这部带有强烈的自传色彩的小说以作者早熟而敏感的心态描写了作为新新人类一代人在理想、情感、社会、家庭、欲望、成人世界之间的种种体验与感受,带给读者强烈的阅读愉悦。

林嘉芙在读初三时对北京大学怀着美好的梦想,对北大心理咨询老师怀着纯洁的暗恋,后来她中考失利进入职高,即使如此,她还是班主任喜欢的好学生。

> 是啊,我上职高,但我想上北大,是不是有点没有可能啊?我要做一个最好的记者,我会上北大的。①

后来,在严酷的环境中,林嘉芙受不了了:"我一天比一天地更加讨厌学校。我不想再学这些东西。我不想再呆在这里。我已经受够了这里。在这儿呆着是多么没有意义。是多么可笑和没用。想到还要在这学校呆两年,我就想疯。"②对学校的逃避让她沉迷于网络,在无聊空虚中她被网友李旗夺去了贞操。之后的林嘉芙就似乎把一切都看得很无所谓了,她混迹于酒吧、网吧,玩摇滚,随意和陌生男人发生性关系,最终成了退学的社会青年。她这样想:"我无所谓。真的,我并不在乎这些。你要知道,我觉得我和谁在一起都无所谓,以后怎么样还不知道呢。"③

在春树的笔下,林嘉芙所做的许多事情已远远超出了一般高中生的生活,她可以凭着一时的感觉、在一瞬间爱上一个人,一瞬间却又不爱了;她旷课、逃学然后退学,跟一帮朋克们一起专注于对摇滚的热烈崇拜;她总是在不停地往前走,试图去寻找生活的意义,同时又不停地否定过去,叫嚷着发泄对生活的不满,她并不知道自己需要的到底是什么,哪里又是她应该停留的地方。林嘉芙选择了一条崇尚自由、完全听凭主观意志的道路,可是在这条道路上她碰得头破血流。春树的《北京娃娃》之所以产生了如此大的争议,问题就在于林嘉芙、李旗、赵平、G等人

---

① 春树:《北京娃娃》,远方出版社2002年版,第49页。
② 春树:《北京娃娃》,远方出版社2002年版,第51页。
③ 春树:《北京娃娃》,远方出版社2002年版,第68页。

的青春体验竟然是如此惊世骇俗,他们张扬的性格与率性的行为足以让传统的家长和老师们大跌眼镜。年轻人的青春体验就这样毫不保留地被写进"80后"的小说之中,他们在成长过程中的喜怒哀乐也完全由小说中的主人公来承担。难怪《时代》周刊在报道春树的时候,只好用"Ling-Lei"这样的字眼来形容这些书写自己残酷青春的一代。《时代》周刊认为,这一代人追求物质和感官享受,更勇敢地表达自我,却失去了上一代年轻人的精神追求,他们的"自由"观念不过是身体和物欲的解放。虽然这是美国人过于武断的论断和与"垮掉的一代"简单类比的说法,但在一定程度上也反映了一个事实:这代人的青春体验已经远远出乎家长们的预料,他们认识世界、表达自我的方式很大程度上可以与边缘、前卫、激进、另类这样的字眼联系在一起。

如果说春树笔下的林嘉芙代表的还是女性立场的话,那么李傻傻的《红X》笔下的沈生铁展现的就是男性的立场。沈生铁是一个高中男生,他同样因为讨厌上课而经常旷课,还时不时与人打架,后来无聊到极点时竟然用玻璃刀割学校的玻璃玩。学校想开除他,却抓不到把柄。终于有一次,他发现了班主任和副校长通奸的事情后,他就被开除了。出了校门的沈生铁没有回家,为的是不想伤害善良父母的心。他选择在学校附近租房,给家里造成还在上学的假象。在这样的环境下,他开始体验远离学校进入社会的生活。迫于生活压力,他就去偷东西,钱用完后,还梦想靠发明来致富。梦想破灭后,又不得不去做苦力谋生。由于他和李小蓝同居,让李小蓝怀了孕,身处绝境的他又逼着李小蓝去做人流。现实的压力让沈生铁完全失去了耐心,最后,当他心爱的女孩杨晓被别人蹂躏后,在女友的压力面前他彻底失去了理智,走上了提刀杀人的绝路。故事很惨烈,但结局是沈生铁在杨晓母亲繁的感召下重新参加了高考补习班,并最终成为了一名大学生。

林嘉芙和沈生铁,两个差不多年纪的高中生,分别体验了他们各自残酷的青春。而这样的情况在"80后"作家的笔下屡见不鲜,李海洋的《少年查必良伤人事件》、韩寒的《向少年啦飞驰》、张悦然的《红鞋》等作品中主人公们相似的经历和体验,也同样述说着他们另类虚妄的青春经历。虽然这是小说中的人物,小说允许虚构和夸大,而且"80后"主动选择市场化的策略很容易使得他们去以比较夸张的情节来写极端化的人物。张悦然在谈到她笔下人物性格极端化的问题时说:"我觉得我的人物性格比较极端是因为我觉得这样会导致一种震撼力,我是指大喜大悲的那种震撼,不是那种内心的微妙的震撼。有的时候你在写一个内心非常丰富的人的时候会觉得非常胆怯。可能一个小说你需要想很多年,对于整个故事非常熟悉,了然于胸的那种,但是可能不适合发现一个闪光点然后非常自然地写下去的那种小说。我觉得前者肯定要难度更高,但是后者也非常有意思。"①从这段话里我们可以看出"80后"作家们很喜欢把人物推向极端的境地,一方面是由于他们还不够丰富的人生阅历难以去把握更为丰富的人物性格,而这种极端式的写法似乎更容易让文本产生"大喜大悲"的震撼力,另一方面,确实也是在生活中发现了这种"闪光点",并继而对之进行加工处理,达到想要的表达效果。这种源于生活、通过极端式的呈现所反映出来的"80后"另类叛逆、没有明确的奋斗目标、得过且过、对于学习的厌倦、对于交友的随意和性的恣意等的生活态度,在世纪初的青年亚文化中有着不容忽视的代表性。"80后"文学以高度浓缩的组合集中反映着现代青年生活的现状,在一定意义上揭示了当下青年成长的历程。"80后"小说一度被冠之以"成长小说",很大程度上也是因为其对于青春成长和残酷体验的有力述说。"80后"们是用自己的青春激情写作的一代人,他们的作品有时就是他们自己生活的写照,只是做了适当的变形和夸张;其笔下人物的生存状态也反映了一代人真实的生存状况,无论学习经历、生活感悟、情感得失,青春时代所有的迷茫、失落、彷徨和苦闷等,都得到了一定程度的展现。

二、忧郁述说与心灵桎梏

美国精神分析学家布洛斯认为,人在从童年向成人发展的过程中,存在一个艰难的"第二次心理诞生(或称第二次断乳期)",这是个体进入成年所必备的心理变化阶段。在这"第二次断乳期"中,每个人在青春期成长过程中都要经历一番自我确认、自我定位的过程,这种过程往往以切断与自己的父辈的权威联系起来,从而摆脱自身受制于父辈的精神支配。然后,当否定了父辈的价值体系后,青年人在寻找自我价值的过程之中,面对纷繁复杂的社会和多元化的社会价值观,又在一定程度上表现出困惑的状态,不知如何选择。理性的缺乏、判断力的欠成熟又使得自我价值的确立变得相当迷茫,因此产生痛苦和忧郁也是情理之中的事情。"80后"文本所展现的现实情况让这种描述忧郁和内心挣扎成为一个普遍的现象。

郭敬明似乎就是专门写忧郁的"80后",在他的小说中,充满着忧郁的文字和悲伤的情节,这已经代表了他的风格。《梦里花落知多少》,一看这样的标题,就可以感觉到淡淡的忧愁。主人公林岚是一个性格极其任性、外向的女孩,从高中开始,她就和长得高高帅帅的顾小北谈起了恋爱。这份纯真的恋爱在顾小北对林岚

---

① 张悦然、七月人:《〈十爱〉一爱》,收录于韩寒、何员外等《那么红,青春作家的自白》,中国文联出版社2005年版,第96—97页。

的百般恩爱和体贴中持续了六年,一直到大学三年级,中间就是高干子弟的白松介入都没有丝毫动摇。可是一个小小的误会,林岚就大大咧咧地和顾小北分了手。面对性格外向甚至泼辣的女友,温柔体贴的顾小北迁就多于反对、包容多于争辩,最后竟然在女友赌气时说分手的情况下竟然也迁就式地答应了,这段美好的爱情以尴尬的结局收场。

顾小北交了号称校花的姚姗姗做新女友,白松也认识了纯真的李茉莉,加上林岚的好姐妹闻婧、微微、火柴,一群人在北京上演了彼此关联的悲伤故事。当广告界精英陆叙爱上林岚后,他不得不和他的女朋友分手,而令林岚没有想到的是那个伤心的女人正是自己最好的朋友、比姐妹还亲的闻婧。林岚知道顾小北和姚姗姗订婚后,心情极度悲痛,叫上陆叙一起喝酒,回来途中出了车祸,把陆叙摔成重伤,又一时失手,直接送了陆叙的命。外表"纯真"的李茉莉只是一个伪装得很好的妓女,不仅骗走了白松的钱,更击垮了白松的心灵,让高干子弟的白松成了吸毒的废物。闻婧被李茉莉报复,惨遭她指派的歹徒强暴,只好和男友武长城过上了隐居生活。顾小北最终也和姚姗姗分了手,姚姗姗成了一个老板的怀中尤物。而经历种种伤痛的林岚也只有远走深圳,躲避这个带给她太多痛苦的北京城。

故事里的每一个人都哭过了,但泪水还是不能洗刷浓浓的伤感。亲情、友情、爱情,最后换来的都是痛苦不堪的结局。或许也只好用"梦"来解释这一切不幸了:

> 其实我们的生活就是一个又一个的梦,有时候我们沉溺在梦里面不愿意醒来,我们在梦里哭了笑了难过了开心了,当梦醒了我们又开始另外一个梦。①

年轻人处在迷茫的青春期,在升学就业、恋爱婚姻上如果遭遇种种挫折,他们敏感的心灵无法承受这样沉重的打击,又无法排遣苦闷时,忧郁的心情就会产生。现代社会竞争的压力越来越大,人实现自我价值需要付出的努力越来越多,稍有松懈就会被社会抛弃。所以,在"80后"的作品中,写忧伤、写悲情已经不是一个很特别的现象,连"死亡"这样极端的事情也经常见诸于他们的笔端。《我爱阳光》中和王海燕朝夕相处三年的同学吉吉意外死亡,让王海燕突然意识到死亡随时就在身边:"我几乎闻到了死亡的气息——在枕头上、在席子上、在流动的空气中……我爷爷奶奶、外公外婆全都健在,同桌的死让我平生第一次离死亡这样近,这样近。……现在有人死了,有一个我认识、了解、喜欢的人死掉了——躺在床上,我猛然醒悟到:我也会死的,也许就在下一分钟——这种事情一发生,就会显

---

① 郭敬明:《梦里花落知多少》,春风文艺出版社2004年版,第236页。

得天经地义、理所当然。"①热衷于写死亡事件的苏德更是在小说中平静地述说着死亡,在她的小说《威马逊之夜》《路吸浦的秘密》《钢轨上的爱情》《三年未知》等小说中写了大量死亡的情节和场面。而且,她对于死亡的描写很平静,甚至有点冷漠。《钢轨上的爱情》自杀的就包括尹兰、眉的母亲、眉、郁都、郁梦中的女人等,给读者以震惊的体验。死亡,对于年轻人而言,应该是一个多么遥远的事情,更不是富有理想、富有朝气的年轻人随随便便就要挂在嘴上的。可是,为什么会出现这样的情况?在竞争日益激烈、人情日益淡漠的现代社会,人们看多了因不顺就选择死亡的故事,年轻人的心态也发生了种种转变:青春激情、理想奋进固然还在,但是在残酷的现实面前,失望、徘徊、伤感自然而然地笼罩心头。如果心里的桎梏没有得到及时解开,走上绝路也不是很意外的事情。

忧郁的述说,成为"80后"小说中呈现出的特性,各种各样人生问题的出现,让原本属于"早上八九点钟的太阳"的他们褪尽了朝气,显得死气沉沉。这一方面我们可以理解为年轻人"为赋新词强说愁",有着很多编造的成分,毕竟像死亡这样的极端事情更多的是他们的想象而已;另一方面,我们却不得不重视由那么多文本表现出来的青年人感到现实压力的事实。它们有夸大的成分,但并不是完全瞎编乱造,而是有感而发。年轻人心里的忧郁,凝成了心中难以解开的结,带给读者沉重的阅读体验。

三、人生彷徨与未来思考

"80后"文学一方面呈现着残酷的青春体验,吸引着读者的好奇心,另一方面在述说残酷青春的同时却做着自我反省式的思考,他们对于现状的彷徨和思考,同样带给读者强烈的认同感。这些小说在叙述中融入了内心搏斗、对自己人生的忏悔和思考等情节,这无疑为残酷的青春书写添上了理性的色彩。孙睿的《草样年华》围绕着北 X 大为中心,展开了一幅当代大学生的生活图卷。小说从高考"我"和女友阴差阳错进了彼此想进的大学起笔,主人公邱飞进了北 X 大,认识了哥们杨阳,两人都不热爱学习,旷课、喝酒、抽烟,成了好兄弟。他们最想做的事情除了弹吉他,就是想找个女朋友。"我"终于在一个偶然的机会不小心打碎了一个女孩的热水瓶,这个叫作周舟的女孩后来成了"我"的女朋友。小说完全按照大学学期的进展来组织全文,我们看到最多的就是如何在期末考试中蒙混过关,如何以补考及格为首要任务,怎样通过计谋以替考的方式参加大学英语四级考试,除了这些还跟"学习"有关的事情之外,剩下的就是旷课、恋爱、性爱、失恋、玩乐队、

---

① 许佳:《我爱阳光》,春风文艺出版社 1998 年版,第 103 页。

喝酒、逃学等。生活百无聊赖、人生没有任何目标,日子过得浑浑噩噩,孙睿通过主人公邱飞的心理活动揭示了对于现状的极大担忧:

> 在我少年的时候,曾有过很多偶像,我总会拿自己的年龄与他们比较,当他们的年龄减去我当时的年龄,差是一个很大数字的时候,我会心安理得地认为,毕竟他们比我年长许多,所以他们的功名成就就与我的默默无闻均在情理之中;当年龄差这个数字愈来愈小,即将趋于零甚至成为负数的时候,我便开始坐卧不安,心中涌动着悲哀。①

这种用年龄差来为自己和偶像的差距找理由的自我减压的方法,或许存在于我们每一个人的成长过程中,开始年龄差或许还能掩盖自己没有偶像通过努力获得成功的事实,当一旦这个年龄差越来越接近零甚至负数时,剩下的就只有无尽的悔恨了。邱飞心中的痛可以理解为尽管在新世纪初的青年亚文化中普遍存在着及时行乐和消极怠惰的特征,但是内心深处由80年代初期建立起来的理想崇拜和奋斗立志观念还在,虽然表面上他们屈服了,但是这种建功立业的美好情操还是时不时地会拷问着这些年轻的心灵。这是一个新世纪青年面对日益激烈的竞争环境中不得不面对的自我质问,增加了当代青年的感伤成分。小说的结尾是这样写的:"我的22岁就这样过去,它已一去不复返,成为我生命中永远的悲哀。"原本美好的"花样年华"最终成了"草样年华",孙睿用一个简单的替换营造出了悠长的哀情,同时哀悼的还有过去的青春。这种对于人生的思索在基本属于冷色调的叙事氛围中却透露出一丝暖意,年轻人并不是完全耽于现实,至少在他们的内心深处,他们还是希望自己能够像他们的父辈一样在社会上做出一番事业,并获得自我价值的实现。在现实生活中堕落,在内心世界挣扎与反思,这似乎成了一个当下青年面对的两难困境。

在其他"80后"小说中也普遍存在着对于人生目标的茫然和思考。《三重门》中的林雨翔进了市重点高中之后,面对专横的校长、做作的班主任、虚荣的同学之后,失去了学习的动力,失去了生活的热情,却不知道该如何来确立自己的奋斗目标,于是他有了远走的冲动。李海洋的《少年查必良伤人事件》中,16岁的少年查必良从一位高材生慢慢转变为"混混"老大,他抽烟、搞三角恋、打群架等,什么能够体现反叛和与众不同,他就去做什么。但查必良表面的反叛没有让他心安理得,他反而觉得人生非常迷茫和困惑。他只知道逃避,找不到自己前进的方向。苏德的《我是蓝色》中"我"只是成为父母"交易"的一件"遗留品",父母离异后各自分居国外,发展自己的事业和家庭,而孤独的"我"一人生活在上海,除了学习,

---

① 孙睿:《草样年华》,远方出版社2004年版,第150页。

找不到自己的价值所在。

面对种种生活中的困境,"80后"笔下的人物有的就这样消沉甚至堕落,但更多的人在苦苦地挣扎,在寻找困境中的希望。他们在外面的世界中碰了壁,身心深感疲惫,他们放纵了自我;而在他们内心深处,却本能地为自己的言行忏悔,为自己的明天担忧,为自己的价值寻找出路。这是现实和理想之间的搏斗,哪怕在残酷的现实面前,他们还是在努力寻找一条合适的道路。韩寒说:"外人或许会觉得我叛逆另类,可是我自己知道自己,我是个有追求有理想的中国男人。"而郭敬明则自认为自己的性格"一半明媚,一半忧伤,对待生活消极而又充满希望"①。从两位"80后"的内心剖析中,我们看到这样一个事实:他们对于生活、对于未来还是怀着美好的理想。他们的这种信仰同样呈现在他们笔下的主人公们身上,虽然他们历经坎坷和磨难,但是对于生活的信心和对于未来的憧憬,还是让他们在人生彷徨与未来思考中坚定着前进的步伐。

第四节 "80后"文学的形式观照

"80后"文学能够在短时间内受到关注,不仅在图书市场上受到热捧,他们的作品还先后刊载于传统的文学期刊,除了他们创作的内容反映了当下青年的生活现状和思想情绪之外,其艺术上的探索和成就也不容小觑,"80后"文学独特的艺术追求带给读者新的阅读感受。

一、"80后"文学的叙事特征

随着叙事学在中国的译介和传播,对文学作品的研究多了一种全新的视角。运用叙事学的相关理论来考察"80后"作品,考察他们的叙事视角和叙事特征,我们可以进入小说文本的深层次结构中去。

(一)独特的叙事视角

按照热奈特的划分说,叙事视角大致可以划分为以下三种,即"非聚焦型视角"(简单来说,也即托多洛夫所谓的"叙述者>人物")、"内聚焦型视角"(即"叙述者=人物")、"外聚焦型视角"(即"叙述者<人物")②。在数量繁多、风格各异

---

① 韩寒、郭敬明的话转引自沈晴《"80后"文学创作思想内涵透视》,《河南师范大学学报(哲学社会科学版)》,2005年第6期。
② 见胡亚敏《叙事学》,华中师范大学出版社1998年版,第24页。

的"80后"小说中,有一个有趣的现象:"80后"作家喜欢(或者说不自觉)采用"内聚焦型视角"来建构他们的小说,即他们更喜欢用"第一人称"的口吻来写小说,使得他们的小说具备了"自传体"的性质。

《北京娃娃》的主人公是"我"、一个名叫"林嘉芙"的职高女孩,行文中采用的是第一人称的角度来写"我"的故事;春树的另一部小说《长达半天的欢乐》,写的是"我"——春无力经历的种种故事,风格和《北京娃娃》很相似。不仅是春树,李傻傻的《红 X》、孙睿的《草样年华》、苏德的《钢轨上的爱情》、小饭的《我的秃头老师》、张悦然的《葵花走失在 1890》、蒋峰的《维以不永伤》等,他们都不自觉地采用了所谓的"叙述者＝人物"的"内聚焦型视角"来结构他们的长篇小说,用"我"的眼睛来观察世界、叙写故事。

如果一个"80后"作家做出这样的选择,或许还不意味着什么,当他们不约而同地选择这个"内聚焦型视角"的时候,其原因就值得深究。

(1)选择此视角与小说反映的青春体验内容有着密切的联系。一般而言,一个作家最擅长表达的就是自己亲身体验过的生活,或者是跟自己关系很密切的事。"80后"在创作时,他们最强烈的表达欲望是他们火一样的青春和在青春岁月中经历的种种故事,他们是事件的经历者,有很多的感想和体会,他们充满激情地述说这一切,因此,当他们提笔的时候,几乎是无意识地采用第一人称的视角来进入故事,往往这个视角的切入会让他们进入极其轻松和愉快的写作状态。

(2)用"内聚焦"的视角可以更为直接地体现自我个性。如前文所述,"80后"作家普遍呈现出青春个性的张扬,他们不喜欢被束缚,崇尚自由开放的心态。在这个意义上,用"内聚焦"的视角可以真切地书写他们的经历与感受,尤其是表达他们内心最真实的体验。在以上提到的诸篇小说中,我们能够感知到这些小说带有极其浓烈的"自传性"色彩,就是因为通过第一视角的切入使得文本带有强烈的个人色彩。在现实生活中,由于因特网的发达使信息的交流有了长足的发展,人们似乎越来越"全知全能"了。在小说中,这种"内聚焦"限定性视角的运用,使得小说完全掌握在作者的控制之中,很多细节只能通过作者"自我"的角度来感知,使得他们的作品具有摄人心魄的力量。

(3)用"内聚焦"的视角来书写故事,往往使得小说带有强烈的真实感。"80后"作家采取"内聚焦"的视角,不仅小说发生的故事背景和他们的生活场景相似,就是小说中的人物的性格、表达方式、说话内容都和现实很相像,因此我们会觉得很"真实"。而当我们看到文本中出现诸如随意的性爱、经常性的逃课旷课出门远游、吸毒狎妓打斗时才会如此震惊,因为我们不自觉地把小说中所反映的东西和他们的真实生活混在一起。

可以说,"80后"作家们群体性地选择"内聚焦型视角",在一定意义上彰显了他们恣意的青春体验和真实的本色表达。在这种"内聚焦"型的叙事视角中,他们找到了一条叙事的捷径。

(二)线性叙事结构

线性叙事结构是"80后"小说很明显的一个特征。"80后"作家似乎对小说的叙事结构并不是很刻意,他们往往采用顺时序来组织全篇架构。周嘉宁说:"可能我写东西并不过于关注这个故事情节上的跌宕起伏,而是一些其他的东西。比如在《我的夏天》里,最令我激动的地方一个是结尾,另一个是我安排那个小孩作为凶手。"①《红X》有一个类似"倒叙"的开头,但是这更多的是类似这个小说的"引言",引出了性格怪异的沈生铁。后来的行文基本上就是按照沈生铁上高中到退学的经历来写;《三重门》基本上就是按照林雨翔从初中到高中的经历来写;《草样年华》更甚,基本上按照大学期间学期的更迭来写主人公邱飞人生的起起落落。"80后"作家们一方面倾向性地选择"内聚焦"的视角,用第一人称来组织全文,另一方面,也追求本色的时间线性顺序来组织结构全文。可以说,这看似没有关系的两个方面,其实都反映着"80后"作家们追求本色表达的写作风格;这一方面与他们的年龄气质接近,年轻人做事情喜欢直来直去,用一种简单的线性结构来组织全篇。当然另一方面这似乎也暴露出"80后"在形式探究上还有很长的路要走,他们在形式上的探究似乎还没有内容上来得积极和认真。

在线性的结构安排中,还隐藏着一个"对立"的叙事模式。这种对立指的是在"80后"文学中主人公内心的向往和生活的现实这两方面经常产生冲突。林雨翔想和他心爱的Susan进同一个高中,结果错了位,同样的情况发生在邱飞和他的女朋友身上,只是身份变成了大学生;林嘉芙因为厌学而退学,又因为各种压力"被迫"选择复学,但是结果,本能的原因让她彻底地离开了学校;沈生铁想退学,学校不让,等他不想退学时,学校竟然就把他开除了。而当他彻底在社会上堕落甚至犯了很多错误后,他又在感召下走进高复班,最后竟然也成了大学生,等等。在这些对立中,虽然有冲突,有摩擦,但我宁可把这看成是当代青年一步步适应社会的过程。年轻人的血气方刚和社会种种要求的条条框框产生冲突其实也是很正常的,只是这种对立让文本呈现出了戏剧化的效果,加强了作品的艺术性。

总体上说,"80后"作家对于形式方面的探究远远没有他们对于内容上面的关注来得更加投入。

---

① 周嘉宁、七月人:《小说,故事和事件》,收录于韩寒、何员外等:《那么红:青春作家的自白》,中国文联出版社2005年版,第150页。

二、"80后"文学的语言特征

不少"80后"作家的文笔都相当不错,连北大钱理群教授都对胡坚《愤青时代》中的文字发出惊叹。现代社会节奏很快,人们承受的压力都不小,幽默和夸张成为"80后"作家"群体性"的选择。

从"80后"作家的访谈录中,我们注意到"80后"作家所认同的文学领路人一般都集中在这几位:鲁迅、钱钟书、王小波、王朔等。韩寒很欣赏钱钟书,《三重门》也是借鉴了《围城》的写法,小饭、胡坚拥护王小波,胡坚更是用"王小波门下走狗"这样的字眼来表达对于王小波的推崇。王朔的"京味痞子风格"是在20世纪90年代轰动一时的,而鲁迅的嬉笑怒骂,对这些"80后"作家而言,无疑扮演了一个文学启蒙家的角色,他们从小开始就接触鲁迅,从小说、散文到杂文,鲁迅带给他们的是全方位的文学营养。由鲁迅的犀利笔法和批判风格、钱钟书、王小波的幽默、讽刺、调侃,给了"80后"很深刻的影响。因此,在他们笔下,普遍呈现出的一个相同点就是以幽默讽刺和夸张变形见长。

韩寒在《三重门》里就开始用心地经营"幽默和讽刺",这个"80后"文学的实验性作品自然对后来的作者具有影响,在年青作家们的创作中更是发挥得淋漓尽致了。

> 书就好比女人,一个人拿到一本新书,翻阅时自会有见到一个处女一样怜香惜玉的好感,因为至少这本书里的内容他是第一个读到的;反之,旧书在手,就像娶个再婚女人,春色半老红颜半损,翻了也没兴趣。[1]

> 杨阳说他一次在无意中看到某个黑着灯的女生宿舍窗口有一抹荧光闪过,待他拿起望远镜要看个究竟之时,发现了恐怖的一幕:对面女生宿舍的窗前也有一架望远镜,一个女生躲在望远镜的后面,露出雪白的牙齿在向他微笑。[2]

> 我们知道,人是有许多固定属性的。比如听到废话就想打瞌睡,看见美女就会心跳加速。如果一个人听见废话不打瞌睡而是精神百倍,看见美女心跳正常,这就属于违背了人的自然属性。那么这个人就会去当我们的领导,把我们往他们的方向改造。这也就是我们和领导的差别所在。[3]

---

[1] 韩寒:《三重门》,作家出版社2000年版,第7页。
[2] 孙睿:《草样年华》,远方出版社2004年版,第19页。
[3] 张佳玮:《凤仪亭·长安》,《重金属:80后实力派五虎将精品集》,东方出版中心2004年版,第100页。

年轻人喜欢用这样幽默和讽刺兼备的文字来书写他们内心的想法及对社会的理解,这种写法带有强烈的效果,容易得到同龄人的认同,虽然有时候不免有雕琢文字、卖弄才能的嫌疑。

香港电影演员周星驰用无厘头的搞笑表演占据了很大的电影票房市场,由他主演的电影《大话西游》更是在内地上演了语言"风暴",把后现代式的语言体现得淋漓尽致。年轻人在大众文化盛行的年代,很容易就会"跟风",这在一定层面上给了幽默和讽刺以极其快速的扩散。因此,很多"80后"作家会不约而同地选择这种风格也就不足为奇了。

除了幽默讽刺,还有被很多"80后"模仿的是夸张变形。一般而言,这是体现了一个人的语言把握能力和创造能力。

  我走了一年才看到那个亮着小电灯的窗口。灯泡可能只有五瓦,一个老头半坡时代就开始趴在桌子上打着瞌睡。①

  李小蓝说完最后一句就跑掉了。我记得我去追了她。她跑得飞快,我不知道她有没有目标。我好像追了一万年才抓住她的手臂。②

  李白的同事也是这样,所以李白每次换上麻布片子抹上锅灰化妆成乞丐出门以前,男同事都要捐献几口唾沫,女同事都要赞助几个脚印。③

以上是两位风格迥异作家笔下的片段,李傻傻用夸张的笔调写出了等待的无奈、追寻的艰辛;而胡坚骨子里的夸张意识已经和他老练的文笔融合在一起了。这种文字上面的跳跃也似乎暗合了年青的"80后"作家的思维,成为我们阅读中的一种享受。

"80后"作家的语言也风格各异:韩寒的幽默老练、李傻傻的自然灵性、郭敬明的透明凄美、春树的直接率真、张悦然的优美灵动、周嘉宁的冷酷妖艳。作家鲜明的个性和与众不同的写作特色通过他们各具特色的语言清晰地呈现在我们的面前。

  我的叔叔常年躲在家里,因为一旦他出了门,我就不能保证他的安全了。我只能同时保证一个人的安全,但是我的爸爸喜欢骑车兜马路,而我的叔叔喜欢在家里把玩家具。我的叔叔把我们家搭成一座迷宫似的建筑,进了大门就是一块木板,木板上面是一个坐便器,但它并不用来大小便,我叔叔喜欢在

---

① 李傻傻:《红X》,花城出版社2004年版,第81页。
② 李傻傻:《红X》,花城出版社2004年版,第122页。
③ 胡坚:《李白》,见马原《重金属:80后实力派五虎将精品集》,东方出版中心2004年版,第184页。

家随地大小便,所以它是干净的;还有桌子,我叔叔花了四张桌子搭成了一个广场式的建筑,他会在早上踩在四张桌子上对坐便器念叨一些话语,似乎坐便器是他忠实的听众;对我们家来说,最困难的时期是我叔叔的战争时期,我叔叔在每个礼拜都会安排一些家具大战,用床砸桌子,用桌角砸藤椅,藤椅欺负的对象是坐便器。一般来说,我叔叔的钢丝床总能占到便宜,因为它是钢丝做的。家具战争以后,桌子总需要一些涂料和油漆刷一遍,藤椅得搬出去让人家重新扎,坐便器在外形上每况愈下,因为它没有使用价值,我们也不去修。家具战争结束以后我就要收拾我们的房间,而我叔叔就开始盘算重新构建我们家。①

这是小饭虚构的乡土世界,其中不但有智能障碍的叔叔,还有无处不在的荒谬,以及用令人忍俊不禁的笔调叙述出来的暴力,营造出来的却是让人悲凉苦涩。小饭的文字把这种强烈的对比传达给你。小饭把叔叔捣鼓的场面写得很大,但同时却在努力营造出生命被践踏以后的静默和无言的祝福。这种强烈的对比让小饭得到了语言上的巨大张力,他的小说因此变得更加有爆发力。小饭的很多短篇小说都是关注神秘、暴力、血腥、死亡等人性原欲主题,但他运用的手段却是不断建构起这种人类原始的风景,在平静的风景和不平静的冲突爆发中实现他的文学效果,并在强烈的对比中突出了他对人生的洞察力。小饭在华东师大学的是哲学,因此在小饭的文字里面往往蕴含着相当值得深思的东西,但是他不动声色地通过自己所营造的语言张力把他所要表现的静静地表现出来。小饭学习过很多名家,包括他很喜欢的苏童、余华、残雪、王小波等人,但他没有淹没自己,倒是在学习模仿中练就了自己的独特个性,使得他得以和其他的"80后"区别开来,并成为"80后"中一位独特的先锋式作家。

我没有做任何停留地就往死亡树林的方向走,塔庙隐蔽在里面,露出瓦片和层叠的石头,巨大的死亡树把所有的东西都遮蔽掉了,有鸟群飞过去的呀呀呀叫着的声音,可是看不见它们的影子。它们的影子都被吞没在了死亡树的树叶里面,地上的泥土柔软和干燥,踩上去可以听到枯萎的叶子碎裂的声音。粗硬的树干几乎可以穿透我的鞋底挫痛我的脚,萨尔梅是怎么样走过这段路的,她光裸的脚底被多少树枝划伤,她用双手提着裙子,血才不会沾染到裙子上面。她小心地提着裙子往前走,所有的东西都被死亡树吞没了,虫子爬上了她的脚背她没有停留,塔庙离她近了又近了,有温暖的风在树林里

---

① 小饭:《三刀》,见马原《重金属:80后实力派五虎将精品集》,东方出版中心2004年版,第215页。

面来回地穿梭,发出呼呼的巨大声响。她要成为神的女人了,她的右眼流出眼泪来,绕着村子奔跑的脚步声,咯咯的笑,罂粟花流动在头发里面的香味,浓稠的麦子粥,记忆里外乡人粗糙的手给予她的生命中的第一次抚摩,男人在她身体里面的喘息,男人黑颜色的头发,男人细长的手指都被死亡树林吞没掉了,越往前走,她的记忆就被吞没得越多,幼时来过这里,可是连她自己都忘记了在塔庙里她看见了什么。她的右眼流出了眼泪。①

这是周嘉宁《女妖的眼睛》中的一个片段。周嘉宁通过细密的观察和用心的体会,在她的文字中间呈现了一幅神奇瑰丽的画面,而这画面是由一串极其细腻的细节描写串联而成,这种细腻甚至就像带你进入到一个微观的世界中。她擅长用绵长的意象叠加来反映人物的内心波动,上文她竟然连用了"瓦片""石头""泥土""树干""虫子""罂粟花""麦子粥""男人"那么多的意象,来表达一个诡异的森林,那种敏锐的观察力、细密的意象叠加交织出来的神奇境界,给人无限的遐想。

"80后"作家们用独特的语言讲述着自己的故事,无论是共性上的相通还是个性上的差异,并不妨碍他们用自己的性灵来表达他们对于世界的理解和自己内心的体验。在"80后"刚刚登场的时候,或者他们中的相当一部分还在网络上发表文字的时候,语言就是他们受到关注、引起反响的关键因素。因此,如果语言是一个作家的"标签",那么他们从一出场就树立起了自己与他人不一样的风格标签。

三、"80后"文学的想象特征

小说需要想象力的支撑,青年人的想象力是十分丰富的。在"80后"小说中,我们很欣喜地看到,这些出生在80年代的年轻人因为时代的发展、网络的发达、信息的畅通、全球化的影响,他们的阅历和经验已经有了长足的发展,因此在他们笔下呈现了一定的广度和深度。

无论是纯真的爱情,比如《梦里花落知多少》中顾小北和林岚们的爱情,还是带有功利性的结合,比如同样是该小说中的姚姗姗利用有钱有势的白松,还是纯粹地满足私欲的动机不纯的爱,比如《北京娃娃》中林嘉芙和李旗们,还是另类的同性恋情节,比如《我的秃头老师》中"我"和秃头老师的心灵的契合,"80后"作家们通过自己的所见、所闻、所想,创造出了丰富的情感体验。

"80后"小说中写"欲"呈现了多样的情景,而且写得很"另类"。男人和女人

---

① 周嘉宁:《女妖的眼睛》,上海人民出版社2004年版,第196—197页。

的第一次性体验,这在"80后"的小说中可以说是俯拾皆是,比如邱飞和周舟在乐队训练室的初次,因为他们弄响了放在地上的大鼓,发生了奇怪的声音,两人都大笑不止。除此之外,还有对于少妇的性幻想,比如沈生铁对于杨晓母亲的性幻想,写得丝丝入扣。"一夜情"在他们的小说中有所反映,比如邱飞和去西安途中邂逅认识的学姐,比如春无力和李晴的瞬间激情,都在他们的小说中呈现,甚至还有令人难以启齿的"狎妓"经历。沈生铁在租住的小旅馆里就遭遇了这样的事情,只是李傻傻写得很轻松、很夸张,比较符合他们想象中的情景。多样的欲望宣泄,扑朔迷离的情感纠葛,让"80后"笔下呈现了相当广阔的社会场景。这一切,如果没有想象力的支撑,就会落入俗套。

当下生活是"80后"作家们最熟悉的世界,然而他们不满足于具体的社会现实,还要用想象力创造超越现实的梦幻世界。郭敬明创造出了"幻城",一边是火族,一边是冰族,一边是火焰之城,一边是幻雪帝国。轻灵、浪漫、狂放不羁的想象,故事地点脱离了大地,而是转到了空灵的"无极"世界,有了天马行空般的酣畅。我们所见之物绝非人间,一切物象,一切场景,都是大地以外的想象世界。小饭擅长将时空从故事中剥离,你感觉不到这是现实,但同时又不是梦幻,处在现实抽象中间的迷离地带。比如他的一些可以命之为"魔幻现实主义"的小说《山坡上的女艺术家》《莉莉与红色高棉》《为什么没人跟我讨论天气》等,已经将现实和想象高度地融合在一起了。

武侠小说是一个只有靠想象力才能建构起来的世界,"80后"作家的笔端不仅仅执著于现实世界,也伸展到了武侠的广阔天地里。韩寒的《长安乱》、何员外的《何乐不为》、戴漓力的《胭脂红》几乎在两个月的时间内扎堆上市。他们写武侠,不把自己的注意力放在对于真正的武林门派或者是武功的描写上,而是在营造的武侠世界中来写自己的感情和自己的见解。《长安乱》以韩寒标签式的调侃、反讽、诙谐,取代江湖气和草莽气来写"另类"的江湖,写江湖之"乱";《何乐不为》则是何员外把心中的江湖精神通过闯荡江湖的三个武功很差的人表现出来;《胭脂红》更像魔幻小说,写了一个叫做胭脂的女子前后三世的故事,从纯净的天使到高贵的酋长女儿、再到因为仇恨衍变成杀手的故事。其想象力天马行空上天入地,把"80后"文学推向了用想象力装点的奇妙世界中。

"80后"作家在自由率性的写作风格中融入着全方位的文学想象,这给他们原本缺乏生活阅历造成的故事重复、单调中融入了异质化的因素,也使得他们的文学世界走向了开阔和瑰丽。

结语:"80后"文学的思考与前瞻

纵观"80后"文学创作,既看到"80后"取得的不小成就,也要正视他们的不足。"80后"作家们都还很年轻,但是他们中有的起点已经很高,我们有理由对他们承担起中国文学的未来产生诸多期待。

一、"80后"文学畅销现象考察

我们在回顾"80后"文学产生和发展的过程时,已提到了某些促成"80后"文学热销的原因,除了上述提到的因素外,"80后"文学的热销还有着很多方面的原因。

第一,时代的发展提供了"80后"的机遇。一方面,开放的社会现状给了"80后"作家很多超前的体验,也给了他们开阔的眼界和善于接受新事物的头脑。像韩寒、春树等人尽管引起了很多的非议,但是他们还是在自己选择的道路上前行,"80后"作家们普遍在日益宽松的社会语境中获得了相对独立的价值观念。另一方面,对于那些也处于相同社会氛围中的年青读者们来说,他们从同龄人创作的叙事方式和表达内容中引起共鸣。不能否认的是,"80后"作家中的佼佼者是具备了相当阅读经验的,他们对于自己心仪作家的借鉴和模仿成了他们最初创作的资源,对于他们这代人成长历程与心态的描写,对于年轻的读者有着某种天然的吸引力,比如描写大学生活的小说吸引着那些还在为高考作着艰辛准备的高中生。

第二,"传媒文化"时代作家成了"明星式"的"消费符号"。到了新世纪,媒体在现代生活中扮演了越来越重要的角色,传媒的"话语权"大大提高。当初,郭敬明在网络上发表了中篇小说《幻城》,在青年读者中产生了一定的影响。嗅觉敏锐的春风文艺出版社马上和郭敬明签约,并通过社会化的营销手段,把郭敬明做成一个大众可以消费的符号。事实证明,在大众传媒的时代,符号的消费意义有着更大的鼓动性。通过策划包装,一个带点忧郁气质、文字极其瑰丽的"郭敬明"形象已经浮出水面。出版社和媒体的合谋,把郭敬明捧成了"明星",《幻城》《梦里花落知多少》都达到了惊人的销量。当春风文艺出版社在运作"80后"文学取得巨大成效后,更多的出版社开始挤上这条"生财"之道。为了扩大影响,便于制造市场亮点,他们把"80后"作家划分为"偶像派"和"实力派",春树变成了"中国新一代的代表人物",郭敬明成为"青春写作派掌门人",张悦然被封为"玉女作家",

李傻傻被叫作"少年沈从文",胡坚被唤作"王小波门下走狗",等等,通过一系列命名,出版社和媒体的"合谋"让这些青年作者们在短时间内积聚了相当的人气。这种操作完全和娱乐圈"造星"类似,赋予了作家们足够的人气,推动了和他们有关的文化消费。

第三,出版社和作家除了对于宣传有共同的预谋之外,还在"预设读者"方面达成了一致意见:迎合受众的需要,分析可能的读者群,按照他们的要求和想法来改造自己的作品。在一本书中,郭敬明写道"我一直地书写着青春中那些模糊而透明的时光,我记得自己对青春的定义是'青春是道明媚的忧伤'",而一位文学编辑冷言道:"这种青春的感伤和忧郁都是可以制作和加工的。"①可以说,为了读者的立场和市场的需要,作家和出版社会有意地做出调整,迎合受众的阅读口味,满足他们的内心需要。既然作家是偶像,那么就难逃"偶像是流水线上被利益机构不断包装成型的商品"的命运。

"80后"文学读者群的接受,基本上是与他们同龄或更年轻的在校学生,对于这些处于群体性生活和青春期的学生而言,他们对于"80后"文学充满着好奇心,甚至将这些年轻作家作为偶像崇拜,甚至也希望走上他们这样以文学创作走红的人生道路,这就拉动了"80后"创作的市场。

二、"80后"文学的长与短

"80后"文学在经历了几年的热销后,开始逐渐进入理性发展的轨迹,它所反映出来的长处和不足值得我们深思。

"80后"文学能够在新世纪初成功抢占图书市场10%的份额,并在社会上产生比较广泛的影响,他们的长处已得到人们的肯定。

第一,"80后"作家展示出的文学才华是值得肯定的。他们开放的写作姿态和心理体验、文学天赋、充沛的文学想象力、对于文学事业的热情,让"80后"作品呈现出了丰富别致的现状。"80后"写作能够在一片喧嚣中持续下去,并渐趋沉稳扎实,与他们的才华、勤奋是分不开的。我们能够在"80后"作家们推出的一部又一部作品中感受到他们对于文学的热忱和对自己的信心。

小饭在接受采访时说:"我们接受的信息和阅读面都是相当广的,而且作品质量也是前辈作家们在同一年龄段所无法比拟的。"②这是应该承认的事实。这些

---

① 参见发表于北大中文论坛(www.pkucn.com)"中国现当代文学"版块署名为"Jinwuzi"的《大众传媒文化中的"80后"现象研究》一文。
② 李凤亮、卢新:《谁影响了一代人的青春》,见《当代文坛》2006年第1期。

年轻的作家们在他们的作品里呈现了较好的文字表现力及其作品所呈现出的机智和灵气,具备了独特的写作姿态和多样化的写作风格,无论是韩寒的犀利调侃、郭敬明的忧郁气质,还是春树的大胆率真,张悦然的瑰丽精致,新一代的作家们已经逐渐形成了创作的独特个性,他们需要做的是平衡心态、注重责任感,创作出更有文化内涵的作品。

第二,他们的努力和探索精神值得肯定。"80后"作家们大都对自己的创作表示自信,马原认为他们的写作已呈现出了80年代那批先锋作家一样的势头。同时我们要看到,除了广为熟知的一些"80后"作家,还有一批批默默无闻年轻的写作者,他们怀抱文学的理想,远离市场的诱惑,在纯文学园地里寂寥地耕耘着。他们"在一群群小孩子靠无病呻吟和伤花感月被冠以作家头衔,垃圾文学大行其道的今天仍然坚持着真正的小说标准"①,而且他们"所承受的孤寂,所需要付出的努力,决不是一个软弱的灵魂所能承受的"②,他们的未来值得我们期待。

第三,"80后"作家虽然取得了不错的市场份额,但是他们对于自身的存在状态大多有着清醒的认知。相当部分的"80后"作家注重文学创作的精神追求,他们宁愿甘于寂寞、乐于写作,而不是一味地追求所谓的炒作和包装,他们有的还野心勃勃,为自己的创作设定一定的目标,比如小饭、张悦然、蒋峰等,这种自觉和坚韧,让我们对于他们的未来有了更多的期待。

第四,"80后"作家开创了新一代的梦想,他们一方面积极吸收古典文学的营养,特别像韩寒、张佳玮等人,把中国传统的文化纳入他们的写作之中;另一方面,他们又热情借鉴外国文学和文艺理论,像小饭、蒋峰等人对于西方现代派大师的模仿和学习等,融中外文学长处于一体。他们的创作实践共同丰富着中国当代的成长类小说,在一定意义上填补了"青春文学"的空白。

但是,毕竟"80后"文学是年轻人的艺术创作,由于其年龄、经验等方面的原因,"80后文学"也存在着诸多不足。

"80后"作家毕竟受到年龄与阅历的限制,创作表现为"格局嫌小"。《三重门》(韩寒)、《北京娃娃》(春树)、《梦里花落知多少》(郭敬明)、《樱桃之远》(张悦然)、《草样年华》(孙睿)、《我的秃头老师》(小饭)等小说,均选择了以校园、青春以及爱情作为叙述题材,造成相同题材之间的"撞车"。这在一定程度上暴露出了"80后"作家们缺少把注意力延伸到更广阔的社会天地去的勇气和努力,也反映

---

① 七月人:《向我身边的小说家致敬》,《萌芽》2003年第6期,第71页。
② 七月人:《我如何理解马牛——兼谈小说的创作与阅读》,《萌芽》2004年第12期,第65页。

出他们这个年龄段缺乏生活积淀和人生经验的事实,而只好津津乐道于狭小的生活圈中。

他们的创作缺乏哲学根底与思想深度。西方现代派的出现都是起因于某种哲学思潮,西方现代派作品大多有着深刻的哲学思考。而"80后"崛起的催化因素更多的是市场,因此迎合市场成了他们的首选。我们看到以描写校园和爱情为主的生活常态的作品"扎堆"出现,正是他们急于走进市场、缺乏冷静思考的体现。很多"80后"作家有着明显模仿前辈作家的痕迹,这也一定程度上造成他们失去了独立的哲学思考和独特的创作追求。诚如评论家指出的那样:"一直在生活的表层艰难匍匐,而不能拔地而起,凌空翱翔,俯瞰生活的腹地和全部复杂的生活机关。"①这种思想深度的缺乏,让数量浩繁的"80后"文学打了不少折扣。

"80后"作家中相当一部分在追求"眼球经济"和"发行量"的作祟下,选择了面向市场的商业化、时尚化、媚俗化写作,这大大扼杀了作家的创作能量和创作视野。由此造成的一个后果是:作家似乎担心自己的名声会随时消失,总想着在尽可能短的时间内出版发行下一个作品,由此造成他们中的一部分作家创作周期太快、作品质量不高,比如出现了郭敬明的"抄袭事件",张悦然的"一稿多发"现象。重数量轻质量、重形式轻内容、缺少精品意识的后果,使得他们的创作呈现急剧下滑的趋势。现在的"80后"主要还是依靠才气在写作,而持久的、可期待的写作仅有才气是靠不住的,成熟的写作将会是思想的写作、知识的写作、生活的写作,靠的是一个作家的底蕴。在还缺少必要的沉淀的时候就过早地把自己掏空,他们的写作会面临极大的挑战。

三、"80后"文学的困境及前瞻

2004年公认是"80后"文学极其繁荣的一年,从当年发行的"80后"文学的数量就可见一斑。自此之后,"80后"文学也慢慢地恢复了它本身的冷静和理性,开始以一种不温不火的步子向前发展,但是这种发展掩盖不了"80后"的后劲不足,2006年,春风文艺出版社的一位编辑认为:"(相较2004年占图书市场的10%),今年作品量不到1%,'80后'这个群体已经无人问津,这就造成大批80后作家无路可走。"②

同样的意思在别处也得到了佐证,《文汇读书周报》有文章写道:

据北京开卷信息技术公司数据显示:国产青春文学图书在年度文学或非

---

① 曹文轩:《中国八十年代文学现象研究》,作家出版社2003年版,第310页。
② 参见肖李《"80后"作家群体自我瓦解》,《社会科学报》2006年8月31日。

虚拟类图书排行榜中,2004年前15名占了9名,2005年前20名只占到8名,到了2006年上半年,前10名则仅占了2名。而一项不完全调查同样显示:2004年国产青春文学巅峰时期,80后作家群人数接近三四百人,而到了2006年,活跃于一线的80后作家人数只有三四十人,跌幅达90%。①

两者反映的现实让人深思,更让人对"80后"的发展前景担忧。尽管他们的说法有点过于绝对,但却从记者和编辑的角度说明了"80后"文学没有了以前的热度、日益呈现出江河日下的现实,这在很大程度上也是他们的不足所造成的后果。

当然,我们也看到还有一些作家,比如李傻傻、小饭、蒋峰、韩寒、张悦然等,还在继续着各自的文学事业,并不断有新作面世。另外,我们不得不提及,那些仍在努力创作尚未浮出历史地表的年轻人,他们的能量不容小觑。一直关注"80后"动向的白烨这样论道:

> 近年来,在图书销售市场曾经有着骄人成绩的"80后"写作,除去几位偶像型写手因"粉丝"较多拥有稳定的学生读者群之外,一直存在着新的作者难以显露出来、新的作品难以造成影响乃至整个青春文学没有真正走出校园的圈子,不为更多的人们所知晓的诸多问题。但这样一个状况,在2006年底到2007年初开始有所改变,一些出版社相继推出了属于"80后"群体的一些实力作者和新锐作者的小说新作,而这些"名家"力作和新人新作也以其新的探求和新的气息,在文坛内外引起了一定的反响,使得人们对这一群体又重新关注起来。
>
> ……随着"80后"一代在人生中的成长和艺术中的历练,在他们中间正在涌现出新的文学才俊,而这将势必使"80后"写作和青春文学发生令人欣喜的进取与变异,使这个写作群体最终完成由自在性写作向自觉性创作的艰难过渡。②

从中我们也可以看出,虽然"80后"文学呈现出整体下滑的趋势,但是相当一部分作家还在继续着自己的文学梦想,而且新人也在不时地补充进入"80后"的阵营。"80后"作家们随着自己的成长和阅历的提高,他们对于世界的理解和对于文学的表达肯定会更加出色。

马原在《重金属:80后实力派五虎将精品集》的序言中说道:

---

① 许嘉俊:《青春文学成也书商,败也书商——80后作家群后劲不足跌入低谷》,《文汇读书周报》2006年9月15日。
② 白烨:《"80后"写作的新动向》,《人民日报》(海外版),2007年2月8日。

有道是长江后浪推前浪,前浪死在沙滩上。回望后浪排空,一浪高似一浪,心里忽然就生出几许落寞;仅仅一瞬,就被无边的欣悦覆盖了。

祝福你们,20年后的又一群好汉!①

马原在序言里面把李傻傻、胡坚、小饭、张佳玮、蒋峰五人和20年前的何立伟、刘索拉、徐星、阿城、莫言和他自己相比较,对于他们能够成为未来中国文坛的代表表达了坚定的信念。马原作为一个作家,用豪情和诗意大笔一挥圈定了这五个人,我们尚且不下定论;如果放下"圈人"这样的做法,而放眼整个"80后"作家群(同时也寄希望于那些尚未冒出但在默默努力的更年轻的写手们),我们看到他们对于文学的热爱和激情,看到他们成就文学梦想的实力,我们完全有理由相信:在这中间,会有那么一些人,经过岁月的历练,可以实现其文学的梦想。

"80后"文学从新世纪初正式走上文坛,到2004年达到了发展的高峰,之后,又出现了急剧降温的轨迹,并渐渐回归到理性的发展态势上来。目前的"80后"文学正处于一个"孕育"和"积累"的过程,它面对着更加理性的发展环境和更加有辨别力的读者群。"80后"文学在它诞生之初,占据了得天独厚的先天优势,才可能在短时间内发出了光芒,并轻易达到了一个短时期内难以再企及的高峰。"80后"文学在很多方面达到了文学本身的高度:有那么多的作者热情高涨地投入到写作的洪流中去,发表出版了相当数量的文学作品,并体现了当代年轻人良好的文学素养、文学准备和文学成果,并充分表达了当代青年的感悟和体验。"80后"文学在传统文学界的观望、交流、帮助中完成了和前一辈作家的沟通,并迅速地融进了整个中国文学发展的进程中。同样,"80后"文学在发展过程中也不可避免地发生着诸多问题,对于文学神圣感的缺失、对于文学功利性的追求,由此造成的文学创作的随意性和阶段性热情,对于自身的过度自恋而忘记了文学本身应该承载的更多的责任感和道德感,缺少一种积极的心态去面对自身与社会。不过,他们的能力和实力见证了他们可以展望未来的发展。

---

① 马原主编:《重金属:80后实力派五虎将精品集》,东方出版中心2004年版,第4页。

第三章

新世纪初的网络文化与网络文学

网络文学是指在网络上创作并首次发表的文学作品,它的繁荣是世纪之交最引人瞩目的文学现象之一。本文以新世纪以来的网络小说以及网络上的两次文学批评论战为主要考察对象,从宏观文化和微观文本的双重角度剖析网络文学,揭示其独特的精神内涵。

当下的网络文学逐渐从量的积累走向质的提升。现实主义作品是网络小说中最为成熟的一个类型,特别是"残酷的人生"系列——以都市的眼光观照人生,抛弃教化直面残酷,其写作立场、审美追求和语言风格的多样化都显示出都市文学的某种转变。网络玄幻小说的崛起,不仅是全新的网络文化娱乐方式在文学领域的投影,也说明中国社会逐渐回归历史常态后,文学开始自觉地接续近代以来的轨迹。网络玄幻小说在艺术形式上的探索,对社会和历史的多维度思考,提升了网络小说的艺术品质。同时,在自由开放、反权威的网络环境下,原有的文学批评话语体系受到冲击,企望生成一种全新的文学批评机制。在语言上,各种网络文学文本共同构成了网络语言的丛林,精纯和粗鄙、驳杂和诗意、口水泛滥和力透纸背,形成网络全新错落的语言表述状态。

自由表达、反对权威的网络精神,促使文学发生深层次的嬗变。网络文学独特的文本生成和传播方式,突破了审读的出版物审查制度,对创作主体、书写立场、文学范围以及读者的接受与反馈等方面都产生了重要影响,网络文学对传统文学是挑战也有反哺。从某种程度上说,网络文学为文学创作提供了一种新的发展可能,是文学史不可忽视的一环。

互联网的诞生和崛起是 20 世纪最具历史意义的重大事件之一。从政治到军事,从文化到经济,从通信到娱乐,它对当下生活的全方位介入,迅速改变着人们的交往方式和社会文化形态。互联网所包含的信息量之大和传递信息的速度之快,使空间距离的制约在互联网上不断弱化,"数千年来人类所欲达到的所谓悄焉动容,视通万里的境界,而今只需一键在手,即可天上地下,神往心驰"①。

这种轻松、便捷的网络体验使人们越来越认可互联网所具有的特点——自由、平等、随心所欲,旧的生活和规则、信条被颠覆了。互联网仿佛是一片新生的大陆,文学的种子在这里安然扎根发芽,并孕育出一颗全新的果实——网络文学。网络文学兴起的背景可以从文学、科技、社会三个方面来考察。

第一,从文学自身来看,"文学是在困境和低谷中走进计算机网络世界的"②。20世纪末,"五四"时期澎湃的文学热情早已经冷却,五六十年代文学的崇高感和使命感被历次政治运动所碾压,80年代高扬的理想主义又很快淹没在90年代的商品经济大潮中。文学创作中日益严重的商品化、媚俗化、快餐化,令敏感人士惊呼"文学死了",这虽有些骇人听闻,但人文精神的失落和文学处境的尴尬却是不争的事实,网络的出现为文学找到了一个新的突破口。

第二,从科技角度来看,电脑及其互联网络是网络文化和网络文学的物质载体。网络文学的创作者和读者主要为成年网民,他们也是网络文学存在和发展的坚实基础。中国互联网络信息中心对网民的定义为:平均每周使用互联网至少1小时的人。从1994年加入国际互联网协议,截至2006年12月31日,中国网民人数已经达到了1.37亿,占全国人口总数的10.5%。中国大陆地区的网站总数也达到了843,000个,域名总数为4,109,020个。全国网页数为44.7亿个,其中以文本为主要内容形式的网页占到了70.2%。上网计算机的总数则达到5940万台,其中,通过宽带接入互联网的网民数和电脑数都超过了各自总数的一半,这在一定程度上保证了在线阅读的速度。具有高中及高中以上文化水平的网民占到网民总数的82.9%,这个阶层通常也是文学创作和阅读群体中的主要力量。关于经常使用的网络功能的调查显示,36.9%的网民选择浏览论坛、讨论组等,17.1%的网民选择写作、管理、阅读博客(网络日志,英文称之为web blog),选择阅读个人主页空间和电子杂志的各有20.3%和25.3%。除了专门的网络文学网站,这些地方往往也是网络文学文本的主要发表地③。网民数量的激增和互联网技术的迅速普及,催生了崭新的互联网文化,这种文化所滋养出的文学从精神内涵到文字风格都令人耳目一新。人们惊叹于它的自由新鲜、潇洒不羁,网络文学的繁荣,成为世纪之交最引人注目的文学现象。

---

① 比尔·盖茨、内森·迈哈沃德、彼得·里尼尔森著,辜正坤译:《未来之路》(The Road A-head),北京大学出版社1996年版,第362页。
② 欧阳友权:《网络文学论纲》,人民文学出版社2003年版,第7页。
③ 中国互联网络信息中心(CN‐NIC)2007年1月23日发布:《第19次中国互联网发展状况统计报告》。

第三,从社会环境来看,网络文学的快速崛起不仅仅是现代科技的产物,也和中国一直以来基于意识形态之上的严格的出版物审查制度密不可分。新旧世纪交替,中国的经济改革方向已经确定无疑,但是与之相适应的社会文化环境似乎没有跟进。日益活跃的市场经济造就了日益开放、强调个性、追求平等的社会氛围,文学作为思想情感的反映、当下生活的见证,强烈要求更加自由的表达方式。但是层层审查、处处编辑的传统媒体显然无法满足这种要求,在这种情况下,网络这个全新的发表园地为网络文学提供了一种新的可能。

今天,以互联网为创作、发表园地的书写者已经成为不可忽视的文学创作群体,网络文学也已经成为当下文学版图中不可或缺的图景。那么,如何界定网络文学这一概念?它在创作立场、审美观照、精神诉求以及艺术形式等方面有哪些特点?其文学价值究竟如何?它在文学发展的历史链条上扮演了一个什么样的角色?对于文学本身,网络文学意义何在?这些正是本文要深入探讨的问题。

第一节　众说纷纭的网络文学

一、"网络文学"的界定及其特征

当前学术界对"网络文学"的界定主要采取二分法和三分法两种。三分法是指从广义、中义和狭义或者宏观、中观和微观的角度来定义网络文学。在2004年召开的首届"网络文学和数字文化"研讨会上,有学者提出:

> 从广义上看,网络文学是指所有上网的电子化文学文本,即在互联网上传播的文学都是网络文学;在中观的意义上,网络文学是指网络上的原创文学,即用电脑创作、在互联网上首发的文学作品;第三种是网络超文本链接和多媒体制作的作品,是狭义的网络文学。①

也有人认为:

> 从网络文学现有的定义来看,有宏观、中观、微观三种不同的定义方法,所指对象有所不同。第一种定义,认为在网络上传播的文学都属于网络文学。第二种定义,认为网络文学仅仅指那些在电脑上创作、网络上传播的原创作品。第三种定义认为只有运用了电脑的数字技术创作的多媒体、超文本

---

① 欧阳、艾国:《首届"网络文学与数字文化"学术研讨会综述》,《文学评论》2004年第5期,第187页。

的作品才是网络文学作品。①

概括而言,三分法中的广义网络文学和传统文学相比,重点关注了媒介载体的区别;中义的网络文学观则从创作方式和发表体制等方面进行了界定;而狭义的网络文学概念,更多地考虑了网络文学文本对网络的依赖性、延伸性和互动性。它认为,超文本的制作、存储和传播依赖于电脑和网络,无法进行媒介转换,离开了计算机网络就不能生存,这把网络文学和传统文学彻底区分开来,因此这种作品才是真正的网络文学。

两分法则包含两个方面:广义上,所有以计算机及其互联网为存在和传播载体的电子化文学文本都可以称为网络文学;狭义上,网络文学是指那些在互联网上创作、首次发表和传播的文学文本。网络文学专家欧阳友权提出:

> 就作品而言,网络文学大抵包含了两大类作品,以电脑为传播载体的网上文学作品(搬上网络的纸质作品)和网络原创文学(专为网络创作、首次在网上发布的作品)。②

同时,他指出后者最能体现网络文学的本质特征。

秦宇慧认为:

> 广义上讲,凡是在互联网上传播的文学作品均可划入这一范畴;狭义上讲,则只有首发于互联网互动性社区(BBS)中,在互联网上流传,在创作过程中不断得到读者的反馈并随时修正其内容的文学作品,方可以称为"网络文学"或"网络原创文学"。③

从以上观点中不难看出,两分法的狭义网络文学概念糅合了三分法里的中观和微观定义。实际上,网络文学的精神特质才是它与传统文学的区别标志。关于这一点,传媒研究者王俊秀认识得比较早。1999年他提出:

> 真正的网络文学必须是包含网络文化特质的个人化文字……网络文学同样是一种游历于网络之间的个体生命对于理想网络的渴望。这种追求不是技术性的未来,更多的是感性,而又更具有人道主义的精神需求。④

随着网络文学研究的深入,越来越多的研究者开始强调网络文学的精神特征。例如,邓国军认为:"网络文学是在网络上发表的、具有特殊的网络文学内涵,

---

① 刘月新:《网络文学研究现状的反思》,《三峡大学学报》2006年第6期,第36页。
② 欧阳友权:《网络文学论纲》,人民文学出版社2003年版,第11—14页。
③ 秦宇慧:《网络原创文学与传统文学辨异》,《沈阳教育学院学报》,2004年第4期,第31页。
④ 王俊秀:《网络文学:新文明的号角》,王俊秀博客(http://wangjunxiu.techcn.com.cn/)。

供网民在线阅读的超文本文学样式。"①

通观以上看法，无论哪一种界定，人们对网络文学的认识都是基于技术性和文学性这两个层面上的。从技术性上说，网络文学是相对于"印刷文学"——纸面媒体上所发表的文学作品而言，它着眼于制作传播载体的差异。从文学性上说，要考察网络文学与传统纸面文学在精神内涵和文学性特征上是否具有质的区别。目前，一些保守观点认为网络文学不过是书写工具和发表媒介的不同，网络文学不具有价值论意义，即自成体系的文化意义，因此它不能称为一种独立的文学形态。这实际上是过分强调其技术性，而忽略、甚至贬低其文学性，不能不说是一种偏见。欧阳友权把这种围绕技术性和文学性的争论形象地称之为"命名焦虑"②。其实这个问题的核心在于新的制作传播方式——电脑和互联网技术是否诱发了文学变革。如果它们促使文学发生了变化，而且这种变化不仅仅是技术性地提高效率，还包含了某种哲学文化的意味，并带来了文学观念的变革，那么它就具有价值论意义。学者阎真的看法旗帜鲜明，他认为：

> 网络文学不仅是一种技术性存在，也是一种价值论存在。网络文学起源于技术的进步，但这种技术进步向价值领域的渗透、传导，形成了网络文学独特的文学观念和价值体系。网络文学不但应被作为一个技术性事实被予以审视，更应被作为一个文化哲学的事实被予以审视。③

的确，文本的制作传播方式是技术性的，但它却仿佛一只无形的手，制约着文学形态的发展变化。从文本的制作来看，新的书写方式对文本的影响是润物细无声式的。电脑写作是网络文学的基本创作方式，写作者的侧影不再总是书桌前的低头苦吟，文思泉涌时就似乎变成了浑然忘我的演奏家。内心的文字在手下的键盘上像乐章一般汩汩而出，不必像用纸笔那样，思路不得不在某个转角处停下，以等待一格一格爬过来的钢笔。新的书写方式改变了原有的写作状态和构思习惯，这必然使文学发生更深层的嬗变。同时，多媒体制作手段使网络文学的阅读有时变成了一个有声有色的过程，图片、影像和音乐镶嵌在文字中，效果更直观。正如陈平原所说，"由此而导致图文并茂、动静相宜的知识传播与接受图景，极有可能催生新的学术意识与知识框架"④。

从文本的传播来看，网络超文本颠覆了传统文本的线形构成顺序和阅读顺

---

① 邓国军：《网络文学的定义及意境生成》，《文艺争鸣》2006 年第 4 期，第 64 页。
② 欧阳友权：《网络文学论纲》，人民文学出版社 2003 年版，第 432 页。
③ 阎真：《网络文学价值论省思》，《文艺争鸣》2005 年第 4 期，第 77 页。
④ 陈平原：《数码时代的写作与阅读》，《南方周末》2000 年 7 月 7 日。

序,为作品提供了更多的解读可能。"超文本"的概念由美国学者托德·尼尔逊(Ted Nelson)在1969年提出,指一个没有连续性的书写系统,文本分散而靠链接点串起,读者可以随意选取路径阅读①。1996年,马修·米勒在网络上发表名为《旅程》的小说,后来被誉为超文本小说的典范。它讲述了一个男子走遍美国,为两个孩子寻找他们的母亲。小说是屏幕上的一幅美国地图,读者可以任意点击地图上的某一个州、某一条公路开始自己的阅读之旅,也可以中途更改线路。未知的"旅程"不断激发读者的阅读渴望,人们不知道自己身处文本的第几个段落,也不知道结局在哪里,但超文本的变幻莫测吸引着读者踏上阅读之旅。在中国,超文本写作还处在尝试阶段,作品有林焱的《白毛女在1971》,几位上海作家集体创作的《一九九七年的爱情》等。通过点击网络超文本作品中的链接,读者进入下一级文本,也许是对该文本的背景说明,也许是插叙的情节,也许是新的叙述路径,文本在这种点击中不断扩展、衍生。另外,那些由不同作者共同完成的网络接龙作品、应网友的要求情节变来变去的小说,更体现出网络阅读接受过程中的互动性。网络在作品发表方面具有去权威化、去中介化的特点,作品与读者直接见面,过去横亘在二者之间的出版物审查制度和种种程序羁绊消失了。这种自由的环境使网络文学作品普遍呈现出一种洒脱不羁的风格。可以说,网络那种自由、随意、洒脱的特点潜移默化地影响了文本创作,使其承载的那一类文本有着鲜明的、区别于纸面文学的精神气质,成为众多文学类型中的"这一个"。

随着互联网技术的飞速发展,网络文学本身的格局急剧扩大,仿佛从一个细胞,迅速膨胀、分裂、进化,在很短的时间内形成了网络文学独特的生态系统。从题材到体裁到风格,网络文学都呈现出多样化的趋势,它不再是一个一眼就可以看出所以然的单细胞。基于以上这些分析,本文以两分法中的狭义网络文学概念为基础,认为网络文学(或原创网络文学),是指在网络上创作并首次发表的文学作品,它们带有网络文化的印记,具有独特的精神内涵。本文以这种原创网络文学为主要研究对象,兼顾20世纪90年代末的网络文学发展状况,重点分析2000年以来的网络文学文本。

二、网络文学研究回顾

从网络文学的研究现状来看,关于网络文学的争议开始于20世纪90年代末,相关学术研究则在新世纪初迎来了争鸣的第一次高潮,并取得了丰硕的成果。

---

① 王璞:《超文本:网络文学创作的靓丽风景》,《大庆师范学院学报》2006年第4期,第93页。

人民文学出版社2003年出版了欧阳友权等人著的《网络文学论纲》,这是国内第一部系统论述网络文学基本理论的著作,从学术层面对网络文学的定义及生长样态、后现代话语逻辑、接受范式以及价值趋向等问题作出了学理性分析,是网络文学基础理论问题研究的代表作。中国文联出版社2003年推出了"网络文学教授论丛"(其中包括欧阳友权著《网络文学本体论》、谭德晶著《网络文学批评论》、聂庆璞著《网络叙事学》、杨林著《网络文学禅意论》、蓝爱国、何学威著《网络文学的民间视野》),作为目前最为全面的网络文学研究学术丛书,这套著作从多种角度对网络文学作出了独特的阐释和辨证的评说,如写作立场、审美追求以及创作嬗变等问题,将网络文学研究推进到一个新的阶段。网络文学研究也开拓了多视角、多侧面的微观领域,例如从女性主义立场出发,探讨两性视野中的网络文学(许苗苗等著《两性视野中的网络文学》);中南大学的"网络文化研究所",多次组织举办以网络文学为主题的学术研讨会,如2004年的首届"网络文学和数字文化"研讨会,各方观点的论辩,推动了国内网络文学研究的交流和发展。此外,《文艺争鸣》《当代文坛》等学术期刊近年来纷纷刊发网络文学研究专题,所有这些学术努力和实绩"凸显了当代中国文艺理论的前沿意识"①,是当代学者在网络文化批判中发出的"中国的声音"②。

目前网络文学的研究主要涉及以下几个方面:第一,网络文学的命名,即它的定义。第二,网络文学的特点。第三,网络文学的文学价值。第四,网络文学创作主体和文本接受的研究。第五,网络文学与传统文学的关系。第六,网络文学的后现代性。第七,网络文学的发展前瞻。其中,争议最大的当属对第二、第三个问题的认识,第五个问题在现有研究的基础上还有必要进一步阐述。

在精神层面上,网络文学具有公认的自由性、反权威性,但是具体如何认识这两个特征,各方观点不一。网络写作和发表方式的自由显而易见,一些传统作家却为网络文学拆除了审查遴选门槛而担忧。丁德文认为网络文学要么任意发表,没有挑选机制,要么挑选环节太薄弱,"传统文学媒体的编辑,多数还是有比较高的阅读欣赏眼光的,而网络文学刊物的编辑呢?恕我直言,论其专业程度和欣赏水准,实在难以与传统媒体的编辑相比"③。虽然这种观点只是有感于网络文学作品水平的参差不齐,但在网民看来更像是一种霸权性评判标准。一位网民甚至激愤地说:"所谓编辑依靠出版垄断的特权,按照出版审查制度这个巫婆神汉式的

---

① 王岳川:《网络文学的民间视野·序言》,中国文联出版社2003年版,第1页。
② 同上。
③ 丁德文:《网络文学的悲哀》,《文学自由谈》2000年第6期,第121页。

皇历,认为'诸事不宜',自以为是的'编辑',把持话语权、遮蔽其它选项,其实是假挑选之名把自己的口味强加给读者。"①公正地说,编辑在挑选、修改、校对上的劳动成果不容抹杀,但从中可以看出网民对传统出版体制的极度厌恶。另外一些学者则采取了比较宽容的态度,认为虽然网络文学中有糟糕的劣作,但是正如湿地和杂草也是生态系统的一部分,把它们都消灭了,地球环境肯定会越来越糟。所以"应该保持这种可贵的自由性,保留一片生气勃勃的话语空间和人文生态环境,让人们在这里自由书写,自由表达,自由思想,各得其所。这就是网络文学的特殊价值和魅力"。"有些文学网站设置了编辑,试图将那些粗劣之作挡在门外。但是这样一来,网络文学本来的意义就丧失了,它那种以自由为核心的文化内涵就丧失了。"②能够判定谁是文学经典的不是编辑而是时间,"童话大王"郑渊洁回忆屡次遭遇退稿的早期创作生涯时感叹"时至今日我才明白文学拳击场上的裁判不是编辑不是评论家而是读者"③。网络的自由性为文学爱好者提供了均等的机会,它不仅培养、推出了大批网络作家,还有像陈村、吴亮这样的传统作家"触网"后也迎来了新的创作春天。同时网络还挖掘了一些以前不被赏识的传统作家,比如宁肯,没有网络这个平台就没有宁肯的文学传奇。从1982年开始发表诗歌,一直到"触网"之前,宁肯只是千千万万个普通传统作家中的一位,他的长篇小说《蒙面之城》遭遇了多次退稿。2000年,宁肯用电子邮件向新浪网文化频道的主编介绍了自己的小说。同年9月中旬,《蒙面之城》开始在新浪连载,每天一段,一个月后点击率就升至五十多万。越来越多的网友热情地留言发表对小说的看法,连载尚未结束,各地书商和杂志社纷纷向宁肯抛出橄榄枝。网络上的热烈反响,使得宁肯的《蒙面之城》创下了《当代》发表周期最短的纪录。此后,由于作家出版社捷足先登,人民文学出版社只得把单行本的出版权拱手相让。接着,《收获》也从尘封的稿件堆里找出了原稿准备刊发。《蒙面之城》获得关注后,其文学价值也逐渐被传统文学评论界所认可。如果没有网络,《蒙面之城》也许将永远只属于作者宁肯自己,从这一点说,网络是真正的伯乐。

  网络文学的反权威性是其自由性的延续。一些学者和作家担心自由写作会破坏文学规范,冒犯已有的文学评价体系。文学创作和评判的权威规则是什么?谁制定了它?欧阳友权认为:

    文学本是兴起于民间大众的劳者歌其事、饥者歌其食、穷者歌其哀,后来

---

① 刀子嘴斧子心博客:http://ichbinidol.tianyablog.com。
② 刘月新:《网络文学研究现状反思》,《三峡大学学报》2006年第6期,第38页。
③ 郑渊洁:《祝贺杨宗先生七十寿辰》,郑渊洁新浪博客,http://blog.sina.com.cn/zhyj。

到了专业文人手里,文学脱离了大众,走向精致,变成少数人把玩的风雅,又被利用为传经载道的工具。这些本是文学的变种,但却成了文学的正宗,文学的根——话语平权的民间文学却被边缘化。网络文学的兴起或许正是文学回归民间的一个契机,是文学成为原生意义上文学的一次突破。①

网络精神的核心就是自由、反权威,正是这种权威真空才使得文学话语权获得重回民间的机会。匿名的网民们不买任何人的账,不膜拜任何所谓权威,他们或赞美、追捧,或质疑、痛骂,完全出自内心。他们的评论虽然缺少体系性和学理性,有时不够严谨甚至片面,但是往往更犀利、更准确、一针见血。反权威往往意味着抵制规范,因此一些学者在赞同网络自由的同时,也对网络文学的反权威性倾向表示担忧,"在缺乏规范的前提下,网络文学能不能得到突破性的发展?这也是关系到网络文学前景的一个重大问题"②。这种担忧虽然不无道理,但仔细分析一下也大可不必。文学发展有自己的客观规律,每种文学类型都将沿着自己的轨迹按照其客观规律行进。外力的规范和限制往往是强行打断其正常的发展进程,迫使其扭曲变异。况且,真正的文学经典是在文学发展中自然产生的,而不是依靠规范和权威产生的。

关于网络文学的文学性问题,学术界分歧较小,一般认为网络精神向文本渗透,影响了其文学特点。网络文学在文风上强调绝对个性化,善于嘲讽也乐于自嘲。其作品中所表达的道德诉求和审美意识都迥异于传统文学。它们藐视权威、解构经典、消解神圣,经常以恶搞的方式颠覆传统。同时,网络语言也产生了变异,不断创造出新的语汇,把方言和普通话、外语和中文杂糅一处,巧妙运用双关、仿词、借代、飞白等修辞方式,行文摇曳生姿。

关于网络文学的文学价值,很多学者都注意到,由于较少受"文以载道"传统意识的影响,网络文学更多地保留着本真,"我"的形象和声音更突出了③。但也有人觉得一些打着自我旗号的网络作品实在是惺惺作态的"虚妄和自恋"④。在一些人眼中,由于其创作队伍的扩大,网络文学成了某种程度上的民间代言,同时也有观点质疑目前上网的人群不具囊括所有阶层的普遍性,所谓民间有虚构的嫌疑⑤。网络文学把戏仿、无厘头风格发挥到极致,不断在文学经典上生发出新故

---

① 欧阳友权:《学院派眼中的网络文学》,《中华读书报》2004年9月22日。
② 刘月新:《网络文学研究现状的反思》,《三峡大学学报》2006年第6期,第38页。
③ 邓国军:《网络文学的定义及其意境生成》,《文艺争鸣》2006年第4期,第64—65页。
④ 丁德文:《网络文学的悲哀》,《文学自由谈》2000年第6期,第119页。
⑤ 蓝爱国、何学威:《网络文学的民间视野》,中国文联出版社2003年版,第2—3页。

事,有人认为这是对传统文本的翻新①,以喜看老树发新芽的眼光去看待这种创作,也有人觉得这热闹背后冒着寒意,怀疑这狂欢是文学的回光返照。由于文本数量急剧膨胀,网络文学作品中难免泥沙俱下,王蒙曾直斥网络文学格调不高,是"快餐文学",台湾学者李敖甚至讥讽网络文学是厕所文学。但是作家陈村也针锋相对地提出,"有人一口派定网上的文学作品都是垃圾,那是精神错乱,我们应该怜悯他"②,并指出"君不见原先的作家们也有难看的东西幼稚的东西,没张贴出来罢了。他给你看的第一张照片已经打好了领带,你可别以为那领带是娘胎里带出来的"③。

　　首先,应该肯定从"命名焦虑"到争论其文学价值是网络文学研究的进步。其次,像任何一种文学形态的研究都存在争议一样,关于网络文学价值的争论是正常的。这些观点代表着不同的立场和角度,虽然有些负面观点以偏概全,但也指出了当前网络文学中存在的一些问题。事实是矫正偏见的最好利器,随着文学实践的深入,网络文学的发展会逐渐修正人们的看法。网络文学的文学价值究竟如何? 要结合具体文本分析才能说明,这也是本文的写作重点之一。

　　关于网络文学和传统文学的关系。首先要澄清这个传统文学是网络文学产生以前、口头文学和纸面文学的集合体。从文学本体的角度看,网络文学和纸面文学都属于文学的一支,地位是平等的。在相当长的一段历史时期内,依靠纸面媒介记录的文学文本在数量和传播上占据了绝对优势,以至于纸面文学成了文学的代名词。但在新媒介强势崛起的今天,纸面文学不再能够完全包容文学,网络文学提法的出现,提醒了人们这一事实。陈平原指出,"网络文学"和"网络时代"的文学是两个不同的概念。网络的出现在文学史上的意义,不是推出了一种全新的"网络文学",而是使得"自由表达"以及"业余写作"成为可能④。

　　其次,网络文学对传统纸面文学的反哺价值被低估了。从创作队伍来看,网络培养了文学新秀,为被传统媒体堵在门外的作者提供了机会。对于已经成名的文坛人士,网络又不啻是一个可以令人重燃激情的洛丽塔。作家可以通过网络发表的匿名性作品避开种种束缚,跳脱思维定式,寻找新的文学兴奋点,进行新的文学实验,以避免创作惯性。从文学本身来看,网络文学在主题、手法、语言上都有所创新,丰富了文学的内容。另外,网络文学作品可以直接面向读者,减少了审查

---

① 蒋玉斌:《网络翻新小说试论》,《文艺争鸣》2006年第4期,第66—68页。
② 陈村:《风言风语》,岳麓书社2000年版,第373,374页。
③ 张咏华、姜小玲:《网络文学已成昨日黄花?》,《解放日报》2002年10月30日。
④ 陈平原:《数码时代的写作与阅读》,《南方周末》2000年7月7日。

和编辑造成的被迫变形,更多地保持了文学的原生态。正视网络文学和传统文学的关系,可以帮助我们进一步认识网络文学在文学史上的意义和作用。

通过以上对网络文学研究成果的梳理,不难看出其中的一些不足之处。欧阳友权在总结网络文学研究的薄弱之处时指出:

> 当前的网络文学研究,存在着反应迟钝、反思滞后、反省表面化的缺陷,缺少内质性和前瞻性思考。如:(1)对之作技术研究而不是作艺术审美性研究;(2)对之作载体形式研究,而不是作意义形态研究;(3)对之作异同比较研究而不是把它当做独立存在的审美本体研究;(4)对之作大众文化的转向研究而不是从存在论上进行人文价值的节点考量。①

网络文学的研究已经走过了拓荒阶段,但是仍然缺乏一套行之有效的理论范式作为其研究基础,对于时时都在更新的网络文学来说,套用固有的文学观念又难免削足适履。因此,暂时绕过对网络文明和数字文化利弊的激烈争论,以细致的文本分析代替结论式的评判,对网络文学来说不失为一种有效而客观的研究思路。

一些研究局限于早期的网络文学实绩,缺乏对2000年以后网络文学的观照,论述也因此而缺乏说服力。在一种文学形态尚未完全定型时,不轻易下结论当然是一种学术谨慎,但是如果囿于旧的文学认识,在网络这样一个新作家、新作品层出不穷的园地中,分析的个案过分集中于20世纪末的几个代表网络作家及其作品,而疏于关注2000年后涌现出来的新作家、新作品,此种研究,未免缺乏与时俱进。

随着网络文学的发展,关于它的诸多争论将逐步深化,越来越接近问题的本质。新世纪初的网络文学尚未完全褪去青涩,本文希望选取具有典型意义的网络文学作品,在对文本的深入探讨中剖析网络文学的写作立场、审美追求和价值取向,并尝试着阐述它在整个文学发展史中的作用与意义。

第二节 世纪之交的网络文学概况

一、20世纪末网络文学回眸

汉语网络文学兴起初期,主要依托海外留学生创办的中文网站和文学网刊,

---

① 欧阳友权:《学院派眼中的网络文学》,《中华读书报》2004年9月22日。

发表的作品以思乡恋国的情感和身处异域所感受到的中西文化冲突为主要内容,网络新闻组和电子文学期刊是网络文学最初的运作方式。

1991年,中国留学生王笑飞在美国创办中文诗歌通讯网①,这是已知最早的中文网站。同年4月5日,全球第一家中文电子周刊《华夏文摘》诞生,这个周刊在当时的海外华人世界中具有一定的影响力。两年之后,由遍布世界各国各校的中国学生、学者联谊会主办的中文电子文学杂志如潮水般涌现,如美国的《新大陆》《威斯康星大学通讯》《布法罗人》《未名》,加拿大的《联谊通讯》《红河谷》《窗口》,德国的《真言》,英国的《利兹通讯》,瑞典的《北极光》《隆德华人》,丹麦的《美人鱼》,荷兰的《郁金香》,等等。1994年2月,方舟子等人倡导创办了第一份中文网络文学刊物《新语丝》②。1995年3月,诗阳、鲁鸣等人创办网络中文诗刊《橄榄树》③,"橄榄树"也是中国第一个原创文学网站。这一年的年底,几位原来活跃于中文诗歌通讯网的女性作者独自创办了一份网络女性文学刊物《花招》④。这时期的网络文学作者和读者都以留学人员为主,眷恋祖国的情愫和留学生活的甘苦是其创作的主要题材。少君、图雅、百合、莲波、路离、阿待等,是当时具有代表性的网络小说作家。

1991年4月,少君在中文电子周刊《华夏文摘》上发表《奋斗与平等》,这是第一篇中文网络小说。少君这样描述自己背井离乡、求学异邦的经历:

  一时冲动地来到美国,一下子从行走中南海的年轻学者变成中餐馆端盘子的小侍者,从指点江山的青年理论家变成美国二流大学的留学生,其中失落与痛苦的情感真是罄竹难书。(少君《最后的自白》)

《奋斗与平等》在艺术上略显粗糙,但是作者独特的人生视角,使文本充满人生的苍凉感和历史的沧桑感。少君着力描写海外华人这个特殊群体的人生际遇和悲欢离合,善于以"自白"的口吻讲述漂泊经历,他的小说《大陆人》《人生自白》《洋插队》等在网上发表后被其他媒体转载,在海外留学生群体中影响较大,在千万个海外游子的心底激起真诚的回响。

海外华人图雅是一位带有传奇色彩的网络作家。图雅生于50年代的北京,他多以海外生涯中的奇人、奇事、奇遇为创作素材,是1993年到1996年间知名度最高的网络作者之一,文笔"机智和灵动"⑤。图雅的短篇小说以幽默和反讽见

---

① chpoem-1@listserv.acsu.buffalo.edu
② http://www.xys.org
③ http://www.rpi.edu/~cheny6/
④ http://www.huazhao.com
⑤ 余少镭:《韩少功访谈:选择隐居的先锋作家》,《南方都市报》2003年4月24日。

长,带有一种玩世不恭的"痞气",有"网上王朔"之称。他的杂文则酷似王小波,以至于1996年一些网民把图雅在网络上的突然消失和不久之后著名作家王小波的谢世联系在一起,传说图雅即是王小波的网上名字。也有人说,有美女因文生爱,与图雅喜结良缘,从此图雅放弃了虚拟世界的创作,消失在网络深处。这些传说一方面说明图雅在网络读者中的影响力,一方面体现出网络文学活动的匿名性特点,图雅最终选择与网友们相忘于江湖,为早期网络文学作者涂抹了一丝飘逸、神秘的色彩。

不难看出,早期网络文学带有一种精英色彩,甚至可以说是局限于留学生、学者之间的一个小众文化圈。此时的网络文学,面临着两个问题,一是由于其存放的文学网站是非经营性的,文本在网络世界中随波逐流,四处散落难免佚失;另一方面,其文本所表达的海外移民生活与国内社会生活距离太大,难以引起大多数读者的共鸣。同时,由于当时互联网在中文的故乡尚未遍地开花,少君和图雅所代表的网络文学的初创阶段更像是中国互联网大繁荣的史前时代,但是他们在作品中表现出的文学造诣,可以看作是网络文学初生时的早熟甚至是天才表现。

随着互联网在国内进入寻常巷陌,网络文学迎来了第一次创作高潮。综观20世纪末的网络文学创作,戏谑反讽和忧郁感伤共同组成了其复调的文学风格。国内网络文学兴起之初,人们出于对以往话语霸权的厌恶,在文风上热情模仿"二王"——王朔和王小波。台湾作者蔡智恒虽然没有直接受到"二王"的影响,但是也选择以幽默调侃取代创作中的正襟危坐。王小波1997年去世之前上网的时间并不长,但是网民们折服于他的批判精神,并把其三篇杂文的题目《沉默的大多数》《思维的乐趣》《一只独立特行的猪》看作一个有内在关联的精神组合,用来定位自己、导引自己。王小波辞世后,网民心中的精神骑士永无倒塌之虞,于是王小波在互联网上被神话了,无数网民追捧、模仿他的风格。而王朔在反讽上的成功,为那些一样"受够了知识分子的气"的网民提供了范本和武器。归根结底,"二王"风格的流行是因为它们契合了自由、反权威的网络精神。宁财神的《一个伪广告人的成长历程》《在路上之金莲冲浪》《假装纯情》等几篇网络作品拿自己"开涮",在看似庸俗的爱情观里,表达了现实中婚恋的无奈。李寻欢的《牛县长谈振兴地方经济》,灵感来自一个相声演员到某地当县长的真实新闻,虚构了这个县长以相声表演的语言接受采访的情景,讽刺了官僚们推过揽功、自我吹嘘、口若悬河的丑态。蒋郎憔悴的《巩俐北大入学考试试卷及解答》用虚构的考试反映了现实中教育的尴尬。今何在、邢育森、何员外、子非鱼、俞白眉等网络作者无一不在文字中展示自己反讽戏谑的功力,令人捧腹,也令人沉思。而以安妮宝贝为代表的一些年轻女性作家,语言细腻、情绪感伤,对她们的赞美和批评一直尖锐地对立存在着。小职员和女大学生们觉得安妮宝贝对吃喝穿着的细节描写很有腔调,一些文学青年觉得尚爱兰的《焚尽天堂》里有悲天悯人的情怀,也有人觉得周洁茹的《小妖的网》装腔作势、矫情造作。这时期的网络文学作品良莠不齐,刚刚萌芽的对人性与生命的深沉思考被插科打诨以及浮游于生活表层的无谓感伤所淹没。但无论是呢喃中的感伤,还是自嘲、戏谑、反讽,都是第一代网络作家的个性化书写。他们激情洋溢的创作为网络文学拉开了序幕,也从一开始就树立了叛逆、戏谑的创作姿态。网络文学的更新和进化速度之快,不知不觉把八九十年代的种种先锋都变成了古典主义。

网络文学作为一个新名词真正引起广泛关注,得益于1998年台湾作者蔡智恒在网络上的连载小说《第一次的亲密接触》:一个患了绝症的姑娘,在网络上以"轻舞飞扬"的网名不由自主地亲近"痞子蔡",在现实中又不得不刻意与他保持距离。飘忽不定、欲爱又止的感情缠绵悱恻,新奇、诙谐的网络语言让读者着迷。这个故事在网络上飘过海峡,带动了大陆的网络文学的创作热潮,大批模仿者开始创作以"网恋"为主要内容的网络小说,但是这些作品不断陷入雷同的故事模式,最初的清新和语言的轻松调侃迅速流于俗套和耍贫嘴。人们对大同小异的情节开始厌倦,加上网络创作者文学水平参差不齐,无论是语言还是艺术手法,网络文学的第一次亮相都称不上惊艳。因为这部作品和同类型小说的出现之早、传播之广和知名度之高,网络文学一开始就给人造成了一种艺术性不高、肤浅的错觉。但不可否认的是,文学经过了80年代的高歌猛进、90年代的平淡寂寞,网络小说甫一出现,就以清新自然的表达、率性调侃的文风吸引了读者。

《第一次的亲密接触》从1998年3月22日凌晨开始发表,一直延续到5月,作品共计34回以及后记一篇。这部小说吸引了大量读者,两个月的时间里,蔡智恒的个人网站点击率超过5万次。同年9月,台湾红色文化事业股份有限公司出版了这部小说的繁体版实物书。1999年11月,大陆的知识出版社增添了蔡智恒后来的两个短篇,作为其"网络书系"的第一本小说出版了简体版,这也是网络小说在内地的第一次"出网落地"。蔡智恒的成功为网络文学热潮推波助澜,各路文学网站的涓涓细流开始汇成风生水起的大潮。"橄榄树"之后,1997年,留学生朱威廉创办了个人主页"榕树下",1999年升级完善为网站,"榕树下"成为当时中国最大的原创文学网站。1998年7月10日,书路文学网正式成立。1999年7月,多来米中文网成立。同年8月,孙鹏等几位通过网络认识的文学爱好者一起创建了红袖添香原创文学网站。2000年10月,书情小筑、石头书城、小书亭、凝风天下4个志趣相投的文学书站联合,组成了一个松散的网站联盟,取名为幻剑书盟。2001年11月,"西陆"网站上出现了第一个以网络玄幻文学为主题的"玄幻文学协会",2002年改名为原创文学协会——起点中文网……在世纪之交的文学网站热潮里,诞生了成百上千家文学网站。虽然在互联网发展的低潮时期,一些文学网站因为自身缺乏盈利能力难以为继,像野花般开了又败,但是网络文学向纵深发展的进程已经不可阻挡。那些生存下来的网站成为初升的繁星,虽然看不真切,却光芒闪烁,正是它们勾勒出网络文学风起云涌的繁荣景象。

网络文学的发展之快远远超过了人们的预想,初级阶段的纯情加煽情很快就让位于安妮宝贝式的平静叙述。安妮宝贝原名励婕,1999年10月开始在"榕树下"网站上发表作品,因其首发于网络的《告别薇安》《七年》《七月和安生》等小说引起众多网友追看而一举成名。2000年,她在网络上的部分作品汇编成短篇小说集《告别薇安》出版,安妮写道:

> 文字不断地涌现,不断地消失。好像是写在一面空旷的湖水上,而我确信,自己是在写着一本写在水中的小说第一本书,关于城市和幻觉的阴影的书。(《告别薇安》南海出版公司,2000年)

一种无望的情绪始终弥漫在安妮的小说中,都市和主人公的心情总像上海的梅雨季一样阴霾。工业化的热闹都市,各自的生活脚步,谁都不想停、也没法停。男女主角是典型的都市动物,能写善画,有点小品位、小才华,他们在网络上神交,在现实里性交,他们都深刻地感受到城市像一个巨大、空洞而无望的所在,却又自虐般地享受着这空虚。与其说上海是安妮小说的永恒背景,不如说物质极大丰富的都市环境引诱并折磨着她小说里的人物。但是无论爱情和忠贞如何被践踏,他们都鲜有离开的勇气,并在这种病态的情绪中感受自己的存在。偶尔,会有突如其来的死亡强行结束一切。

安妮更多地承袭了90年代文学中对个人体验的重视,琐碎消解了神圣。她对自己钟爱的生活细节:棉布裙子、赤脚、白衬衫等被反复描写,不厌其烦、近乎偏执。她的作品叙事简单,人物仿佛只是美术草稿上以简单线条勾勒出的一个轮廓。安妮也不在情节上下过多的功夫,只是把都市人内心对情感的不信任一遍遍摊开。安妮借人物之口表达创作的基本主题,"七月说,你写的是什么内容。安生说,流浪,爱,和宿命(安妮宝贝《七月和安生》)"。她的人物沉默而执拗,像屏幕前庞大而隐秘的读者群,安妮流畅细腻的文字被这些都市职员——所谓白领奉为经典。安妮的作品落地出版后持续热销,但这使她的作品脱下网络文学的时髦标签,又惹上了浓重的商业气味,同时又被时尚的标识所遮蔽,人们难以辨认其真正的价值。评论家们怀疑她桀骜不驯的叙述者形象只是一种做作,而不是出于文学性,安妮在作品中认真倾诉的都市生活的疼痛被忽略了。围绕安妮出现的争论是传统文学界和网络文学的第一次交锋,网络文学的文学性没有得到及时的肯定,网络作者与屏幕读者之间的知心被当做哗众取宠。

安妮宝贝的作品里还遗留着90年代新写实主义冷静观察、客观记述的风格。她经常让人物遭遇死亡,但都没给读者造成对死亡的恐惧或者震撼,死亡像走出电梯汇入马路上的人流一样稀松平常。这种小说与其说人物在爱情里死去活来,不如说他们在跟自己较劲。这些人物也不是贫困的社会底层,他们不是要重申生存之苦。意图掌握他们命运的领导和爱打听的邻居给他们压力,都市的冷漠给了他们足够的私人空间去经历爱情冒险,职员的收入可以负担他们在8小时之外的酒吧猎艳、咖啡厅邂逅以及心血来潮的流浪。人们开始从自己内心挖掘那一闪而过的惆怅,刻意体会行走在地铁人潮里的孤独,捕捉并记录在相爱的名义下,人与人之间那种渴望亲近又互相猜忌的若即若离和患得患失。屏幕前的读者分外关注那些被某个作者以他人的名义赤裸裸写出来的东西,因为那正是他们作为隐私深埋在自己心中的。

随着互联网的快速普及,时间进程仿佛被浓缩加快了。无论是蔡智恒的调侃自嘲,还是宁财神们的反讽戏谑,以及安妮宝贝式的阴郁和神经质,都被新生的网络文学大潮裹挟着,一路冲向世纪末。一直以来对世纪末的种种绮丽幻想正等待获得验证,网络文学也期待着进入新世纪的河床后,能汇聚成更深邃、更旖旎的风景。

二、新世纪初网络文学创作概述

随着新旧世纪的交替,网络文学创作环境更趋宽松,人们的阅读口味日益多元化。新世纪初的网络文学呈现出百舸争流的繁荣景象,在发表园地、创作队伍、文学实绩等方面都有了较大的发展。

首先,发表园地更加丰富。黄金书屋、起点中文网、小说阅读网、幻剑书盟、红袖添香、铁血中文等著名文学网站开始逐步探索收费阅读的形式,以支付稿酬方式维持网站的运营。一些新兴的文学网站通过借鉴网站成功的商业运作模式逐渐发展壮大,这些都为网络文学的创作和发表提供了有力的保障。新浪、网易等一些大型综合网站纷纷开设专门的文学阅读网页,提供免费的博客空间,供大家自由阅读、创作,以提高网站的浏览量。天涯、猫扑、西祀胡同等著名论坛都开辟有专门的网络文学板块,更新及时、人气甚旺,是目前网络作者最集中的创作发表的园地。仅以天涯论坛为例,截至2006年9月,一年内首次发表在该论坛各板块上、后转为实物图书出版的文集、小说就有30余部①,而整个论坛张贴发表的作品总数十倍于此。另外,天涯论坛的"莲蓬鬼话"板块已经是出版商最为关注的恐怖悬疑文学创作基地之一。

其次,创作队伍进一步壮大。新世纪以来,有人远离了网络写作,但是更多的新生力量加入进来。这些网络作者从年龄看,有欢呼"人生八十上网始"的85岁老作家马识途,也有年仅10岁的方舟;从职业看,有曾任公司高管的景旭枫这样的高级商务人士,也有当年明月这样的普通公务员和董晓磊这样的在校大学生以及数量众多的自由写作者。从专业背景看,有步非烟、阿越这种出身文史专业的作者,也有萧鼎、易铭、余扬这种其他专业的作者,更有天下霸唱这类自称没读过什么书、"见了文化绕着走"的作者。其中数量最多、作品影响力最大的作者大多具有以下特点:相对年轻,专业背景多样化,受过基本教育,没有生存之忧,还拥有一台可以上网的电脑。他们的创作状态可以形容为"忙时战场,闲时农耕",白天里忙于本职工作,深夜里创作热情激励着他们,在键盘上实现自己的文学梦。如20世纪70年代出生的韦芈,凭网络小说《蛔蛔》获得首届腾讯作家杯最佳作品奖,他是一家外资公司的副总;26岁的公务员当年明月凭借网络小说《明朝那些事儿》掀起了"草根评述历史"热潮;慕容雪村是一个化妆品公司的职业经理人,创作成名作《成都,今夜请将我遗忘》时28岁;玄幻小说《鬼吹灯》的作者天下霸唱28岁,在天津经营着自己的金融投资公司;《小兵传奇》的作者玄雨26岁,是一位美术教师;以"鬼古女"的笔名在网络上写作的易铭、余扬是一对在美国的华人夫妻,两人一个是软件开发员,一个是公共卫生研究员。创作队伍结构的变化带来书写立场的进一步转变,文本开始以"沉默的大多数"为人物模特,在主要角色的塑造上表现出反英雄、平庸化的倾向。

再次,涌现出更多的文学实绩。除了或戏谑或深沉或抒情的网络杂文、散文、诗歌外,网络小说取得的成绩最为引人注目。遵循现实主义风格的网络小说,展现了当代都市人生活的无奈、失落和悲怆,如慕容雪村的《成都,今夜请将我遗忘》《天堂向左,深圳向右》《伊甸樱桃》,清秋子的《我是北京地老鼠》《那年头的爱情》《折腾十年》《深圳,你让我泪流满面》,以及夏岚馨的《广州,我把爱抛弃》、大姐的《一头大姐在北京》、深爱金莲的《成都粉子》、江树的《成都,爱情只有八个月》、海水群飞的《政治小爬虫》、不K拉的《像小强一样活着———一个街头骗子的自述》、

---

① 雨后青山:《杂谈写手已出版作品统计(作品宣传及访谈)》,天涯论坛,天涯杂谈。http://www7. tianya. cn/new/Publicforum/content. asp? idWriter = 673502&Key = 967835385&idArticle = 784022&strItem = free&flag = 1

云天空的《混也是一种生活》、安琪父亲的《逆流》、永恒玫瑰的《妊娠一百天》、六月飞雪的《东莞,不相信眼泪》等。其中,以"残酷的人生"为主题的系列作品,代表了新世纪初现实主义网络小说的最高水平。与此同时,新兴的网络玄幻小说成为读者新宠,这类作品中汪洋恣意的想象舒解了现实生活中的焦虑,其中的叛逆精神迎合了读者深藏于心底的梦想和渴望。网络玄幻小说分类日趋细致,又与其他类型小说有所交叉,可纳入研究视野的文本数量众多,其中的代表作有罗森的《风姿物语》、萧鼎的《诛仙》、萧潜的《飘渺之旅》、老猪的《紫川》、烟雨江南的《亵渎》、玄雨的《小兵传奇》、树下野狐的《搜神记》、苏逸平的《星座传说》、天下霸唱的《鬼吹灯》、景旭枫的《天眼》、阿越的《新宋》、波波的《绾青丝》、骑桶人的《微尘集》,以及陆离、沈璎璎、嘻嘻公主等人的系列短篇小说等。

与此同时,耐人寻味的是,第一代网络作者在对待网络的态度上开始分化。相当一部分人成名于网络后,都有意无意地远离了网络。他们更像是被传统媒体招安,互联网只是他们的布告栏,广告一旦见效,就不再回来。陈村感叹:

> 如果都把到网下去出版传统的书籍作为网络文学的最高成就,作为写手资格、夸耀的执照,那么,还有什么网络文学呢?它的自由,它的随意,它的不功利,已经被污染了。虽然我很理解这样的变化,但是,终究不是我希望看到的。网络文学已经过了它最好的时期。老子说的赤子之心的时期,消失得太快了![1]

安妮宝贝明确表示:

> 我还是每天上网,但已不在网上发表任何文字。也从不去任何一个BBS发言。(我)在四年之前就已经离开网络。我给自己的定位是自由作家,并且始终严肃地写作。不让自己的写作被限制于任何一个派别或范围,也不受任何其他影响。[2]

实际上,严肃是一种态度,无关写作手段和发表方式,纸媒的出版物审查制度和基于其上的编辑制度未必就能保证文学的高水平。而且传统出版制度发展至今,已经造成文学话语的垄断,其狭隘、僵硬的弊端也越来越明显,这不是文学的幸事。宁肯的态度虽然对网络心怀感恩,但是他在《蒙面之城》后的作品,都是由传统出版社直接出版的。目前的网络文学机制还不能养活大多数作家,网络文学的稿酬制度尚未成熟,因此我们不能强迫作者放弃现实中的稿约。而且严格说

---

[1] 《"网络文学"的最好的时期已经过去了》,《中华读书报》2001年10月14日。
[2] 易立竞:《安妮宝贝:我已离开网络》,http://read.anhuinews.com/system/2004/02/05/000555076.shtml

来,安妮宝贝和宁肯的作品都不是网络精神哺育的儿女,引导他们创作的仍然是传统经典,网络并非他们的精神家园。

慕容雪村则坚持以网络为首发园地:

>我预言:网络上好的作品会越来越多。未来百年,所有名动天下的大师,都将是、或曾经是网络写作者。①

>网络只是个载体,谈不上感激不感激,这道理就像你吃饱了饭不会去对锅碗鞠躬。如果非要做一个比喻,那网络就算是我的精神故乡吧,在虚拟空间中,我拥有更多自由,我的每一部作品,都将首发在网络上。如果没有网络,我可能会老老实实地做我的职业经理人,或者自己创业,绝不会想到要写点什么。②

的确,判断一种文学的价值高低不能以它发表的载体为准绳。只有真正接受了网络精神的作家才有这样的自信,这在某种程度上预示着网络文学正逐渐走向成熟。还有一些作者成名后不再直接从事网络文学的创作,但是他们把网络文学和网络文化的因子带到了后来涉及的领域。如李寻欢目前专职于网络文学的实物书出版,宁财神创作充满网络文化因素的影视剧。

经过 20 世纪末发轫阶段的积累,和新世纪以来发表园地的增多、创作队伍的壮大,网络文学逐渐从量的积累走向质的提高,开始寻求进一步的发展和突破。

第三节 新世纪初网络文学的类型分析

一、残酷的人生——网络现实主义小说

网络现实主义小说是新世纪初网络文学中最为成熟的一种类型。以风格划分,有以大姐的《一头大姐在北京》、不 K 拉的《像小强一样活着——一个街头骗子的自述》、赵赶驴的《电梯奇遇记》等作品为代表的诙谐现实主义。这类文本语言幽默,充满苦中作乐的乐观豁达。还有一类网络现实主义小说,对工业化都市的批判色彩更鲜明,人物对现实的态度更接近绝望。生命的漂泊感、成长的艰辛是他们作品的主旋律,在粗鄙的调情、对社会黑暗面的叙述以及鸡零狗碎的若干生活细节的合奏里,反复吟咏。一切都更新得太快,人们处在一种向过去告别的

---

① 《慕容雪村访谈摘要》,《现代语文》,2005 年第 2 期,第 5—6 页。
② 李冰:《慕容雪村比 80% 的中国男人都保守》,《北京娱乐信报》2004 年 4 月 5 日。

失落中,这种告别带有一种广义上的成长意味,无论年龄和阅历。在后一类作品中,以"残酷的人生"为主题的系列小说代表了新世纪初网络现实主义小说的最高水平,如慕容雪村的《成都,今夜请将我遗忘》《天堂向左,深圳向右》《伊甸樱桃》,清秋子的《我是北京地老鼠》《深圳,你让我泪流满面》,以及深爱金莲的《成都粉子》、江树的《成都,爱情只有八个月》、苏昱的《上海夏天》、六月飞雪的《东莞不相信眼泪》等。在这些文本里,残酷的人生、消解的爱情成了作者们最钟爱的主题。

慕容雪村原名郝群,生活经历复杂,自称"卖过假药,当过骗子,学过法律"。他的创作糅合了自己在成都的生活经验,2002年4月5日,他开始在天涯论坛的"舞文弄墨"板块上连载小说《成都,今夜请将我遗忘》(以下简称《成都》)。"一个普通的城市居民"①陈重,有体面的工作和家庭,会交际,有手腕,和同事的明争暗斗总是有惊无险,没有女人不爱上他的,没有应酬的花样是他不在行的,没有什么事情是他搞不定的。这样一个似乎永远不会对生活束手无策的人,却终于发现,一同走过青春岁月的朋友开始互相算计,自以为是的爱情不堪一击。他感慨于父母的相濡以沫,却肆无忌惮地背叛妻子,总是在利用了朋友之后感伤于友情的变质。欲望都市里的种种,爱情和理想主义在其中煎熬直至成为泪水。

陈重既堕落放纵又反思愧疚自己的糜烂生活,慕容借用遗忘和回忆弥合了这种分裂性。每一次放浪形骸之后,陈重都倍感空虚、迷茫,他依靠不断回忆过去、批判自己获得道德宽释,然而他很快又遗忘了刚刚的忏悔,再一次沉沦于灯红酒绿。陈重在遗忘和回忆中徘徊迷失,直至被物欲拽进命运的漩涡深处。这种分裂性也呈现在慕容雪村此后的几部小说中。《天堂向左,深圳向右》(以下简称《深圳》)里的肖然,《谁的心不曾柔软》里的魏福成,这些男性角色往往走南闯北、阅历丰富、正邪合一,他们的人生沧桑和生存智慧足以吸引形形色色的异性,他们与狡猾奸诈的对手勾心斗角,但最终仍要面临"出来混,迟早要还"的宿命。慕容笔下的女性也绝不是什么幽娴贞静的淑女,《成都》里的赵悦、叶梅,《深圳》里的韩灵、卫媛,她们不再是以往文学作品中那些爱情与家庭的守护神形象,她们时而撒娇、时而撒泼、时而懦弱,这些近乎妖妇的女性角色让男性们失望、害怕。有人诟病慕容着意要把女性妖魔化,但与其说他颠覆了善男信女的爱情神话,不如把这种戳穿真相的残酷理解成他反复重申自己悲观主义者和虚无主义者的立场更恰当。

"反爱情"只是慕容雪村对整个生活的诸多失望之一。人生像一场戏,就如一种幻象,虚无是唯一的结局。"……世界仍然日复一日地繁华着。于是你知道,生

---

① 慕容雪村:《成都,今夜请将我遗忘》附录,内蒙古人民出版社2003年版,第242页。

命不过是一场虚无的华宴,觥筹交错,歌哭无休,然而任何人的缺席都不会改变什么。"(《天堂向左,深圳向右》)作者在文本里隐藏了一个俯视众生悲悯人生的立场,正是这双眼睛,无言地注视着陈重的颓然倒地,"在那条黑冷潮湿的小巷里,我无声无息地躺倒,鲜血凝于泥土,催发春草无数。透过越来越绚烂的成都夜空,我看见了金光灿灿的上帝,他正在云端慈悲地注视着这个世界,传说中,今夜他将向人间赐福"(《成都,今夜请将我遗忘》)。这个"上帝"也在深圳的夜里轻叹肖然的死亡,"那年他21岁。在那时,生活原本有无数种可能"(《天堂向左,深圳向右》)。

慕容雪村毫不掩饰对现实的失望,在《成都,今夜请将我遗忘》里:

八年之后,我看着这张照片有些敬畏,我从来不信命运不拜神,但在那一刻我想,是谁改变了照片中少年们的生活?是谁把他们分配在生死两岸?或者,我的裤裆里又在隐隐作痛,是谁让李良踢向我们的友情?我曾经问过自己,如果李良不是那么有钱,我还会不会如此重视他?我不知道。

在《天堂向左,深圳向右》里:

肖然说:我在你脸上烫个烟头吧。钟曼琳缓缓地张开双腿,说要烫就烫这里,千万别烫脸,我还要演戏呢。那也许是世界上最昂贵的一支烟,它烫得尊严尖叫,烫得理想红肿,烫得青春皮破血流……这就是真相,肖然醉醺醺地说,"为了金钱,再尊贵的公主都可以让你拿烟头烫。"

慕容不屑于说教和美化,他赤裸裸地撕开生活真相,使日常生活下所隐藏的悲怆跃然纸上。值得关注的是,慕容的人物形象大多是成对出现的,他们在精神上互为补充。充满理想主义色彩的李良与陈重之间的精神孪生身份显而易见,但这并不代表陈重与更为卑鄙的王大头泾渭分明,无论是美德还是卑劣,都你中有我,我中有你。李良的"不举"象征着理想主义的无力和破灭,陈重对李良的愧疚和惋惜,正是他为自己已逝的纯真唱出的挽歌,而他对王大头的冷笑里,也有他对灰色现实的不满以及不得不沉沦其中的无奈。在《深圳》里,肖然、刘元、陈启明也以这样一种群像的姿态出现。在这两部作品里,我们都可以把几个人物看作一个整体,他们聚合在一起共同塑造了一个迷失于金钱和肉欲、又渴望道德救赎的都市人形象。慕容雪村的一系列长篇小说,从《成都,今夜请将我遗忘》,到《天堂向左,深圳向右》《伊甸樱桃》,再到最新的《谁的心不曾柔软》,语言更冷静、更克制,他的眼光从爱情失落的生活表层向社会的更深处下探,一位网友评论说"日女人的少了,日生活的多了"。慕容雪村不断"试图触及一些更深刻的命题:生命的意义、文明的实质,以及紧紧跟随的死亡。"①在《谁的心不曾柔软》中,魏福成因为酒后驾驶,撞伤了一个贫苦的老菜农,却靠着关系反咬一口,活脱脱一出恃强凌弱的街头活剧:

  老汉浑身哆嗦,解开衣服掏了半天,掏出一个方方正正的小塑料袋,里面装着330元钱,一张100的,4张50的,3张10元的,全都叠成小小的正方形,走过来塞到我手里,脸上老泪叭嗒:"买化肥的……就这么多了,再没有……没有钱了。"我收下那330元,看着老汉推起摩托,打了几下都打不着火,一手扶着菜筐,一手扶着车把,一步一哆嗦地往前走,脸上的血还在滴滴答答地淌。人群慢慢散开,那警察小声嘱咐我:"以后少喝点。"我说明白明白,改天请你吃饭。他没接话,跨上车绝尘而去。我发动起汽车,刚转过弯,看见老菜农歪倒在一棵小树旁,脸色惨白如纸,捂着胸口不停地咳嗽,我跟他对视一眼,心想交警都处理过了,何必自找麻烦去捡个爹养。踩了一脚油门,直奔丰山县城,肖丽估计正在那儿哭呢。

很多网友认为这段描写过于残酷,一边气愤于情节的设计,一边感叹情节的真实,"可怜的菜农,无情的慕容"。

  卖菜老农的血汗钱装进口袋之后就完事儿了么?就不交待了吗?就一点人性也没有了吗?……即便是小说,即便不想给人一种温暖和心灵救赎,也别他妈的太冷漠了。……没有一点温暖,全他妈的绝望。(网友三种武艺)②

慕容雪村在天涯连载的帖子上回复道:

  菜农一节,很多朋友看了心中不平,不过现实就是如此。有时候我觉得写字的快乐就在于此:有一个意思,你没有明写,但聪明人能够读懂。在写那一节的时候,我一直想着一个故事:晋陶渊明作彭泽县令,给他儿子派去一个长工帮助耕田,写信说:此亦人子也,可善遇之。这事很值得深思,在写老菜农的时候,我总是在想:他也是某个人的父亲。③

应该说,慕容雪村并不是醉心于把作品写成"社会阴暗面大全",这些都市青年一直以来在盛世繁华下的迷茫和失落,击穿了慕容雪村所有的作品。陈重和肖

---

① 《慕容雪村:网络是我的精神故乡》,http://www.csonline.com.cn/changsha/rwx/200403/t20040326_149367.htm
② 慕容雪村:《谁的心不曾柔软》,天涯社区,"舞文弄墨"http://www.tianya.cn/New/Public-Forum/Content.asp?flag = 1&idWriter = 8760133&Ky = 221380887&idArticle = 225735&strItem = culture
③ 同上

然受过高等教育,有不错的事业和受人尊重的社会地位,正是今天社会的中坚,但是他们的人生却不过是金玉其外。

那座城市,也许只是你的想象。它出现于一夜之间,像海市蜃楼一样虚幻而美丽,你走得越近,就越看不清它。你凝视着它,为它哭,为它笑,久而久之,你终于发现,原来它只是你的一个影子。(《天堂向左,深圳向右》)

鹏鸟的故乡。梦想之都。欲望之渊。爱无能的城市。沦陷的乌托邦。失去信仰的耶路撒冷。然而你知道,一切比喻都没有意义。(《天堂向左,深圳向右》)

慕容笔下的人物们对都市和都市人生何其失望,陈重在烟火腾空的夜色里慢慢倒地的时候,肖然在临死前重温往事片段的时候,当韩灵得知恋人死去、重回深圳、茫然不知自己要往何处去的时候,慕容已经说尽"人生在歧路"的意境,"巷陌纵横,余生不待,一条路通往天堂,一条路通往多灾多难的现实生活,而负罪的你,将永远站在中间"①。

慕容雪村成为执着于生活残酷面的代表作者之一,在以白描为主要表现手法的网络小说热潮中,大部分作品都带有一种"自叙传"的意味。与慕容雪村尖锐的愤怒相比,清秋子则流露出一种更为平和中庸的人生态度。在其首发于天涯网站的《我是北京地老鼠》中,清秋子以自述的口吻叙述了一段寄居北京地下室的生活。一个功成名就的副总,由于听了一个作家的讲座,加上轻信了朋友不过是逢场作戏的盛情邀请,以了断尘缘般的决心前往北京、弃商从文。当他明白了自己不得不住进地下室、艰难求生的处境时,当初的"人文主义情怀"变成了一个让人尴尬的笑话。那场令"我"顿悟的讲座,所谓的"不因听众大半是年轻人而轻慢半分",可能只是从一开始就暗示这种理想主义只是年轻人才有资本享受的春梦而已。到清秋子这里,面对人生的愤怒感和无力感,更多地让位给冷静的反思。

第二天一早,我走到永定门桥上,望着上班的汽车和人流,木头一样站了两个小时,终于明白了:在这个一千万人口的都市里,我已经被抛弃,无人可以再帮助我了。我当初放弃了公司,实际是放弃了我自己争到的一席生存之地。它无关道德,只是个现实问题。现在,我的脚下不再有那一片坚实的土地了。我现在是站在了流沙上,沙子随时要把我吞没,能救我的,只有我自己,只有我的意志与七尺之躯。对文化的膜拜,是因为我长期在商界混而产生的一种错觉。文化是不是有那么美好是一回事,但像我这样把生存的问题忽略了,把前程寄

---

① 《慕容雪村:网络是我的精神故乡》,ttp://www.csonline.com.cn/changsha/rwx/200403/t20040326_149367.htm

托在所谓友情之上,才是不可原谅的幼稚。(《我是北京地老鼠》)

这是一个中年人在又一次被生活教训了之后的感悟,人的成长或者说成熟是一个反反复复的过程。青年的陈重和肖然在放肆地发泄完愤怒之后,面对无边无际的庞大的生活充满了无力感,所有的人和事都让他们绝望,慕容那里几乎找不到"一个能够给予读者心灵温暖和现实信心的艺术形象"。但是在清秋子这里,无论地下室世界如何阴暗、污秽,"我"都满怀敬意地描述那里平凡的寄居者,"地下室里,是小宋、露露、鲁花与唐山兄弟在暗夜里给了我温暖。他们在生,他们在长,也许一生都在处在都市的最边缘。可是他们却把那么一点点可怜的热量分了一点给我"。(《我是北京地老鼠》)

清秋子没有像慕容那样用死亡作为人物命运和小说的结尾,在灰色的叙述里,地下室的异乡人们曾互相拥抱取暖,最终如灰尘般各自飞舞而去。

> 这样的结局,有的读者会认为太平淡,太不能满足期待。有这样想法的人,我猜测还很年轻。你们相信人生前程上肯定会有灿烂的郁金香,假以时日,你们会摘到它。我却是走了半生的人了,我不再会有这样的期待。(《我是北京地老鼠》)

这是一部关于都市底层的小说,讲述"一个平凡的小人物在严峻的商业现实中思想与实践的出路"。关于底层的命运,清秋子是冷静的,地下室的生涯也许会结束,但是"走出地下室的人,并不意味着他就会获得补偿",苦涩而沉重正是他们的命运。在这一点上,清秋子以冷静客观代替了廉价的煽情和嘶喊,这种态度来自生活本身,提升了网络小说的艺术品格——虽然纯粹的理想主义在当代都市死无葬身之地,但是网络作者们不肯嘲笑那曾有过的真诚。

从正在人生跑道上加速的陈重、肖然,到努力挣扎着不让自己从时代的轨道上滑下去的中年"北京地老鼠",连续翻阅这些人物的影像,可以连缀成当代中国社会的某一角度的侧影。"残酷的人生"系列,其主人公涵盖了社会的各行各业,每个读者都可以在他们的故事里找到自己的面影。这种描写范围的扩大显然得益于创作主体的广泛,虽然这些网络作者往往以强烈的情绪遮蔽叙事的简单,在小说结构和叙事模式等文学形式的探索上,也显然达不到八九十年代先锋文学的水平,但是读者们仍感动于他们的真实。慕容雪村说:"我的本意是通过这样一个故事,磨去生活表面上的一切文饰,让曾经摇动过我们灵魂和身体的东西真实地凸现出来,让美好的继续美好,让丑恶的永远丑恶。"[①]网易文化频道曾把这些现

---

① 《作者自述:小说其实就是一个故事》,http://cul.book.sina.com.cn/s/2002-07-04/14724.html

实主义网络小说集中在一起,开设了一个名为"谁比谁残酷"的专题,虽然这个直白的名字未必确切,却形象地说明了这类小说对读者的巨大冲击。

在某种意义上,这些以城市命名的现实主义网络小说,可以看作是当代人对都市生活的最新解说。慕容雪村在《成都》《深圳》之后的两部作品中,不再指明故事背景是哪个城市,因为都市人对生活的幻灭感,在物欲中挣扎的无力感都是一样的。《伊甸樱桃》中被名牌奢侈品物化了的生活在每一个城市都发生着,无论是成都还是深圳。慕容把城市的地域特色诗化,作为童年或往日的记忆,与当下令人绝望的生活形成对比。成都的休闲和淳朴只是农业经济及田园社会的残留,深圳的温暖安详只是工业化开发未完成时的最后一瞥。这些地域景观美好而朦胧,在城市化推进的过程里逐渐变得遥不可及。

回顾中国现代文学史,都市文学在20世纪30年代出现第一个创作高峰之后,都市书写或者是从城乡对立的角度出发,以"乡村"的眼光观照"城市",或者是着重于都市的光怪陆离,忽视生存现实。而这些以城市命名的现实主义网络小说,用都市的眼光向都市和都市人生睨视。《成都,今夜请将我遗忘》(慕容雪村)、《成都粉子》(深爱金莲)、《成都,爱情只有八个月》(江树)、《成都,破晓后请说晚安》(隋尚峒)、《天堂向左、深圳向右》(慕容雪村)、《深圳,你让我泪流满面》(清秋子)、《我是北京地老鼠》(清秋子)、《广州,我把爱抛弃》(夏岚馨)、《东莞不相信眼泪》(六月飞雪)、《上海夏天》(苏昱)、《一头大妞在北京》(大妞)等文本聚合在一起,在对都市人际关系的剖析、都市人生的批判以及人与现代城市之间的矛盾等方面,都作出了独特的阐释。从这个角度说,这批网络现实主义小说丰富了中国现代文学中都市人生的类型,显示出较高的文学价值。另外,在这些网络作者兴致勃勃的讲述中,我们可以清晰地看到,他们试图为自己的人生和当下的社会生活画一幅长轴全景。

二、从英雄史诗到小人物传奇

——网络玄幻小说

网络文学的勃兴,不仅是创作队伍的壮大和文本数量的丰富,也包括作品题材的异彩纷呈。其中,网络玄幻小说创作异军突起,成为新世纪以来网络文学中最引人注目的一种。

"玄幻文学"的提出早在互联网流行之前,1988年香港"聚贤馆"出版黄易的《月魔》,赵善琪在该书的序言中写道:"一个集玄学、科学和文学于一身的崭新品种宣告诞生了,这个小说品种我们称之为'玄幻'小说。"①当年的"玄幻小说"进入网络之后有所进化,涵盖的文本种类扩大了许多。一位从事奇幻软件开发和图书出版的出版商这样描述:

  如历史小说是当代人根据人类社会的政治、经济、文化史料加上作者的历史观和对当今社会政治、经济、文化的观察和理解之演一样,将远古的传说加以幻想般地夸大,在作者设计的一个与现实物质世界完全隔绝的真空世界中,融入其对这个以人类为主宰的现实世界的反思、褒贬和理想,并以文字为媒介进行雕琢这样的文学作品就是奇幻小说。②

天涯网站奇幻文学板块的版主"一人一人一人"也认为:

  奇幻、科幻、玄幻、魔幻等,在我眼里都属于幻想文学的范畴。因为公众的习惯,所以没称幻想文学,而是说奇幻或玄幻。用这个筐子来装一些东西,并没有什么不妥。③

综合这些认识可以看出,网络玄幻文学是一个泛称,所包含的文本种类、数量巨大。为了研究方便,按照其内容模式的特点,本文尝试着把它划分为以下类别:第一种,跨越时空类。这种玄幻小说依靠跨越时空而展开情节,如阿越的《新宋》、波波的《绾青丝》、我是哑丫的《秦姝》。第二种,考古探险类。这类作品以考古、盗墓、探险为主要内容,如天下霸唱的《鬼吹灯》。第三种,异界争霸类。这类作品往往脱胎于电玩游戏,以虚构世界的解放或争霸为主要内容,如罗森的《风姿物语》、萧鼎的《诛仙》、读书之人的《迷失大陆》等。第四种,新志怪奇谭类。这种类型往往神、鬼、人同为主角,虚构一个奇异的神鬼世界,是寓言也是新聊斋,似乎还有童话的轻倩、纯真流淌其中。如骑桶人的短篇小说集《微尘集》、沈璎璎的《屠龙》、陆离的《阴翳街》等。第五种,武侠玄幻类。这类小说把武侠和神鬼、玄幻融为一炉,富有传奇色彩。如步非烟的《武林客栈》、沧月的《帝都赋》等。第六种,惊悚悬疑类。这类作品一般深受侦探小说影响,又加入了玄幻因素。如鬼古女的《碎脸》。第七类:科幻玄幻类。这类文本以科技幻想为主,也强调超能力、特异功能。如杨叛的《北京战争》、狼小京的《创世福音录》、毛豆的《后网络时代平民吧哒的幸福生活》。事实上,玄幻网络文学文本丰富,不止这七种类型,而且相当一部分交织了各种玄幻因素,难以划入某一类别,如景旭枫的《天眼》,有悬疑、有时

---

① 叶永烈:《奇幻热、玄幻热与科幻文学》,《中华读书报》2005年8月3日。
② 赵岚:《从网络走向图书市场　中国奇幻文学进入爆发期》,《东方早报》2005年11月15日。
③ 一人一人一人:《2006中国玄幻小说年选》,天涯论坛,玄幻文学,http://main.tianya.cn/publicforum/Content/no124/1/10.shtml。

空交错、有考古探险，各种因素杂糅。

如果溯源，当代网络玄幻小说有东西方两个源头，一是西方奇幻和科幻文学传统。上溯西方奇幻文学传统要从欧洲各地的古代神话和《荷马史诗》开始，古希腊、罗马的众神体系以及《伊利亚特》的瑰奇想象哺育了一代又一代文学狂想者。到了中世纪，骑士小说的兴盛为西方奇幻文学打下了坚实基础。托尔金的《魔戒》问世标志着西方奇幻文学逐渐定型，成为西方文学传统中的重要一支，一直到21世纪以后还孕育出《哈利·波特》系列这样耀眼的闪光之作。随着蒸汽机车的轰鸣声，科幻文学在工业革命肇始之地诞生：从凡尔纳的《海底两万里》，到艾萨克·阿西莫夫的"机器人三定律"，再到20世纪的"星球大战"系列电影[1]。中国的网络作者把科幻和奇幻一起拿来，捶打捏揉、幻化改编、为我所用。

二是中国的上古传说和古代小说中的志怪奇谭文学类型。是怪力乱神也是天马行空，故事里想象的自由不羁，人物的潇洒来去，对人类渴望挣脱现实的种种羁绊、突破时空束缚的心理是一种文化想象上的补偿。鲁迅在《中国小说史略》中说："中国本信巫，秦汉以来，神仙之说盛行，汉末又大畅巫风，而鬼道愈炽；会小乘佛教亦入中土，渐见流传，凡此，皆张皇鬼神，称道灵异，故自晋迄隋，特多鬼神志怪之书。"[2]从《山海经》缘起，中国志怪奇谭的文学传统一直延续至晚清。西方近代科学进入中国之后，随着破旧立新的时代呐喊，人们在传统志怪奇谭小说中所享受到的心理满足，转移到以科学理论为依据的科幻小说中去了。事实上，在以社会革命为主旋律的20世纪，志怪的文学传统一直隐而不彰，科幻小说也不过一直是一股涓涓细流。总之，不管是志怪奇谭还是上天入地的科学奇思，近代以来都让位给水深火热的现实主义了。在东方，水野良的《罗德斯岛战记》、田中芳树的《银河英雄传》等日本经典奇幻小说，也对中国网络玄幻作品产生了直接的影响，例如《小兵传奇》作者玄雨坦言受到《银河英雄传》的影响。此外，网游动漫以及港台影视中的无厘头风格，和以金庸、古龙、温瑞安、黄易为代表的中国新武侠小说也对网络玄幻小说创作产生了不可忽视的影响。文学源头的驳杂决定了网络玄幻小说的风格各异、形态不一。

自20世纪90年代以来，市场经济繁荣发展，生产力水平突飞猛进，社会生活日渐丰富，大众消费成为时代的主题，闲适、娱乐成为社会阅读要求的关键词。好莱坞工业化影像带来的视觉盛宴极大地满足了人们的奇思妙想，高科技使那些从前只能存在于头脑中的场景梦想成真，压抑着的阅读兴趣被重新挖掘，画面精致、

---

[1] 参见黄孝阳：《2006中国玄幻小说年选·序》，花城出版社2007年版，第2—3页。
[2] 鲁迅：《中国小说史略》，浙江文艺出版社2000年版，第28页。

情节丰富、真幻难辨的虚拟网络游戏激发了人们更大胆的想象。屏幕阅读者早已接受了网络世界的虚拟化特点,他们渴望在幻想世界中倾诉真实的感受。情节天马行空、结构磅礴大气、人物关系错综复杂的网络玄幻小说就在这种情况下应运而生,其中在网络上最先流行开来的是异界争霸类玄幻作品。

要理清网络玄幻文学的初创和发展历程,不能不提到台湾作者罗森。从1997年8月开始,罗森用"天地续缘"的笔名在网络上连载《风姿物语》,一直到2006年1月终篇。这部跨世纪创作的小说,也是连载时间最长、结构最庞杂的一部网络玄幻作品。时而热血沸腾、时而悲壮苍凉、时而诙谐风趣,一开始就吸引了大批爱好者追踪阅读,很多人受这部小说的激发,转而自己动笔,加入到玄幻文学的创作中。黄金书屋、幻剑书盟、起点中文网等网站都是在这股玄幻文学的浪潮中出现的,逐渐发展成为文学网站重镇。这部小说先后被海峡两岸的出版社变成实物书出版,罗森相当于以每月一本书的速度写了一部77本共计400万字的玄幻小说。罗森力求在每一次更新里都包含着新奇瑰丽的玄幻因素,他饶有趣味地虚构了一段风姿大陆上的雄图霸业,以一个叫蓝洛斯的青年的成长为主线,叙述了风姿大陆解放的史诗。许多人物与某个历史名人同名,却过着与之完全不相干的另一种生活,这种间离和陌生化的努力,使读者感到新奇。陆游和周公瑾成了师徒,一起完成了白鹿洞的承传,皇太极和多尔衮成为一个分裂人格的不同阶段;李煜是飘忽不定的青莲剑仙,铁木真是气吞山河的绝世魔神;贝多芬的女儿爱因斯坦热衷于发明各种魔法器具……"这种错位的阅读,在让历史学家抓狂的同时,也给读者带来一种新奇和快感。《风姿物语》简直开启了一片阅读宝藏,让人们惊喜地发现,除了《三国演义》、《唐吉诃德》和金庸以外,还有这样一种有趣的书存在。"①

《风姿物语》带有明显的日本文化痕迹,这里说的日本文化,不是《源氏物语》或者天照大神,而是日本动漫。日本动漫善长调侃搞笑,以颠覆神圣为宗旨的恶搞就源自日本,日本动漫把这种戏谑风格发扬光大,为网络游戏的风靡和网络文学做了铺垫和预热。从《风姿物语》到后来的网络玄幻名作《紫川》,都明显地带有日本动漫的印记。其中,借名著中的角色或者名人的名字创作新故事的手法也来自日本的"同人"传统,有些学者称之为翻新小说②。"同人"在日语中,原指有着相同志向同好的人们。作为动漫文化用词,它指"自创、不受商业影响的自我创作",或"自主"的创作。由于许多漫画同人作品是以商业漫画中的人物为基础的

---

① 地震:《网络(玄幻)小说这九年》,http://www.rxgulong.com/html/pinglun/zuopinp/631.html。
② 蒋玉斌:《网络翻新小说试论》,《文艺争鸣》2006年第4期,第66—68页。

再创作,"同人"就广泛指代那些用特定艺术作品中的人物再创作的、情节与原作无关的文学或美术作品。同人小说一般保留原著主要人物,重新演绎情节。"同人"的创作手法在网络玄幻小说中很常见,以解构和重建代替崇拜和讴歌,从这种对待经典的态度中不难看出网络文化的影响。虽然有人因为越来越离奇的情节,批评网络玄幻文学装神弄鬼①。但是我们不得不承认,早期一些作者对整个作品的架构的把握能力是出色的,罗森不屑于按照中规中矩的思路书写,"设定就是用来打破的"。《风姿物语》的规模相当于三部《红楼梦》,以外传和正传的形式展开。主角带着自己的团队征战,读者也跟随他们走遍了瑰丽雄奇的风姿大陆,每个章节都布满了凶险的攻防战,婉转煽情的爱情往事穿插其中。当读者接近审美疲劳、厌倦这种无休止的争霸之旅时,作者不失时机地把故事展开的舞台转移到海外,给读者换换口味,以保持阅读的热度。几乎每个角色都有自己的传奇,即书中的外传,它们像奇妙的风姿大陆版图的碎块,和正传一起拼出一部完整的《风姿物语》。作者在连载的九年间始终保持着充沛的创作热情,"莱因哈特征服同盟(《风姿物语》)走了一亿光年,他可没觉得累。作者和读者的心理距离是不一样的,我不累,但是很佩服那些能一路跟到这里的顾客。但至于惯性与惰性,那确实很可怕,我的感想就是,今天如果不写,明天就会不想写"②。

在异界争霸类的玄幻作品中,几乎每一个都是一个完整的网络游戏构思,很多早期玄幻作品就是根据网络游戏生发出来的:暗黑世界的解放、野心勃勃的争霸是最经常出现的主题,一群以此为使命的人物聚集在一起,中间交织着他们的个人情感纠缠。故事大多以一种恢宏壮观的姿态展开,人物的身世往往脱胎于中外古老的神话传说,特别是古代希腊罗马的众神体系错综复杂。拨开这些盘根错节的玄幻表面,网络玄幻小说也表现出思想上的成熟一面。网络玄幻小说都不约而同地遵循着一种悲剧意识,大团圆的结局无法说尽作者面对命运的全部感受,破涕为笑也不是读者在阅读这类作品时所期待的。网络玄幻小说着力营造如同好莱坞大片一般壮阔眩目的画面感,读者在其中享受着过山车一般起伏惊险的情节,同时也被作品中抗争、悲怆、沧桑的生命意识和对命运的思考所打动。客观地说,网络玄幻小说这种文学样式表达了较深的人生感悟,并不是一味依靠五光十色的鬼怪传奇来吸引读者。

90年代末的网络玄幻小说几乎是港台作者的天下,神鬼当家的情况到了新世

---

① 陶东风:《中国文学已经进入装神弄鬼时代?》,陶东风新浪博客,http://blog.sina.com.cn/u/48a348be010003p5。

② 《罗森访谈录》,http://www.rxgulong.com/html/pinglun/zuojiap/524.html。

纪初开始有所改变。大陆作者在网游玄幻的基础上开掘了更多的支流,仿聊斋的新志怪奇谭类小说,以及考古探险类的玄幻小说中都出现了文学性较强的佳作,骑桶人的《微尘集》和天下霸唱的《鬼吹灯》是其中的代表作。《微尘集》是骑桶人的短篇小说集,先是每个故事散乱地首发在网络上,后来结集出版实物书。骑桶人的文字诗意盎然、纤细空灵,每一个故事都有着空旷中一滴水落下的幽微,梦即将醒来时的重叠奇诡。展现了一个远离中原文化的川藏交界处的、似有似无又仿佛恒久存在的充满诵经声的神秘世界。在那里,神、鬼、人自然而然地生活在一起。骑桶人的小说背负着沉重的文化情节和哲学思索,像寓言更像是某个远古宗教的预言,有《聊斋志异》的曲折动人,又有《故事新编》式的冷静深刻,是网络文学中难得的具有高水准的纯文学作品。

　　《塔尔寺》写一个枯树喇嘛的树下苦修,牧民们对他好奇、膜拜、唾骂、杀戮,直至一切又归于平静,诸般色相最后只剩下一堆枯槁。牧民们对他的态度根据自身需要时好时坏,辫子乌油油的姑娘和他的姻缘好像只是一段插曲,还有最后对悍匪的惩罚和枯树喇嘛风化了一般的生命结局,演绎的正是最深刻的人的命运。面对人群的欺、辱、笑、轻、贱,枯树喇嘛做到了"忍他、让他、避他、由他、耐他",大多数时候人群以膜拜的名义利用佛,实际上轻贱佛。这不仅是一个讲述宗教修行的文本,作者着力要揭示的是个体于人潮之中的孤独,作者揭示了"群众"或者说"人民"这个词下面的狂热和愚昧无知。除了枯树喇嘛,小说中出现的所有其他人——那并不了解他的姑娘、残暴的悍匪、愚昧的牧民都是修行中的劫数,更是"群众"中的一员。通过这个弥漫着宗教色彩的寓言,作者表达了对现实社会的更深层次的思考。

　　《龙》的故事让人回想起鲁迅《奔月》中的后羿,成功后的英雄陷于日常的平庸。神话中的龙老了,趴在地上,"鼻翼在痛苦地翕张"。他不再高高在上,也有生老病死,连蛤蟆力士都敢去扳龙角,试图把他拖走。当垂死的老龙为了从夜叉大王手中救出桑叶振作发威时,他"浑厚而低沉的吟唱"又一次"在天地间来回地震荡",而关于英雄和平庸的日常生活的思考似乎也并未结束。

　　《春之芽》更像是复述一个远古传说。尔朱叉罗与柳芽的爱情自滹沱河边起,静谧甜美,读者跟随着那块沾满了露水与月光的鲸牙,倾听文本中那"由大地猛地冲上夜空又直直地坠下的歌声"。每个字都好像清晨的露水,和谐、安静。柳芽是春与善的化身——她在的地方总是四季如春、风调雨顺、五谷丰登。尔朱叉罗征战回来后因为"身上有血",柳芽离开他,尔朱叉罗一路寻找她。奇妙的赋格、绮丽的修辞,一起编织出一首绿色的叙事长诗。骑桶人无疑有着良好的语言天分,对文字的把握和驾驭极为出色。循着诵经声,读者不会在上古时代和传说中的奇诡景色里迷路。

在这个年轻人的文学世界里,我们可以找到鲁迅《故事新编》的冷静叙述和深刻沉思,也可以感受到《野草》中一样无法言说的奇诡梦境。虽然这种风格上的相似不能简单理解为他对鲁迅的致敬,但是骑桶人笔下人、神、鬼不分的世界,也存在着愚昧的群虻和孤独的个体——《枯树喇嘛》里的众生与喇嘛、《龙》里鬼域的居民们和老龙、桑叶。至于他为何如此迷恋"冰冷、结实、残酷和荒谬"的想象世界,骑桶人在随笔中写道:

> 我迷于这样的幻想中,它不存在于梦境,亦不存在于树上,它只存在于现实中,它与现实交错、纠缠、同一,它比现实更冰冷、更结实、更残酷、更荒谬,它用它的冰冷、结实、残酷和荒谬,将这作为幻象的世界砸成碎片,并由此而成为比这世界更真实的存在。①

此外,沈璎璎在《屠龙》里,对世代依靠屠杀同类而苟活的"屠龙族",哀其不幸怒其不争。当点点渔火溶进无涯的星海时,读者仿佛看到了苍茫的命运。在焚煮同类的异香里,作者对被奴役者只能自相残杀的命运感到最深切的同情和悲愤。陆离在《阴翳街》中让"我"无意中走进了一个昼夜颠倒、居民懦弱诡异的阴翳街。在这里,"我"与另一个自己相遇,"她就是我镜中的形象,我们同时伸出手去抚摸实际中并不存在的镜子"。"我"的到来像在一片腐朽中投掷了火把,那些因为无谓的传说而世代恐惧阳光的人们惊恐、怀疑。结尾的一场大火摧枯拉朽,"我感到喜儿已经逃离了阴翳街回到我的身体和灵魂中,她现在非常安然……阴翳街一定烧得片甲不留了"。鲁迅笔下愚昧的民众形象和"铁屋子"的意象,投射在这些"剪纸般"的居民以及噩梦般的街镇身上,"我辨认出了每幢房子墙上的巨字,它们是:晦、暗、盲、昧、曚……"。这些现代寓言、新聊斋里充满奇诡与莫名,这不只是现代主义的敏感多思,还有对人性和国民性的暗喻与深层次思考。

在探险考古类玄幻作品中,一些作者靠情节取胜。天下霸唱,真名张牧野,他的探险玄幻小说《鬼吹灯》用第一人称讲述了几个当代盗墓贼的历险传奇。"盗墓不是请客吃饭,不是做文章,不是绘画绣花,不能那样雅致,那样从容不迫、文质彬彬,那样温良恭俭让,盗墓是一门技术,一门进行破坏的技术。"网络连载务求一开始就牢牢抓住读者,小说开头移用了毛泽东语录,略显油滑,有点儿说书人"话说……"起头的意味。但是纵观整部作品后来上山下水、南疆北国的神奇之旅,这个小切口、大跨度,以人物串起一个个故事的"糖葫芦"式结构定位,"虽云长篇,颇

---

① 骑桶人:《虚无、幻象中的真实》,骑桶人博客,http://www.blogcn.com/zlzj/article/20073/7522.shtml。

同短制",保证了无论用笔怎样信马由缰,文本却一直没有显得松散。

　　湮没的远古文明,失落的宝藏,神秘莫测的古墓,没有什么比这些更能激起读者的好奇心和历险的热情了。考古探险类的网络玄幻小说,既是读图一代对美国探险大片《盗墓迷城》、《夺宝奇兵》的中国化嫁接,也是经典电玩游戏《古墓丽影》的文学模仿,还有对发现频道的考古纪录片的致敬。胡八一和战友胖子退伍后凭着半本残破的风水奇术的旧书,结伴做起盗墓贩卖文物的生意。他们曾在对越自卫反击战的前线奋勇杀敌,也曾在深山行军途中和战友们生死与共严守党纪军纪,后来的盗墓之旅中,两人既同心共渡难关,又不时冒出点儿唯利是图的小狡猾,这种亦正亦邪的性格使人物形象更立体丰满,也使他们的言行有更多悬念。这一对活宝险境里互助,轻松时制造笑料,一个灵活、缜密,另一个贪吃、贪财、花痴,人性的弱点更突出,加上不时插进来的考古教授或者当地向导,以及资助探险的海外富翁,《鬼吹灯》明显继承了类似《西游记》里性格互补的探险团队的模式。

　　探险途中,他们使用高科技的德国制军用工具,也在上古风水术数中按图索骥,有对大自然造化神奇的敬畏,也有利用现代知识虎口脱险的机智。在这个现实主义笔法写作的超现实主义故事中,读者不必费心费力地揣摩文本中的深奥义理,作者的写作意图显见易见:"盗墓就是一个过程,他们在盗墓的过程中找到了自己想找的那些东西,比如友情、爱情,还有一些用金钱衡量不了的东西,他们的收获应该说比挖出什么奇珍异宝都要大很多。"①

　　网络玄幻小说从神鬼的天空落入人间,开始说起脚踏实地的"人"的传奇。曾经的英雄成了北京潘家园古玩市场的二道贩子,为了价钱和上家、下家讨价还价,与其他同行钩心斗角、明争暗斗。但在散落于深谷里、潜流下的古墓中,他们是如鱼得水、游刃有余的"摸金校尉"。陷于公式一般平庸生活的读者,在办公室的格子间里,在晚饭后的电视噪声里,渴望跟随这两个小人物做一场天南海北的白日梦。小说在空间上,充分利用现代科技的便利,辽阔疆土任凭驰骋,但总是以潘家园为落脚点,无论探险如何惊险,离奇之后主人公总是回归平淡无奇的市井。这似乎在表明,玄幻作者们对曾经的英雄主义无法尽情贴切地表达生活感悟感到了由衷的失望,便有了从英雄到反英雄,再到小人物的传奇的转变。胡八一是普通一兵,是市场里不起眼的小贩,但是他遇到了来自美国的Shirley杨,桃花运和财运双喜临门,这是千千万万普通人的白日梦,满足了人们挣脱平庸生活的渴望。正是由于Shirley杨对胡八一的钟情,这几个以盗墓这种不光彩的营生为业的年轻

---

① 《〈鬼吹灯〉作者'天下霸唱'访谈:我没盗过墓》,http://wf66.com/page/200612/28205-6187A69ED.htm。

人，竟得以金盆洗手远赴美国，人生翻开新一页。这和中国古典话本以及传奇中频频出现的"遇仙"模式何其相似，同样的传奇也发生在其他类似的网络玄幻小说里，《诛仙》《紫川》《小兵传奇》无一不是小人物的传奇，而从《小人物修仙记》《小人物闯天下》等直接以"小人物"命名的作品中更可见一斑。

天下霸唱的《鬼吹灯》开创了探险玄幻创作的先河。就像当年平江不肖生的第一部武侠小说，其中的"门派""轻功"等概念深远地影响到后来的武侠创作一样，《鬼吹灯》把盗墓的一铲一锄、历史渊源、技术分工写得像模像样。传奇当中本无权威，精彩独创便是蓝本。《鬼吹灯》的成功带动了网络玄幻文学里考古探险类小说的繁荣，南派三叔的《盗墓笔记》、城市公子的《盗墓日记》都是在《鬼吹灯》所虚构的盗墓知识上架构故事的。根据天下霸唱的自述，书中考古、盗墓的说法都是自己道听途说，最多是根据民间传说加工而来，从没认真查询过史书典籍，包括"鬼吹灯"这个概念以及书中煞有其事的盗墓者之间的暗语都是作者综合各家、虚构出来的，但事实上这部小说情节逻辑合理，读来引人入胜。章回体的写作、话本传奇的叙述风格，以《鬼吹灯》为代表的探险考古类玄幻小说，重拾了中国古典文学的志怪奇谭的传统，在传统叙事方式中闪转腾挪、从容有余。"五四"之后，尤其是80年代以来，中国小说一直"向西看"，而以《鬼吹灯》等作品为代表的网络玄幻作品显示出，当社会发展完全进入历史的常态轨道时，中国当代文学不自觉地离开"五四"，而重回晚清时被打断的文学传统。这种倾向不仅仅是衔接文学链条中被迫断裂的一股，更是以传统形式表现当代内容的尝试。

如果说《鬼吹灯》《盗墓笔记》等作品是以新奇独特给人以阅读享受，那么继起的一些考古探险类新作则在这一小说样式里表达了更深刻的历史沉思。《天眼》的作者景旭枫有感于明末著名将领袁崇焕的际遇，以祖父遗言为悬疑的引子，生发出一段跨越时空的历史传奇。阿越的《新宋》利用真实的历史时空讲述了一个虚构的故事。研究生石越因缘巧合跨进扭曲的时空，重回宋代熙宁年间。作者允许主人公带回历史的除了一本物理教科书外，只有现代人的头脑，但是石越运用超时代的见解发明工具、推行改革，以一个现代人的情怀去修改历史轨迹。这部小说的立意具有深沉的历史色彩和哲学意味，使网络玄幻作品这一文学样式更厚重。阿越这样解释自己的创作意图：

> 我们可以通过一个现代人回到古代的奋斗史，来探讨一下某段历史究竟是在哪个地方出了差错，来演示一下历史的另一种可能，如果一个有足够能力的现代人——他既不是超人，也不是毫无能力的人——回到那个时代，他能够怎么做？用什么样的手段，他能把那段历史扭转，又能够扭转到一个什么样的程度？我觉得这个主题，也是架空历史小说可以演绎的。而在另一个方面，我们

也在探讨一下现代思想与古代思想直接交锋时,会有什么样的冲突。①

与骑桶人式的新志怪奇谭相比,探险考古类小说的创作者越来越倾向于借助离奇历险表达一种历史意识和文化意识。综合而言,这类作品特别执着于刻画小人物的奋斗,而且作者和人物都理性地接受这奋斗的胜利最后淹没于日常生活,书写了小人物的传奇。

总体来看,早期的网络文学的玄幻小说作者普遍年轻、经历简单,因此创作主要依靠天马行空的想象而不是丰富的社会阅历,使得一开始除暴安良的设计最后往往变成了网络游戏模式的翻版:整个故事只是主人公力量的逐次升级。一些作者语言功底甚差,几百万字写下来,似曾相识的语句一再重复。再加上追看者"快写快写"的催促和出于吸引点击率的考虑,玄幻小说的内容往往被"灌水"稀释。随着离奇情节的失效,出现了越是离奇,读者越是厌烦的情况,年轻的玄幻作者们由于初涉文学创作,生活经验和把握文本的能力都不够纯熟,常常出现大杂烩、一锅粥式的作品。

> 文字不要太幼稚粗糙,结构不要太随意松散,情节不要太恶俗雷同,人物不要太千人一面。少写点种马意淫、血腥暴力、暗黑情色,莫羡慕别人写字赚钱月薪数万。上帝不与人交易,只有魔鬼才与人做买卖。浮躁过后,最疼的还是自己。尤其是不要去写一些反人类、反社会的东西……小说通篇都是奸淫诲盗杀人放火无恶不作,总是不妥……玄幻小说的读者有相当多的未成年人。他们还缺乏相应的判断能力。②

对于网络玄幻小说数量繁荣背后的质量危机,天涯玄幻文学版主的这种批评是一针见血的。书香门第网站曾进行过一次关于"大家平时都喜欢读什么书"的在线问卷调查,玄幻灵异类以48%的选票占了绝对优势。网络玄幻小说形成热潮的一个重要原因就是文学娱乐性功能的凸显,即所谓"小说,讲述有意思的故事"③。从它出现、发展的九年历程来看,作者和读者都经历着一个转变、一段成长。例如,《风姿物语》连载九年,很多读者从少年追看到成家立业为人父母。那些瑰丽雄奇的想象让人不时屏住呼吸,那些艰苦卓绝的征服与成长让人热血沸腾,那些惊险刺激的时空之旅让人过目难忘。网络玄幻小说的题材从早期的英雄史诗转移到后来市井小人物的奇遇,从中可以感受到网络玄幻作者们对那些平凡的身边人充满

---

① 阿越:《写作随笔兼答读者问·写作随笔一》,http://forum.zichen.com/viewthread.php?tid=131868。

② 黄孝阳:《2006 中国玄幻小说年选·序》,花城出版社 2007 年版,第 1 页。

③ 杨剑龙、杉本达夫:《小说,讲述有意思的故事——中日学者关于中国当代小说的讨论》,《山花》2002 年第 7 期,第 78 页。

了感情,赋予他们光芒和神奇,洞悉他们内心的软弱和渴望,也毫不客气地鞭挞他们心灵深处的自私和瞬间的邪恶。每个现代人都在这些故事中照见了自己卑微之外的另一面,获取了文学作品本来就应该给予读者的白日梦般的慰藉。

第四节 新世纪初平民网络话语的狂欢

一、众声喧哗的话语空间

网络向大众发出了文学狂欢的邀请,它变成了一个众生喧哗的话语空间,这主要体现在逐次完成的网络文学创作过程和网络文学批评上。

一直以来,文学写作都是以写作者自身为中心的创作过程,一直到文本面世,读者和作者才能相遇。但是现在,网络发表的及时性、互动性为他们提供了在写作过程中就可以与读者切磋的可能。借助网络技术,读者逐步参与到文本创作的过程中,越来越多的网络作品是作者与网友共同完成的,网友在创作过程中的介入越来越深、作用越来越大,有时他们就成为作品的作者之一。"消解了传统阐释中的二元对立,破除了作者中心的独断性诠释学"①,在这样的文本中,单独的作者的中心地位逐渐淡化了。

清秋子这样介绍《我是北京地老鼠》的创作经历:

> 我曾经在网上连载过一篇《我在北京当了两个月"地老鼠"——底层生活散记》的文章,起初是想写一篇随笔,以记录下我自己的一段难忘的经历。在网上开始连载后,引起很多网友的强烈反响。网友们的鼓励,激发了我的创作激情,遂将此文写成了一部长篇小说。在当时不长的时间里,难以计数有多少个网站论坛转载此文。网友们纷纷发表感想,都非常有深度……最近,我对原文进行了润色,并增加了人物的结局,由安徽文艺出版社将它出版,书名为《我是北京地老鼠》。②

从一个较长的帖子演化成一部不错的小说,网友起到了一种催化剂的作用。清秋子在2004年12月8日的天涯论坛传媒江湖的板块里以《〈我在北京当了两个月"地老鼠"〉(结局版连载)》为题发帖写道:

---

① 欧阳友权:《学院派眼中的网络文学》,《中华读书报》2004年9月22日。
② 清秋子:《穷人的声音:我是北京地老鼠》,天涯论坛,天涯杂谈。http://www11.tianya.cn/NewPublicForum/Content.asp? idWriter=0&Key=0&strItem=free&idArticle=686158&flag=1。

去年(2003年)6月20日直到7月14日的二十几天里,我在天涯"文化广场"(现为"传媒江湖")发表了一部名为《我在北京当了两个月"地老鼠"》的长篇连载。全文是网上在线写作,没有打草稿,直接用键盘即兴敲出来的。起初是想写一篇随笔,以记录下我自己的一段难忘的底层经历。在网上开始连载后,引起很多网友的强烈反响。网友们的鼓励,使我回想起很多当日的具体情景,心情难以平静,遂将此文写成了一部长篇。

不难看出,网络文学创作往往不像传统作家那样,动笔前经过漫长充分的准备期,甚至为了创作而特意去体验生活。他们大多是有感而发,以切身体验书写,这一方面使作品在网络发表时还不成熟,更像是拿作品草稿来征求读者的意见,一方面容易出现连载中断,即有头无尾的"太监帖"。但是这种边走边唱的游吟状态,使得他们的作品在草创阶段就得以与观众见面、接受批评。慕容雪村在连载《成都》时,一位叫"黄书记"的网友不满于作者对情节的设置,自己仿写了另一部《成都,今夜请将我遗忘》,一样获得了网友的喝彩。连载《谁的心不曾柔软》时,不断有网友模仿慕容雪村的文风自己发挥,创作几个章节与原文衔接,作者与网友同题写作,大家在阅读中,形成了两个文本之间的比较。对于网友的这种"越俎代庖",没有哪个网络作家表示异议,作者当然可以选择情节的最终走向,但是网友的创作也是一种存在,二者共存于连载的帖子上,相映成趣。青年作家董晓磊在起点中文网上连载《别走,我爱你》时,也真诚地向那些留言说出自己构想的网友表示感谢,因为自己在创作中也的确借鉴了网友的智慧,从他们的想法里找到了新的灵感。景旭枫第一次创作的《天眼》在铁血文学网站连载,因为是即写即发,语言缺乏润色、人物形象略显干瘪、一些情节牵强、拖沓,文学性上差强人意。鉴于这些,2007年,景旭枫在铁血文学网上重写了同题小说《天眼》,除了故事的主要脉络,人物形象、具体情节都有了大刀阔斧的改变。读者一边阅读,一边对比品评新旧两部作品。这种修改的及时性,是网络文学的一种特色,写作过程中,网友可以最大程度地参与进来。

除此之外,各种网络文学大赛中频频出现"创作接龙"的写作形式,多个作者各写一段,任文本自由生长。多个作者、读者与作者的思想在文本草稿中一再碰撞,擦出多种可能性的火花。"在写作的日日夜夜里,我废寝忘餐、心潮起伏。网友们每日追看,不断催促下文。帖子的写作与阅读实时交流,极富网络时代的传奇色彩。"(清秋子)网上阅读者津津乐道于某部作品,人们都希望"通过文中人物的抉择,来和自己的价值观加以对比"(清秋子)。他们把自己的判断和想法传递给作者,或者激起作者新的灵感,或者影响作者本来的构思走向,最后的文本已不是作者最初头脑里的那个样子了,读者觉得它更熟悉了,作者觉得它陌生了些。

但是无论如何,这种参与使文本有了更多的可能性,也展示出更多更复杂的文本接受过程中的信息。

在网络文学评论方面,网络发言的自由性和匿名性打破了现实中的发言禁忌,文学评论不再是学者们的一言堂,年轻的文学后生大声质疑、挑战权威,真正的文学评论圆桌会议有望梦想成真。新世纪以来,以博客和公共论坛为主要阵地发生过无数次大小不一的文学论战。其中,以韩寒、白烨为主角的文学论争和关于赵丽华诗歌的网络大讨论是最具有代表性的两次。

"韩白之争"的火药味之浓与传统评论中的谦谦君子之风完全不同。这场论战以文学问题开始,涉及的内容既有关于文学创作的观点,也有对评论界风气的看法,随着双方你来我往,言语犀利度直线上升,媒体、文坛人士、网民各持观点,相继加入这次论战,占据了当时各大文学网站的头版头条,最终以双方绝交式的姿态告终。2006年2月24日,早已在文坛成名的著名文学评论家白烨在新浪网自己的博客上贴出题为《80后的现状与未来》的文章。批评韩寒等80年代后作家写作的票友状态,并以前辈的口吻指出这些年轻人"进入了市场,尚未进入文坛"。3月2日,韩寒在自己的博客上发文《文坛是个屁,谁都别装逼》,回应白烨的批评,措辞激烈。两人你来我往,以各自博客为阵地开始了论战。在近两月的时间里,韩寒共发表《有些人,话糙理不糙;有些人,话不糙人糙》《对世界说,什么是光明磊落》《文学群殴学术造假大结局,主要代表讲话》等多篇文章,言语咄咄逼人甚至不乏恶毒,质疑对方文学批评操守;白烨的声音较弱,只发表《我的声明——回应韩寒》《我的告别辞》两篇文章。最初的文学议题逐渐转移到"网络道德建设"、文学新丁与长老之间如何相处、文学批评家的学术操守等题外话上,作家陆天明、评论家解玺璋和另几位媒体名人也加入进来,在自己的博客上表态支持白烨,作家何立伟、韩东则声援韩寒,而大批在双方博客上留言表态的网民摇旗呐喊,成为网络"哄客"。① 论战最初的文学性起因被人遗忘了,与其说这是一场文学论争不如说这是一次网络舆论力量的大阅兵,大家似乎并不真正关心韩寒、白烨文学立场和文学观点的分歧,人们开始意识到网络带给文学评论的多样性。白烨这篇文章其实早已在《长城》杂志2005年第6期就发表了,如果不是网络信息传递的迅速和广泛,如果不是博客发表、反馈的及时,如果网民和文坛人士不能

---

① 朱大可在《从芙蓉姐姐看丑角哄客与文化转型》中提出,"哄客"就是针对文化丑角的新式消费群体,它类似以往的歌迷会,却分为三种截然不同的群体:要么赞美和结盟(这是"赞客"),要么嘲笑和毒骂(这是"骂客"),要么只是发出乐不可支的笑声(这是"笑客")。《东方早报》2005年6月27日。

即时参与,如果没有电脑和互联网技术支持这一切,这场论战是否会发生,即使发生会如何收尾都是个未知数。

经过这次论战,普通网民意识到自己也享有大声质疑、嘲笑专家的权利。让人担忧的是,互联网文学批评的"群众运动"的非理性已经初见端倪。韩寒最初的激烈反驳很可能只是误以为白烨有倚老卖老的嫌疑,反感和青春的叛逆不凑巧地相遇了。但他之后的尖酸刻薄则令陆天明、王晓玉回忆起"文革"小将斗人的可怕记忆。平心而论,借"群众"之名,不顾艺术创作规律,以多欺少的全民文学运动给文学造成的戕害实在值得铭记、警惕,但是这种只有亲身经历才会生成的历史经验并不能连同汉字一起遗传给下一代,他们只能在自己的成长道路上跌倒再爬起并理解什么是疼痛。对于那些在没有最自由只有更自由的环境下生长的新一代,没有什么比挑战权威更像个自由斗士,尽管有时这种挑战是盲目的。

白烨曾表示看好网络写作者的发展,但是这次论战表明,他似乎并不适合博客这个新的发言阵地,事实上,很多习惯于传统批评话语体系的人都不适应网络。习惯了传统媒体上消过毒一样干净的文字,面对网络上尖刻粗俗的攻击时,他们常常羞愤难当,以至于无法重申"我不同意你的观点,但是我坚决捍卫你表达这种观点的权利"的自由主义宣言——而这种捍卫正是巩固互联网自由精神所必需的。互联网兴起为可以与传统媒体相抗衡的一极,依托这个阵地,新生代劈手夺过了部分话语权,并伺机实践这种权利,但是找到机会表演时又不免得意忘形,说起脏话。朱大可直斥网上的语言暴力是"秽语的狂欢":

> 秽语是所有脏词的总和。但有时只需一个简洁的"操"字,便能令个体的言说获得非凡的力度。鲁迅所指称的"国骂"("他妈的"),早已更新换代,变得更加短促尖锐。在北京"工体"的比赛现场,数万人高喊"傻X",已是惊天动地之举;而如今,上千万人在互联网上一起说"靠",更是到了令人瞠目的地步。①

无论白烨后来"网络道德建设"的跑题倡议,是否是拿"道德裁判"的大帽子压人,也不管网络哄客们是真的"挺韩"还是发泄青春期不满,网络上的第一次文学批评圆桌会议,在尽显语风的凌厉泼辣、发言的长幼无序之后,不欢而散。这次论战后来被讽刺为一场闹剧,但是其中萌芽的一些新元素对文学评论来说不容忽视。不仅是韩寒与白烨等一批文坛成名者当众辩论,一些名不见经传的普通网民也在论战中表现出不输于专业人士的智慧、冷静以及文学修养。不到半年,又一场关于诗歌的大讨论再次显示出网络文学批评的进化之快。

---

① 朱大可:《秽语爆炸和文化英雄》,《中国新闻周刊》2006年3月31日。

2006年9月,新浪、天涯、猫扑等知名网站的论坛上相继出现了一个明显带有示众意味的帖子——"这也是诗?请看国家级诗人作品",北京女诗人赵丽华的几首诗歌被网友在网上张贴出来。

  一个人来到田纳西

  毫无疑问

  我做的馅饼

  是全天下

  最好吃的

诗歌在诸种文学题材中,对语言和灵性的要求最高,对诗歌的解答和评价也是最个人化的,有时甚至"两心之外无人知"。如果我们承认这一原则,就应该能理解原诗集中的解读,并根据其指引发现作者的意图——

  全诗只有短短四句,十三个字,描述了诗人一个人来到田纳西,举目无亲,做起自己往日喜欢吃的家乡馅饼,活生生地构筑了一个十分立体的"境",抒发了一种客居他乡的孤独状味,嗅到一种浓烈深刻的思乡情思,令人读完觉思良久,倍感心酸。①

同样,我们也得平心静气地对待网民们的批判——这是一首具有实验色彩的小诗,网民们并非诗歌理论专家,他们自幼在唐诗宋词的熏陶下长大,古典主义诗歌深入人心。他们不认为大白话分行就是诗,更不认可还要根据点评的"翻译"才看得懂的诗歌。

  张无忌(二)

  张无忌和赵敏接吻

  赵敏把张无忌的嘴唇

  给咬破了

  有关这一吻

  电视上处理得比较草率

这首诗也许是要说明男女之间的既爱且恨,也许是在暗示现代娱乐形式对复杂深刻的两性关系刻画得过于潦草。但是网民们不稀罕这种猜谜一样的品诗过程,他们以网络上常用的戏谑方式,根据诗人名字的谐音,把这种诗歌称作"梨花体",在更深一层的意思里,把这种诗歌和"芙蓉姐姐""菊花姐姐"等以"花"命名的出丑卖乖现象归为一类。

---

① 转引自:《专家评论赵丽华的〈一个人来到田纳西〉》,http://culture.163.com/06/0913/16/2QTOS27I00281MU3.html。

网民们在对赵丽华诗歌的批判里尽情倾吐对中国诗歌长久以来的失望,在整体上作为一个压抑许久的"文学评论无权者",他们以大肆仿写所谓的"梨花体"的方式来表示自己的不满,像一次"群众对诗人的猛烈反扑"。梨花体事件引发了大规模的有关中国诗歌、诗人的争论,这一次,网民坐到圆桌前,成了真正的发言者,他们自己填补了网络的"权威真空"。讨论此事的帖子,几乎每人都是一句话切成几段分层摆放,无数个发言以这样的模式叠加起来,造成了一种强调的视觉效果。网络上把这种一致称为"保持队形",具有一种无声的讽刺的效果。比如这样几个回复,戏谑与幽默齐飞,讽刺共批判一色。

我看着他们\无辜的眼神\心里有一点点\不忍心\或者赵丽华老师\还不知道\发生了什么事情\但是\我觉得\这件事情\一定会让她很吃惊\你们说呢(作者:梨花教)

突然\全中国\人民\都成了湿人\只要\你\说话\大喘气\你就成了\一个\纯粹的\湿人(作者:三十岁的人生)

我\睡不着\所以\起来\写诗(作者:网上听风雨)

《一个人来到天涯》\毫无疑问\我作的诗\是全天下\最烂的(作者:gyn9527)

对赵丽华诗歌的讨论并非一边倒,相当一部分网民对诗歌创作思路、风格的个人化表示理解,从文学角度提出严肃的看法。天涯网民蔡俊就发表了《声援诗人赵丽华,不要以人民的名义枪毙自由》的帖子:"俄罗斯尊重诗人,我们嘲笑诗人。这不是很可悲吗?赵丽华是专业诗人,就必须一辈子写喜闻乐见的杰作,就不许人家尝试,不许人家失败吗?不知道这是什么逻辑?"网民"诗人马帮"在争执不休的帖子里回复"再吵就以诗歌的名义枪毙尔等的自由",暗示诗歌的创作自由实际上是在被群体热情所践踏。

网民邵风华提出:

赵丽华的诗歌引起公众的好奇和攻击有其必然的因素,那就是这样的诗歌与庸常的人群所理解的诗歌差别太大了。……这么多年为利而来为利而往的熙攘人群,早已经远离诗歌,远离所有的艺术。他们缺乏对艺术最起码的敏感和鉴赏力,他们怎么可能对我们诗歌的发展脉络了如指掌,又怎么可能一下子突然理解我们目前的诗歌写作呢?

网民单眼皮双甚至不无幽默地总结了《我看赵丽华的20条功绩》,以平和的态度看待这种创作。

这两次论战,分别以个人博客和网络论坛为阵地,充满"文学群众运动"的意味。一方面,我们应该警惕这种热闹里的非理性成分,在草根对文化尊严的捍卫背后,滥用新获话语权的隐忧已经出现。另一方面也应该看到,由于网络发表的及时性,使得网络文学的发表和反馈几乎同步,没有了缓冲期,争论更加激烈。网络发表的匿名性也使更多的"草根"勇敢质疑权威,直刺文学发展中的一些弊端,为文学批评提供了新的视角。

二、网络写作中的语言革命与文学修辞

米兰·昆德拉曾想象过一个"著书癖"的时代:"著书癖在人群中泛滥,其中有政治家、出租车司机、女售货员、女招待、家庭主妇、凶手、罪犯、妓女、警长、医生和病人。所有的人都有权力冲到大街上高叫:'我们都是作家!'"①网络宣告了这种"著书癖"时代的来临。虽然加入网络写作的人形形色色,但是他们的语言都带有浓重的网络文化的胎记,从最初模仿"二王"的戏谑反讽,到稍后蔡智恒式的轻松诙谐,再到无拘无束地自由挥洒,网络文学的语言是网络精神的直观外化,大致有以下几个特点。

(1)戏谑反讽与消解神圣。《明朝那些事儿》的开篇以市井八卦的口吻介绍一个开国君主,全然没有历史典籍中的谨慎和传统文学中的庄重。

> 姓名:朱元璋,别名(外号):朱重八、朱国瑞\性别:男\民族:汉\血型:?\学历:无文凭,秀才举人进士统统的不是,后曾自学过\职业:皇帝\家庭出身:(至少三代)贫农\生卒:1328-1398\最喜欢的颜色:黄色(这个好像没得选)\社会关系:父亲:朱五四 农民\母亲:陈氏 农民(不好意思,史书中好像没有她的名字)\座右铭:你的就是我的,我的还是我的\主要经历:1328年—1344年 放牛\1344年—1347年 做和尚,主要工作是出去讨饭(这个……)\1347年—1352年 做和尚 主要工作是撞钟\1352年—1368年 造反(这个猛)\1368年—1398年 主要工作是做皇帝……

这种语言基调显然不是要给王侯将相歌功颂德,这部小说以一个普通人的视角重塑了以往高高在上的政治家,讽刺了朱元璋因出身贫寒而自卑、作为弱势被欺压时的窝囊,与人交往时的蝇营狗苟,所谓的雄图霸业不过是弄权者之间的尔虞我诈,和地痞无赖的争斗并无两样。《成都,今夜请将我遗忘》里,陈重考虑如何与妻子摊牌,"然后我就应该趁热打铁,提出本次访谈的主题:宽容、克制、理解。在策略上,以攻心为主,重点进行鼓励表扬,捎带着来点批评教育,不到紧要关头决不瞪眼骂娘"。把思想教育工作的术语用在夫妻谈话中,人物的油滑跃然纸上。最后一句粗鲁的"瞪眼骂娘"消解了前面的"神圣",越发显出这种话语体系的荒

---

① 米兰·昆德拉著,王东亮译:《笑忘录》,上海译文出版社2004年版,第102页。

唐,避重就轻、模棱两可。

(2)幽默自嘲与寄庄于谐。《鬼吹灯》里描写主人公遇到人熊的袭击,千钧一发的时候,胡八一却:

> 扯开吼咙对燕子、胖子二人喊道:"看来我要去见马克思了,对不住了战友们,我先走一步,给你们到那边占座了去了,你们有没有什么话要对革命导师说的,我一定替你们转达。"胖子在十几米外的另一颗大树上对我喊:"老胡同志,你放心去吧,革命事业有你不多,没你不少,你到了老马那边好好学习革命理论啊,听说他们总吃土豆炖牛肉,你吃得习惯吗?"我回答道:"咱干革命的什么时候挑过食?小胖同志,革命的小车不倒你只管往前推啊,红旗卷翻农奴戟,黑手高悬霸主鞭,天下剩余的那三分之二受苦大众,都要靠你们去解放了,我就天天吃土豆烧牛肉去了。"

这两个革命小将并非在上战场前话别,而是在鬼鬼祟祟的盗墓途中遭遇危险。作者通过充斥革命口号和伟人诗词的对话,把嘲笑这种鸡鸣狗盗行为的权利转交给了读者,这正是作者的自嘲立场,也使严肃的政治话语产生了喜剧效果,令人读来顿感风趣幽默。《北京地老鼠》里,"我"面对风尘女露露,心态几次变化,先是"不过我心说,你是老江湖,我也是江湖佬,咱们今儿就斗一斗吧";接着,"露露……胸前的两只珠穆朗玛峰滚来滚去的,我不好意思盯着,又忍不住要扫两眼";然后,"露露此时离我很近……衣服不知出了什么问题,东拽拽,西扯扯的,眼看那珠穆朗玛峰就要真相大白了。我知道这样下去,很难估计后果,如果让露露身上的女人香再熏上一小会儿,难保我那钱包里的资产不会流失。"这个经济困顿的中年男子,从一开始的自信到慢慢地感觉窘迫,丝毫没有向读者隐瞒。他自嘲囊中羞涩,也自嘲面对色相有心无胆,袒露了一个普通人不是抵制诱惑,而是消费不起诱惑的生存窘境。

(3)粗鄙化与诗意化。这两种语言风格看起来矛盾,却共存于网络文学作品中。例如,慕容雪村善于展现生活粗糙的一面,也常常将两者杂糅一处,使作品的情绪形成一种双线并行、时有交错的效果。在《天堂向左,深圳向右》中,刘元沉溺于妇人,终于有一天发现"在他两腿之间,一个个小水泡像蓓蕾一样攒簇在一起,晶莹剔透,红艳美丽,像宝石一样闪闪地发着光"。作者把病灶形容成罂粟一样美,用诗意的语言描写性病,暗示着光鲜的生活表面之下,青春和爱情破烂不堪,以为是报复生活,其实是被生活糟蹋。骑桶人的语言风格侧重于细腻诗意,骑桶人的《龙》里描写阴阳之间的鬼域:

> 亿万年来,黑色的冥河在黑色的荒凉之雾上蜿蜒流过,黑琉璃一样的河水无声地汹涌,穿越了整个阴间;宽广的河面上雾气迷朦,没有死亡,也没有

生命。直到它流入地狱,才渐渐地有鬼魂与神灵在河上来往,才远远地飘来痛苦的呼喊和欢乐的狂笑,才隐隐地看到一幢幢的楼宇在黑暗中立起、坍塌,可是,一旦它流出地狱那黑铁铸成的城墙,一切又都恢复了原样,冥河重又在无生无死的沉寂中向黑暗的最深处流去,流去,终至流入黑暗之海。

《归墟》中写道:

> 每天清晨,他趺坐于船头,看太阳升起,直到暮色如雾般一点一点地吞没大海,月亮斜着爬上来,星星显现,那时他总是觉得孤独得紧……船一直向东,向东,向东。海水亦奔流得愈来愈急。仿佛有什么东西在召唤着它们,它们迫不及待地跑去,甚至不愿休息一下,打个旋,吐个泡。突然有一天,他觉得船突地一跳。张眼看去,前面一片空濛。然后船就离开了大海,在天空中飞翔。耳中灌满巨大的水浪声,那是水与水的撞击声,是水在找到了自己的归宿后所发出的欢呼声。成福兴奋地跑到船尾,他看到一个无比高且无比大的瀑布,横亘在南北两极之间。

骑桶人的语言像梦境成真般的细腻、奇诡甚至不可思议,网络文学的写作者仿佛进入了自由境界,迸发出各种语言上的奇思妙想,试验着语言的各种组合,勾勒出一个新的文学世界。语言是文学的第一要素,网络文学作品在语言上探索和成就表明了这种文学形态的日益成熟和独特的文学价值。

此外,作为网络上数量最多、出现最频繁、涉及内容最广的语言记录形式,帖子和段子能体现出网络语言简洁、形象、一针见血的特色。网络写作者经常利用社会热点进行改造、嫁接,写作一些简短、讽刺的小作品,被称为段子。其形式多样,如对话、书信、通知等,主要依靠手机、互联网等现代通信手段发布、传播。段子为网民所津津乐道、广泛传播,可以看作是网络文学中一种尚不成熟的文本形式。例如,有人抨击教育制度弊端,虚构了一个通知:

教育部最新通知

> 为缓解今年就业矛盾,教育部出台新学位制度,博士学位毕业后可继续攻读壮士,四年壮士毕业可攻读勇士,读完还可攻读圣斗士学位,毕业后如还找不到工作,请攻读烈士学位。

教育部

后来有人以此"通知"为基础,根据歌曲《吉祥三宝》,创作了新段子《吉祥三宝(考研篇)》。

> 爸爸\哎!\本科毕业就非得考研吗?\对啦!\不考研难道就没有出路吗?\哪有啊!\许多硕士生也相当郁闷啊!\接着读博嘛!\学士硕士博士就是吉祥的一家!\妈妈\哎!\病中的儿子何时能够回家?\等考研成了!\

考不上难道你就不爱我吗？\去火葬场吧！\李嘉诚也就是小学毕业啊\少跟我废话！\硕士博士烈士就是吉祥的一家！\宝贝\啊？\爸爸像太阳照着妈妈！\那妈妈呢？\妈妈像绿叶托着红花！\那我呢？\你是考研无意识的苦瓜！\噢！明白啦！\考研盲从抑郁症就是吉祥如意的一家！

这种轻松调侃里所流露出的坦诚真实，在传统媒体上是不容易看到的。不少人士表示对于网络语言"看不懂"，网络语言创造新语汇时缺少规范性，难免有离奇古怪之作，但从根本上说，网络语言是植根于网络文化环境的。对于那些在网络上娱乐、在网络上购物、在网络上开同学会、敢于把网恋带进现实、在网络上直播婚礼，像爱护自己花园一样爱护打理自己博客的人，网络文化是亲切的。我们并非刻意非难那些排斥网络者，在这个充斥着巨量的信息，缺少独立思考的时代，对一个越来越经常弹出"确定请点击'是'，否则点击'否'"的傻瓜式选择的智能体系保持警惕是必要的，但是我们不得不承认，如果一个人介入网络或者说网络介入他的生活程度和范围都不深的话，这个人的确是会对网络语言感到些许隔膜。

在论坛上的同一个发言单元内，主话题和后来关于该话题的言论，形成一个整体记录。这种围绕第一个人的发言，以对话形式出现的整体记录就是通常所说的"帖子"。帖子由多人多次联合完成的，只要网络存在，还能留言，它就具有永久的开放性，人们可以随时继续。在这个多角度多风格的文字形式里，表现出强烈的去中心化倾向，是真正生于网络长于网络的文字形式。帖子这种讨论记录形式一出现，就在语言上表现出极强的改造和创新能力。很多作者以连载的方式发表张贴自己的作品，网民形象地称之为"挖坑"。作品一边连载，着迷的读者一边不断跟帖留言，使得帖子越来越长，帖子的长度与"坑"的深度形成一种形象上的呼应。有时因为种种原因连载不再更新，故事有始无终，心急的读者便把这种有头无尾的帖子戏称为"太监帖"。而一些言论观点过分离奇的帖子则被称为"火星帖"，这个典故出自被网民追捧的无厘头风格电影《少林足球》。应该说，形象生动、简洁明了是网络语言最鲜明的特征之一。

出于对以往话语特权的厌恶，网民们对解构和调侃表现出极大的热情。不断在语言上探索，特别是网络回帖不能长篇大论，回帖者和博客作者往往力求简短有力，摆出一副语不惊人死不休的架势。但是作者过分醉心于实验文字的可能性，使得网络文学更像是贫嘴和斗嘴的文字记录，语言越来越脱离控制成为没有审美价值的口水战，刺激读者的眼球和考验读者的心理承受力，让人不得不怀疑网络文学作者的理想似乎更倾向于口舌英雄而不是文学家。

当崇尚自由、特立独行和嬉笑怒骂成为一种突出的审美追求，解构和戏说经典成为最突出的网文特色，网络语言之花四处盛开。但是它不能被简单地定义为网络上使用的语言，网络语言指的是上网者所使用的、具有明显区别于社会通用语言特点的语言形式——它当然是文字语言整体的一部分，以传统语言为基础和母体，但是它生于网络，带有明显的互联网文化特征。网络语言"不走寻常路"的特点在修辞方面体现得尤为突出。比喻、双关、借代、仿词、飞白等是网络文学中常见的修辞手法。

比喻是网络语言中最常见的一种修辞手法，例如，"网上冲浪"这种说法形象地描述了在网络上自由浏览的悠然，它的形象性使人易于联想，第一，提供"浪"的海洋无比辽阔，第二，浏览时那种无拘无束、海阔天空的愉悦。

双关即是利用语音和语义的条件，有意使某些词语在特定语言环境中构成双重意义，可分为谐音双关和借义双关。例如，"顶"是网民最常用的词，意即赞同。对某个楼主的发言的回复越来越多，从上到下依次排列，直到浏览器分页。视觉上就好像是后来的发言把第一条发言"顶"到浏览器的最上方，吸引浏览者的点击。许多论坛在讨论强制拆迁中的钉子户，网友各抒己见，一些支持钉子户的网友，留言只有一个字"钉"，语音相近，字形相似，所指、态度一目了然，可谓是一语双关。

借代则是借用相关事物来代替所要表达的事物，借代能突出事物的特征，使语言富有变化、新颖醒目，从而吸引人们的注意力，增加语言的表达效果，这种传统语言中的优势也在网络语言中发挥了作用。例如网络用语中，经常使用"美眉"来指代年轻美貌的女性，即是借用女性突出的特征——美丽的眉黛，用部分代整体，引人遐想，富有情趣。

仿词分两种，音仿即是仿照音同或者音近的语素创造新词汇，义仿是换用仿义或类义语素创造新词汇。比如，网络日志 web blog 根据音译也被叫作"博客"，网民仿照这个词，更换了头一个字，仿造出"播客""喵客"等词语，这些仿词和最初的"博客"源自英语音译不同，是地道的汉语词汇。"博客"以文字和静态图片为主，"播客"是指以音频文件作为主要内容的个人网络空间形式，"喵客"则是一个基于音乐，集明星、专辑、单曲方面的资料、资讯、评论于一体的音乐娱乐平台。网络语言依靠仿词这种方式，在新的词汇方面具有很高的创造能力，这些词汇鲜明形象，不断渗透到传统语言的使用中，极大地丰富了原有的词汇体系。

"飞白"一词本来是书法艺术中的一种专用语，指在书法创作中，笔画中间夹杂着丝丝点点的白痕，给人以飞动的感觉，后来借作一种修辞手法的名称，指故意写错字、说错话来达到特殊修辞效果。分为字音飞白、语义飞白、字形飞白三种。比如网络上常把"帅哥"写成"衰哥"，讽刺男性不走运。飞白这种修辞方式在纸面文学中使用起来确实诸多限制，但是在网络这个相对自由的环境中，则平添了几分幽默和风趣。

网络语言中多种修辞方法叠用的现象也很多,网络语言通过修辞手法,对传统语言进行修改和变异,在原有的语汇上开发出新的含义。例如,在现实社会中,经常把关于某人私生活的消息称为"八卦",一些人认为女性对这种无关紧要的信息过分关注,便把热衷于打听和传播他人私事及各种小道消息的行为形容成"三八"。显然,在口头语中"八卦"一词倾向于贬义,"三八"一词明显带有贬义甚至侮辱。但在网络用语中,网民经常使用"818"来表示对无关紧要的消息和事件的讨论,引申为讨论某事。"818"三个数字显然是对"八"这个词的音仿和数字化,但是贬义的倾向已经淡化甚至趋近消失了。

除了运用各种修辞手法,网络语言还有符号化、数字化的趋势。由于屏幕字符是依靠键盘输入,分布在键盘上的数字、标点和特殊符号也在网民追求口语化、便捷化的要求下派上了用场。年轻的网民们喜欢用与英语中再见一词谐音的"88"代替再见,表示等待帖子更新就简单地打上一个等号,在模仿一些稀奇古怪的声音或者一些大家都能猜到是如何发展的片段中,随意敲进一串符号,以示自己不愿赘述,或给人以自由想象的空间。

从本质上说,网络语言是通用语言的一种变异,是社会文化环境变动所引起的语言变化的结果,更直接地说,是其所处的语境发生了变化,网络语言丰富了原有的语汇体系和书面语言,与传统通用语言在互渗中共存。

结语:网络文学何去何从

一、简评网络文学的意义

历史上任何一种文学样式都不是孤立的,都在某种程度上起到了承前启后的作用。网络文学也是如此,作为文学发展史上的一环,它与这个链条上的前后都血脉相连。而且,在它跨世纪发展的姿态中,特别蕴含了开启新风的意味。网络文学以现代科技为媒介承续了文学发展的轨迹,以新的文学样式为文学开拓了一片新时空。

在文学发展的漫长历史中,文学载体经过了从口头到甲骨、铜鼎再到竹简、帛书,然后是纸张的过渡。随着传播载体的进化,文学创作的主体和阅读者从贵族转移到封建士大夫阶层,再转移到普通文人和广大市民阶层,创作语言也从文言文转向白话文,这每一次和每一个层面的转移汇聚起来促成了文学的根本性变革。我们也应该以这种眼光观照网络文学,它开拓了新的传播领域,培养了新的书写者和阅读者以及新的阅读习惯,创造了新的文学形式——博客式的个人文集,以问答形式出现的多人完成的"帖子",新的语言范式、新的审美和意境追求。特别重要的是网络文学在文学精神中树立了一种新的标尺:文本与读者直接见面,尊重文学写作的原生态,这是文学尊严与自由的根本所在。可以说,网络文学在某种程度上启蒙了新世纪文学精神的变革。关于网络文学所催生的新的文学样式,比如说"帖子",无论在数量上还是质量上,帖子都表现出自成一格的趋势。是否把它界定成一个新的文学体裁还有待于考察研究,但是网络孕育了这种全新的文学样式,为文学本体添加了新丁。越来越多的纸面媒体开设了例如"一周点击""网络回声"这样的栏目,刊登网络帖子中经典留言,一些刊物模仿网络帖子的形式开设新栏目。试想,假以时日,谁能说"帖子"有朝一日不会演变成一种成熟的新文体呢?在《扎哈尔词典》和《马桥词典》之前,没人相信词条的形式也可以进行文学写作。同样的,随着网络文学的进步,利用帖子这一特殊的形式进行文学创作也不是没有可能。网络以其无界性和及时性在第一时间里把世界汉语文学作品集中在一个平台上,人们得以环球同步地阅读它们、比较它们、研究它们。不同创作环境下产生的文本之间相互影响的进程加速了,借助网络,我们同步见证了世界各地的华语文学文本的产生和传播。可以说,网络把整合华语文学的进程向前推进了一大步。

二、网络文学面临的问题

表面上看,网络文学初生不久,就进入了"大跃进时代",已经成名的文学界人士在网络上找到新的激情,未获赏识的则希望凭借网络寻找伯乐,新生代把网络当作文学试验田,努力耕耘以求一鸣惊人。作者和评论家都撸胳膊挽袖子显示出要大干快上的劲头,层出不穷的文学网站、公共论坛、网络社区里无不人声鼎沸、热腾腾、闹哄哄。但是在数量繁荣和表面热闹的背后,网络文学存在着的问题不应被忽视。

首先,一些网络作者把寻求纸媒的出版作为追求目标,势必损伤创作者的文学个性。对此,作家陈村直言网络文学已经过了它最好的时期,忧虑"赤子之心的时期,消失得太快了"!蔡智恒接受香港《文汇报》采访时也表示了自己的忧虑:"人们都见到这是成名的一条路,于是在网上写东西时,以为有读者市场,九九年左右开始网络小说就变质了;而随着计算机普及,年轻写手亦增加了,失去初期的纯真。"①不是网络作者格外看重名利,网络文学作者群的生存现状直接导致了这

---

① 洪磬:《痞子蔡:网络小说已失去纯真》,香港《文汇报》2005年6月2日。

种情况。他们大多是业余写作,现实生活中另有薪金收入。网络这个平台暂时还不能养活创作者,现实生活压力大的时候作者们往往就无暇顾及创作了。业余创作往往在专业化的出版体制内被消融,网络文学如果不能尽快建立自己行之有效的稿酬制度,那么随着传统出版制度对网络作品、网络作家的收编,网络文学的独特性必将发生转变或淡化、消失,网络文学的前景的确堪忧。

同时,网络写作者往往缺少固定的创作习惯,常常以发泄的快感代替深刻的思想,这造成了网络文学总体水平的不稳定。网络上的自由写作者,最初不过是文学草根的揭竿而起,赤子之心是自觉自发的,更是自由散漫的,缺乏文学上深刻的追求。他们也不追求深刻,大多数时候,宣泄是唯一的目的。缺乏持之以恒地积累沉淀,网络文学创作水平不稳定,难以达到质的突破。

其次,网络文学具有互动的特性,越来越多的网络文学作品中渗透着读者的意见,虽然换个角度看这是作者对阅读者的尊重,但也说明了作者对阅读者的妥协不可避免。一些连载作品经常要面对读者的催促,但是文学创作有自己的客观规律,小说阅读网甚至在网站上标明:不要发表人身攻击或对作者催稿的言辞。作者却不得不考虑阅读者的感受,阅读者的倾向和口味决定了作品故事情节的走向与审美的风格。由于公众阅读口味的参差不齐,一些网络作者追求读者的认可,逐渐偏离原来的创作思路,有时就是滑向低俗的开始。复制成功作品往往代替了独立写作,从某种程度上说,点击率成为万恶之源。

再次,最令人担忧的是,网络文学也将面对传统媒体所遇到的诸多问题。门户之见、帮派之争等文坛顽疾借网络还魂,几乎各大文学社区都曾有过关于此类问题的争论。不仅是网络作者,网络文学网站也开始出现分化。一些网站提出"网络纯文学"的口号,网络文坛似乎也在逐渐筑起所谓"纯文学"和"非纯文学"的壁垒,网站和作者们开始考虑自己要站在哪一队。这比被传统纸媒招安更可悲,中国文学一直都舍不得庙堂和江湖的概念,虚妄地划分贵族和平民,这于文学本身无甚裨益。在自由平等的网络时代还抱住昔日的文学等级偏见不放,是历史的倒退。与其执拗于"纯"与"非纯"如何界定,不如强调文学创作的自由、独立精神,这才是保证网络文学发展的根本所在。

第四章

新世纪初的无厘头文化与戏仿文学

无厘头文化是风行一时的文化现象,它频繁出现在当代人尤其是年轻人的话语空间、行为空间和审美空间中。从无厘头文化独特的叙事方式和思维方式——戏仿出发,我们对以无厘头文化为背景的戏仿文学进行研究分析,剖析它的特点,探讨它的影响、意义与不足。

当下戏仿文学主要可分为大话和恶搞两类。大话以其狂欢语言和平民视线,充分展现了语言的魅力和世俗化的快乐。大话对语言意义的解构,使创作主体和受众从语言规范的束缚中解脱出来,自由地把语言当做一种消遣、游戏;同时也使语言更生动、更具表现力。大话语言通过嬉戏、调侃表现生活的琐碎、荒诞,具有较深刻的社会内涵。平民视线使得庄重的历史走向凡俗,严肃的叙事走向谐谑。大话在对经典进行重述的同时,在什么是英雄、如何对待经典、如何看待娱乐等问题上给我们以启示。

恶搞则是对现实的一种夸张批评,体现出强烈的现实关怀,它不仅展示了更平凡、更广泛也更为荒诞的生活,而且体现出恶搞者的主体性和理性精神。但恶搞文本中大量的负面信息和尖刻的批判,往往使主观泄愤淹没了理性批评,具有煽动性效果,容易激起大众非理性心理和行为。

戏仿文学的出现和流行有着独特的社会背景与文化语境。作为一种青年亚文化,戏仿文学对权威、神圣具有解构的意图和颠覆的意味,这种有限的解构和"仪式的抵抗"为主流文化注入了新鲜血液。无厘头文化和戏仿文学在今后一段时间内可能会继续发展并产生更为广泛的影响,当然对它们的批评和责难也不会间断。

第一节 无厘头文化与研究

20世纪90年代中期以来,无厘头文化在中国风起云涌,无厘头、大话、戏仿、

Q版、kuso、恶搞、搞笑、暴笑等成为无厘头文化的关键词。在互联网上用Google搜索一下这些关键词,所得数字相当惊人,截至2006年12月28日,无厘头为主题的有238万条,大话1590万条,恶搞322万条,搞笑6950万条,暴笑563万条,Q版15.2万条,kuso 413万条。许多网站门户都设有无厘头专栏、恶搞专栏或搞笑、暴笑专栏。不过这些关键词之间并不是简单的并列关系或者是承继关系,而是你中有我、我中有你,有的甚至可以换用。

一、什么是无厘头

无厘头是近年来出现的一种文化现象。什么是"无厘头"呢?它原是粤语方言。关于它的来源有两种说法:一说"无厘头"即"无来头",因为粤语中"厘"与"来"同音;一说"厘头"指准则,无厘头即无准则、无分寸,意思是一个人做事、说话都令人难以理解、无中心,其言语和行为没有明确的目的,粗俗随意,乱发牢骚,莫名其妙,但并非没有道理。20世纪90年代以来,在周星驰"无厘头"电影的影响下,"无厘头"迅速窜红、风靡一时,快速进入人们特别是年轻人的话语空间、行为空间和审美空间,构成无厘头文化现象。由于电影《大话西游》的巨大影响,无厘头文化往往又被称为"大话文化"。无厘头文化有着以下特征:

(1)游戏调侃。抱着玩世不恭的态度,对现实生活中的一切特别是严肃、权威的对象进行调侃,辛辣讽刺他人,也疯狂自嘲,嘻嘻哈哈、极不正经。如顾城的《一代人》被调侃成"黑夜给了我黑色的眼睛,我却用它来翻白眼",将原来诗人渴求光明的诗意表达转化为无聊的滑稽搞笑。

(2)颠覆解构。以游戏调侃的姿态颠覆传统和权威,如对经典、英雄、崇高和师长等的解构;同时它也对生活中各种假正经、伪崇高进行解构。许多虚假的东西在无厘头中都露出了荒唐可笑的真面目。

(3)平民化自我化眼光。平民化即从普通百姓日常生活的经验和情感出发去观照、审视一切,将庄严崇高世俗化。自我化即突出自我感受和自我意识,在注重个性、注重自我的无厘头文化中,这些感受和意识得到畅快表达。

(4)追求自由精神。随心所欲,不受约束,不为尊者讳,不为经典讳,痛痛快快地亵渎、嘲弄、挖苦,想象狂放,表达夸张,使社会问题和个人困境在感性的舒张中得到有力表现。

(5)戏仿手法。以戏仿为主要思维方式和叙事方式,这是无厘头文化的核心特征,无论是游戏调侃、解构颠覆,还是平民化视线、自我化眼光、自由精神,往往通过戏仿来实现和展现。

戏仿,即戏谑模仿或者戏拟。亚里士多德在《修辞学》中谈到辩论的修辞手法时说,"高尔斯亚说得对:应当用戏谑扰乱对方的正经,用正经压住对方的戏谑"①。戏谑和正经是对立的,是"不正经"的。艾布拉姆斯认为戏仿是"有意效仿格调庄重的作品与手法或某一文学体裁,但由于它的风格、形式与主题之间的不协调,致使这种模仿变得滑稽可笑了"②。哈特在《讽刺论》中认为,戏仿是"讽刺家取用一部现成的作品——这部作品原是以严肃的目的创作出来的……他把一些不一致不协调的观念掺和进作品,或者把它的美学技巧加以夸张,使这部作品和这种文学形式看起来滑稽可笑,或者通过把一些观念置入不相称的形式中,使这些观念看起来愚不可及"③。可以看出,戏仿具有滑稽可笑的因素和戏弄、嘲讽、颠覆的成分。戏仿本身由三个方面组成:源文本、仿文本和二者之间的超文关系。源文本是戏仿模仿的对象,亦称为前文本;仿文本即戏仿文本,亦称新文本;超文关系是指仿文本不是将源文本局部的、个别的语词和句段或意象再现、吸纳和转换进来,而是从整体上再造的一个新文本,或者说是源文本的"整体转换"。仿文本和源文本之间是一种独立的整体对话关系④。像《大话西游》是对《西游记》的戏仿,《四大名逗》是对四大名著的戏仿。

戏仿可以完全为耳目之娱,但更多是作为一种讽刺形式出现,讽刺的对象可以是所模仿的作品,也可以是所表现的主题,或者二者兼顾。当下文化背景中的戏仿,又有了新的特点,即一切事物或现象都可以成为戏仿的对象,因为每一个事物或对象都有其滑稽可笑荒唐的一面,而且戏仿已经走出了单纯"滑稽模仿"的藩篱,孕生出新的内涵,它不仅仅是一种单纯的写作技巧,更是作者深层思想情感与思维方式的显现,成为当代具有颠覆性和解构性的手法,构筑出大众文化狂欢的一道风景。

下面对无厘头文化中的一些关键词作粗略的介绍。

Q版是指非常夸张以致搞笑的变形。"Q"指英文单词 cute,是可爱聪明的意思;Q版即可爱版,但这里的"可爱"是夸张搞笑的可爱。Q版源于Q版漫画,它借鉴了漫画的表现力强的优势,使众多抽象的不易表达的东西得到形象的表现。像"怒火"一词,Q版就可以将它处理成眼睛里喷出燃烧的火焰;"生气"时头上冒出白烟;"害羞"时脸上落下一堆斜线;"尴尬"时脑袋上滴下一颗大汗珠;"喊叫"时

---

① 亚理士多德著,罗念生译:《修辞学》,三联书店1991年版,第215页。
② 艾布拉姆斯著,朱金鹏、朱荔译:《欧美文学术语辞典》,北京大学出版社1990年版,第30页。
③ 吉尔伯特·哈特著,万书元、江宁康译:《讽刺论》,广西人民出版社1990年版,第58—59页。
④ 赵宪章:《超文性戏仿文体解读》,《湖南师范大学学报》2004年03期,第102—104页。

空气的震荡波也看得见。Q 版的出现和风行跟网络有着千丝万缕的联系,网上众多 FLASH 或图片都是 Q 版的,如《大话三国》系列、《大闹西游》系列、《大话李白》等。但 Q 版并不局限于图片,也有不少文字作品,如《Q 版语文》《Q 版史记》等。

kuso,"原代码是日本话。做名词时,意思是不够雅致的'屎';做动词时,意思是不够善良的'恶搞',就是往死里整的意思;做形容词或副词时,是含义中性的'某事物或某行为非常搞笑,属于笑死人不偿命一类';此词也可被当做感叹词,用在句首或句尾,以辅助说话者抛出'经典绝句'"①。kuso 在日本的原来用途在于教导游戏玩家在购入一支超烂的游戏时,如何可以玩得更开心,也就是"烂 Game 认真玩"的意思。后来 kuso 成为一种经典的网上次文化,由日本的游戏界传入台湾,再经由网络传到香港和整个大陆。这种 kuso 文化,保持了"认真对待烂东西"的风格,到中国后有了更形象通俗的名称——恶搞。恶搞,即夸张的搞笑或十分的搞笑。这里的"恶"常常被误解形容为恶毒的、险恶的意思,其实它是表示程度的副词,指非常、极端。

这几个关键词意思大体相近,很多情况下甚至可以互换使用。为了表述的方便,同时考虑到无厘头从内涵到外延都能涵盖这些关键词,我们暂把这些文化现象统称为无厘头文化;把戏谑模仿文学作品、文学现象、文学人物、文学语言以及各种文艺形式、现象的文本称为戏仿文学。这里的戏仿文学是广义的文学,包括文学作品、电影、电视剧、图片、FLASH、网络视频、网络音频、手机短信、彩铃等。

本文试以无厘头文化为背景,以戏仿文学为研究对象,分析戏仿文学的特征、意义与不足,拨去戏仿文学表面的迷雾,以呈现其清晰的面貌。

二、已有研究综述

作为一种非常热闹的文化现象,无厘头文化得到了研究者的关注。研究基本集中在以下几个方面:

(1)分析无厘头或大话的修辞策略、发生方法。如朱大可的《大话革命与小资复兴》认为大话修辞学的基本技巧有戏仿(复制)、篡改(刷新)、颠倒(替换)、反讽、粉碎(拆分)、拼贴(剪切和粘贴)、移置(超级链接)和镶嵌(插入)几类,并列出相应文本以供参考②。张闳的《大话文化的游击战术》中列出"无厘头 10 法":关公战秦琼法、张冠李戴法、指鹿为马法、含沙射影法、缠夹不清法、鱼目混珠法、鹦

---

① 《注意 KUSO 文化到来了》,http://news.xinhuanet.com/fashion/2003－11/11/content_1171305.htm
② 朱大可:《大话革命与小资复兴》,香港《二十一世纪》2001 年 12 月号,第 111—116 页。

鹦学舌法、瞎子摸象法、唾面自干法、撒娇发嗲法,简明扼要地阐释各种方法的特征和来源,同时认为这些"消极修辞"的手段,会扰乱正常的话语秩序,造成常规思维的混乱①。这二者的论述建立在对各种大话文本或无厘头文本的整体感受中,所列的技巧、方法也切中肯綮,但一些技巧或方法有点交叉或重合。于领海《"无厘头"话语的发生方法》从大话的话语形式和心理机制两个层面来探讨"无厘头"话语的发生方法。话语形式层面上的方法有拼贴、戏仿和模糊,心理机制层面上的方法有陌生化心理机制、幼稚化心理机制、主观化心理机制、傻子化心理机制和平衡化心理机制②。与其说这些心理机制是无厘头话语的发生方法,不如说是无厘头话语发生和流行的原因。

(2)探讨无厘头流行的原因。董雅欣的《我癫故我在——论无厘头电影的魅力》从电影价值观念和电影技巧两个方面来揣摩无厘头电影的魅力③。陈立强《影像"恶搞"的叙述策略与传受心理》从恶搞的叙述策略和传受心理两个角度剖析恶搞流行的原因④。周宗伟的《浅析当代青年中"无厘头"文化的流行——以"大话西游"现象为例》认为"无厘头"电影所体现的"小人物"心理、对真实人性的解放及对"苦难"霸权的解构是其流行的主要原因⑤。对无厘头流行原因的探讨往往是从无厘头文本的特点和受众心理这两个方面进行的。

(3)评价无厘头。一些研究者把无厘头置于后现代主义语境中,对其狂欢化和解构性进行评判。有的人在承认无厘头的反讽效果和娱乐功效的同时,认为无厘头粗俗随意、乱发牢骚、放逐权威、解构经典,会导致文化沙漠化,是历史虚无主义和文化虚无主义的表现⑥。陶东风在《大话文学与消费文化语境中经典的命运》中认为,"大话文学与大话文化是思想解放的一枚畸形的果实。一味的游戏、戏说态度是一把双刃剑:它一方面消解了人为树立偶像、权威之类的现代迷信、现代愚民的可能性;另一方面,这种叛逆精神或怀疑精神由于采取了后现代式的自我解构方式,由于没有正面的价值与理想的支撑,因而很容易转向批判与颠覆的

---

① 张闳:《大话文化的游击战术》,香港《二十一世纪》2001年12月号,第120—123页。
② 于领海:《无厘头的话语特点》,《阅读与写作》2005年第08期,第27—28页。
③ 董雅欣:《我癫故我在——论无厘头电影的魅力》,《西部》2006年第05期,第78—81页。
④ 陈立强:《影像"恶搞"的叙述策略与传受心理》,《齐鲁艺苑》2006年第06期,第43—46页。
⑤ 周宗伟:《浅析当代青年中"无厘头"文化的流行——以"大话西游"现象为例》,《当代青年研究》,2003年第01期,第13—15页。
⑥ 《防止网上"恶搞"成风专家座谈会》,http://www.gmw.cn/content/wseg.htm。

反面,一种虚无主义与犬儒主义式的人生态度"①。也有人认为,无厘头文化通过嬉戏、调侃、玩世不恭的表象来表现普通人生活中的窘迫与辛酸,讽刺鞭挞当下生活中的荒唐和丑恶,有着深刻的社会内涵。

这些研究很有意义,但也有明显的不足。

(1)对无厘头的分析、研究呈现出一定的偏激姿态。批评中有时缺少理性的目光和平静的心态,常常意气用事,出现了所谓的酷评、棒杀和捧杀齐头并进的现象。无厘头戏仿的大都是经典、权威等崇高的东西,所以文化保守者担心,戏仿解构经典、颠覆权威,会导致文化的断裂、价值观的混乱和社会的无序。有学者认为名著以及经典文学形象是民族文化的重要标志,是神圣而不可侵犯的,也是不可以被戏说的;如果任戏说之风发展,将对中国文化带来灾难性后果,也将使一个民族失去"崇高感"、失去希望。因此他呼吁对名著和文学人物实行"形象保护",以免其继续受到亵渎②。赞赏者看来权威、经典是无须保护和捍卫的。那些经不起戏仿的、需要保护和捍卫的,是伪经典、假权威或者是已过时的经典和权威,而戏仿或无厘头浑身上下都是现实生活的气息,是活泼生动的文艺样式③。

(2)对无厘头本身缺乏深入具体的研究。已有的研究对无厘头流行的原因和无厘头的影响或者后果研究多,但对无厘头自身的规律、特点分析少。如《大话文学与消费文化语境中经典的命运》中总结了学界对大话流行原因的几种说法:A,中学语文教学过失说;B,满足青少年心理说;C,缓解成人压力说,并一一给予了批驳,但是他对无厘头或者大话本身的特点、规律也没有分析,而是根据大话主体在现实生活中严肃严谨和大话文本中的玩世不恭的不同表现,指出大话是犬儒主义的体现④,显然是把一个复杂的问题简单化了。

(3)缺乏对无厘头的系统研究。已有的对无厘头的批评往往是零散的、不系统的,没有能从宏观上整体把握。绝大多数研究者总是局限于某个或者某些具体的文本(大多是周星驰电影),很少有人做整体性的研究。高少星等人著的《无厘头啊无理头》⑤虽然有做整体性研究的意思,但又太过笼统,大而化之,而且大多只是文本的列举,缺少深入的分析。

---

① 陶东风:《大话文学与消费文化语境中经典的命运》,《天津社会科学》2005 年 03 期,第 93 页。
② 《曹文轩呼吁——经典文学名著需要保护》,http://book.qq.com/a/20040917/000016.htm。
③ 《经典文学形象——"戏说"不等于亵渎》,《南方都市报》2004 年 9 月 12 日。
④ 陶东风:《大话文学与消费文化语境中经典的命运》,《天津社会科学》2005 年 03 期,第 93 页。
⑤ 高少星等著:《无厘头啊,无理头》,中国电影出版社 2002 年版。

(4)多数批评从后现代解构主义出发,但往往忽视时代背景和民族土壤的影响。如《互文性:名著改写的后现代文本策略——〈大话西游〉再思考》认为《大话西游》是按照后现代主义原则对《西游记》进行改编的范例①,《从无厘头到后现代——再观经典〈大话西游〉》通过对其文本、表现形式、人物性格等方面的分析,揭示其后现代特征②。无厘头或者戏仿虽然受到西方后现代主义思潮的冲击和影响,但毕竟中国还没有真正进入后现代,没有后现代文化成长的社会环境和时代语境。所以无厘头或者戏仿只有后现代思潮的"形",而没有后现代主义的"神"——无厘头或者戏仿似乎也在解构、颠覆,但它不是像西方后现代主义那样是彻底的反叛和摒弃终极价值,无厘头有许多我们民族文化的东西。

所以,对无厘头文化与戏仿文学作进一步深入系统的研究是十分必要和有意义的。

第二节 戏仿文学的"前世今生"

一、戏仿文学简史

在世界文学中,戏仿文学早就存在。古希腊文学中,戏仿文学是一种模仿史诗风格和韵律的叙事诗,它是轻松的、讽刺挖苦的,或者以嘲笑英雄史诗为主题。罗马作家把戏仿解释为为了幽默效果而对一首诗歌的模仿。文艺复兴之后,戏仿开始在欧洲的有闲文人当中流传,其基本特征就是一本正经地把帝王恶搞成乞儿、把娼妓恶搞成女贤者,代表性的作品首推拉伯雷的《巨人传》。16世纪最经典的戏仿之作是西班牙作家塞万提斯的《唐吉诃德》,这部小说是对当时西班牙文坛上泛滥成灾的骑士小说的滑稽模仿,描写了唐吉诃德带着他的侍从桑丘·潘沙的"游侠史",是一部语言犀利、情节亦庄亦谐的辛辣讽刺作品。到新古典主义文学时期,"戏仿"仍然是通过模仿另外一种风格的作品来取得滑稽幽默的效果。如蒲柏的《卷发遭劫记》从崇高的史诗的角度来记述一场美女与雅士为卷发遭劫一事的争吵。亨利·菲尔丁的小说《约瑟夫·安德鲁斯》,是对理查逊阴郁的书信体小

---

① 王瑾:《互文性:名著改写的后现代文本策略——〈大话西游〉再思考》,《中国比较文学》2004年第02期,第62—73页。
② 朱晓轩:《从无厘头到后现代——再观经典〈大话西游〉》,《名作欣赏》2006年06期,第71—74页。

说《帕玛拉》的戏仿,原小说里受到淫威诱惑的女主人公在菲尔丁的笔下变成了一个强健热诚的男人。

到20世纪,戏仿文学再次流行。杰姆斯·乔伊斯的《尤利西斯》把荷马《奥德塞》的元素放到20世纪爱尔兰的时代语境中;艾略特的《荒原》组合和重述了以前大量作品的元素。纳博科夫的《王、后、杰克》《绝望》分别是对《包法利夫人》和《罪与罚》的戏仿,而其《洛丽塔》是对忏悔录、色情文学、侦探小说等几种文学样式的嘲讽。等到艾柯戏仿纳博科夫的《洛丽塔》时,戏仿和恶搞已经成为了欧洲的时尚。"戏仿"这时被叫成"解构"或"反文化"。

在中国古代,戏仿文学似乎并不多见。明末董说著的《西游补》也许算得上是中国戏仿文学的开山之作。它接在《西游记》的"三调芭蕉扇"之后,写孙悟空跌入"万镜楼台"进入古人世界、未来世界。他忽化为虞美人,与楚霸王周旋,想探明秦始皇的住处;忽又当了阎罗王,坐堂审判秦桧,并拜岳飞为第三个师父,是一部想象瑰丽、具有现实意义的神魔小说。鲁迅在《中国小说史略》中称该书主旨"实于讥弹明季世风之意多",而"其造事遣辞,则丰瞻多姿,恍忽善幻,音突之处,时足惊人,间似俳谐,亦常俊绝;殊非同时作手所敢望也"[①]。

20世纪20年代,鲁迅的打油诗《我的失恋》也是戏仿的上乘之作。这首诗表面是对东汉张衡《四愁诗》形式的模仿,实际是对当时盛行的失恋诗的戏仿,所以它的副标题是《拟古的新打油诗》。其小说集《故事新编》是对神话、传说和历史的戏仿,通过漫画化的勾勒和速写,把现代生活细节引入历史故事,来针砭流俗时弊。作者自称这是"油滑的开端",显然这是作家施展"幽默才能"以创造新的艺术形式进行社会批判的一种尝试。

20世纪八九十年代,崔健的摇滚歌词和王朔的"痞子文学"作品,对革命符号、官方语言进行挪用和戏仿。特别是王朔对武断、强制、粗鄙的"文革"话语进行戏仿,使激发崇高道德理想和追求的红色话语沦为油滑的调侃对象,塑造了一个个看似幽默实则油滑的"痞子"形象,并使文化反叛从激愤的怀疑和呐喊走向玩笑的嘲讽与亵渎,促成了贫嘴式调侃话语的大流行。王朔这种夹枪带棒式的调侃,满不在乎的信口胡说,使得我们缺乏活力和表现力的语言生动了许多。同时,王朔常常戏访"文革"话语、调侃政治形态,他常常以世俗来消解崇高,让年轻人找到了一个发泄的途径,使得他们在笑声中缓解某种崇高造成的压抑,于是贫嘴和蔑视崇高一时成为时代潮流。

王朔之后,李冯创作了大量的戏仿小说,如《十六世纪的卖油郎》是对古典小

[①] 鲁迅著,周锡山释评:《中国小说史略》,上海文化出版社2005年版,第149页。

说《卖油郎独占花魁》《杜十娘怒沉百宝箱》的戏仿,《祝》是对梁祝故事的现代重写和戏仿,《牛郎》是对牛郎织女传说的现代性展现,《另一种声音》是对《西游记》及作者吴承恩生平经历的戏仿,等等。这些以经典文本为材料创作的新文本,有着强烈的颠覆意图和反讽意味。

20世纪90年代中后期,周星驰的无厘头电影,通过大量的戏仿,博得了人们的喜爱。经过几年的酝酿,其发展如火如荼、势如破竹。无厘头风格在电影、电视、广告、网络、漫画、书刊等各种媒体和艺术样式中随处可见,并且受到了广大青年的喜爱和追捧。

二、戏仿的类型

仔细分析戏仿,可以发现戏仿大致有以下三种类型:

(1)对语言形式的戏仿。包括对名作名句、名人名言的戏仿,也包括对广告词、台词、歌词和某些时代语汇等的戏仿。王朔的"痞子文学"就是对"文革"时期语言形式的戏仿,而当下对语言形式的戏仿非常多,如围绕"小鸡过马路"这个话题出现了众多语言类戏仿,《红楼梦之小鸡过马路》通过戏仿《红楼梦》中各个人物的经典话语来评述"小鸡过马路"事件:

贾宝玉:好好的一个清净洁白的小鸡,也学得钓名沽誉,上了跑官搞钱的路。

林黛玉:鸡跑鸡飞挤满路,魂消命断有谁怜。一朝避让车相撞,鸡死人亡两不知!

薛宝钗:好风凭借力,送鸡过马路。

贾元春:小鸡在家,虽粗食淡饭,终能聚天伦之乐,虽过了马路便富贵已极,然骨肉分别,终无意趣。

……

还有唐诗版、宋词版、国外版、古代版、现当代版、流行歌曲版、哲人版、作家版、专家版、诗人版、明星版、政治家版等。如:

李白:君不见对面小鸡纷纷来,接二连三排着队。(唐诗版)

张继:姑苏城外寒山寺,夜半马路过小鸡。(唐诗版)

辛弃疾:衣带渐宽终不悔,为鸡消得人憔悴。(宋词版)

拿破仑:不想过马路的鸡不是好鸡。(国外版)

莎士比亚:过(马路)还是不过(马路),是个问题。(国外版)

屈原:路漫漫其修远兮,小鸡上下而求索。(古代版)

公孙龙:过马路的鸡不是鸡。(哲人版)

叔本华：作为意志的小鸡要通过作为表象的马路。（哲人版）

欧阳修：小鸡之意不在路,在乎山水之间也（古代版）

鲁　迅：其实地上本没有路,走的鸡多了,也便成了路。（现当代版）

钱钟书：马路这边的鸡想冲过去,马路那边的鸡想冲过来。（现当代版）

张惠妹：鸡是我的姐妹,鸡是我的baby（流行歌曲版）

任贤齐：对面的小鸡看过来,看过来……（流行歌曲版）

顾　城：黑夜给了我黑色的鸡眼,我却用它来寻找马路。（诗人版）

周星驰：鸡想过马路,是因为它想做能过马路的鸡这份很有前途的职业。（谐星版）

邓小平：管它会不会过马路,会生蛋的鸡就是好鸡。（政治家版）

通过戏仿,原来语句浓郁的诗意,或者深刻的哲理,或者壮阔的情怀,或者高雅的情调,或者浓厚的悲伤,或者充沛的激情,顷刻间土崩瓦解,而呈现出不伦不类的滑稽搞笑的娱乐效果。

（2）对叙事框架或者叙事模式的戏仿。借助某个叙事框架,发挥天马行空的想象力,在其中创造出令人耳目一新、戏谑调侃的全新情节,勾划鲜活动人的人物形象。如《大话西游》借用了《西游记》唐僧师徒去西天取经的故事框架（人物关系）,但又跳出了原著的叙事脉络,不再讲述西天取经和八十一难的神话故事,而是尽力打造取经之前唐僧师徒的前尘往事。原著中没有任何爱情欲望的孙悟空在其中演绎了一场惊天地泣鬼神的爱情故事,从一个英雄变成了一个情圣;原本恪守佛教戒律、心地慈善却听信馋言、人妖不分的唐僧从高僧降为凡人,啰嗦无比,令人厌烦,但亲和力遽增,所以此作人气飙升,一时稳居电影人气指数榜榜首。《东方时空内部晚会》采用大型音乐舞蹈史诗这种极具革命色彩的晚会形式,以《东方红》为基调,进入典型的革命历史叙事模式。晚会的女主持人敬一丹用她主持新闻节目的表情和语气来念出一句句搞笑台词:"这样的夜晚,除了创造人类,我们还有什么追求?""火车不是推的,泰山不是堆的,牛皮不是吹出来的。"男主持人康平也用满脸阶级斗争的表情深情地朗诵道:"历史的经验告诉我们,春,从来都是叫出来的!""耕地靠牛,点灯靠油,日复一日,娱乐靠球。""不在放荡中变坏,就在沉默中变态。"高尚严肃的革命叙事讲述的却是《东方时空》栏目的产生、发展历程,以及栏目组工作人员严肃正经的形象背后他们平凡艰辛又有些荒诞的故事。对叙事框架的戏仿可以使叙事在人们预料中进行,但又能腾挪有致,这样的叙事既给人亲切感,又给人新鲜感。

（3）对情节、细节的戏仿。如鲁迅的《故事新编》中对现实生活细节的戏仿,《一个馒头引发的血案》里对电视广告的戏仿,《鸟笼山剿匪记》里对影视剧中英雄垂死之际做作姿态的戏仿等。现实生活中或者影视作品中的情节、细节往往成为戏仿的对象。这些情节或者细节是人们熟悉或关注的现象、事件,它可以是人们生活的焦点,也可以是人们视若无睹的"盲点",所以情节或细节也许不像名著名句、广告歌词和叙事模式、叙事框架那样清晰明确,能让人一眼就辨认出来,但由于与生活息息相关,戏仿情节或细节可以产生明确的指涉意义。如果说对语言的戏仿和对叙事模式的戏仿更多是一种对形式的戏仿,更注重娱乐效果的话,那么对情节的戏仿也许是关乎内容和本质的戏仿,它往往具有美刺甚至是讥讽的功能。

对戏仿进行分类,是为了更清楚地揭示戏仿本身的特点。实际上,戏仿的这三种类型常常交叉或者组合在一起的,两两结合或者三者结合。对情节的戏仿往往包含着对语言的戏仿;对叙事模式或者叙事框架的戏仿中,往往充满对情节的戏仿和对语言的戏仿,只不过有时有所偏重。"宝黛相会"各种版本的共同点是对《红楼梦》中"宝黛相会"这个叙事框架的戏仿,不同点是对各个时代语言和男女相见情节的戏仿。《东方时空内部晚会》整体上看是对革命叙事的戏仿,局部看有对歌舞的戏仿,有对名句、诗词的戏仿,有对韩乔生解说足球话语的戏仿,有对广告甚至对《东方时空》节目的戏仿,还有对生活本身的戏仿……戏仿类型的组合,使得戏仿更具感染力,娱乐效果和美刺功能得到强化。

三、当代戏仿文学的发展阶段

(一)大话时代

在无厘头文化特别是戏仿文学的发展中,一开始主要是对语言的戏仿和对叙事模式的戏仿二者的组合,这种组合源于叙事模式和语言之间天然的亲和力,所以它们甫一组合就蓬勃发展,迅速"扩张",营造出语言狂欢的氛围,我们把这一阶段称为大话时代。语言的铺层蓄势、汪洋恣肆、腾挪跌宕、峰回路转或者诗意盎然,往往跟无聊、卑微、做作、庸俗、煽情或者丑恶等联系在一起。如:

若思念是一缕青烟,让狂风吹到你身边,让你知道我有多想你;若牵挂是一滴雨水,让大雨在你头上下起,让你知道我有多念你;感冒了吧。

一只蚊子叮在左胳膊上大喝了一通,你被叮醒了,在你抡起右手要打蚊子的一刹那,蚊子对你说:"我身体里可流着你的血!"

程昱:好多年来没有人对我说过这样的话了,可能是因为从小缺乏母爱的缘故,我一直都很自卑很孤独很冷,没有一个人关怀过我温暖过我。我经常悲观厌世,想着自杀,您看我袖子里面一直都放着一把刀,就是准备自杀用的。母亲您今天的话语鼓励了我,鞭策了我,让我又点燃了生命之火,重新鼓起了人生的勇气。……您就像茫茫大海上的灯塔,指引着我前进的方向,让我这一叶孤舟不会再迷惘地随波逐流,母亲,您给我签个名吧!①

极大的反差,强烈的对比,瞬间的转折,超越读者或受众的阅读期待,从而使人不断产生阅读惊喜。虽然也有不少大话文本是三种戏仿类型的组合,但重在突出语言的魅力和俗世的快乐。这个阶段以周星驰的无厘头电影(20世纪90年代中期)为开端,在本世纪初(2002—2004年左右)达到高潮,现在已呈式微之势。

(二)恶搞时代

三种戏仿类型一般都结合在一块儿,并且以戏仿细节、情节为核心,于是出现所谓的恶搞,进入了恶搞时代。恶搞从2002年央视的《大史记》开始,到2006年掀起狂潮蔚为大观。从无名之辈到当红明星,从电影到诗歌,从台风到广告,等等,均成为恶搞的对象。恶搞也展示语言的魅力和俗世的快乐,但更注重对现实生活进行批评讽刺。随着直观、感性的影像逐渐成为人们接受信息、感知世界的主要方式,注重细节、情节戏仿的恶搞走上了影像化的道路。用图片、漫画或视频来表现细节、情节,成为恶搞区别于大话的另一个重要方面。

当然,有时大话和恶搞之间并没有清晰的界限。如:

"可是这次出使波斯须得有一个懂波斯语的人才好啊,即便不是波斯专业的,至少也得是过了国家波斯语六级的吧!其实我早就想废除这个国家外语四六级考试了,都是大唐的天下,统一使用汉语多方便。"②

刘姥姥走到门口,刺骨的北风飞扬起她花白的头发,她的形象刹那间高大起来,她紧握拳头,目光坚定地望着远方道:"看来,只有我亲自出马了。"那一刹那她的背后飞起了无数的破旧报纸和鸽子,就像周润发出场一样。③

悟空:别拜啦,都走远了!真搞不懂你,平时说观音晃点了你,骗你吃这么多苦,见了观音和神仙的时候又把头磕得跟捣蒜似的。

唐僧:面子上的工作还是要做好的,走,吃饭去,我请你啊!④

这几个例子应该算大话文本,它生动地继承了《大话西游》的语言风格,但又是对生活细节或情节的滑稽模仿,不过这些语言生活化、漫画化,容易转化为图像,所以出现了不少文字配图像的戏仿文本,文字和图像相得益彰,表现力非同一般。

---

① 韩冬:《四大名逗》,陕西师范大学出版社2005年版,第129页。
② 韩冬:《玩转三十六计》,陕西师范大学出版社2005年版,第67页。
③ 韩冬:《四大名逗》,陕西师范大学出版社2005年版,第275页。
④ 同上书,第163页。

第三节 大话——语言狂欢和平民视线

2001年5月2日晚,周星驰出现在北京大学百年纪念讲堂,受到北大学生英雄式的欢迎:全场起立,掌声雷动,欢呼声震耳。评论家朱大可在其《大话革命与小资复兴》中称,这一新闻事件隐喻了中国的话语剧变,意味着一场"大话"革命降临到我们头上,"以香港无厘头电影为契机,以数码网络为载体,一场崭新的'大话'运动正在风起云涌"①。

一、戏仿文学的语言狂欢

"大话"这个名称当然是来自周星驰的电影《大话西游》,是一个动词,但它跟说大话的"大话"不同。说大话的"大话"是名词,意为言过其实,说大话即吹牛。我们现在要谈的大话,作为戏仿文学的第一个阶段,其实应该算是一种文体。这种文体最显著的特征就是大话语言。大话语言或故作气势磅礴,或者故作严肃高雅、纯情感人,却产生不严肃、不高雅、小家子气和虚情假意的煽情效果。

大话语言在现实生活中也有许多表现形式,但万变不离其宗,其要害是用大话、空话和套话来取代实际行动,用修辞学上的手法来取代现实生活中的真实。大话作为一种文体,很大程度上是对现实生活中各种大话语言的戏仿,我们把这种戏仿称为大话修辞学。

关于大话修辞学,有学者认为包含了下列基本技巧:

(1)戏仿(复制)。如对小说人物(如韦小宝、郭靖、岳不群等)和公文样式的借用"现代化"戏拟,如"岳家军精忠报国之BBS版""全国网恋等级考试(ELT)大纲样卷"等;

(2)篡改(刷新)。在原有价值图谱上进行有限改造,如"潘金莲之花样年华";

(3)颠倒(替换)。对经典符码的语义的彻底改写(例如"孙悟空"→"情圣";"唐僧"→令人生厌的"啰嗦鬼"),是一种比"篡改"更加极端的手法。这方面的另一例子是"新版白毛女";

(4)反讽。利用经典文本进行现代政治反讽,如"慈禧同志先进事迹""宝黛相会之样板戏版""韦小宝的判决书"等;

---

① 朱大可:《大话革命与小资复兴》,香港《二十一世纪》2001年12月号,第111页。

(5)粉碎(拆分)。把三国、水浒等都分解成若干碎片,然后再对各个碎片进行仿写。由此在整个网络上出现了无组织的庞大的集体拼图游戏活动;

(6)拼贴(剪切和粘贴)。文本(人物)的鸡尾酒写作(勾兑),如把潘金莲和福尔摩斯、织女和猪八戒这些风马牛不相及的事物加以拼接;

(7)移置(超级链接)。包括空间移置(如美国的中央电视台新闻联播和大宋中央电视台的新闻联播)和时间移置(如孔乙己考研和祥林嫂炒股);

(8)镶嵌(插入)。网络专用符码(BBS和聊天室符码)对传统话语的插入("^.^"和"~~~"等)①。

这种提法相当新颖有创意,似乎能让人立刻认同,但缺陷非常明显。首先,这八项所谓的技巧并不是并列关系,除反讽外,其他七项跟电脑操作技巧有着一一对应的密切关系,它们大都能产生反讽效果,或者说这七项技巧都是反讽的具体形式。其次,电脑术语的功能是明确的,但用来指代语言修辞技巧,可能会模糊不清或辞不达意,或者给人重叠交叉之感。比如"粉碎",字面上看就是打碎拆开的意思,但后面的解释表明,它既与戏仿有关,又与拼贴有关。事实上戏仿、粉碎、拼贴、移置、镶嵌等名称虽然不一样,但是从他后面的例子或者解释却可以看出它们相差无几,只是有时角度或程度不一而已。所以,有必要对大话修辞学进行重新厘定,使它既通俗易懂,又清晰明确。在我们看来,大话修辞学包括以下几个基本技巧:

①夸张——通过描述、比喻、堆砌成语、排比等方式,给人大而无当的荒唐感、荒诞感和虚假感,消解了语言本身的某些含义。如:

我对你的景仰之情,如滔滔江水绵延不绝,又如黄河泛滥一发不可收拾。

他还经常打劫比他低年级的同学的棒棒糖、文具等物。整个校园里面因为他的存在而哀鸿遍野风声鹤唳。

曹操整天不好好学习,在学校能干的坏事都干尽了,不求上进不思进取作恶多端卑鄙下流万恶之首无耻之徒。……整个校园里面人人得而诛之。……他的所作所为啊,真的很令人发指。②

两人(郑秀和新夫人,笔者注)惺惺相惜之情刹那间射了出来,紧紧地拥抱在一起,这份缠绵悱恻的感情真是令闻者垂泪、见者嚎啕。③

②变形——运用各种方式,如降格、升格、Q变形,打造出一个与人们心中印

---

① 朱大可:《大话革命与小资复兴》,香港《二十一世纪》2001年12月号,第112页。
② 韩冬:《四大名逗》,陕西师范大学出版社2005年版,第98页。
③ 韩冬:《玩转三十六计》,陕西师范大学出版社2005年版,第82页。

象完全不同的全新形象或面貌,其效果往往是滑稽可笑。什么是降格呢?使原本庄严、宏伟、神圣、高雅的人、事、物、情境、思想和情感,变得轻佻、滑稽、庸俗、委琐的,就是降格。最典型的文本是《为人民币服务》,全文采用庄严神圣的革命话语来展示官员贪污腐化的贪婪心理,革命话语迅速降格为无赖语言。《大话西游》中的唐僧是典型的降格形象,他由原来高高在上的严肃师父形象,变成了婆婆妈妈磨磨叽叽惹人嫌的滑稽啰嗦鬼。《大话李白》中杜甫由原来忧国忧民的诗人变成了一个痴迷网络的超级网虫。

升格与降格正好相反,试图使轻佻、滑稽、庸俗、委琐的东西,变得庄严崇高,或者诗意盎然,但其审美效果仍然是荒唐可笑的。来看《大话西游》中至尊宝的那段诗意表白:

曾经有一份真诚的爱情放在我面前,我没有珍惜,等我失去的时候我才后悔莫及。人世间最痛苦的事莫过于此。你的剑在我的咽喉上割下去吧!不用再犹豫了!如果上天能够给我一个再来一次的机会,我会对那个女孩子说三个字:我爱你。如果非要在这份爱上加个期限,我希望是……一万年!

表白时,至尊宝的懊悔真诚淋漓尽致,产生了极度的煽情效果(紫霞"呛啷"一声宝剑落地,感动得泪流满面,即是明证)。但表白之前话外音就告诉观众这是至尊宝无数谎言中最完美的一个,所以他表现得越真诚越懊悔,就越消解了表白本身的真实性和感人魅力,从而产生让人忍俊不禁的滑稽效果。

Q变形其实是降格的一种,只是它不一定是表现滑稽委琐,更多的时候是表现可爱和小聪明。它把Q版漫画的因素运用到戏仿中,使人物可爱化、活泼化。如《大话三国》采用文字配四格漫画的形式,将原来性格鲜明的三国英雄都变成了个性模糊的徒有三国英雄名字的活泼小人物。像下面这些例子根本看不出说话人是周瑜、刘备和曹操。

(1)我这一生一定要追到你,你到哪里我都要跟着你。

你无论逃到哪里,我都要追到你。

……快给我出来……

死苍蝇,我追到你,然后拍死你。①

(2)老公,你怎么不和张飞下棋呢?

你愿意和一个赢了棋就趾高气扬,一输了棋就要无赖的人下棋吗?

不愿意!!

---

① 张燕编:《大话三国》(4),上海人民美术出版社2004年版,第44页。

他也不愿意!①

(3)一天曹爷在等车时发现有个小偷想偷他的钱包。

小子,你来晚了!

为……为什么啊?

我今天虽然领了薪水,但我太太下手比你快多了!②

③拼贴——是和戏仿密切相关的一个修辞技巧,它把不同语境中的话语、人物或者事件抽离出来放置在一起,产生一种滑稽可笑的效果。可以是不同性质对象的拼贴,诸如孔乙己考研、宝黛相会之样板戏版之类的人物跟事件的拼贴;也可以是同种性质却完全无关的对象的拼贴,如将关羽和林黛玉、织女和猪八戒、中文与外语、方言加以拼贴。

还有重复、堆砌、排比等修辞手法,这些手法大都混杂在夸张、变形、拼贴中。

上述修辞策略的运用,使词语或句子的所指和能指之间的对应关系出现断裂,所指消失,往往只剩下空洞能指,于是形成了大话文本的语言风格:文字或者人物语言表面似乎是一气呵成、气贯长虹,或者庄重、严肃、一本正经,或者诗情画意、韵味盎然,但是往往产生与之相反的效果,或琐碎,或滑稽,或做作,从而显示出大话的语言狂欢的特征。

大话修辞学虽然解构了语言,但有着独特的意义:一方面,对语言意义的任意解构,可以使创作主体和受众从语言规范的严格束缚中解脱出来,自由地把语言当做一种消遣的游戏,同时也使语言更生动和具有表现力;另一方面,大话语言实质上有着深刻的社会内涵,透过其嬉戏、调侃、玩世不恭的表象,直接触及事物的本质,将生活的荒谬性、荒诞性表现出来。

二、平民视线和现代气息

如果说上述对大话修辞学的分析,主要侧重阐释大话文本的语言风格和审美效果的话,那么接着将会对《大话西游》《Q版语文》《Q版史记》《玩转三十六计》《搞定孙子兵法》等大话文本做粗略分析,以凸显大话的快感逻辑。当然,无庸讳言,大话的快感很大程度上来自其独特的语言风格,而语言风格的形成与大话的快感逻辑有着密切关系。

谈到为什么会拍《大话西游》时,导演兼编剧刘镇伟称他看《西游记》的时候一直有一个想法,就是觉得孙悟空很可怜无奈,做任何事都身不由己,被压在五指

---

① 冯强、赵凯编:《大话三国》(16),北方妇女儿童出版社2005年版,第11页。

② 何许英编:《大话三国》(10),上海古籍出版社2004年版,第41页。

山下，不跟唐僧取经就只能一直被压着。所以刘镇伟认为以孙悟空的个性，放出来之后第一件事就是杀唐僧，这也是片中的第一个镜头①。显然，对于刘镇伟，拍电影《大话西游》是一种移情与投射，他用普通人的经验感受和眼光讲述故事，同时用故事印证暗流汹涌的生活经历。所以，与其说《大话西游》是刘镇伟眼中的《西游记》，不如说是刘镇伟本人的《西游记》，或者说是香港市民版的《西游记》。影片中不仅人物形象和原著大相径庭，无论是孙悟空、唐僧，还是猪八戒、沙僧、白骨精等，除了徒具《西游记》人名外，他们的身份及相互间的关系出现不小的变动，并且拥有生动鲜活的香港市民性格——势利、恣肆、贪财、怕死、贫嘴、好色，在生活中一方面惴惴不安、惊慌恐惧，另一方面又对权威鄙夷不屑、冷嘲热讽。也许他们显得油滑委琐或者庸俗低级，但却最真实地展示了现代香港市民的生存状态。影片的故事情节、内容意蕴也和原著相差十万八千里。片中大量套用文学、影视、音乐名作、历史人物、风俗仪式、社会生活，特别是经常运用与影片的时代不相符的道具、台词、造型等，造成荒诞感，而这正是普通人在纷乱杂呈的时代和社会语境中的真实感受。庄严的佛学叙事就这样经过平民视线的过滤，转变成搞笑的爱情话本。

平民视线，即从普通百姓日常生活的情感、经验出发去观照审视一切，极具世俗化的意味。以《Q版史记》为例。《史记》作为二十四史之首，采用社会化民族集体视角进行叙事，经过平民视线的过滤后，就"Q版"化了——大叙事被注重个人经验和个人记忆的"小叙事"所取代，所有的崇高、庄严、高雅和诗意全部被日常生活的庸常琐碎淹没，在语言上表现为用铺天盖地的粗俗无聊的日常语言和生活语言去叙事。即使采用庄重高雅的语言，也产生粗鄙化的戏谑滑稽效果。

且看《Q版史记》的标题：《奇怪的鸟和它的蛋》《失败的性教育导致的恶果》《路边的脚印你不要踩》《每个月总有那么几天》《禁止睡觉磨牙》《他和太后之间不得不说的故事》《有儿子，万事不用愁》《你喜欢吃香蕉么》《谁轻薄了我的美女》《没有眼睛，怎能暗送秋波》《袖子里面的红肚兜》《我爱洗澡皮肤好好》《一个晚上打鼾惊天动地的女人》《养猪，从入门到精通》《有饭吃赶紧吃，莫等无饭空悲切》《恋爱过的人才会成熟》《那身名牌衣服》《鸟人与鸟》……一个个"土"得掉渣、"俗"得可爱。作者韩冬笔下的帝王将相、英雄豪杰、富商大贾、策士谋臣等大多贪嗔、油滑、狡黠、工于心计，饱含市侩气和流氓气而又不失人情味。他们的面容、表情和行为方式，无疑更接近生活的本相，展示了普通人最本色的生活感受。拿《一

---

① 《刘镇伟访谈：我的电影只是"貌似"不正常》，http://marongrong.spaces.live.com/blog/cns!1319E951837E5D35!142.entry。

个晚上打鼾惊天动地的女人》来说,陈平的哥哥陈伯休妻表面看是注重兄弟之情,其实主要是他受不了老婆晚上打鼾惊天动地。他语重心长地吩咐陈平:"将来你要娶老婆的话一定要把好这一关。"①远离了孝悌之义,显示出平民的亲和力。

和《Q版史记》一样,《玩转三十六计》《搞定孙子兵法》对兵书《三十六计》《孙子兵法》进行了平民化和现代化阐释。作者韩冬带领受众游走在古今中外的历史中,把"一战"、"二战"、俾斯麦、英法联军、乌克兰、美国中央情报局、赫鲁晓夫、鲍威尔、慕罕默德、李世民、希特勒、袁崇焕、努尔哈赤、陈友谅、朱元璋、印度皇宫等各个时代各个国家的历史事件和历史人物加入兵法的大话叙事中,使原本质朴简约的兵书走向灵动繁富,而叙事的平民姿态又使庄重的历史走向凡俗,严肃的叙事走向谐谑。

巴赫金认为:"一切可笑的东西都在近处,一切笑谑的作品都创作在最大限度接近的区域里。笑谑具有把对象拉近的非凡力量,它把对象拉进粗鲁交往的领域中……笑谑能消除对事物、对世界的恐惧和尊崇,变事物为亲昵交往的对象。"②经过平民视线的折射,大量当下生活的符码包括当下的文化氛围、话语方式、思维方式和社会语境等,涌入历史和兵书叙事,使得历史的线性叙事和兵书的理性言说受到极大冲击,化为寻常生活的影像,呈现出与现实亲近的暧昧姿态。如:

> 那也不用哭啊! 你想想,至少你现在有吃有喝有房子啊,你看看那些农民吃了上顿没下顿,再看看那些职工买一套房子得出卖一辈子劳力,再看看孙膑多有才华的一人残废成那样,你现在觉得你幸福了吧?③

> 只要是人类都会有弱点的,比如玉皇大帝胆小,唐僧愚钝,月老是个近视眼,观音经常月经不调,维纳斯少一条胳膊,耶稣喜欢露体等等……这刘勋的弱点就是贪财,喜欢钱——虽然自己有很多钱。④

> (印度南部出现叛乱,国王号召儿子们前去镇压,88个儿子都想去。)国王:这么多人想去? 看来只有通过考核来确定让谁去了。请听题,如果你平定了叛乱,叛军全部都跪在你的脚下听候你的发落,你将如何处置? 我再念一遍,如果你平定了叛乱,叛军全部都跪在你的脚下听候你的发落,你将如何处置? 开始回答。⑤

无论是谋士田子春、军事家孙膑,还是印度国王,都失去了特定人物身份和地

---

① 韩冬:《Q版史记》,陕西师范大学出版社2005年版,第215页。
② 巴赫金著,白春仁等译:《巴赫金全集》第三卷,河北教育出版社1998年版,第526页。
③ 韩冬:《玩转三十六计》,陕西师范大学出版社2005年版,第116页。
④ 同上书,第125页。
⑤ 韩冬:《搞定孙子兵法》,陕西师范大学出版社2005年版,第280页。

位所具有的精神面貌,而拥有了现代庸常之辈的气质性格。现实生活中的社会等级暂时退位,人与人之间是平等的、亲昵的,所以无论是大话作者还是大话受众,面对这样的文本时都比较容易进入一种狂欢状态。

《Q版语文》同样也是用戏仿语文课本的方式,加入了大量的平民经验和现代气息。白雪公主穿着高叉泳衣,孔乙己偷书是为资源共享,卖火柴的小女孩是促销女郎,司马光搬起石头砸缸救出的是兔巴哥、青蛙王子、圣诞老人、李亚鹏……那些原本离我们很远的童话里的人物动物、小说中的人物、历史中的人物,都来到了我们的生活中,和我们"亲密接触";而语文课本也摆脱了冷冰冰的教材身份,成为我们生活的热情表现者。

可见,世俗化或者平民视线,是大话快感的来源。一经世俗化或者平民视线的过滤,名著经典变得亲切无比,历史和传统被当下个人生活与个人经验所代替;个人也无比开心,原来历史人物、英雄豪杰跟自己相差无几。

平民视线和大话语言结合,又产生了强烈的戏剧效果。用气势磅礴、严肃高雅的大话语言来表现平民视线的琐碎世俗,显示出杀鸡用牛刀的滑稽;而平民视线也反衬出大话语言故作姿态的荒唐可笑。

三、大话的意义探讨

大话流行,除了网络提供自由便捷的空间等外部因素外,主要是因为其狂欢化的语言、平民视线和现代气息的缘故。且不说大话文本随心所欲不成体统的表达方式、自由不羁的想象、腾挪跳跃的思维给人的愉悦和震撼,单说以平民视线来表现生活,表达所思所想、所爱所恨,就足以激起广大受众的共鸣。广大受众自我表现的愿望、评判发泄的要求、自我认同的需要、解构权威的叛逆心理以及朴实真切的人伦情感的表达诉求等,都可以在大话文本中得到满足。

大话以戏仿的方式对历史、英雄、经典进行重述,不仅使封闭的文本走向开放,获得了现代意义,而且其狂欢化的风格显现出一定的精神内涵。一是自由精神。大话文本中现实生活的各种等级、地位、制度和秩序纷纷退后,人们获得了自由、平等。不同等级、不同地位的人在大话文本中随便而亲昵的交往、接触,形成自由、平等、欢乐和坦率的氛围。同时,大话叙事自由奔放、随心所欲,社会问题和个人困境在狂放的想象和夸张表达中得到滑稽表现。二是快乐哲学。大话几乎处处是插科打诨,到处有嬉笑打闹,充满了情感的宣泄和放纵,即使是辛酸、无奈和悲苦也往往转化为爽朗的笑声,体现出一种快乐哲学。所以,创作主体和广大受众,都能从大话中获得深入骨髓的快乐。三是理想精神。无论是自由、平等和坦率的氛围,还是到处弥漫的快乐,都是大话理想精神的体现(现实生活中人们受到各种限制,不自由,不平等,不够坦率,也不快乐)。大话的理想精神能缓解和消除人们在现实生活中受到的各种压抑,让他们在大话文本中得到满足、快乐。通过这些精神内涵的大话式表达,大话固然要颠覆等级制度,要解构凝固和僵化的秩序、规范和思想,但它也力图建构人与人之间平等自由的关系,建构快乐精神,张扬生动活泼的思维方式。因此,大话不是否定一切的虚无主义,而是富有理想精神的快乐主义。

同时,大话给予我们很多启发。首先,什么是英雄?传统文化、主流文化中的英雄形象大多是表面化和脸谱化的英雄。其实,普通人即是英雄,英雄可能有油滑的面孔,但内心深处包藏着独立个体对生活的执着和坚定信念,如至尊宝等。其次,如何对待经典?大话所使用的前文本基本都是经典,是优秀的文化遗产。我们应该保护经典,但保护不是匍匐在经典的脚下,而是继承它、发扬它、发展它。通过大话,大话的创作主体表达了自己的思想感情、审美情趣。如《水煮三国》把三国变成市场竞争中的三类公司,将三国智慧和管理精义融于一体,寓至理于谈笑之中。《孙悟空是个好员工》《大话西游团队》将唐僧师徒比为一个团结合作的经营团队,朝着西天取经或者新的目标不断前进。这些作品缘情析理不落俗套,充满了人生的机敏睿智与浓郁的人性关怀。再次,如何看待娱乐?传统文化和主流话语以悲苦为高,以喜乐为俗,苦难即是高尚、深刻,而娱乐即庸俗、肤浅。事实上,娱乐是人的正当需求,娱乐不等于堕落无聊、不等于缺乏深度。网上以"闲说大话西游的喜剧和悲剧要素"为主题的帖子中,有网友这样写道:"第三次看这片子是在夜深时一个人,最后我竟然忍不住趴在水龙头边,痛哭失声。我不是一个很容易被影视剧打动的人,即使是经典的悲剧影片也是如此,而作为一个男人,我已经多年没有流过一滴眼泪了。我自己也在想,到底是什么东西让我如此激动?又是什么东西,使得这部6年前的电影,在沉寂多时之后,重新占据一代年轻人的心灵?"①大话,包括后面即将提到的恶搞,表面搞笑,实则暗藏着生活的怪诞、人生的辛酸。人们可能因为大话的喜剧特征而去喜爱和观赏它,但驱使人们热爱它的有时却是其中的某些悲剧元素。

不可否认,大话文本在轻松诙谐中消解了历史的厚重感(这主要源于当代人历史意识的虚无)。如前所述,大话把原本历史上重大的事件、人物,编置于荒唐的情景中,在嬉笑调侃中,一切统统变形扭曲。历史被改写,其厚重感消失殆尽,取而代之的是荒诞的戏剧效果。其次,大话似乎"拒绝崇高",高雅、诗意、庄严等

---

① 一人独听小城风:《闲说大话西游的喜剧与悲剧要素》,泡泡俱乐部社区,http://pop.pcpop.com/040206/844375.html。

各种形式的崇高往往被巧妙化解,以低俗的面貌出现。如唐僧在观音面前毕恭毕敬,只是要做好面子上的工作;《九品芝麻官》中的包文龙为替人打官司,不惜到妓院去学习骂人技巧,在与方唐镜唇枪舌战中脏话连篇出言不逊,逼得气势凌人的公公目瞪口呆,不敢再插手案子。这样的例子在大话文本中比比皆是。最后大话的游戏娱乐成分过重,往往遮蔽了它的思想表达和价值评判;不少文本格调不高甚至粗俗不堪。虽然这并不妨碍它一时的流行,但在一定程度上却影响了它的"寿命"。许多大话文本在一阵喧哗或瞬间闪光之后,就被置于文化的瓦砾之中。

四、大话文本分析——《玩转三十六计》

> 允许爆笑,严禁傻乐,
> 即插即用,玩转天下。

这是《玩转三十六计》封面上的文字,它基本点出了大话文本的独特魅力。

《三十六计》是我国最有代表性的谋略书,是中国人的"智慧长城"。然而,这本书以文言写成,今天的读者一般很难理解。《玩转三十六计》把它改写成一部关于战争谋略、征战商场、待人处事的、同时又融合了现代创作元素的大话文本。

(1)诙谐搞笑的另类表达。书中每一计都包括了一段短小的点题文字、原文、译文、按语、评书式无厘头史实案例,以及"画龙点睛"的作者心得。除了原文和译文外,其他文字都继承了《大话西游》中大话语言的精髓,夸张搞笑、油滑戏谑。"指桑骂槐"的按语最具代表性:

> 如果你觉得士兵整天无所事事而又不够勤奋,你就可以拉来一口猪,在士兵面前对那头猪怒斥:"整天只知吃饭睡觉,你对不对得起人民,对不对得起国家,对不对得起生你养你的父母啊你?这样活着还不如死了算了,来人啊,砍了!"
>
> 如果你觉得士兵在战斗中畏首畏尾,不够勇往直前,你可以抓一只乌龟来,在士兵面前历数乌龟的不是:"有的人活着他已经死了,有的人死了他还活着。你就属于活着但是已经死了的那种,身为一个男人,整天把自己缩在一个壳里面,走起路来慢慢吞吞贼眉鼠眼,你这样的东西留在世上有什么用?来人啊,给我洗洗炖了!"
>
> 如果你觉得士兵只知道想老婆,而没有坚强的战斗意志,你可以抓一只蝴蝶来,在士兵面前捏着蝴蝶的翅膀训斥它:"你别以为我不认识你,你不就是梁山伯嘛。父母辛辛苦苦供你读书,国家循循善诱培养你的学识,而你呢?不知道报效国家,报答父母,却整日儿女私情缠绵悱恻,最后还变成这样一只毫无用处的动物,我要是你我早就咬舌自尽了,来人啊,给我……给我……夹

到《三十六计》里面作标本!"①

教育话语、训斥话语是严肃的,用来教训猪、乌龟和蝴蝶,让人捧腹,要达到指桑骂槐的效果恐怕也难。虽然其中有对训斥语言空洞僵化和训斥者可憎面目的嘲讽,主要还是追求表达的滑稽效果,这在每段最后的"来人啊,砍了"、"来人啊,给我洗洗炖了"、"来人啊,给我……给我……夹到《三十六计》里面作标本"几句话中尤为明显。

再以"瞒天过海"为例。点题文字为:让我轻轻地蒙上你的眼,让你以为这是芳草萋萋的田野,而不会是将你狼吞虎咽的大海。按语为:要搞阴谋,应该大摇大摆地搞,而不是偷偷摸摸地来弄。月黑风高,杀人放火,都是愚人和俗人的作为,而不是谋士重要的高级人才之举。案例标题分别为:(1)一条大河波浪宽,薛仁贵瞒天过海;(2)五张羊皮换一个谋士,计谋还是投机;(3)古今中外最爽的卧底——花天酒地的楚庄王。"画龙点睛"心得:"有的时候我们为了自己好而骗人,有的时候我们为了他人好而骗人,总之上当的总是别人。然而欺骗也是一门艺术,一门科学,不是所有的欺骗都要隐蔽地、脸红心跳地去进行。""瞒天过海"就是这样一种欺骗的大智慧、大学问,讲究的就是一个欺骗的隐蔽性和无影无形性②。这些文字或戏仿歌词、诗歌,或故作惊人之语、豪放之语、深奥之语,荒诞跳跃、非常搞笑,透露出浓重的油滑气和无赖相,却有着相同的严肃旨归:瞒天过海。

(2)兵书的现代重述。重述包括两个层面。第一,将原文和译文置于每一计的开头,展现了兵书严谨简约的面貌,也表现了对原著的尊重。第二,用点题文字、按语、案例和心得对兵书进行现代性解读。现代性解读表现出两个突出特征:平民视线和腾挪跳跃的想象、联想。平民视线把兵书谋略从狭隘的军事领域扩展到日常生活的各个方面,如经过平民视线的折射,"笑里藏刀"被叙述成"我们美丽的柜台小姐会微笑着对您,哪怕您长得再难看……微笑着让您的钱包变成空空如也";"反客为主"被阐释为"认识他女儿,娶他女儿,夺他家产";"偷梁换柱"变成了"抢匪头子:明天你们就要去应招了,今天我在这里给大家送行。祝你们在官府一帆风顺";"金蝉脱壳"则是"一个关于如何成功、利索、体面地逃跑的计谋";等等。把精深的谋略演绎为通俗的三十六计教材,并显示出普通人的乐观自嘲的姿态,历史人物也具有了平民的神情。《我能想到最惨烈的事,就是和你一起没有饭吃》中曹操经常对着袁绍竖中指、吐舌头、做鬼脸。《饭是怎样蹭到口中的》中汉光武帝刘秀是个极为优秀的蹭饭专家。

---

① 韩冬:《玩转三十六计》,陕西师范大学出版社2005年版,第220页。
② 同上书,第2—10页。

现代性解读中还充满了夸张的想象、出乎意料的场景和惊天地泣鬼神的联想,大量的历史故事和现代生活的各种元素进入兵书叙事,如《莫斯科郊外的晚上》讲汉代班超出使西域,利用声东击西之计平定莎车国。"利用公款吃喝旅游"、"要想富、先修路"、"红灯区"、"浑厚的《莫斯科郊外的晚上》的歌声"等现代生活的符号不时闪烁其中;《败仗的用处》首先郑重其事地解释"词霸""解霸""恶霸""波霸"等现代词汇,但它们与要讲的谋略没有丝毫关系,在这些词汇后面添上"称霸:发起战争的原动力,三十六计之所以会出现的根本原因"一句后,兵书叙事就顺势而下了。公孙鞅到 Google 上搜索吴城的资料,孟尝君每次到 KTV 都唱"五千年的风和雨啊,藏了多少梦,黄色的脸黑色的眼不变是笑容",貂蝉不但色艺俱佳而且高风亮节,"具有高尚的道德情操和为人民服务的心灵",等等。在现代性解读下,兵书原来的理性言说得到感性呈现、摇曳多姿,成为一个个让人欲罢不能的有趣故事。

兵书的现代重述虽然荒诞戏谑,但由于对三十六计的准确理解和把握使得这种重述深入浅出,让人在戏谑中不知不觉领会三十六计的绝招。

(3)现代生活的夸张展现。现代生活的碎片在《玩转三十六计》中比比皆是。"出名的方法各种各样,可以闹绯闻,可以打官司,还可以开车去撞人",荒诞的话语折射出现实的光怪陆离。许多叙事都是以各种生活现象为基础的隐喻,如"军中开始传播小道消息和八卦新闻,纷纷议论主帅和某一个知名女歌手有一腿,到处谣言不断说又要延长服役时间,又要扣发工资了",暗讽名人传绯闻、百姓遭压迫的社会现象,"办事处会不会问我们要证件啊?比如工作证、身份证、结婚证什么的",讽刺生活中缺乏信任、只认证件的风气,"好多姑娘还将扶苏当作自己的偶像,将他的海报贴满自己的房间",调侃追星现象。

现代普通人的精神气质也得到淋漓尽致的展现。现代人的精神风貌如贪嗔、势利、油滑、狡黠等在历史人物身上不断出现。

对现代生活的夸张展现,一方面揭示了生活的荒诞琐碎,另一方面也是在追求一种喜剧性效果,而且后者的成分可能更重一些。

通过戏谑搞笑的另类表达、兵书的现代重述和现代生活的夸张展现,确实达到了"玩转三十六计"境界——既重述了兵书,又进行了狂欢,而且二者是交融在一起的。在狂欢中,叙事随心所欲、不受约束,思绪自由游走,时有突如其来的惊喜,兵书的凝固状态被打破,变得生机勃勃、充满活力。

第四节 恶搞——对现实的夸张批评

2006年1月1日似乎是个具有历史性意义的日子,胡戈的搞笑短片《一个馒头引起的血案》(以下简称为《馒头》)这天出现在互联网,并迅速传播,由此带动起铺天盖地的恶搞风潮。在这股恶搞风潮中,除《馒头》外,较有影响的还有《春运帝国》《鸟笼山剿匪记》《闪闪的红星之潘冬子参赛记》《中国版自杀兔》《布什与猩猩的惊人相似之处》《武林外传》《疯狂的石头》、恶搞"梨花体"诗歌、《大电影之数百亿》《人体成为地球最后的水源》等。恶搞早已有之,从《大史记》三部曲(《大史记1》《分家在十月》《粮食》),到《东方时空内部晚会》,再到《后舍男生》的暴笑视频,等等,众多恶搞轮番登场,一直没有间断。

一、为什么要恶搞

2006年8月10日,光明日报社举办了"防止网上'恶搞'成风专家座谈会",专家们一致认为"恶搞"是当前网络上流行的、以文字、图片和动画为手段表达个人思想的一种方式,完全以颠覆的、滑稽的、莫名其妙的无厘头表达来解构所谓"正常",说白了就是不好好说话,是历史虚无主义、文化虚无主义思潮一种新的表现形式①。这种说法当然有一定的道理,但是棒杀的态度和意图昭然若揭。根据上文所述,恶搞是三种戏仿类型结合的产物,它有大话的特征,同时特别注重对生活中情节或细节的戏仿,最重要的是它"认真对待烂东西"的风格。

作为大众文化的一部分,恶搞通过娱乐化、生活化、非政治化、通俗化、个人化等方式,表达普通人的意愿、立场、生活方式、人生观和价值观。而社会的转型——无论是经济转轨,还是科技发展,无论是政治松绑,还是人文精神的弘扬,都为恶搞提供了成长的土壤和发展的条件。同时,国家文化和精英文化所谓的"崇高""英雄""承诺""责任""使命""追求""终极价值"等,在大众文化"当下""柴米油盐""现实经济利益""感情游戏""娱乐性"的包围中日益显出子虚乌有的"神话"特征。人们开始疏离种种抽象价值的"神话",真正地面对生活和追求现世的幸福,于是政治不再严肃,誓言成了儿戏,利益高于一切,亲情无暇顾及,祖国无足轻重……"烂东西"出现了,认真地对待它们,这就是恶搞的叙事策略。

我们不妨看几个例子。《馒头》借《中国法制报道》的节目形式来评判电影

---

① 《防止网上"恶搞"成风专家座谈会》,http://www.gmw.cn/content/wseg.htm。

《无极》的糟糕叙事和电视广告无孔不入的现象;《闪闪的红星之潘冬子参赛记》(以下简称为《潘冬子参赛记》)借红色经典《闪闪的红星》讥讽央视青年歌手大赛的黑幕;《东方时空内部晚会》采用大型音乐舞蹈史诗这种极具革命特色的晚会形式进行自嘲自娱,等等。可以看出,恶搞的叙事策略其实很简单——借助《法制在线》、《闪闪的红星》、音乐舞蹈互动史诗等这些严肃宏大的叙事形式,对现实生活中负面现象进行评价,即借严肃形式表现"烂东西"。所以从内容上看,恶搞包括两个方面:一是素材,即借用的形式;一是现实,即恶搞的对象。二者的关系并不是对等的,素材为评判现实和娱乐个人服务,起的只是工具的作用。现实才是恶搞的评判对象,或者说戏仿对象。恶搞通过戏仿现实中的现象或对象,达到戏谑评判的目的。从这个意义上讲,恶搞不是解构,不是颠覆,而是一种夸张的评判和表达。

由于恶搞所用的素材大多是经典或具有规范性、权威性的东西(如中学语文课本、名著、意识形态话语等),属于民族文化和精英文化的一部分,在夸张的评判和表达中它们显得荒诞滑稽,因而恶搞客观上给人一种解构经典、放逐权威的印象,这也是恶搞遭到强烈批评的主要原因。

二、恶搞的对象

现实是恶搞的对象,恶搞是对现实的夸张评判。

恶搞名目繁多,如恶搞名人、恶搞大片、恶搞经典、恶搞偶像、恶搞照片、恶搞MTV、恶搞诗歌、恶搞游戏甚至恶搞非常真人等,总是显示出某种及时性或时效性。电影《无极》甫一上映,恶搞之作《馒头》就随即出现,《无极》之后,其"吉祥三宝版"也应运而生;黄健翔"激情三分钟"之后第二天,出现了二十几个恶搞版本;《夜宴》《满城尽带黄金甲》还没上映,相关恶搞片就抢先露脸。但不长一段时间之后,随着恶搞对象淡出人们的视线,恶搞往往也都销声匿迹。可见,现实是恶搞的对象。

现实包罗万象,所以恶搞涉及的内容非常广泛,时事政治、饮食娱乐、日常生活等各个方面全都包含在内,但还是有其共同特点的:一,大多是生活中负面现象、荒唐言行;二,大多是社会热点和生活的焦点。恶搞通过情节的荒诞、语言的无厘头、英雄小丑化、权威丑角化、仪式闹剧化、严肃游戏化等手段,来折射现实生活中的荒唐可笑、光怪陆离,并对之进行机智评判。这种评判既特别能打动人心,又具有某种程度的新闻评论的性质,体现出强烈的现实关怀。

美伊战争是恶搞的热点题材。战争的发动者布什成为全世界热爱正义和平的人民的谴责对象,网络上流传着众多恶搞布什的图片,较有代表性的如《布什与猩猩的惊人相似之处》《布什小时侯》,把堂堂的总统猩猩化。自由女神像更是难逃恶搞命运,原来高举火炬、长袍飘逸的自由女神,变成双手拿着刀剑、面目狰狞、驱逐自由的侵略者;或者成了两个强悍的美国士兵押解的罪犯。《鸟笼山剿匪记》显然是对美伊战争以及国际关系的滑稽再现。《春运帝国》以热门话题"春运"为题材,表现普通百姓在春运期间的辛酸经历,对铁路管理者的傲慢、官僚作风进行了讽刺,同时对黄牛党的行为进行鞭挞。《中国版自杀兔》对阜阳奶粉事件、欣弗事件、盗版光碟书籍、作家抄袭事件、恶劣城管、SK-2事件、中国房价、《夜宴》笑场等进行了辛辣嘲讽。《中国队勇夺世界杯》是对国足们泡桑拿、玩小姐、赌球等丑闻的暴露。《馒头》《潘冬子参赛记》既对影视、娱乐界特殊事件、热点问题——电影《无极》和央视青年歌手大赛的机智评判,又对影视娱乐方面的普遍现象如随意插播广告、明星走穴等进行滑稽模仿。

大部分恶搞片其实是内容丰富的大闷锅,《鸟笼山剿匪记》除了上述政治讽喻内容外,还对电视节目幼稚、影视作品做作、娱乐节目无聊、英语四级考试、房地产开发等作了蜻蜓点水式一针见血的调侃、讽刺。电视剧《武林外传》可算得上闷锅的集大成者,教育、经商、竞争、娱乐、梦想、婚姻爱情、就业等几乎全部涵盖到了。最有意思的例子是2006年9月关于"梨花体"诗歌的恶搞风波。网上流传的赵丽华的那几首诗,浅陋直白、琐碎无聊,说它们是废话的分行似乎也无不可,所以除了极少数的诗人,几乎所有网友都对赵诗鄙夷不屑、嘲讽不已,指责、批评、谩骂、戏仿铺天盖地。这些恶搞紧追社会热点,虽然表达方式娱乐化,但批评尖锐、痛快淋漓,说出了大众想说的话,让大众潜意识中的愤懑情绪得以畅快宣泄,容易激起大众的共鸣。

如果无视恶搞的现实关怀,仅仅站在前文本的角度、立场,可能会对恶搞产生误解,从而做出不公正评价。新华网这样描述《潘冬子参赛记》:大家熟知的英雄人物潘冬子摇身变成了一心想发财的富家子弟,潘冬子的父母则成了地产商和追星族,人们心目中的英雄人物形象就这样遭到了颠覆①。这显然有些断章取义、浮于表面。该片的主题是参加青歌赛,除了借用电影《闪闪的红星》的片段并沿用了潘冬子和春伢子的名字外,片中全是现实生活的"痕迹",如地产大王潘石屹、"非常6+1"主持人李咏、春晚、超女、明星走穴、送礼拿奖、参赛18年才刚刚拿到成绩的原生态歌手阿宝、外号为"老贼"的青歌赛总策划秦新民,等等,并不涉及对电影《闪闪的红星》和其主人公潘冬子的评价,说它恶搞红色经典,似乎不太恰当。

---

① 王研:《网上"恶搞"不能没边》,http://news.xinhuanet.com/tech/2006-08/16/content_4966860.htm

恶搞并不注重对前文本进行重述,这跟大话不一样。大话文本中虽然人物的精神面貌发生了变化,但历史事件、历史人物、兵书谋略、文学形象等基本得到再现,即大体上没有脱离前文本的叙事,而恶搞文本中虽然有大量前文本的符号、叙事,但这些符号、叙事是被剔除了所指的空洞能指,恶搞的新叙事往往跟前文本的叙事风马牛不相及。

如果说恶搞算得上喜剧(说"笑剧"可能更恰当)的话,那么它有时是以喜剧的形式表达悲剧的内容,它的讽刺尖锐而充满智慧,也抓住了真实,但它一般是无情的,难避尖酸刻薄之嫌,笑中有时带着某种忧郁、悲怆的味道。所以,恶搞虽然引人发笑,不管是无声的会心一笑,还是放声的开怀大笑,这笑都代表着褒贬美刺,包含着价值判断,不仅是一种情绪的表达,更是一种社会的评判。所以恶搞没有放弃责任、躲避崇高,相反,它充分发挥着"文以载道"的功能。

当然并不是所有的恶搞都具有现实反讽性,也有一些纯粹就是戏谑搞笑,像"后舍男生"以夸张的动作、搞笑的表情假唱流行歌曲,开创了一种新的娱乐形式。也有不少恶搞拿无聊当有趣,恣意颠覆崇高,如董存瑞舍身炸碉堡是因为被炸药包上的双面胶粘住了手,黄继光是摔倒了才堵住了枪眼等,这样的恶搞应受到抵制。

三、恶搞的主体

谁在恶搞?即谁是恶搞的主体?单从人物身份来说,有国家意识形态的代言人(如《大史记——分家在十月》《东方时空内部晚会》的制作者),有专门的喜剧导演(如周星驰),更多的是众多无名大众、无名网友。虽然人物身份不一,但他们的精神气质是一致的——平民视角、大众精神,这跟大话是一致的。

拿《东方时空内部晚会》来说,节目的策划、撰稿、监制、编导人员、主持节目、表演节目的人员、节目中的人物和观看晚会的人员,都是东方时空节目组的工作人员,但晚会放弃了东方时空原本高高在上的说教姿态和冷冰冰的贵族气息,以平民的姿态、平民的精神关注大众的生活乐趣,关注大众琐碎的日常生活,大胆表现对世俗生活的迷恋、对物质生活的追求。后来这个晚会在互联网流行,内部晚会成为全民娱乐,就是因为恶搞的主体在精神气质和价值取向上与大众是一致的,因此在广大网民的参与下,晚会的娱乐价值和社会价值得到空前呈现,在某种意义上,恶搞的主体成为大众的精神代言人。

恶搞主体的平民视角和大众精神带来了三个好处:一是能表现或者再现更平凡、更广泛的生活。世纪之交,我国的政治、经济、思想、文化等发生了巨大变化,恶搞主体的平民视角和平民化的恶搞方式很适合表现现实生活的复杂、荒诞,而且切中要害,易为人所接受、理解。虽然采取居高临下的启蒙视角,生活的荒诞和处境的窘迫也可得以表现,但可能失之于狭隘简单,这也许是启蒙精神失落、恶搞走红的原因之一。二是更能体现恶搞主体的主体性和理性精神。由于没有什么功利目的,恶搞主体精神是相当自由的,他们对现实生活进行着明晰而冷静的观察。也许他们的理性精神是随性的、浮于表面的,但却显出一种率真和智慧,充满活力与生机。特别是随着图片处理技术、动画制作技术、视频音频技术等的发展,人们的思维方式、表达方式和欣赏方式都发生了巨大变化。注重视听冲击成为时代潮流,文字的魅力逐渐减弱,文学作品往往靠改编成影视作品来赢得一点声名。那些有头脑、有思想、有才华的普通人依靠这些技术,以别出心裁的创意和敢于挑战的勇气,获得了施展才华、崭露头角的机会和空间。他们的恶搞文本中充沛的想象力、创造力以及敏锐的洞察力,往往令人耳目一新。三是使得恶搞文本更受欢迎。恶搞虽然打着红色经典的旗帜(如《闪闪的红星之潘冬子参赛记》),打着古装武侠的旗子(《武林外传》),打着《法制在线》的旗帜(《一个馒头引发的血案》),等等,但其中人物的语言、作风、思维却完全是现代普通人所拥有的,在表现形式上采用的是现代人特别是年轻人所熟知和喜爱的符号,所以很受欢迎。

四、恶搞的意义和弊端

恶搞对象的现实性和恶搞主体的平民精神使得恶搞在民众间迅速广泛地流传,从而几乎成为全民的狂欢,它的意义或价值不言而喻。首先,恶搞使普通百姓找到了有效表达自己的方式。过去普通百姓是没有话语权的,或者他们的话语总是处于被遮蔽的状态,恶搞让他们在这喧嚣的时代发出了自己的声音,或者借他人之作体验表达得淋漓畅快。其次,恶搞提供了一种活泼俏皮的娱乐方式。恶搞的调侃反讽、故作严肃高雅,从语言到精神的个人化、生活化、非政治化和娱乐化,它的娱乐功能之强使一些传统的娱乐节目或娱乐方式相形见绌。2006年流行的对大片的恶搞,就是最好的证明。大片经不起推敲的离奇情节、幼稚可笑却故弄玄虚的对白、荒诞不经还一本正经的姿态,实在让人无法卒观,倒是对它们的恶搞迅速蹿红,形成2006年恶搞的狂欢。聪明的导演顺应形势,拍出恶搞电影、恶搞电视剧,如《疯狂的石头》《武林外传》等,都获得了成功。再次,恶搞在某种程度上是社会的"清道夫"。恶搞直面现实、针砭时弊,它揭露生活中的假恶丑,特别是其反讽性,对社会走向健康完善有很大的作用。

恶搞显然也带来不少负面影响。首先,常常没有能把握好"度"。对什么东西可以拿来恶搞、用什么方法进行恶搞,有些恶搞好像并没有明确的思考。仿佛只要看不顺眼的就可以拿来恶搞,这样自己畅快了,却破坏了很多的东西,也伤害了许多人。"因此当务之急是必须确立恰当的边界规范:'恶搞'必须尊重他人的人格,不能把'恶搞'的自由建立在他人痛苦的基础上;'恶搞'应当遵循基本的道德规范,不能以败坏社会风气为代价;'恶搞'应当在法律许可的范围内,不允许有超越法律的行为。"①其次,大量的负面信息加上尖刻的批判,虽然说出了严肃文化不敢说的话,但是往往具有煽动性效果,容易激起大众非理性心理和行为,不利于大众形成健康的价值观和人生观。再次,某些恶搞呈现出不健康的倾向。一些恶搞者心胸略显偏狭,总是抓住别人的缺点大搞特搞,缺乏一种宽容的心态。拿恶搞界大师胡戈来说,他在《馒头》之后的《鸟笼山剿匪记》中继续对《无极》进行恶搞,显得尖酸刻薄小家子气。在此基础上,恶搞的玩世不恭总是走向油腔滑调,泄愤往往淹没了批评。最后,恶搞的复制或者雷同太多。科技的发展虽然为恶搞提供了可靠的技术基础和技术支持,但它毕竟是把双刃剑,它同时也使得恶搞浑身上下充满了机械复制时代的特征。所以现在恶搞是越来越多了,但也越来越雷同、甚至千篇一律了,即使是恶搞原本值得称赞的地方,如主体独特的思考和体验、创意等,也因为太多雷同给人味同嚼蜡之憾。由于以上种种不足,恶搞虽然走俏,但对其批评与否定也从未间断。

恶搞是当下的文化环境中出现的一种文化现象,它的产生、发展有着特定的社会原因和文化背景,也有其自身的特点和规律,脱离或忽视这些,只是立足于个人或者单位的某一目的、利益、需要等,对恶搞的评价,可能无法客观公正,酷评也就难以避免。对于恶搞,我们要有正视的勇气、理性的目光和平和的心态。英国19世纪作家梅瑞狄斯说:"一国文明的最好考验就是看这个国家的喜剧思想和喜剧是否发达;而真正喜剧的考验则在于它能否引起有深意的笑。"②所以,恶搞作为喜剧的一种,既有存在发展的可能,也有不断改进提高的必要,追求其能够引起"有深意的笑"。

五、恶搞文本分析——《一个馒头引发的血案》

一部不足20分钟的自娱自乐的恶搞短片《一个馒头引发的血案》(以下简称《馒头》)彻底打败高投入、大制作、大阵容、戏里戏外全方位广告宣传的大片《无极》,掀起新世纪的恶搞狂潮,以至于该片的制作人、导演陷于尴尬的境地。恶搞短片《馒头》的魅力究竟何在?这是选择《馒头》进行文本分析的主要缘由。电影导演陈凯歌的愤怒和声言起诉使得大众的目光齐刷刷集中在《馒头》对《无极》的

---

① 李凌俊:《网络"恶搞",请远离文化底线》,《文学报》2006年8月31日。
② 董健、马俊山著:《戏剧艺术十五讲》,北京大学出版社2004年版,第103页。

解读上,而忽视对《馒头》其他内容的细致解读。

(1)《馒头》关注现实、贴近生活,对现实生活中的热点和"盲点"进行了评判。首先是对电影《无极》的批评。短片戏仿央视12套《中国法制报道》的叙事模式,并通过剪辑、拼贴和重新叙事,将《无极》左支右绌的剧情演绎为生动的案件报道。胡戈从让观众满头雾水的无极世界中理出"馒头"这个线索,把陈凯歌用了三年时间还没说清的"无极故事"梳理成"一个馒头引发的血案",叙事结构变得合理,推理环节相当紧凑,具有强烈的悬疑色彩。小倾城当年狼吞虎咽吃馒头的镜头和后来无欢手拿"当年馒头"细节的剪辑、拼贴,使得《无极》叙事方面的破绽更加一目了然。离奇荒诞的情节如层层相套的环形王城、王和王妃竟然站在房顶上吵架、王妃在众目睽睽下风骚地脱衣服等,是短片调侃的主要内容,并经过重新设置使之生活化、合理化。环环相套的王城变成"圆环套圆环娱乐城",王变成了"圆环套圆环娱乐城"总经理,他爬上楼顶以跳楼来挟索要工钱;王妃倾城则变成了娱乐城的服装模特兼王经理之妻,每天的工作就是不停地穿衣服和脱衣服;大将军光明成了城管小队长,是无证商贩的克星,无证商贩看到他的行头就自动让开一条路;昆仑是城管小队长的助手,爱好把活人当成风筝来放……把一个故作高深莫测却没讲清楚的"神话"变成了一个贴近现实、贴近生活和贴近真情实感的通俗生动的案例。一些评论家对该片评价颇高,"这是一个天才青年对一部失败影片的成功解构。陈凯歌应该感到高兴,因为他的败笔在胡戈手下获得了新生"[1],"折腾了3.5亿没有讲清楚的事实,馒头血案帮它讲清楚了。是馒头血案赋予了它灵魂,胡戈帮助陈凯歌完成了这个故事"[2]。其实,短片对《无极》的恶搞,源于电影本身的种种缺点,正如评论家张颐武所指出的那样,陈凯歌走了《英雄》和《十面埋伏》的路子,故事更加"架空",它将感情变成了一种极端乌有的梦幻般的东西,再加上奇幻的想象力,让故事变成脱离现实世界任何羁绊的空中的自由之物。这种"架空性"的强烈游戏性会让我们感到一种和过去中国电影传统的超越和背离[3]。

其次,对电视节目的暗讽、对广告的讽刺。请看短片精彩的开场白:"一个小小的馒头引发出一场惊天血案!本该是天真无邪的儿童,竟然因为一件小事造成了人性的扭曲!是什么使他的心理承受能力如此脆弱?公安特警奉命抓捕罪犯嫌疑人,但却始终未能完成任务,这又是为什么?案情扑朔迷离,真相直到最后才大白于天下。敬请收看《法制在线》2005年终特别版:《一个馒头引发的血案》!"

---

[1] 朱大可语,见《胡戈能成为下一个杜尚吗?》,《新民周刊》2006年第2期,第12页。
[2] 张闳语,见《胡戈能成为下一个杜尚吗?》,《新民周刊》2006年第2期,第12页。
[3] 张颐武:《陈凯歌的命运:想象和跨出中国》,《当代电影》2006年第1期,第70—71页。

生动模仿法制节目这种故弄玄虚而又郑重其事的话语模式,对套板式权威语体进行调侃、讽刺。这个所谓的开场白后来因为插入的两则广告又出现两次,成了过场提示,既鞭挞了广告无孔不入的丑恶现象,又嘲讽了法制节目不停地说法、讲法、还是被广告利润攻陷的可怜境地。当然这种嘲讽针对的不只是法制节目,而是所有的电视节目。新闻语体也遭到嘲弄,如"据知情人透露""根据群众举报""为此,我们请教了……""然而令所有人始料未及的是""经调查走访""公安人员一筹莫展的时候,传来振奋人心的消息"等本来保证新闻准确性、客观性和趣味性的语句,在众多新闻中变成了各种传闻的标志和空洞的套话。严肃类节目主持人形象同样遭到颠覆。片中主持人也一改法制节目主持人呆板中庸的姿态,不再一味重复既定的说辞,而是理性客观、风格稳健、不乏冷面幽默。作品不仅对广告的无孔不入进行嘲讽,更对广告本身的虚伪性进行揭露。"满神牌啫哩水""逃命牌运动鞋"两则广告,通过夸张的镜头表现和字幕"著名演员兼制作人""韩国巨星",指出广告制作抓住一点影子无限"开掘"、任意拔高的潜规则,揭露了广告的某种欺骗性。

最后,对现实生活进行调侃。这不仅表现在对《无极》、电视节目和广告等文化现象的戏谑批评上,而且表现在对具体生活现象批判上。短片套用《法治在线》的叙述模式,编入许多当前中国人最关心的事件。如农民工工资问题,"圆环套圆环娱乐城"的王经理在房顶以自己的生命作赌注,索要自己的血汗钱,对拖欠农民工工资的行为进行控诉。王经理用哭诉的腔调表达他的不解和愤怒:"中央已经三令五申不能拖欠农民工工资,可是我还是没有拿到我的工钱。"网络热点话题"城管的强盗形象"问题也在短片中得到了夸张表现。城管本是城市街道的管理者,但有些城管在人们心目中却拥有了"凶神恶煞"般的形象。小贩看到城管就一个字:跑。所以,短片中小贩们一见城管小队长真田的行头和马,就闻风丧胆迅速让开一条道。如果说这从侧面表现了真田的"威风"的话,那么短片回放的真田小队长勇战无证商贩的精彩画面,则从正面展示了真田的野蛮执法。此外,欺骗利诱未成年人等不良现象也遭到讽刺。

短片对电影《无极》的解构酣畅淋漓,激起了众多网友的共鸣,对电视节目、广告和现实生活现象的戏仿、评判,拉近了影片与生活的距离,体现出强烈的现实关怀精神,当然这种现实关怀精神更多的是对社会负面现象的关注。

(2)新奇的创意和平民视线,是《馒头》赢得重视的另一重要原因。胡戈抓住了原来电影的某些情节与现实生活细节的惊人相似,来重新设定人物身份和讲述故事,新奇的创意让人叹为观止。现实生活中站在楼顶引起围观的人大多是弱势群体农民工,所以城楼上的王变成了农民工;现实生活中小商贩一见城管就跑,所以光明大将军成了吓跑商贩的城管小队长;不断穿衣脱衣的王妃则变成了服装模特。不断插入的无厘头搞笑、广告与 rap 音乐、爱因斯坦的荒诞公式"无极＝无聊×2",满神用离心力解释为何人能变风筝以及用《射雕英雄传》主题曲、《月亮惹的祸》、《走入新时代》、《红梅赞》等歌曲配合故事情节,从丰富的想象力到技术手段的运用,充分展示了胡戈的个人才华。

新故事的叙事对各种负面现象的讽刺、批评剔肉见骨,时时现出精到的见解和机警的讽喻,从中能触摸到平民视线的脉脉温情。虽然借用《法制在线》的叙事模式,但采用的是平民视线,用调侃、嘲讽、游戏的心态模仿法制类节目的叙事,所以电影原来史诗般的神话叙事彻底平民化、世俗化了——所有的人物都成了小人物,不是农民工、小商贩,就是城管或因一个小小馒头就记仇记 20 年的谢无欢等,恩怨情仇也平民化了,轩然大波般的血案仅因一个馒头而起。平民视线最生动地体现在真田小队长的身份设置上。"真田小队长原是日本人,五十多岁了,为了向中国人民谢罪,他义无反顾投靠了中国,加入到中国现代化建设中来。一个外国人毫无利己的动机,把中国人民的建设事业当成自己的事业,这是什么精神?难道这位深明大义的国际友人与本案有什么关联吗?"短片的这个旁白看似把真田捧得很高,其实贬损之意昭然若揭;把他设置为城管小队长,不仅仅是以弱者的姿态对其嘲讽,而且体现了普通大众对日本人没好感的心理情绪。

当然,作品的创意迭出与胡戈丰富的经历、深厚的积累有着密切关系。他十分关注每天的新闻,这不但使他对新闻语体、话语模式拿捏到位、运用纯熟,而且使他熟稔各种社会热点和社会问题。电台音乐主持人、原创音乐制作人、音乐录音师等职业生涯成就了他在配音、音乐方面的出色表现。他一个人完成了短片中无数人的声音——王经理的"太监音"、张倾城的"公鸭嗓"、谢无欢的"娘娘腔"、城管队长的"外国人学说中国话",还有就是主持人最正宗的播音腔,片中插入的背景音乐也都与故事叙事和谐一致。

总之,《馒头》可以算得上自娱娱人的批评。说它自娱娱人,是因为其中大量的搞笑剧情设计和对现代社会现象的戏仿;说它是批评,是因为它对电影《无极》和诸多文化现象、社会问题都作了戏谑评判。这种戏谑评判在一定程度上有利于让人们更清楚地认识到自己和社会所面临的问题,也更清楚自己在这种环境之下所肩负的责任与义务。《馒头》的魅力不仅在于它理出了《无极》杂乱叙事中的线索"馒头",更在于它在新叙事中的关注现实的平民精神和不断流溢而出的创意与才华。

第五节　戏仿文学的社会背景和文化语境

当下戏仿文学的出现与周星驰无厘头电影有着最直接的联系,但周星驰无厘头电影并不是一开始就被观众广为接受的,其不少影片遭遇惨败。其最具代表性的《大话西游》1996年公映时票房惨淡、观众反应平淡,至多有一些搞笑、荒诞的评价,尔后几乎就悄无声息了。但是五年之后,《大话西游》在中国大陆逐渐形成一股热潮,在青年人中具有极大的号召力,乃至形成一个"大话"式的话语环境,演化成一种独特的文化现象。从开始的反应冷淡到后来的"大话"热潮可以看出,戏仿文学的出现和流行并不仅仅与周星驰电影有关,还应该有其他更为深层次的原因。

一、戏仿文学的社会背景

(一)经济的发展是戏仿文学出现的根源

20世纪80年代中期,我国确定了经济发展的市场取向,开始了由计划经济向市场经济的转轨。到90年代,经济变革产生了重大突破,带来了中国社会的转型:市场经济体制初步建立,人们生活水平显著提高,城市化进程加快,等等。在市场经济体制下,等级观念、权威意识、传统的价值观、人生观等受到冲击,自由、民主、平等、开放、竞争的精神受到推崇;个体被放到突出的位置,自主创新精神成为重要的精神品质,同时世俗化的特征也正在凸显。

在西方,世俗化是基督教神学信仰崩塌的产物,而在我国则是过度追求物质消费、精神信仰受到质疑、否定后的状态。在人生观方面,那种理想主义的、集体主义的人生追求在逐步淡化,现实的、功利的人生追求正在抬头,追求个人美好生活成为人们普遍的理想。在价值观上,从注重奉献的理想主义,转向注重实惠、实用和物质享受的现实生活。许多中国人走出了"象牙塔"式的理想国,把视野转向现实和当下,强调接受当下和现实,充分肯定现世生活、肯定物质利益、肯定普通大众和社会个体成员在社会生活中的地位和作用。特别是"国人在经历了历次政治运动之后,又被置于商品经济的现实中,政治意识日益淡化,偶像、权威、精英、崇高、群体等观念趋于瓦解,代之而起的是商品意识、消费意识、消遣娱乐意识和追求个人感觉。人们既厌倦了国家文化的政治说教和枯燥宣传,也对精英文化的大而无当、脱离现实、玄而又玄失去了兴趣,人们更需要一种同国家文化和精英文化的'宏大叙事'相反的,贴近自身庸常生活,与个人情感相同的,消遣娱乐的通俗文化、消费文化。大众文化于是应运而生,迅猛发展"①。无厘头文化和戏仿文学是大众文化洪流中最有冲击力的一波。

(二)宽松的政治环境为戏仿文学提供了良好的氛围

与经济体制改革同时进行的是政治体制改革,随着政治体制改革的深化,政府的行政行为逐渐走向民主化、法制化、高效率,行政过程更加公开、透明。随着各种制度的逐步走向健全,政府对文化的随机性、主观性干预和禁锢减少了。相对宽松的政治环境,为戏仿文学的兴盛提供了必不可少的社会氛围。宽松的政治环境让大众丢掉言语或者表达顾忌,战战兢兢如履薄冰的心态已成过眼烟云,许多话题特别是有关日常生活和个人经验、情感、体验或状态等的话题成为人们关注的焦点,从而使戏仿文学娱乐和讽刺功能得以充分发挥。文艺工作者包括普通百姓,在创作中有了更大的自由,他们的主体性、能动性和创造性得到自由而广泛的发挥。

(三)现代科技为戏仿文学提供了技术支持

在无厘头文学风行之前,中国已经出现了不少戏仿文学之作,如王朔的"痞子文学"和李冯的戏仿小说,但两人的命运却截然不同:王朔名扬天下,李冯却默默无闻。究其原因,王朔很大程度上得益于由他小说改编的电视剧,他的名字跟着电视剧走近了千家万户;而李冯的名字最多只能在坊间徘徊。和大话文本、网络恶搞凭借网络技术迅速繁殖和疯狂扩张相比,王朔的影视剧似乎就稍逊一筹了。可见,科学技术对戏仿文学的发展、流行提供了有力的技术支持。

首先,网络为包括戏仿文学在内的无厘头文化的发展,提供了自由开放的虚拟空间。巴赫金在研究欧洲中世纪的狂欢节时说,"中世纪的人似乎过着两种生活:一种是常规的、十分严肃而紧蹙眉头的生活,服从于严格等级秩序的生活,充满了恐惧、教条、崇敬、虔诚的生活;另一种是狂欢广场式的自由自在的生活,充满了两重性的笑,充满了对一切神圣物的亵渎和歪曲,充满了不敬和猥亵,充满了同一群人一切事的随意不拘的交往。这两种生活都得到了认可,但相互间有严格的时间界限"②。只有在复活节、愚人节等民间节日中,人们才能拥有这狂欢广场式的自由生活,而网络虚拟空间,超越了狂欢节时间的限制,去除了现实中的等级秩序、道德规范,为人们提供了一个时刻都在的狂欢广场。人们在其中自由狂欢,出现大量的戏仿文学。

---

① 黄书泉:《文学转型与小说嬗变》,安徽教育出版社2004年版,第20页。
② 巴赫金著,白春仁、顾亚铃译:《托斯陀耶夫斯基诗学问题》,三联书店1988年版,第184页。

其次,电子技术、计算机、网络、空间技术等现代化传媒的兴起、普及,使得戏仿文学能够广泛快速地传播。同时现代传媒也使得文化产品大批量、产业化、规模化的复制、拷贝与流通成为可能。文化产品"被迅速而大量的拷贝,使得自身成为无穷无尽的复印件,从而成为批量制作,批量生产但又脍炙人口的艺术快餐"①。无厘头文化和戏仿文学淋漓尽致地显现出这种文化复制的特征,出现了复制对象的多种版本。四大名著的复制版本尤其精彩纷呈、层出不穷,什么"大话""水煮""歪说"版本令人眼花缭乱。

再次,现代科技的发展,还为戏仿文学提供了丰富的表现手段。以前的戏仿文学都是纯文字文本,如今依托以计算机为工具的多媒体技术,产生了新的戏仿文本样式,如PS图片、搞笑FLASH、恶搞视频、恶搞音频等,注重细腻逼真的画面、酣畅淋漓的音效,是传媒化和可视化的戏仿文学。

此外,现代科技的发展逐步将人类从体力劳动中解放出来,在改变了人们的生活方式的同时也改变了人们的思维方式和表达方式。首先是思维的工具发生了变化。当代传媒铺天盖地排山倒海的图片、影像和数字化技术大规模的生产与复制,使得视觉语言、听觉语言几乎代替了传统的文字语言,成为人们思考和欣赏的凭借。其次是思维的多样和开阔。现代科技改变了人们原先单一狭隘的价值判断模式,从多个角度进行价值评判。如《我不想说我是鸡MTV》以禽流感为主题,将一只被厄运困扰的小鸡拟人化,用天真无邪的童声唱出了动物们对灾难的无奈和对人类专横霸道的谴责。再如《一只无辜的猪》,由"曾子杀猪"的故事改写而成,它从猪的视角进行叙述,把原来身教重于言传或诚信的主题转变为"冠冕堂皇的道理(即诚信)后面,总有无辜者在做祭品"②。

二、戏仿文学的文化语境

(一)大众需求是戏仿文学发展的动力

科技的进步、经济的发展、生活水平的提高,使得人们有时间有精力也有能力关注生活质量和生命趣味,娱乐成为一种崭新的生活方式和生活姿态。"当代大众崇尚快乐,尽可能享受人生的轻松、自由和幸福,远离厌烦和困惑,使生活游戏化;解放感性,充分地调动起人的视觉、听觉、嗅觉、味觉、触觉等感官,使生活感性化。'我是人,我追求着做人的快乐',彰显人性,否定神性,消除神秘倾向,是世俗

---

① 潘知常:《美学的边缘》,上海人民出版社1998年版,第551页。
② 野麦子:《一头无辜的猪》,http://culture.163.com/edit/001025/001025_42578.html。

化的旨归。"①大众的需求为戏仿文学的流行提供了新一代消费群体。

大众的需求多种多样,包括欣赏需求、表达需求、自我认同需求、评判发泄的需求等。如果说大众的欣赏需求是戏仿文学流行的外在动力的话,那么大众的表达需求、自我认同的需求和评判发泄的需求显然是戏仿文学流行与发展的内在动因。过去,平民百姓没有自己的话语,他们的话语就是官方话语或者意识形态话语,这种话语常常难以表达他们自己真实的想法;即使他们有什么想法也无法表达出来,即使表达出来也往往处于被遮蔽的状态。如今民主化程度提高,政治氛围宽松,言论比较自由,人们也拥有了自己独特的表达方式,于是出现了大众的表达、评判的热潮。只要你想表达、有能力评判,那就表达吧(在法律允许的范围内)。现在我们身边的恶搞、网络文化等都是大众勤于表达、勇于评判的成果。

为了使表达和评判有效而不是被忽视、被漠视,但又不致招来困扰、麻烦,大众的表达策略就显得尤其重要,于是模仿、搞笑、变形、夸张等手法被广泛使用,大众一个个似乎都变得嘻嘻哈哈不正经,变得玩世不恭又世俗化了。

(二)港台流行文化和西方大众文化的影响

港台流行文化包括电视剧、电影、通俗小说、流行歌曲、网络文化等,其对大陆大众文化的影响不可低估。从邓丽君的"靡靡之音",到小虎队、四大天王,再到如今的李玟、蔡依林等;从金庸、古龙、梁羽生的武侠小说,琼瑶、席娟的言情小说,到痞子蔡的《第一次亲密接触》,再到当下的综艺节目《康熙来了》《国光帮帮忙》《全民大闷锅》等,多年来港台文化充斥大陆。这对大陆大众文化的产生和发展提供了一定的滋养,最明显的是港腔、台腔成为大陆大众文化特别是戏仿文学的"口音"。"偶""翘课""挂了"等港台词汇在互联网"肆意横行",而无厘头和戏仿文学的兴起更是与周星驰电影密切相关。

港台文化在大陆流行的同时,西方大众文化也在大陆日渐风行。从经济的交往到文化、人才的交流,从服饰、食品等日用商品到迪斯尼乐园、好莱坞大片和各类广告,西方大众文化作为一种感官享乐性的消费文化,主要通过刺激国人的感知激发他们的消费欲望,这正好和重个体感受、重感官满足的时代潮流相契合。在文化全球化的当下,西方大众文化更是长驱直入,中心的丧失、深度的被拒绝、碎片状态代替整体性、注重消费实践等后现代文化逐渐流行。一些人逐渐放弃对终极价值的追求,把一切崇高的信念、理想都看作短暂话语的产物,把严肃性当作一种拙劣模仿、故作深沉而加以抛弃。面对混乱的客观世界和人自身的异化,一

---

① 孙爱军:《大众文化的意识形态维度》,http://www.zisi.net/htm/ztlw2/wymx/2005-05-11-21070.htm。

些人不再严肃认真地去思考社会、历史、人生、道德等问题,不再竭力去认识和阐述世界,而通过极度的嘲讽和玩世不恭的方式,把那些无价值的东西撕破给人看,与此同时获得瞬间的快感。所以,当下的戏仿文学特别是恶搞可能首先是作为创作主体的一种游戏意识出现的。无厘头文化和戏仿文学的生产、读者的阅读和观众的欣赏在很大程度上是与享受创作、阅读或欣赏的愉悦相关。无厘头文化无选择性、无中心意义、无完整性甚至是"精神分裂式"的表述特征,在文化全球化的背景下,在后现代文化的氛围中,如鱼得水,迅速"繁殖",广泛流传。

(三)本土文化的潜移默化

虽然经过西方大众文化的移植和港台文化的"熏陶",戏仿文学还是显示出某些本土文化的特质,反映了本土文化对戏仿的潜移默化传承色彩。"文以载道"的传统是我国戏仿文学的精神支撑。从鲁迅的《故事新编》到王朔的"痞子文学",从李冯的戏仿小说到当下的恶搞,都对现实生活的某些方面进行干预,虽然干预的方式显隐不一,但"文以载道"的精神一脉相承。当下的大话和恶搞,表面看来虽然粗俗随意、缺少正经,对经典名著有一定的颠覆解构的作用,但是它们的着眼点是现实和普通百姓的平凡生活,并对现实生活中的假恶丑进行批评讽刺,只是它的"文以载道"远离了刻板说教,是在"寓教于乐"中达到"文以载道"的效果,有时不免显得油滑。

当下戏仿文学的火爆,当然是受益于网络时代的丰富资讯,受益于网络为平民化表达提供的自由平台,于是知识精英垄断公共言论的时代一去不复返。由于网络的便捷、自由和开放,大话和戏仿文本的调侃式表达可以说构成了大众文化的一道风景线。然而,从国人审美趣味的变迁来看,这种极尽挖苦讽刺之能事的表达,在20世纪80年代就已经出现,那就是崔健的"红色摇滚"和王朔式调侃。作为一种文化反叛,崔健的反叛是激愤的怀疑和呐喊,但到王朔那里就变成了玩世不恭的嘲讽和亵渎。王朔式调侃在90年代前后风靡文坛,流行于大街小巷,其实是为无厘头文化与戏仿文学的出现和发展开辟了道路。

古代戏曲的"丑角"文化对大话和恶搞也有影响。在戏曲角色的分类中,丑角从来都排在最后,但丑角的实际地位却又往往高于生、旦。究其原因,是因为丑角外丑内美,富有揭露批判性,所以受观众欢迎[①],大话恶搞文本跟丑角文化精神是一致的。丑角的任务是滑稽模仿,所扮的大多是社会地位较低或滑稽可爱的角色,他们热情、善良、诙谐、幽默、风趣,这跟大话和恶搞文本的叙事策略和叙述者

---

① 《角色:生旦净末丑的特点》,http://chengdu.sohu.com/picture/article.aspx?ArticleId=20060224165820587。

身份、性格是一致的。大话和恶搞应该可以算文学中的"丑角",表面难入文学之主流,但却发挥着文以载道的作用,它们对现实生活富于批判性,也确实大受人们欢迎,但似乎也因为是"丑角"身份,它们总是处于被轻视的状态。

有学者认为戏仿文学的产生与原初的小说的产生有着诸多相似之处。"所谓'小说',原本是民间杂语的汇集,嚼舌根子的闲言碎语和针砭时弊的嘻笑怒骂的混合物。其中不乏'无厘头'的幽默。而在今天,小说早已统统蜕变为'大说',大多索然无味且不说,不成为歌功颂德的,已经算是不错了。小说原始功能基本上已丧失殆尽。""小说式微,大话兴起。其实,大话这种形式在近年来民间极为盛行的各种笑话中早有雏形。……今天的网络差不多起到与古典时代的街头巷尾同样的作用。人们在网络上相遇、麇集,在虚拟的胡同口和广场上交头接耳、戚戚嚓嚓,交换各种流言蜚语和话柄笑料。大话或许可以看作是原始的小说艺术的现代变种。"①这是中的之语。

独特社会背景与文化语境决定了当下戏仿文学的出现和兴盛,也决定了它的东方特色。虽然它一定程度上受到西方后现代主义文化的影响,但其精髓却与西方后现代文化大相径庭。

第六节 戏仿文学解构的真实性和有限性

在新世纪初的中国文艺评论界和文化界,后现代主义颇为流行,颠覆、解构等后现代词汇频频出现在各类文本批评中。戏仿文学作为一种戏谑反讽文化,与颠覆、解构似乎有着千丝万缕的关系。在不少评论者的眼中,戏仿文学通过曲解经典、调侃历史、歪曲英雄人物来追求颠覆权威、解构神圣的低俗快乐,是历史虚无主义和文化虚无主义的表现,但当下的戏仿文学还算不上后现代主义文化,虽然它解构、颠覆,但并没有触及或者撼动主流文化的中心,只能说它是一种青年亚文化。

一个社会除了主流文化之外,还存在许多亚文化。主流文化是在社会中居主导地位的文化,为社会普遍认同;亚文化是暂居次要地位、受到主流文化排斥和压抑的文化;它从主流文化、传统文化这些母体文化中产生,和主流文化有对立的一面,也有和谐的一面。青年亚文化包含两个关键词,一是青年,一是亚文化。青年具有叛逆性、想象力,他们反抗陈规,不满现状,充满幻想,所以青年亚文化充满了

---

① 张闳:《大话文化的游击战术》,香港《二十一世纪》2001年12月号,第120页。

反抗的激情,它突出的特点就是颠覆性、批判性和边缘性。因而,"抵抗"是亚文化研究的一个关键词。那么,青年亚文化抵抗的是什么呢? 英国伯明翰学派的亚文化研究表明,战后英国出现的众多青年亚文化不是因为代际矛盾,而是对支配阶级和霸权的一种抵抗;而伯明翰学派最重要的亚文化研究方法之一,就是"从权力和抗争与亚文化的关联的角度来考察亚文化究竟是如何反抗主流文化并将其自身从主流文化中剥离出来,但同时也努力去适应主流文化的某些特定方面"。[1]可见,青年亚文化是对权力或霸权的抵抗。当然青年亚文化必然反抗主流文化,但它同时也努力认同或适应主流文化。这种既抵抗又合作的悖论姿态表明,青年亚文化的抵抗针对的是权力或霸权,而不是主流文化;对主流文化的抵抗其实是对主流文化所代表的权力或霸权抵抗的表现形式。主流文化并不处处涉及权力或霸权,青年亚文化对主流文化不涉及权力或霸权的某些方面是不抵制的,相反,它会借以抵制其他方面的霸权。因此,青年亚文化和主流文化、传统文化之间存在一种相当微妙复杂的关系,这种关系也使它和拒绝深度、丧失中心、否定传统文化的后现代主义有了清晰的界限。

大致看来,当下戏仿文学的生产者和受众大都是出生于20世纪70年代之后的青年,所以我们可以把这种颠覆权威、张扬个性的戏仿文学界定为一种"青年亚文化"。亚文化的抵抗姿态,使得戏仿文学充满解构颠覆的魅力,但它的合作姿态又使戏仿文学的解构和颠覆受到限制。

一、戏仿文学解构的真实性

戏仿文学作为一种青年亚文化,是处于边缘地位的青少年群体对社会秩序进行抵制和颠覆的表现,具有强烈的批判性和颠覆性。

(一)对霸权或权力的解构

由于政治地位、经济地位、文化资本、年龄等方面的不同,社会秩序中必然存在不平等的权力关系或者产生霸权。戏仿文学的生产者和受众——青少年在政治地位、经济地位、文化资本的控制等各方面往往一无所有,在学校、家庭和社会环境中又处处遭遇限制和壁垒,因而他们对霸权的抵抗或者解构似乎有种天经地义的意味。

凡是霸权的表征都可能成为青年亚文化嘲讽、解构的对象,因此与青少年学习、生活关系最为密切的家长、老师和学校首当其冲遭到揶揄、解构。《Q版语文》

---

[1] 陆道夫:《英国伯明翰学派早期亚文化研究探微》,《广东技术师范学院学报》2005年第02期,第39—43页。

中对童话《三只小猪》、朱自清《背影》的戏仿,是对家长"霸权"的颠覆;对儿歌《上学歌》歌词的戏仿(太阳当空照,骷髅对我笑,小鸟说早早早,你为什么背上炸药包?我去炸学校,老师不知道,一拉弦我就跑,轰隆一声学校炸平了),是对学校中各种霸权的戏谑嘲讽。《Q版语文》对语文教材的戏仿,更是对学校教育和语文教材的嘲弄亵渎。在各类戏仿文学文本中,家长和老师的形象,往往是固执、霸道、专制、自以为是、妄自尊大的。而像四、六级考试、电视广告、春运、移动联通的服务条款、美国攻打伊拉克、俊男美女垄断荧屏、房地产开发等,这些来自现实生活的显隐程度不同的"霸权"形式,也不断成为戏仿文学冷嘲热讽的对象。

一个耐人寻味的现象是,如果戏仿文学的前文本是文字文本,那么这些前文本往往是经典名作,如《史记》、《孙子兵法》、《三十六计》、四大名著、外国名作等等。拿《Q版语文》来说,那些突出人类普遍道德情操、审美价值和具有较高艺术价值的作品遭到了戏仿,如《三只小猪》《狼来了》《小马过河》《卖火柴的小女孩》《背影》《一件小事》等;而那些意识形态性强、审美价值弱的课文则不被戏仿关注。为什么?经典名著作为人类优秀的文化遗产,在展示其艺术魅力让人惊叹的同时,也不可避免造成一种文化压抑、"影响的焦虑",人们在经典面前感到渺小和无能为力,要在经典的包围中发出自己的声音非常艰难。而一味地崇拜经典、匍匐在经典的脚下,只会加强由经典构筑的文学和文化"霸权"。所以,戏仿文学通过戏谑、亵渎、插科打诨来反叛经典,确实是消解文化霸权、张扬个性、表现自我的有效途径。

对霸权解构得最淋漓尽致和轰轰烈烈的,也许应该算2006年众网友对赵丽华口水诗的戏仿和恶搞国产大片。写口水诗或者废话诗的诗人不在少数,而诗歌作为一种文学体裁已经相当边缘化、"小众化",可以说早就淡出了人们关注的视线。如今全民写"梨花体诗",并不是人们又开始关注诗歌,而是反抗赵丽华作为"国家级诗人"、鲁迅文学奖诗歌奖评委、《诗选刊》编辑部主任所拥有或代表的霸权。网友们义愤填膺地表示,如果赵丽华不是"国家级诗人"、鲁迅文学奖诗歌奖评委、《诗选刊》编辑部主任,她的诗歌能发表吗?为什么她这样的诗能发表,而许多优秀的诗歌却难见天日?有人说,"人们从来没有像现在这样兴高采烈地诋毁诗歌"。其实网友不但没有诋毁诗歌,而且对诗歌的沦落相当痛心、无奈;他们兴高采烈地诋毁的是霸占诗坛、导致诗歌沦落的权力。

2006年三部国产大片《无极》《夜宴》《满城尽带黄金甲》以其大投入、大制作、大导演、大明星、大场面催生了文化霸权:有限的投资涌向几个文化寡头造成垄断,同时也堆砌起"假、大、空"的视觉垃圾。所以,恶搞通过戏仿、拼贴,揭示大片情节做作、叙事混乱、台词滑稽、徒有好莱坞式的华丽修辞,试图反抗和打破大片的垄断地位。事实上,恶搞以其个性化的风格在一定程度上已经动摇了大片的霸权地位。《馒头》《武林外传》《疯狂的石头》等各种恶搞形式的风头远远超过这些所谓的大片,就是最好的证明。

(二)对崇高神圣的解构

对崇高神圣的解构,也是对霸权解构的一种表现。在我们这个高度崇尚神圣崇高的国度,崇高神圣的现象或事件会得到肯定、赞扬,反之则会受到批评、责难。这是理所当然的。

但是长期以来我们崇尚的崇高,是一种道德教化方面的崇高,它往往将政治信仰、人生理想、道德典范和工作、学习、个人生活完全混为一谈,这就造成了一些严重的后果:一,许多恶行借"崇高"之名而行。有的借勤政爱民之名牟取私利,有的借考察学习之名游山玩水,有的借开会交流之名吃喝玩乐,借爱情之名、专家之名、科学之名、民主之名、搞活经济之名、建设城市之名等谋私利、泄私愤……一句话,"崇高,崇高,多少罪行假汝之名以行"!因为假借崇高之名,所以恶行往往具有一定时间的欺骗性。这使得更多的恶行借崇高之名而行,从而陷入恶性循环之中。二,煽情流行,高唱高调大行于道。生活不可能时时崇高处处神圣。事实上,日常化和庸俗化也许使得现实生活中没有真正的崇高。池莉的小说《烦恼人生》、刘震云的小说《一地鸡毛》等就真实细腻地表现出生活的严峻是如何让崇高的理想、不凡的追求彻底破碎的。李冯、何顿、述平等晚生代作家也纷纷展示现实生活的荒诞、琐碎,崇高神圣在生活中影踪全无。但在报纸杂志、新闻报道中崇高随处可见,它们有时充满着煽情与高调。煽情并没有错,唱高调也无不可,但是,不能只顾煽情,要留有余地;不能只讲崇高,而不讲道理。在煽情的伦理流行之时,人所共知的虚伪也就无所不在了。三,造成主流文化话语失去血肉、活力,走向干瘪、僵化,惯于描摹虚幻的光环,重复既定的说辞。一代代中学生作文的主题、素材、思路和语言的雷同,表明了主流文化的僵化。

丑恶罪行被崇高掩盖,理性思考被崇高置换,生活的丰富多彩、生命的千姿百态被崇高遮蔽,崇高变得虚假空洞。所以,王小波说那样的崇高比堕落还要坏①,王蒙则干脆主张"躲避崇高"②。

人们有权拒绝虚假的崇高。戏仿文学消解的也就是这些虚假的崇高。戏仿毛泽东的《为人民服务》的《为人民币服务》,模仿语录形式的《现代语录》((一)狠抓就是开会,管理就是收费,重视就是标语,落实就是动嘴,验收就是宴会,检查

---

① 王小波:《关于崇高》,《沉默的大多数》,中国青年出版社2002年版,第177页。
② 王蒙:《躲避崇高》,《读书》1993年第1期,第11—17页。

就是喝醉,研究就是扯皮,政绩就是神吹,汇报就是掺水。(二)忙碌的公仆在包厢里,重要的工作在宴会里,干部的任免在交易里,工程的发包在暗箱里,该抓的工作在口号里,需办的急事在会议里,妥善的计划在抽屉里,应煞的歪风在通知里,扶贫的干部在奥迪里,宝贵的人才在悼词里,优质的商品在广告里,辉煌的数字在总结里),等等,均幽默犀利,一针见血地讽刺了崇高幌子下的卑下、丑恶。

同时,戏仿文学还对"文学表现崇高"的文学理念进行了颠覆。近现代特别是"五四"以来,文学总是与民族国家联系在一起,总是与承载、意义联系在一起,她给予我们某种心灵的震动和精神的激励。我们感受着文学所带来的崇高、神圣和美好,也承受着文学带给我们的沉重、悲悯和无奈。我们对文学抱着敬重的态度、敬畏的感情,把她看作人生取向的精神导师,因为她充满了批判的勇气和质疑的精神、自由的梦想和热忱的信仰。但戏仿文学似乎放弃承载、远离意义,拒绝崇高、颠覆神圣、嘲笑苦难、厌弃深度,用感性的、表面化的、零散化的感知方式,代替了那种宏大叙事以及与之相关的崇尚深度和苦难的审美经验,这一切与人们特别是精英知识分子对文学的想象相差太远,所以遭到严厉的批评。

以宏大叙事为特征的文学理念似乎神圣高蹈,面对更多的是理想和激情,所以往往忽视了现实生活,用崇高等这些略带虚幻的想象平息和压制着人们对现实的反思与反抗。大话和恶搞,面对的是现实,着眼于当下,务实、理智,不是拒绝崇高,而是不想要想象的虚假的崇高。于是那些表面上曾经崇高和神圣的东西,到大话和恶搞文本中就有了反讽的特征,处于被解构颠覆的状态。简言之,戏仿文学反抗的是某种虚假的崇高,而其批判者追求的是某种理念的崇高,这其实是一个问题的两面。在某种意义上,戏仿文学更具真实性和感染力,因为它面对的是现实生活。

二、戏仿文学解构的有限性

戏仿文学,作为一种青年亚文化,是从主流文化中产生的,它与主流文化既对立又和谐的关系,决定了它对霸权和主流文化的抵抗、解构是"仪式的抵抗"、有限的解构。

从对霸权的抵抗来看,戏仿文学的抵抗相当虚弱。表面上看,戏仿文学的创作主体在戏仿文本中对生活中的各种秩序、霸权进行嘲笑、揶揄、反叛,充满了愤世嫉俗的激情,但一旦回到现实生活中,他们又随遇而安、委曲求全,把对秩序、霸权的不满转化为一种不拒绝的理解和一种不认同的接受。这使得对霸权的抵抗落到虚处,失去了力度、气势,成为一种"仪式的抵抗"。因此,大话、恶搞虽然层出不穷,但对动摇、消除霸权似乎并没有产生实质性的作用。

从对主流文化抵抗的角度来看,无论是传统经典还是现代主流文化,经过戏仿彷佛失去了原来的深厚凝重,从而产生解放性快感,博得人们开怀一笑。但是当下戏仿文学对经典和主流文化的消解也只停留在大众消费的娱乐性层面上,并没有撼动经典和主流文化的核心。从最初《大话西游》到眼前的《武林外传》《大电影之数百亿》,对从孙悟空到飞檐走壁的大侠形象的颠覆,都是娱乐性层面上的颠覆;在此基础上,把他们还原为普通的小人物,表现他们复杂的人性、美好的感情和坚韧不拔的奋进精神,肯定和强化了主流文化中值得弘扬的价值观。《西游记》研究专家竺洪波认为恶搞版本质上对经典产生不了动摇,"你别看他们表面上把《西游记》搞得面目全非,实际上并没有伤筋动骨"①。《武林外传》的导演尚敬认为包括《武林外传》在内的众多戏仿文本"在独特的形式下,包藏着向善求真的传统道德观念和价值理念的内核"②。

实际上,戏仿文学注重当下、关注现实、关怀人生,和文学的一贯精神并无二致。如果说大话重在展示当下生活和表现自我,那么恶搞则重在揭出问题、针砭时弊,它们所体现出的价值观念和审美趣味,和主流文化也并没有大的区别。众多戏仿文本解构现实生活中的虚假崇高,恰恰体现了对崇高的认同。不过在戏仿文学看来,崇高不仅包含道德崇高,更包含生命的崇高。要关怀生命、尊重人性,不能以狭隘的道德崇高压制生命的崇高,所以油画《开国大典》被恶搞成:毛泽东在天安门城楼宣布:"大饭锅成立了",用于商业广告,似乎是对开国大典庄严时刻的亵渎,其实凸显了被崇高消弭的日常生活,并生动再现了一个颠扑不破的真理:民以食为天,当然也揭示了新中国成立以后出现的"大锅饭"现象。雷锋是因为帮人太多累死的、雷锋的初恋女友之类的恶搞,并非要歪曲英雄形象,而是把空洞苍白的英雄符号转化为有血有肉的人的形象——英雄不是神仙、精力有限,也有七情六欲,充分传达了对人性价值的肯定。事实上,雷锋原本就是一个普通人。《雷锋:1940~1962》③详细记录了雷锋这个被树立出来的楷模背后的故事——雷锋也是一个有着七情六欲、生活情调丰富的普通人。他是一个文艺青年,喜欢写诗歌、散文和小说,喜欢穿好看的衣服,喜欢唱歌跳舞。逐渐披露出来的雷锋遗物中,不仅有他缝补过三层的袜子,也有很时髦的毛衣、皮夹克和用当时一个多月工资才能买到的手表。在雷锋短暂的22岁生命中,拍过的照片有六七百张。一个

---

① 丁丽洁:《经典无法被撼动》,《文学报》2006年12月28日。
② 苗春:《〈武林外传〉:"e时代"的中国式喜剧》,http://culture.people.com.cn/GB/27296/4037635.html,2006年1月18日。
③ 师永刚、刘琼雄编著:《雷锋:1940~1962》,三联书店2006年版。

普普通通的解放军战士,在那个年代能拍这么多照片是罕见的。这是生活中真实的雷锋,但这一点也不贬损那个光辉的形象。

戏仿文学解构的有限性,还表现在它的娱乐性往往妨碍、淹没它的解构、颠覆效果。人们看过、笑过之后,很少会回过头来咀嚼、思考其中蕴含的较深的东西。

总之,戏仿文学解构的是主流文化中专横、僵化、单调、虚伪的部分。它在肯定主流文化合理部分的同时,将自由的、愉悦的、坦率的和清新的品格注入主流文化,使得我们文化与动感的生活发生活的联系,不再陷于片面的严肃性之中,不再陷于呆板和单调之中,不再陷于抽象教条的僵化之中。

结语:戏仿文学的长短与前瞻

一、戏仿文学简评

戏仿文学作为一种青年亚文化,因为"冒犯"经典和权威而广遭诘难,也因为生动的形式和关注现实而备受赞扬。从传播学的角度来看,受众总是根据自己心中的规则对信息进行选择性注意,进而选择性理解,最后选择性记忆,这些规则包括受众的心理因素、文化背景、社会地位等。所以,不同的人对戏仿文学截然不同的态度和评价并不难理解,我们必须客观地评价戏仿文学。

戏仿文学关注当下,是现实生活的一面镜子,而且是一面哈哈镜,现实生活的方方面面、尤其是阴暗面,都在戏仿文学中得到夸张或变形的反映。它不掩藏遮盖,不刻意表演,无顾忌拘牵,也不流于形式,大多是个体真切的感情、欲望和想法的真实流露,是最鲜活的文学。它调侃不良现象,嘲讽丑恶行径,肯定人性,崇尚平等自由,语言活泼,思维新颖,不但指出和弥补了主流文化的某些缺陷,而且丰富和发展了主流文化的内涵。如对经典的一系列反思:如对经典确立者的质疑、对经典确立标准的质疑、对经典永恒性的质疑等,对游戏、娱乐的重新认识,对传统英雄观的挑战,等等,不仅祛除了那些已经僵化陈旧的内容,而且在一定程度上改变了精神奴役的文化氛围,不再像齐格蒙·鲍曼所说的"'真理'这个词在使用过程中代表了某种态度:我们喜欢,但首先使希望或期待他人喜欢所说或所信仰之事——而非指所说之事与非语言的现实之间的关系"[①]那样,人们不再盲目相

[①] 齐格蒙·鲍曼著,郇建立、李静韬译:《后现代性及其缺憾》,学林出版社2002年版,第135页。

信或者被动接受某些信念,而是注重文化与现实生活的联系,进行自由的理性的思考。

在和戏仿文学的交流碰撞中,主流文化不断修正、调节自身,努力抛却其保守陈旧的一面,变得更有活力。可以说,戏仿文学为主流文化注入了新鲜血液,主流文化需要戏仿文学监督、批评。主流文化虽然在舆论上批评压制戏仿文学,但在实际生活中,对优秀的戏仿文学还是采取默认甚至鼓励的态度。如对于《潘冬子参赛记》的恶搞,央视方面不仅没有生气,反而还在发布会上为记者们专门播放了这个视频片断。青歌赛总策划秦新民认为:"这只不过是一种特殊形式的调侃而已,对于人家的善意的批评,我们可以有选择地吸收。"而最初的恶搞如《东方时空内部晚会》《大史记》就是主流文化代言人央视借用当时流行的大话形式炮制出来的。

但是,戏仿文学只关注当下,常常缺乏历史深度。戏仿文学将大量的经典文本都转为现代叙事,表现纯粹、孤立的当下,结果历史时间被现代空间取代,经典在新文本中往往成了断裂的碎片、空洞的符号,历史感深度感消失。不少戏仿文本不痛不痒的题材、不成体统的调侃,虽然可能使严肃内敛的主流文化变得活泼生动,但也使它常常走向油滑轻浮。

戏仿文学不仅具有娱乐作用,还生动展示了广大普通人的生活、思想、情感、才华以及创造力,这一点不再赘言。但必须强调的是,由于我们一向看重文艺作品的政治色彩、教育功能和思想深度,而忽视其娱乐功能,导致了我们对娱乐的一些误解:娱乐似乎就是肤浅、低俗,一旦娱乐功能比较突出,似乎也就意味着深度的丧失。因此不少人认为戏仿文学无聊低俗,无视其丰富的内涵。其实,戏仿文学不是靠低俗取悦于人,而是靠真实表达和机智幽默打动人,戏仿文学的深度是需要仔细探究的。有人说,如果你看完了《大话西游》,还笑得满地打滚,那么你其实什么都没看懂;如果你看完了"大话",你忽然发现脸上不知什么时候已有泪水,你总算看懂了第一层;如果你看完"大话",笑也笑过了,泪也流过了,忽然怔在那里,觉得不知是该哭还是该笑,那么你看懂第二层了;如果你看完了"大话",默默地坐在那里,感到无处可去,感到一种深入骨髓的悲哀和无奈,你看懂第三层了①。所以,不要被表层的娱乐蒙蔽了双眼。

戏仿文学对崇高、经典进行解构,并不意味着文化虚无主义,因为它只是表层的解构,没有触及主流文化的核心;并不意味着什么也不信仰,而是意味着意识到有许多同等重要或令人信服的信念。戏仿文学颠覆的主要是那些贫乏单调、失去

---

① 葛卉:《意义的追寻和价值尺度的消解》,《电影文学》2006年10期,第18页。

生命力的僵化符号和权威话语,同时体现出自由平等的精神、快乐哲学和理想精神,所以它不但不会导向虚无,相反它是在为自由的丰富的生命创造条件。

无庸讳言,戏仿文学确实没有什么深邃的思想和形而上的理趣,被斥为肤浅粗俗也情有可原。有些戏仿文学也确实存在大量为搞笑而搞笑的因素,装疯卖傻、玩弄噱头,机械复制的"笑"铺天盖地,且表达、评判的随意性较大,确实值得反思。

尽管戏仿文学存在诸多问题和缺陷,但它们毕竟营造了一种轻松、乐观、充满想象力和灵活性的文化气象。

二、戏仿文学发展前瞻

戏仿文学和无厘头文化虽然广受批评,但一直以来风头强健,并以其丰富的想象、活跃的思维、机智的表达和关注现实人生等特征,获得了人们特别是年轻一代人的心。这使得戏仿文学既拥有深厚的"群众基础",又具备了进一步发展的后备力量。从大话到恶搞的发展,展现出越来越强的现实关怀精神。这种和主流文化合流的倾向,或许能减少无厘头文化和戏仿文学在发展中可能遭遇的阻力、障碍,从而拥有更为宽松的发展氛围。因此,无厘头文化和戏仿文学在今后一段时间内很有可能得到长足的发展并产生更为广泛的影响,当然,对它的批评和责难可能也不会间断。

第五章

新世纪初的官场文化与官场文学

第一节 官场文学:别样热闹的风景

一、关于官场文学的概念

官场文学作为一个概念,常常和"反腐败小说"一词联系在一起。张恒学认为:"20世纪90年代以来,以反腐倡廉现象为审美对象的小说,即'反腐倡廉小说'(有的又叫官场小说或新官场小说)在文坛上逐渐风行起来。"①顾凤威也有着相似的看法:"90年代中期以来出现的'官场小说'或'反腐小说'在这两年中得到进一步发展,取得令人瞩目的成果。"②显然,这两种说法都倾向于把"反腐小说"作为此类文学的称呼,后者更是给二者画上了等号。但我们从作品中不难发现,官场文学不仅仅着眼于反腐败,也反思了权力体制和关注着社会现实。基于这一点,论文这样定义官场文学:以官场为主要叙事背景并对权力进行了描写的文学作品。所以本论文不但讨论官场写实的王跃文、阎真和田东照,也讨论主旋律派的陆天明、周梅森和张平等人。

二、官场文学发展概述

20世纪90年代,中国社会开始进入转型期,市场经济的逐步展开、各种体制的深入改革,为大众文化的发展及文学的市场化提供了物质条件。作为通俗文学

---

① 顾凤威:《反腐倡廉小说的社会学、文化学透视兼论"依法治国"、"以德治国"方略》,《桂海论丛》第5期,2001年。
② 何镇邦:《"长篇热"带来的丰收1998、1999长篇小说创作漫评》,《小说评论》2001年第2期。

现象之一的官场文学就在这个时候兴盛起来。

官场文学的发展和几个代表作家的创作历程有关,20世纪90年代以来,有许多作家对官场进行了刻画和描摹,如王跃文、周梅森、陆天明、张平、阎真和李佩甫等人。1995年陆天明的小说《苍天在上》刚出版时,反响并不是很大,被改编成电视剧热播后才畅销起来。随后周梅森的《人间正道》《中国制造》等几部小说亮相于文坛。官场文学真正的兴盛时期是1999年及此后的几年,尤其是在张平的《抉择》获得巨大反响后,阎真的《沧浪之水》、李佩甫的《羊的门》、王跃文的《国画》以及田东照的《跑官》系列小说纷纷问世,这些作品以其对现实的高度关注、对权力本质的深刻洞悉以及对人性迷失于官场的细微体察,获得了读者和评论界的认可,官场文学由此迎来了它的兴盛时期。由于此类题材的走红,书市上也出现了各种各样的官场小说,如《市委书记双轨的日子》《反贪指南》《市委书记在上任时失踪》和《权力一号》等,但质量参差不齐。

新世纪以来,官场文学的创作势头进一步高涨,陆天明推出了《大雪无痕》《省委书记》《高纬度战栗》;周梅森发表了《绝对权力》《国家公诉》《至高利益》《我主沉浮》;王跃文出版了《梅次故事》《西州月》《官场春秋》《官场无故事》;还有张平的《国家干部》、汪宛夫的《机关滋味》、范小青的《女同志》和肖仁福的《待遇》,等等,官场文学也由此进入了繁荣阶段。

三、研究现状及问题

随着官场文学日益成为一个重要的文学现象,研究者也开始加以关注,已有的研究成果大致有以下几个特点:

(1)总体评价上,肯定的声音居多,否定质疑的论调较少。关于官场文学给我们提供了什么?其价值如何?在现有的研究中,多数研究者认为官场文学以现实主义写作的面目描述、诊断了现实中的痼疾,在试图揭示历史与现实联系的问题上,也表现出了批判性的勇气。刘复生的《历史的浮桥——世纪之交"主旋律"小说研究》[1]一书就认为,虽然官场文学存在一些模式化的问题,但它的价值远远超过了文本技巧上的缺陷。也有研究者对此有所质疑,武新军的《新官场小说求疵》[2]一文就认为,官场文学中权力决定论的思维模式与伦理判断出了问题,人文资源和视野也显得匮乏和狭窄。

(2)从形式上看,系统研究专著偏少,个案研究论文较多。在系统研究成果

---

[1] 刘复生:《历史的浮桥——世纪之交"主旋律"小说研究》,河南大学出版社2005年版。
[2] 武新军:《新官场小说求疵》,《当代文坛》2003年第3期。

中,有两本颇有见解的:唐欣的《权力镜像:近二十年官场小说研究》①和刘复生的《历史的浮桥——世纪之交"主旋律"小说研究》②。唐欣从现代性的角度切入官场小说,以较为细腻的艺术感悟和深入的理论思维对官场文学进行了解读与诠释,"从立意到谋篇在整体上具有一种精细感和新颖感,形成了独特且有创意的学术话语系统"③。她关注的官场文学时间跨度也更长,始于20世纪80年代。刘复生的研究更多地从官场文学主旋律题材的视角进入小说文本,从权力合法性的焦虑、司法公正的现代性诉求以及小说的叙事成规等方面,探讨了主旋律小说在思想和艺术上的成就。

个案研究依然是官场文学研究的主要形式。较有影响的论文有刘复生的《"反腐败"小说的表意模式与叙事成规》④和《"主旋律"文学:尴尬的文坛地位与暧昧的文学史段落》⑤,刘复生的研究视点集中对"主旋律"主题进行阐释。马杭飞的《论九十年代以来官场小说的叙事伦理》⑥和蔡梅娟、张灿贤的《现实的解析与人性的透视——新官场小说的审美特征》⑦,着重对官场文学进行叙事研究,挖掘文本叙事隐含的伦理问题并探索具体的审美价值。个案研究包括单个作家和单部作品研究,如汤晨光的《士人精神的时代性陷落——论阎真〈沧浪之水〉》⑧,胡焕龙的《沉痛的历史与文化反思——读李佩甫长篇小说〈羊的门〉》⑨,单部作品研究带来的问题容易以偏概全。

(3)从研究视角上看,多从主旋律、文本叙事进入官场文学研究,尤以反腐败角度居多,而从现代性、女性叙事、权力理论、文学市场化及大众文化等角度切入的研究相对较少。刘复生的专著及两篇论文就是从反腐败、主旋律入手加以研究。虽然反腐败是官场文学一个很重要的主题,但其实官场文学还有其他可待挖掘的研究空间,比如与大众文化、中国官场文化和文学市场化等现象的联系。其中唐欣的著作是不多的从现代性角度切入官场文学研究较为优秀的一本,赵佃强

---

① 唐欣:《权力镜像:近二十年官场小说研究》,社会科学文献出版社2006年版。
② 刘复生:《历史的浮桥——世纪之交"主旋律"小说研究》,河南大学出版社2005年版。
③ 唐欣:《权力镜像:近二十年官场小说研究·序言》,社会科学文献出版社2006年版。
④ 刘复生:《"反腐败"小说的表意模式与叙事成规》,《文学评论》2005年第2期。
⑤ 刘复生:《"主旋律"文学:尴尬的文坛地位与暧昧的文学史段落》,《当代作家评论》2005年第3期。
⑥ 马杭飞:《论九十年代以来官场小说的叙事伦理》,《常熟理工学院学报》2005年第3期。
⑦ 蔡梅娟、张灿贤:《现实的解析与人性的透视——新官场小说的审美特征》,《淄博学院学报》(社会科学版)2001年第2期。
⑧ 汤晨光:《士人精神的时代性陷落——论阎真〈沧浪之水〉》,《南方文坛》2003年第3期。
⑨ 胡焕龙:《沉痛的历史与文化反思——读李佩甫长篇小说〈羊的门〉》,《淮南师范学院学报》2002年第4期。

的《论当下"官场小说"的女性叙事》①也是值得肯定的成果。

（4）官场文学的文学性研究较少。在已有的研究成果中，虽然有一些研究者从官场文学的结构、语言、人物塑造等文学技巧探讨了官场文学的文学成就及存在的问题，如温凤霞的《试论"官场小说"的程式化和类型化》②就对官场小说创作存在的模式化问题提出了批评，孙德喜的《当代反腐小说中腐败官员语言的文化心理透析》③从语言角度切入文本，通过分析腐败官员语言潜在的文化心理，对官场语言的滥用做了理性思考。但总的来说，官场文学的文学性研究还是处于明显的劣势地位。对文本进行文学性研究可以进一步丰富研究的方法、拓展研究的视野，对官场文学做出合理的总体评价很有帮助。当然，这方面研究的缺少和官场文学本身在艺术上有限的探索有一定的关系。

本论文在已有成果的基础上，从官场文学的官场文化阐释、官场文学的文学性考察和大众文化如何影响官场文学几个角度，对世纪之交的官场文学进行一番考察。现有的研究成果中，从大众文化、官场文化视角切入官场文学的研究相对较少，期望这样做能给官场文学研究带来一些新的气息。

第二节　官场文化与官场文学

20世纪90年代中期以来的官场文学，作为表现当下政治形态的一种文本，触及到了社会、政治生活中的很多问题。就文本内容而言，大致可分为两类：一是着意解开官场权力密码、揭示权力异化现象背后的文化土壤，如王跃文的官场批判系列小说；二是切入现实腐败问题，以正剧的方式展示官场腐败与反腐败的斗争，具有主旋律的宏大叙事特点，如张平、周梅森、陆天明的作品。从文本中我们可以发现，其官场叙事秉承了传统官文化的许多消极特质，官场文学描述的权力场虽然经历了现代政治运动的洗礼，但其深层的官本位意识却并没有因此而消退，反而有抬头之势，因此从传统官文化视角切入官场文学研究比运用诸如"现代性"

---

① 赵佃强：《论当下"官场小说"的女性叙事》，《山东文学》2005年第5期。
② 温凤霞：《试论"官场小说"的程式化和类型化》，《理论学刊》2006年第5期。
③ 孙德喜：《当代反腐小说中腐败官员语言的文化心理透析》，《上饶师范学院学报》2004年第2期。

"后现代"等西方话语要更为恰当①。

中国漫长的封建统治使一种与封建政治、经济相适应的官场文化——官文化得以形成,它"以官为主体,以为官者的利益为核心,以压抑人性,维护专制统治为最终目的"②。据研究,官文化由孔丘始创,至汉武帝刘彻"罢黜百家,独尊儒术"而确立,经三国、两晋、南北朝至隋唐的保持,在宋明全盛,由清开始衰落,并作为一种传统遗留至现代③。由于集权制度的不断完善和发展,官文化体制逐渐蜕变为专制文化,"官本位""官至上"的思想随之产生,一个极端的表现就是官员们为追求、保住官位而不择手段地滥用官场权术。尽管封建专制已结束多年,但作为意识形态的封建文化尤其是官文化思想并没有完全消失,很大一部分内容延续了下来,官本位思想、权力崇拜、权术意识及奴性意识就是它作用于现实政治的体现。

通过对"权力·权术"结构的文学阐释,对现代政治伦理与传统官文化冲突的聚焦,以及对人物身份转换产生焦虑的关注,官场文学比较深刻地展示了官文化的弊端及其在现实政治活动中的消极影响。

一、"权力·权术"的文学阐释

"权力·权术"是中国官场文化的核心,也是解开官员们追求、维持和运用权力秘密的钥匙。权力的核心是支配性,关于这一点,有学者这样解释:"一方强制另一方做某事的能力;某一群体不仅能够掌控对其有利的结果并且还能制定游戏规则的能力;一种操纵人们而不会引起不满的能力……"④官场文学对权力属性的阐释一般不让文本中的叙述者直接宣讲,而往往通过展现一个或几个官员的官场言行来进行。

一是权力具有巨大能量,为公可以造福社稷,为私则祸国殃民。《沧浪之水》中就有"钱做不到的事还是有的,而权力做不到的事就没有了"的说法,主人公池大为在经历了许多挫折后,也接受了这个事实,并开始积极追求权力;《国家干部》中的老书记陈志祥深深懂得,一个干部要有所作为,要为百姓谋得利益,没有权力寸步难行,于是他主动劝夏中民先坐上市长的位子,然后就可以毫无顾忌地开展

---

① 唐欣博士2006年出版的专著《权力镜像:近二十年官场小说研究》,就用到了现代性理论,从运用理论的角度上来说,全书确实表现出了作者很高的理论素养,然而让人觉得,其厚重的西方理论和不同土壤生长出来的现象之间显得略微有些不协调。
② 刘颖:《官文化:把人变成奴才的文化》,《社会科学论坛》,2006年第9期(下)。
③ 刘永佶:《中国官文化批判》,中国经济出版社2000年版,第3页。
④ 邱晓林:《文化研究视野中的"权力"理论》,《天府新论》2006年第1期。

整顿工作;《绝对权力》中的市委书记齐全盛为了追求行政效率、获得绝对权力而逼走刘重天,党政权力一肩挑。

二是权与利的捆绑关系。"钱权之间的这种惺惺相惜不但显现着消费社会对物欲权欲的无限崇拜,而且在很大程度上演化为'权力经济'或曰'权钱交易'。"①几乎每一部官场小说中都有一个甚至几个腐败者,利益来自贿赂,来自权钱交易。陈独秀曾经对官文化有这样的言论:"充满吾人之神经,填塞吾人之骨髓,虽尸解魂消,焚其骨,扬其灰,用显微镜点点验之,皆有'做官发财'四个大字。"②此言似乎略显得过激,但权力能带来物质利益和名誉确是长久以来为人们所认可的事实。《国画》中朱怀镜的升迁,除了其谙熟官场之道,对皮市长及柳秘书长的贿赂更是一个直接原因;《抉择》中李高成的市长职务得之于郭中姚等人向省委副书记严阵的贿赂;史生荣的《空缺》、田东照的官场系列小说《跑官》《买官》和《卖官》,对权力能够带来直接利益更是有着醒目的描写。

三是权力具有腐蚀性。官场文学把人对权力的崇拜和欲望以及人迷失于权力漩涡中遭到的腐蚀展示得颇为细致。田东照在《买官》中借县委书记郭明瑞之口总结了权力的魔力:"一个人一旦官瘾大发,权欲膨胀,就会灵魂扭曲,人格丧失,表现在行动上就会不择手段,干出肮脏丑恶的事来。"而李佩甫的《羊的门》渲染的是人对权力的向往与追逐,主人公呼天成的权欲几乎是与生俱来的,他17岁时第一次见到皇帝的龙椅就产生了深深的膜拜之情,体味到了那无比的尊贵和高高在上的感觉,在此后的40多年中,他精心钻营一步一步爬上了胡家堡权力的顶峰,成为主宰这块土地的"主"。李春平在《步步高》中对权力有这样一段描写。

> 古长书不是一个盲目的为官者。他对于权力的研究思考远比一般为官者要深刻得多。把权力作为审美对象的时候,权力是最美的,也是最有魅力的东西。权力的魅力,在于使用权力时的快感,这种快感的产生是由心理愉悦和生理愉悦共同引起的,它会刺激大脑皮层的兴奋。这是权力的美学特征之一。在一个等级森严的社会制度里,领导连开会都坐在一个众目睽睽的显要位置,权力带来的其他好处就自不必说了。他曾经仔细研究过,为什么有的领导喜欢在文件上签字批示?一是签字的政治功能,它既是为了表达领导的主张与倾向,是手迹的证明,也是一种权力符号。二是签字本身作为表达主张、安排工作的一种方式,它具有一种特殊的美感。当了领导,就必然赋予

---

① 蔡梅娟、张灿贤:《现实的解析与人性的透视——新官场小说的审美特征》,《淄博学院学报》(社会科学版)2001年第2期。
② 武斌:《话说〈官本位〉》,载《求是杂志》2004年第24期,第47页。

了他诸多的政治体面。在以集团为单位的群体中,他是最荣耀的一个人。所以对领导最重的处理,就是取消这种荣耀——撤职;对领导最高的奖赏就是增加这种荣耀——提职。①

作者对权力如此传神的描写令人耳目一新,把官场还原为人的具体生存环境,"以审美眼光看待官场和权力当然也并不是一味美化官场,颂扬执政者,而是要看其能否把权力执掌到一种美的境界"②,这种审美虽然能将权力描绘得温情一些,但这种审美式的体验恰恰暴露出人深层心理对权力的崇拜和体认。权力的这几个特点是中国官文化在权力场中的真实体现。如上文所言,中国官文化传统的精髓在于官本位和权力崇拜,官场文学中描述的权力不但象征着地位、名誉,也意味着支配控制权和财富利益,这显然是官文化属性的体现。

官场文学对权力的描述中,除了强调权力的支配特征外,也强调了诡异难辨的权术观念。什么是权术?《辞海》中说,"权"为权宜、权变,"术"为手段、策略、方法、心术,权术就是权变之术。从其本意来看,权术最初并无贬义,它是指因人、因时、因事而变通办法、灵活处理的手段,是一种智术。政治权术即政治斗争中的权变手段,为历代大小官员视为官场秘诀。权术因具有隐蔽性和经验性,某些时候也被称为政治智商,可以说中国的权术是人类政治智慧结出的一个怪果③。王跃文的《国画》《梅次故事》和《官场春秋》对这些伎俩有着惊人的描述。《国画》中叙述了张天奇为了多从领导身边探得消息,特意从县里挑选一些姑娘送到领导家中去做保姆,朱怀镜在拿到了李明溪价值28万元的《寒林图》之后,想都没想就送给了皮市长。在《羊的门》中,呼国庆将政治对手的亲信行贿的一万元公开交给对手,欲陷对手于被动境地,呼天成玩"小"不居大。在《绝对权力》中,女市长赵芬芳借齐全胜与李重天的矛盾,施展种种权术伎俩,甚至不惜与黑恶势力相勾结,去获取个人权力。《国家干部》中刘石贝的所为简直就是活生生的权术教科书。

在官场文学对权力运作演变成权术斗争的书写中,官场另外一个关键词不能被忽略,即潜规则。潜规则本是一个悖论,既是规则,本应公开彰显,然而它却是隐藏的,虽看不见摸不着,却处处制约着人的行为,乃至决定人的命运。潜规则的出现实际上是权力斗争的产物。《梅次故事》中有这样一段话:"梅次官场的最大特色就是玩圈子,是圈子官场,圈子政治。有老乡圈子、同学圈子、战友圈子、把兄

---

① 李春平:《步步高》,春风文艺出版社2005年版,第14页。
② 郝雨:《李春平的官场小说与"权力美学"》,《安康师专学报》2006年第4期。
③ 王金华、陈亮:《忠奸并用、术道杂陈——当代官场小说的文化解读》,《石家庄职业技术学院学报》2006年第1期。

弟圈子,等等,五花八门。"①这种圈子就是典型的潜规则之一,它制约着官员的政治行为,也破坏着正常的政治规范。尤其在权力监督不力时,潜规则更成了滋生腐败的温床,《国家干部》中齐晓昶对马韦谨说的一番话详细地阐述了这里面的问题:

> 你知道办公室这几年那些大大小小的会议费、办公费、出差费、小车修理费、室内装潢费、办公用品费,还有各种各样的补助、补贴,名目繁多的开销、开支,七七八八,上上下下的打点、料理,都是怎样运作的?你以为领导签了字的就都是干净的?我只问你一件事,你就知道你明白不明白,干得了干不了……就这么一个嶝江市,几乎天天在请客,时时得送礼,票子像嶝江的水一样哗哗地流。这一笔一笔的开支,一摞一摞的账单,你知道怎么走账,怎么结算?怎么变通处理,怎么应付审计检查?还有现金怎么走,资金怎么转,支票怎么用?不合理怎样让它合理,不合法又怎么让它合法?糊涂账怎么变得清清白白,腐败款怎么变得干干净净?马主任,这些你都知道吗?懂吗?②

这些话是触目惊心、令人沮丧的,但它又确实存在于现实当中。对作家来说,对这些不正常的现象加以展示和披露无疑是有价值的。

官场文学中对权力、权术的分析和披露,折射出中国官文化传统在当下政治实践中的延伸。权力的支配意识古已有之,权术的运用也是久远的事情,只是由于时间的流变染上了一些新的色彩。官场文学关于权力的文学叙述,其价值就在于向人展示了活生生的政治权力运作方式的丑陋。布尔迪厄说:"对一种统治形式的科学分析进行披露必然具有社会的,但可能是意义相反的后果:这种披露要么会从象征意义上加强统治,因为对这种披露的实录似乎再现或印证了统治话语……"③从现实主义角度来说,它积极的意义在于揭露了不合理的东西。

欲望和人性的碰撞是官场文学对权力书写的另一个基点。卢梭说:"人性的首要法则就是要维护自身的生存,人性的首要关怀就是对于自身的关怀。"④"关怀自身"是人的本质特点,单从纯人性的角度看,这是人的自然属性;从道德的角度看,则是一种人性之恶,是私欲的表现。有研究者从这个角度解释腐败问题:"通过形象的描绘所做出的理性阐释是:人的私欲是腐败现象产生的根性条

---

① 王跃文:《梅次故事》,人民文学出版社2001年版,第5页。
② 张平:《国家干部》,作家出版社2004年版,第202页。
③ 皮埃尔·布尔迪厄:《男性统治》,海天出版社2002年版。
④ 卢梭:《社会契约论》,商务印书馆1963年版。

件。"①一个官员面对权力欲望的来袭,往往要付出人性的扭曲或奴化作为代价,他们不同程度地经受了灵与肉的搏斗,甚至被搞得焦头烂额。

人性的扭曲在官场文学中,多表现为本质并不坏的人在权力面前的逐渐异化。《秋风庭院》中的关隐达原本是一个心地善良、灵魂纯洁的青年,当上县长之后,因为权力被架空后的处处受限,权力欲望被激起,从而使用近乎卑鄙的"告密"方式赢得上级的认可从而打败对手,但这种方式却让他自己觉得灵魂受了玷污;《羊的门》里呼国庆在得到呼天成的恩惠后一直抱着一种"亏欠"感,他深深感到给予和索取永远不是在一个层次上的,给予包含着一种施舍的意味和一种居高临下的姿态,被恩赐感一直在折磨着他;《绝对权力》中女市长赵芬芳对权力的欲望几乎达到一种癫狂的状态,她一步步陷下去,人性中善良的东西一点点变成了疯狂和歇斯底里,最后精神崩溃而自杀;《跑官》中郭明瑞跑官的每一步对他来说简直是一种精神的折磨、灵魂的煎熬。作为文学形象,这些灵魂扭曲者的价值在于其内心的复杂、性格的扭曲得到了细腻的刻画和揭示,更在于官场文学通过这些形象展现了权力具有的压迫性和腐蚀性。

奴化比人性的扭曲更为可怕、危险,"由于官文化的长期影响,人们已经丧失了主体意识,沦为了权力、金钱和制度的奴隶"②,官场文学作品中对此有着揭示和批判。奴化一词,除了说明人本身具有贪婪属性外,也说明社会环境中存在一种变异了的思维,或者说传统的奴化意识在抬头。《国家干部》的齐晓昶、汪思继,《国画》的皮市长,《大雪无痕》的冯祥龙,《人间正道》的肖道清,都是这种奴性人物。在权力者面前,他们迷信、崇拜,没有任何主见;在金钱面前,他们自私自利、唯利是图,让金钱、名利牵着鼻子走;在制度面前,他们绝对服从,不敢有丝毫的意见,已然成了权力的奴隶,至于人性之善,已荡然无存。

官场文学揭示了在追求权力过程中人性的异化、奴化。表面上看是欲望和人性的角逐,是欲望吞噬了人性,但问题的实质是社会环境和政治体制的不健全导致了权力的消极性作用。

二、现代政治与清官情结

90年代以来的文学活动不得不面对社会中发生的种种变化,在社会转型时期,原有的价值、观念都有待整合、重估,现代政治观念的提出恰逢其时。现代政

---

① 蔡梅娟、张灿贤:《现实的解析与人性的透视——新官场小说的审美特征》,《淄博学院学报》(社会科学版)2001年第2期。
② 杜荔红:《"官文化"浅析》,《理论导刊》2003年第8期。

治与传统官文化之间不仅在组织形式上有着区别,更在政治伦理方面构成了紧张的内在冲突。但官场文学中不时流露出的清官情结,却反映出了传统官文化在现实的政治操作中较现代政治理念更具有强势地位。

现代政治学关注的问题是"政府和公民应当做什么,不应当做什么",重点在于"政府应当做什么,不应当做什么"。学者任剑涛提出,现代政治文明可以概括为一种从制定良法(good law)出发,借重良制(good institution)手段达到良序(good order society)状态的文明形态①。良法是指好的法律,用来约束政治生活和安顿社会心理的安全需求;良制指的是好的制度,引导社会生活有序化;良序社会是目标,在于公共生活能得到保证、公共秩序能得到维护。

现代政治要求民主和法治,也要求行政效率。如何完成政治从暴力统治到理性权力的飞跃,如何实现政府从统治者到管理者角色的转变,又如何分享权力和利益,是现代政治需要面对和解决的问题。官场文学没有回避这些问题,普遍关注了经济、政治、社会等领域出现的矛盾,对不正常的事物也有着讽刺和揭露。但与对权力现象有力的批判相比,多数官场文学作品对现代社会问题的处理缺乏有效的思考,虽然意识到了现代政治语境的存在,但没能对现行的政治权力进行足够、有力和深刻的反思,也没能表明深化权力体制改革的必要性。

在对此做出回应和反思不多的作品中,阎真的《沧浪之水》和李佩甫的《羊的门》是较优秀的两部。《沧浪之水》中没有一个人物具有绝对的正面性或反面性,他们都在生活的泥淖中精心算计、苦苦挣扎。作者没有刻意、天真地塑造一种代表正义、象征光明的力量,没有浪漫地描写一种英雄主义的彻底反抗,同时也拒绝提供廉价的希望,凸显了一种意义的真空。然而,池大为这个有着强烈自省意识的"忏悔的贵族"却在做着超越的努力,他的出现和存在是一种问题与意义被消解的象征,也是反思的开始。而《羊的门》"把历史与现实有机地交汇在一起,在两者的相互关系中展开对中国社会严厉的政治和文化批判,从而表现了作者的深广忧愤"②。

但诸多的官场小说依然通过传统方式,凭借一个或者几个清官近似执拗的努力来解决问题。清官在古代被称为清吏、廉吏,指"操守上的清白,然后附会出品行方正、大公无私、清苦朴素、不贪污……强调的只是为官者的品德"③。清官政

---

① 任剑涛:《从良法、良制到良序——现代政治文明的基本视角》,《江海学刊》2004年第4期。
② 胡焕龙:《沉痛的历史与文化反思——读李佩甫长篇小说〈羊的门〉》,《淮南师范学院学报》2002年第4期。
③ 端木赐香:《中国传统文化的陷阱》,长征出版社2005年版,第108页。

治的提倡实质上表明当代中国政治与法制还具有浓厚的传统色彩,尤其在经济开始市场化时,各种现代化因素因中国传统文化的底色更显得光怪陆离,"人的现代化尚没有完成……而现代化的外衣下,又难免露出封建的小来"①。清官情结尤其体现在官场文学对腐败现象的处理中,凭借的往往不是制度的力量,而是某一个人或者某一群人同另外一群人斗争,最后因为"上边儿"②的干涉,腐败问题才得以处理。"几乎没有一部作品突出了法治精神,表现深化体制改革的必要性,没有刺中产生腐败问题的死穴,即使像试图宣扬法制理念的作品《大法官》,一个个贪官也是在上级权力部门的干预下才走进法庭接受审判的"③,这种现象道出了事实的真相与清官意识的尴尬。以张平的《国家干部》和陆天明的《省委书记》为例进行分析。

《国家干部》展现的是一个县级市两会召开之前政府机构中的人事冲突,副市长夏中民具有坚定的理想信念,他勤政爱民、不贪不占,不用权力和原则作交易,不屑于种种经营权力的"权谋"手段,以至于他的对手想抓他的"把柄"都无处可抓,只好别有用心地栽赃陷害。他身在官场,却坚决抵制"官场"之"场",不顾各式各样的潜规则,以至于成为官僚们的眼中钉。这是一个典型意义上的清官,品德高尚,为民请命,同汪思继、刘石贝等人展开殊死政治搏斗,但结果怎么样呢?他赢得了民意,却输掉了官场,最后解决问题的还是上边儿的省委书记。整部小说就像一个寓言,真实而又虚幻,当政治运作依靠个人的是否善良、品德是否高尚,那深层的问题只能被遮蔽了。

《省委书记》中"大山子"矿物局是特大型国有企业,投入了几十个亿,结果除修了几条路和架了几根高压电线之外,没有任何成就。省委副书记宋海峰请缨到大山子市政府兼职,目的是不让马扬揭开大山子的黑洞。马扬是一个和夏中民有着同样优点的清官,他冒着生死危险同腐败分子进行抗争,并积极探索国企改革路径,抛出"破船论",经过种种艰难,最后还是省委书记出面,侵吞国有资产一案才结束侦查,宋海峰才被双规。

这两部小说在处理人物时流露出了一种清官情结,塑造出了略显虚假的形象,其中夏中民和马扬就是代表,他们在道德方面无可挑剔,一心为民、嫉恶如仇、铁肩担道义。但这恰恰折射出一个问题,作者是把他们当作清官形象来刻画的。

---

① 端木赐香:《中国传统文化的陷阱·前言》,长征出版社 2005 年版。
② "上边儿"在官场文学中是一个有特殊意味的词语,它似乎比制度甚至法律更管用,往往在最关键的时候出现,力挽狂澜,在日常政治运作中,也决定一个人升迁与否。
③ 康长福:《喧嚣的背后:近年来官场小说创作透视》,《齐鲁学刊》2004 年第 3 期。

而"清官政治毕竟只是国家管理的一种低级形式,它更多的是依附于当权者的个人品质、情绪和契机,带有很大的主观性和随意性,本质上仍然是人治"①,清官政治不是现代政治本该具有的东西,人治和法治本质上是构成冲突的,从这个意义上讲,清官政治的存在和被民众认可反映出来的是"……新的强有力的制衡机制尚未建立,有限政府的框架尚未勾勒出来"②。无限政府没有向有限政府实现转变,制衡机制(不仅仅是监督)也还没有完全建立。在这种情况下弘扬清官意识和清官政治,显然是官场文学失败的地方。

两部作品分别通过夏中民、马扬与对手的斗争过程揭示了官场政治领域出现的许多问题,然而作者似乎没有能力在揭示问题的同时去思索怎样建构合理的政治体制,只是把腐败、行政效率低下等问题具体化,或者语重心长地发出一些权力需要监督的无力的声音。张平自己也说:"在目前有效的制约机制尚不健全的情况下,干部个人的修养和品质如何,确实在起着决定的作用。"③官场文学在怎样建设良法、建立良制、完成良序方面的思考明显准备不足,清官政治的弘扬也显得像是在逃避问题。现代政治体制是经济和社会现代化的必然要求,官场文学在现代政治建构方面有限的探索和弘扬的清官意识,实在是把错了脉、下错了药。

三、身份转换与心理焦虑

如果说官场文学在塑造贪官形象时有着扁平化的倾向,那官场文学作品在描写从政的知识分子、权力场中的女性、退幕前后的政治老人等形象却有着不俗的表现,把他们在转换身份时表现出的心理焦虑和复杂的人性刻画得颇为生动,堪称其艺术上的亮点。

(一)政、道间的知识分子

中国知识分子的从政情结与古代精神传统和"五四"精神传统有关。古代传统着重"两个方面:一是天下千秋的情怀,对国家对社会的关注承担;二是威武不屈贫贱不移的人格精神和对人生意义的超越性体验和追求"④。"五四"精神传统却重在反思、批判和启蒙。知识分子面临的选择无非两种:或学得权与术货与帝王家;或远离权与术采菊东篱下。

知识分子题材是新时期文学的一个重要内容。20世纪80年代的"伤痕文

---

① 张存凯:《20世纪90年代官场小说三题》,《晋中学院学报》2005年第4期。
② 朱义禄:《清官情结与当代中国政治文化心理》,《探索与争鸣》2001年第10期。
③ 张平:《我写〈抉择〉》,《人民论坛》2000年第9期。
④ 汤晨光:《士人精神的时代性陷落——论阎真〈沧浪之水〉》,《南方文坛》2003年第3期。

学""反思文学"等文学思潮中,作品中的知识分子形象延续了传统知识分子的特点,他们"以崇高的社会使命感与责任感对关乎国家、民族的重大问题进行了反省和深思,使整个文坛激荡着一种崇高的诗意情怀"①。此类文本多表现受难的知识分子在社会不正常运动中受到摧残的悲剧性命运。到90年代,随着社会开始进入转型期,知识分子的精英姿态、启蒙意识面临着一种普遍的困境,有研究者称之为"孔子之死"②,即知识分子的精神死亡。有学者在一篇题为《90年代知识分子的三大挑战》③的文章中认为知识分子群体开始"分解"④为权力型、市场型和人文思想型三种类型,所谓权力型指的是知识分子去参政,市场型知识分子靠科研成就和学术成果转换成市场效益,而人文知识分子是坚守精英立场者。

政治游戏规则与知识分子精神传统的内在冲突,也就是政与道的抗衡。权力型知识分子在官场文学中通常是先经历了政、道的分离,而后经过调整达到政、道合一,最后实质上是政压倒了道。调整的过程是艰难的,为政还是为道,做一个政客还是一个知识分子,选择一种身份意味着放弃另外一种,身份焦虑不可避免,在完成角色转换的过程中,他们经历了巨大的心理冲突和人格渐变。

《沧浪之水》描写了知识分子池大为与传统观念、世俗势力作斗争的过程。他秉承了中国传统知识分子心忧天下的人生态度,接受了民重君轻、重天下而轻个人的价值观念,他坚持正义痛恨腐败,敢于仗义执言、蔑视奴颜媚骨。然而他毕竟生活在一个官本位、权力重于一切的具体社会环境中,几乎所有人都围绕权力核心作向心运动,在经历了诸多的挫折打击后,知识分子精神带给他的是痛苦和迷茫,最后他选择了向权力投降。投降前,"池大为思想上是清醒的,人是什么,怎样为人,他很清楚,而生活中是迷茫的,因为现实没有给他提供展示理想的空间,他不知道如何迈步;投降之后,他行动上是清醒的,做什么和怎么做,他都很清醒,而

---

① 赵霞:《精神的迷失与消隐——试论新时期文学中的知识分子形象》,《克山师专学报》2003年第4期。
② 邢小利:《九十年代知识分子的现实境遇与精神状况》,《宝鸡文理学院学报》(社科版)2002年第3期。
③ 许纪霖:《90年代知识分子的三大挑战》,编入其《新世纪的思想地图》一书,天津人民出版社2002年版。许先生认为,知识分子在90年代面对着三种挑战,首先是知识分子公共性的丧失,表现为学术自觉性开始升起,人文关怀面临缺乏;其次是知识分子由政治边缘化到社会意义彻底边缘化,原因在于社会的经济中心;第三是"后现代"的崛起,知识分子赖以存在的元话语被后现代多元的、破碎的语境取代,知识分子面临精神死亡。
④ 知识分子群体的分解,其中有少数一部分人依然坚守着文化精英的阵地,苦苦追寻着一些关乎宇宙和人类命运的真理,直面社会,但大部分人消除了自己的文化立场,反映在90年代文学叙事文本中,就是他们作为"启蒙者""代言人"的传统角色被一一消解,最早适应这一种潮流的是新写实主义小说。

精神上却是迷茫的"①。他不断地通过"背叛",甚至出卖灵魂,向政治权力渗透。他的投降是一种精神和意志上的投降,是向自己人生观和价值观的告别,投降后的他最终得到了权力。但他"是不是有些过了"的自问,则是知识分子潜在精神的发问和自责。

王跃文的《西洲月》中关隐达的境况同样如此。关隐达是个有着良知却又深陷权力包围的知识分子。他精通诗词书画,有着典型的文人心态,为此得到市委领导陶凡的提拔,担任他的秘书,但是陶凡退休后,他也因此被调去了穷县城、权力被架空,开始在痛苦中使用卑鄙的手段夺回了权力。特殊环境和他内心深处积淀的文人气质,推动着他在文人情怀与官场规则之间不断地求索与徘徊,忍受着精神折磨和价值观分裂的痛苦,自觉不自觉地在权力场中延续着良知与道义的薪火。

陆天明的《大雪无痕》中,周密是个表面坚强内心懦弱自卑的高级知识分子,身为经济学教授的他曾有过巨大抱负,要为百姓谋一番福祉,然而面对权力、金钱的诱惑以及情感的渴求,他坚持的信念和原则渐渐动摇,开始玩弄权术贪污受贿,逐渐滑入了不法的深渊,结果因为残存的知识分子性格,接受不了被当替罪羊的命运,终于开枪杀人。晋原平的《权力场》、汪宛夫的《机关滋味》等作品都写到了知识分子从抵抗到迷惘到退守再到蜕变的心路历程。

官场文学关于知识分子进入权力场的书写,是现代社会环境下一种极富意味的象征。作者对他们的蜕变没有持简单的、机械的批判态度,而是给予了同情、理解和反思。知识分子独立和入仕两者间的强烈冲突不可避免地使他们在转换身份时充满了焦灼、不安和苦闷。知识分子传统与现实政治历来就有着难解的矛盾,作为先是知识分子后是官员的他们,身份转变显示出来的焦虑是留恋知识分子精神与向往现实权力的调和物,在角色转换的过程中,他们一直都要面对政与道的矛盾和叩问。这些人物显然有着典型性,即当下的知识分子面对精神困境时如何作出合适的社会选择。有学者称"小说的主人公作为知识分子主体的投射是否在文化现实中死去或破败,这已无关紧要,重要的是他在欲望的倾诉和满足中得以确认"②,这种说法有欠妥当,官场文学中知识分子角色存在的意义,恰恰是他们作为知识分子主体投射在文化现实中的精神死亡,显示了理想与现实的距离和知识分子精神的困境,官场文学中对这种精神困境的书写很好地表现了社会现

---

① 邢小利:《九十年代知识分子的现实境遇与精神状况》,《宝鸡文理学院学报》(社会科学版)2002年第3期。
② 张存凯:《20世纪90年代官场小说三题》,《晋中学院学报》2005年第4期。

实的变化与坚守精神传统之间分裂的状态。

(二)权力场中的女性

女性一旦进入权力圈,便不是一般传统意义上的女人,其社会角色开始发生变化。她们的性格和情感及作为女性所特有的东西,在权力的倾轧下遭受了前所未有的冲击。官场文学中的女性可以笼统分为三种类型:首先是男性化了的权力奴隶,女性性别符号呈模糊乃至变异的形态,她们是和男性一样角逐在权力场的人,几乎是一些被男性化了的角色,权力对她们来说是生活的中心。如《绝对权力》中的赵芬芳,权力欲望旺盛,极为擅长权术斗争,从追逐权力的角度来说,她的女性身份几乎完全被遮蔽。范小青的小说《女同志》中有这样一段话:

> 凶悍的女人,权力欲望太强的女人,脸整天拉着沉着,时间长了,五官都往下挂,你照照你自己吧,从前那个靓丽光明的万丽到哪里去了! 女人的美是由内而外的,一个权力欲太强的女人,即使给人看到的是她光彩照人的一面,但谁会相信这种假象? 卸了妆以后自己再看自己,内心的焦虑、欲望、不满足,贪得无厌就全暴露出来了。①

虽然这段话并不是用来形容赵芬芳的,但是用在女性权力奴隶身上特别合适,从她们性别身份的消失来看,反映出的是权力具有极强的腐蚀性。

第二类是权力场中的女性配角,她们首先还是女人,性别身份特征依然比较明显,但她们在权力场也面对权力之争。如范小青的《女同志》中的万丽们。

> 这些官场的女人,在官场严酷的竞争中生存、发展,都有着非同一般的生存智慧和生存手段,她们各怀心腹事,她们互相警惕,互相嫉妒,互相倾轧,但在不存在利害关系的情况下,她们又能互相欣赏,互相有着或深或浅的友谊和怜悯。她们是女人,是一群要强的、要求"进步"的女人,一群灵魂撕裂的女人,异化的蜕变的女人。②

她们除了要做官,还要做妻子、母亲,既渴望丰足的物质生活,也有着各种生活烦恼,是特别真实的一群女人。但是因为权力因素的存在,以及性别身份的尚存,她们也是最痛苦的女人,社会赋予女性的责任她们需要承担,政治前途她们也需要顾及。她们的存在并不具有独立的意味,"女人本人也承认,这个世界就其整体而言是男性的,塑造它、统治它、至今在支配它的仍是些男人"③。

---

① 范小青:《女同志》,春风文艺出版社2005年版,第427页。
② 韩春燕:《解读〈女同志〉中的女性风景》,《辽宁工程技术大学学报》(社会科学版)2005年第6期。
③ 西蒙·德·波芙娃:《第二性》(第二部),中国书籍出版社1998年版,第678页。

这就是权力场中的女人所要面对的问题,波芙娃说:"她们在同一时间里既属于男性世界,又属于向其挑战的领域;她们被关在这个世界,又被另一个世界包围着,所以她们在任何地方都不得安生。她们的温顺必须永远和拒绝相伴,她们的拒绝又必须永远和接受相伴。"①在权力场,她们也只是为男人所拨动的一颗颗棋子,独立的身份意识从根本上说还是给消解了。一个权力场的女人在政治机器的盘转下,需要承受和男性一样多的压力,这才是真正的悲哀。官场文学对这些权力女人的书写,注重她们女性身份逐渐褪化中的精神焦虑,没有简单地符号化,使得文本有了更深的内涵。

官场文学中还有一大群女人,她们与权力无关、与政治无关,只是权力场中男性官员的附属品,她们的存在似乎就是为了体现男性拥有权力后的成功感,而她们本身并不是权力的宠儿。她们更多地作为欲望化了的符号被男性作者和男性文本想象与书写,这种女性叙事成为了官场文学集体叙事的一个道具,女性身体被充分展示,成为消费时代的点心,随处可见的是情人、三陪女、按摩女甚至妓女,她们没有独立的存在意义,甚至面容模糊,只是作为男人的关系对象而存在。周梅森的《国家公诉》里失业后做廉价皮肉生意的中年女职工汤美丽;阎真的《沧浪之水》里助池大为完成投降权力的四个女人;王跃文的《国画》中朱怀镜的情人梅玉琴;曹征路的《反贪指南》中肖建国的情人何娴;还有那些各种大酒店、娱乐城里的三陪小姐们,更只是一个个被男性欲望化了的发泄情欲的对象。这些女人在书中留下的只有情人、妓女、三陪小姐的种种身份,而作者似乎在意的也就是这些身份,这虽然在一定程度上展示了当下女性生存的艰难状态,但更多地只是成为了作者完成他们主题叙事的工具,"男性写作不断丰富某种阴险莫测、歇斯底里、欲壑难填的女性形象……用以有效地移植自身所承受的创伤体验与社会焦虑"②。在官场文学的女性叙事中,最后完成的只是作者书写自身创伤体验与社会焦虑的愿望,留下的则是一大堆面目模糊的仅剩种种与性相关的女性形象,这不能不说是官场小说在女性叙事上的瑕疵。

(三)退幕前后的政治老人

官场文学作品中,有着这样一些政治老人,他们即将退休或者已经退休,然而他们往往还是某一政府部门的实际掌权者,如《国家干部》里的陈志祥、刘石贝,《秋风庭院》里的陶凡,《省委书记》里的潘祥民、贡开宸等。就人物形象的生动性和真实性来说,陶凡和刘石贝塑造得最为成功。

---

① 西蒙·德·波芙娃:《第二性》(第二部),中国书籍出版社1998年版,第678页。
② 戴锦华:《世纪之门·导言》,社会科学文献出版社1998年版,第2页。

中篇小说《秋风庭院》揭开了王跃文官场小说创作的序幕,小说将一位离休地委书记的失落、孤寂描绘得淋漓尽致,营造出了一幅凝重的黄昏图景,这显露了作家对官场游戏规则和官场百态的精微体察、传神勾画的本领。在《朝夕之间》里,陶凡原是地委书记,懂书法、国画,在《秋风庭院》中,他已经退休,这是一个有着政治良知和作为的政治家。小说按照事件发展的原有时序来串联材料,让作品中的故事时间完全服从于推动戏剧性冲突的需要,把迷失于权力斗争的官员们的微妙心态和处世规则写得极为细致。书中写到陶凡退下来之后又习惯性地去了办公室,引发了一系列心理尴尬,只好借口说来拿书法拓本;由于不习惯带家里的钥匙,回到家后,发现忘记了带钥匙,又不好意思再回办公室去给夫人打电话,就在院子里的寒风中吹了两个多小时;病了之后考虑到各方面的原因不敢声张,唯恐让人认为是在闹情绪,无奈之中几乎是偷偷摸摸地到女儿家去养病,又在告诉哪些人、怎么个说法等非常微小的细节上进行极其周密的安排。小说正是从这些看上去微不足道的细节中,"向人们展示了那个看不见权力的阴影,对人与人的关系,以及对人的日常行为和心理,制约得是多么牢固和深远"①。《朝夕之间》里这个沉稳的政治权威,大半生都处于权力的中央,一旦离开权力,等于从身上抽走了一部分灵魂,从权力核心到平民百姓角色的转换令他非常落寞和尴尬。

在《国家干部》里,刘石贝同陶凡不一样,他从一线退下来后,依然担任着市里最大开发区的主任,是一个相当老辣的政治家,其政治斗争性极高,他想方设法地并不是为国家做好事,而是为绊倒别人提升自己而斗争,对权力的洞悉与权术的熟练,使他成为此类形象的典型。书中有一段他关于干部人选的话,其性格跃然纸上。

  现在关键的问题不是谁当书记,谁当市长,而是夏中民必须离开嶝江!你竟然要让夏中民直接当书记!这样的话你再也别跟任何人说了,第一,根本不可能,第二,绝对不可能……我就只给你说一个原因,那就是嶝江的书记跟贡城区的书记完全是两码事,嶝江的市委书记是副厅级,副厅级是省管干部,那是要上省委常委会研究决定的,是要省委组织部直接进行考察的,而正处级只需市委通过,省委备案就可以了。离党代会人代会就剩下几天了,你竟然要让一个副处级干部直接当副厅级的市委书记,那可能吗?还有一句话我还得给你说一遍,要是省委领导真的支持夏中民,他还能等到今天才当了一个市长候选人?再退一步,就算省委同意了,那夏中民还有两关绝对过不

---

① 郝雨:《展现官场中人的灵魂走向与轨迹——谈近年反腐小说的人物塑造问题》,《理论与创作》2002年第12期。

了,一个是考察,一个是党代会!考察肯定过不了关,选举也一样要出问题!①

从这段话中,我们可以看出刘石贝具有极为丰富的政治经验和相当老辣的谈判技巧,在对话中抓住对方的弱点轻易就取得了主动地位。他为了把汪思继拉进他的阵营,利用他想当市委书记的欲望,给他灌输政治伎俩,为他出谋划策、加以摆布,从而遥控全局。

要上纲上线,一旦你把问题提到反党反社会主义的高度,还有什么人敢反驳你?记住,不论在任何情况下,都要把自己摆在组织的位置上。你是站在组织的立场上,你是在为组织说话。你要以组织的名义达到你的目的!我干了几十年了,这一招屡试不爽,所向披靡,是一条颠扑不破的真理,灵验得很!你一定要把它用起来。只要他是组织里的人,在这一条面前,全都不堪一击……在中国,还没有什么人敢轻易否定组织行为!只要成为组织行为,它就可以横扫天下,无可阻挡。一句话,你一定要学会如何利用组织的名义为你说话,利用组织的名义来为你撑腰,利用组织的名义来完成别人完不成的事情。②

就是这样一个政治人物,政治思想可谓肮脏,官场伎俩却甚为高超,善于利用组织达到个人目的,倘若不是私生子杨肖贵故意拆台,他依然会是市里的一号人物。虽然他已经退休,但是他却通过种种方式让自己的个人意志渗透到政府中去,最后影响政府的正常决策。这些政治老人的言行反映出了我们社会肌体上还残留着官文化的糟粕。

在官场文学对权力的阐述中,我们可以发现中国传统官文化的许多因素仍然在发生作用,无论是权力、权术还是欲望、人性抑或身份焦虑,都不同程度地烙上了官文化的印记。

四、文本个案:《西州月》分析

王跃文以其作品对官场内幕深刻的洞悉,对权力场中人性异化细致入微的体察,对腐败现象的无情揭示与批判,奠定了他在官场文学中领军人物的地位。他先后出版了《国画》《梅次故事》《官场春秋》《西州月》等长篇小说,以及《朝夕之间》《仕途》《人命关天》等中短篇小说,其中尤以《国画》影响最大。考虑到作者其他的作品被研究得较多,论文选择《西州月》进行文本解读。

《西州月》是作者把《朝夕之间》《秋风庭院》《今夕何夕》《夜郎西》《夏秋冬》

---

① 张平:《国家干部》第三卷,作家出版社2004年版。
② 张平:《国家干部》,第四卷,作家出版社2004年版。

和《结局或开始》六个中篇小说编辑而成的。虽然如此,但小说的内在气脉、情节铺陈、人物呼应等方面因为题材、内容的相互关联却显得浑然天成。《西州月》以关隐达开始给陶凡当秘书、然后辗转去各县、回来任市教委主任、到最后当上市长的从政经历为基本线索,以细腻的笔法描述官场中的人和事,塑造了关隐达、孟维周、王洪亮等性格鲜明、血肉丰满的人物形象,展现了纷繁复杂甚至黑暗的政治生活中隐含的官文化。小说基本延续了王跃文一贯的写作风格,即着重表现一种复杂的权力利益关系和个人在追求权力过程中性格的渐变。

作者在创作后记中谈到官文化时这样说:"一种如影随形地潜伏在官场主流文化(儒家文化)之下的现实逻辑和实用规则……是真正左右官场和官人的秘笈……我喜欢跑到后台看别人怎么操纵。糟糕的是我每次跑到后台看看,见到的总是那些伎俩,大不了只是换换演员或道具而已。"①作者显然把他的理解倾注进了小说,文本中复杂的权力关系表现为陶凡、张兆林、孟维周、关隐达等人在追求、维持权力过程中彼此间紧张而微妙的关系,看上去似乎没有明争,背地里却始终在暗斗。陶凡显得大气、从容,张兆林表面不动声色实则暗藏机锋,孟维周年纪虽轻城府却很深,关隐达诚实、磊落。虽然作者并没有用惊心动魄、大起大落的腐败情节来显示权力的消极影响,但在其日常生活流式的平稳叙述中,我们还是可以看出权力占据了他们生活的重心。

作者以反讽的笔调描写了孟维周的所作所为,这个形象隐含了作者对权力、权术的思考。孟维周之所以参加工作仅仅三年就提了正科级,是因为在他姨父的悉心教导下,对官场规则极为熟练地把握,该说、做什么,什么时候说、做,怎么说、做,都拿捏得极有分寸。在他的人生哲学里,他把一些并不合乎君子之道的手段理解为必要的领导艺术,并认为政治家诚实等于愚蠢,善良等于软弱。他以最快的速度融入官场,依靠玩弄权术、溜须拍马最终一路高升、畅通无阻,从县委书记到市委书记只用了短短四年。为此有人说:"都说谁谁爬得快,人家孟书记可不是爬,而是在飞。"②他可以出卖朋友,可以把昨天的座上宾转眼就置于死地,显露出一种政客独有的成熟和冷酷。书中有个小细节就透露出他的心机,市委书记的司机马师傅担心自己被别人取代,托孟维周帮忙说话,孟知道纯属谣传,却耍了一个小手段,将原本不太服他的马师傅治得服服帖帖。

<blockquote>
孟维周的算盘是:马师傅如果不知道事情早已定下来了,他就说去做做工作;如果马师傅知道已平安无事了,就说他同张书记讲过这事。不管怎么
</blockquote>

---

① 王跃文:《没有结局》,《中篇小说选刊》2002年第3期。
② 王跃文:《西州月》,长江文艺出版社2006年版,第259页。

说,都要是一种轻描淡写的表情。这会儿他心里有了底,更加卖起关子来:"马师傅,这事我本来不应同你本人讲的,这是违背原则的。不过反正你自己也知道了。详细情况我不讲,你听见了怎么个情况就算怎么个情况。我建议你自己也不要去打听,也不要去活动,那样反而不好。我可以做做工作,相信不会随便动你的。"①

从中就可见孟维周是多有心机了,结果自然是没有事情。但因为孟维周的欲擒故纵,马师傅"已从内心把小孟当做自己的领导了。自此,马师傅对孟维周敬服有加,言听计从"②。一件本来就不存在的事情,竟然被孟维周演绎得一波三折,"事情看上去越是周折曲拐,越说明孟维周做的工作难度大,马师傅便越心怀感激。这件事多年以后都让孟维周暗自得意,他发现自己搞政治原来天赋不浅"③,不能不说孟维周的政治伎俩运用得异常熟练,就是凭着这样的手段他在仕途上才一帆风顺,而这些伎俩又何尝不是官文化的体现?

小说以更多的笔墨写到了权力型知识分子关隐达,虽然他在官场摸爬滚打数载,却始终难以摆脱中国传统文人的精神和气质。初涉官场的他并不顺利,直到当了市委书记陶凡的秘书后才逐渐进入轨道,凭着出众的才干、高洁的人品以及与陶凡相近的爱好,不但获得了陶凡的认可,也赢得了他女儿的爱情,被提拔为县委副书记。正以为可以步步高升时,却因为岳父陶凡退休后他没有了后台,他在各个县被调来调去折腾了八年。为了改变沉浮、徘徊的局面,他通过告密获得了地委书记的信任,才被任命为县委书记。然而由于地委领导的变动,他又离开了这个还没有坐热的位子,调任地区教委主任,一待又是六年,最后却意外地当选为市长。在关隐达十五六年的从政经历中,他见识了各种诡异的权术,却并没有深陷其中,对于自己仅有的一次告密行为,关隐达有着自己的想法。

"我这么做,在常人看来,的确有些滑头,甚至卑鄙。但官场上的事情,你不能简单地用道德标准来评判。我要摆脱窘境,不这样又能如何?这只能说是策略,当然你说是权术也无妨。""你是知道的,我在官场这么多年,算是正派的。我近来反省自己,我也许吃亏就吃在正派。别人弄手脚你不弄,就是一种不公平竞争。当然我不是说今后我就要弄尽手脚,做尽小人。这次我向宋秋山告了密,我也不认为这是在做小人。我怎么不希望,大家都做谦谦君子?你好好工作,有德有才,领导就赏识你,就委你以重任。这样多好!可是

---

① 王跃文:《西州月》,长江文艺出版社2006年版,第103页。
② 同上书,第104页。
③ 同上书,第105页。

搞政治不是拜菩萨,只要有好的愿望就行了。恰恰相反,现在你越是按照正常的思维去为人处世,你越会处处碰壁。你大可以埋怨世道不行了,人们都邪门了。可现实就是现实。你得在现实的基础上想问题,办事情。再正派的人,你要在官场有所作为,想真正为老百姓做些事情,也先得好好地保住自己的位置……"①

关隐达的这段话道出了官场升迁制度存在的许多问题,也让我们看到了无法彻底抛弃知识分子精神传统的他,在官场规则面前的郁闷和无奈。他身不由己地去追逐权力,但当关隐达每每被官场纷争搅得疲惫不堪、心生厌倦时,他身上的知识分子气质时常闪现。

能回家乡多好!他又想起了家乡那片田野。小时候,每年夏天,田野里总是落满了白鹭。白鹭安闲而优雅,在那里从容觅食,或者东张西望。他那会儿真有些傻气,总想同那些白鹭一块儿玩。他便悄悄地跑到田垄里去。可白鹭见他走近了,就扑扑地飞了。白鹭不会飞远,就在另一个田埂上又落了下来。他便又小心地走过去。白鹭就这么同他捉着迷藏,他便愣头愣脑,顶着炎炎烈日,做着不醒的梦,晒得黝黑发亮。但是,当他离开家乡时,夏日的田野早没有白鹭了。②

这是一个典型的有着传统知识分子良知的人,他内心深处潜存的人文情怀与冷冰冰的官场规则构成的冲突时常折磨着他、影响着他,他无法做到像孟维周那样轻易、迅速地遗弃自己身上的这些气质,这也注定了他无法像孟维周那样在官场如鱼得水、平步青云。当大学生诗人龙飞来给他当秘书时,他心里想到的是又一个诗人死了。作者怀着一种温和、同情的情感塑造着这个人物。

对于小说关隐达意外当上市长的光明结局,作者这样说:"我在关隐达身上寄予颇多……这是一个叫我心头隐隐作痛的人物,就像自己的兄弟,我期盼着他仕途顺畅,然而心里早就知道他的官场命运不会太好。可我最后还是让他有了个看似不错的结局,他意外地被人民代表推上市长位置。我不惜破坏真实逻辑……固执地用所谓艺术真实的经典教义安慰自己,硬着头皮如此写了。我祈望这不仅仅只是艺术真实。"③按照真实的生活逻辑,关隐达这个"看似不错的结局"在现实中是不太可能发生的,但是不能因为残酷的现实就放弃希望,或许这就是作者的寄托。

---

① 王跃文:《西州月》,长江文艺出版社2006年版,第219—220页。
② 王跃文:《西州月》,长江文艺出版社2006年版,第221页。
③ 王跃文:《没法结局的故事》,新浪博客,http://blog.sina.com.cn/u/55f402f6010007ju。

虽然王跃文的小说在塑造人物形象、关注人性方面取得了一定的突破,在新时代背景下把官场文学创作提升了一个高度。然而,正如一个研究者提到的,"王跃文并没有达到他所说的'批判现实主义'的高度,他已经沉醉于他自己营造的官场文化当中去了……如果他能够及时清醒,将人性揭示与社会现状相联系,做出更深层次的哲学思考,继续深挖下去,他无疑会取得新的创作成就"。① 除了展现官场众像外,小说对权力体制的质疑和反思显得较为单薄。作者虽然对关隐达的尴尬处境表示了同情,也营造了一种悲天悯人的氛围,但是作者并没有在文本中提出自己对权力体制改革的期望,他确实沉迷于自己建造的官场世界。虽然关隐达最后在人民的呼声中当上市长算是一个光明结局,但这种结局何尝不是一种廉价的安慰和精神上的抚慰?实际上,这样的结局反倒削弱了作品的批判意味和艺术价值。

第三节 官场文学的文学性考察

对于如何评价官场文学的文学性,评论界一直有着不小的争议,批评的意见认为其题材过于局限在官场权力斗争和反腐败戏剧性情节,并"形成了程式化的叙事模式和类型化的情感处理方式"②,肯定的意见认为官场文学以现实主义的手法再现了生活中的典型环境和塑造了众多的典型人物。现有的研究更多地倾向于官场文学的外围,如社会学研究,而对其一般的文学特征关注得并不够。作为研究的一部分,官场文学的文学性研究应该得到足够的重视,这对于思考官场文学如何做到社会性和文学性的统一是有意义的。

何谓文学性?王纪人先生认为:"事实上文学性的概念尚需进一步界定,它不是剥离了非文学因素后的剩余物,也不仅仅是技巧或形式……"③,因为"在对'文学性'的种种领悟和理会中,'形象性'、'情感性'、'审美性'、'符号性'是其中影响最大的几种。直到今天,它们仍然是我们领悟和理会'文学性'最为重要的着眼点"④,同时文学性也"存在于话语从表达、叙述、描写、意象、象征、结构、功能以及

---

① 王明道:《略论王跃文"官场"小说的传承与突破》,《运城学院学报》2003年第6期。
② 温凤霞:《试论"官场小说"的程式化和类型化》,《理论学刊》2006年第5期。
③ 王纪人:《关于20世纪中国文学史观——兼论"文学性"与"非文学性"》,《学海》2002年第1期。
④ 曹顺庆、支宇:《重释文学性——论文学性与文学理论的悖谬处境》,《湖南社会科学》2004年第6期。

审美处理等方面的普遍升华之中,存在于形象思维之中"①。作为研究官场文学性的理论支柱,对文学性这一概念的界定,论文借鉴所引论述,将从形象性、情感性及叙事、结构等具体写作技巧对官场文学的文学性进行考察和探讨。

一、官场文学的现实主义风格

官场小说多通过描写社会环境和塑造典型人物形象来干预生活,所谓"形象性"是指文学"用形象来认识世界的基本性质"②,形象不仅仅指人物,也包括文本中具体的社会环境。就塑造形象性而言,现实主义显然是颇为有效的一种方法。匈牙利学者卢卡契③认为,真实客观地再现社会现实是现实主义最根本的意义,并强调说艺术的任务就是对现实整体进行忠实和真实的描写。作为文学的基本创作方法之一,现实主义一直是中国现当代文学的传统,直到20世纪80年代文学创作开始多元化和"向内转"④时,现实主义作为中国现代文学主流的创作方法才逐渐遭到了冷落。90年代中期的一系列文学实践令现实主义重泛光彩⑤。新写实主义、新现实主义文学⑥的出现是其苏醒的迹象,而继承了现实主义传统的官场文学的登台,更是其回归的醒目标志。

一般认为,作为一种创作原则,现实主义提倡冷静地观察、精确地描绘客观现

---

① 史忠义:《"文学性"的定义之我见》,《中国比较文学》2000年第3期。
② 曹顺庆、支宇:《重释文学性——论文学性与文学理论的悖谬处境》,《湖南社会科学》2004年第6期。
③ 卢卡契撰写了大量关于现实主义的著作,其中有《现实主义历史》(1939年)、《巴尔扎克,司汤达和左拉》(1945年)、《伟大的俄国现实主义者》(1946年)、《欧洲现实主义研究》(1948年)、《当代现实主义的意义》(1958年)等,对这一创作方法进行了经典地论述。
④ "向内转"作为一种文学现象名词,是对中国当代"新时期"文学整体动势的一种描述,指文学创作的审美视角由外部客观世界向着创作主体内心世界的位移。具体表现为题材的心灵化、语言的情绪化、情绪的个体化、描述的意象化、结构的散文化和主题的繁复化。"向内转"是对多年来极"左"文艺路线的一次反拨,从而使文学更贴近现代人的精神生存状态,为中国当代文学的发展开创出一个新的局面。但是在"先锋文学""新写实""新状态""个人化写作""下半身写作"等激情消退后,作家们还是退回到了现实生活层面,这种现象昭示的是作家们并没能够培养起一种适应当下需要的现实主义精神,在否定传统现实主义观念叙述形态之后,面对当代中国急剧变革、异象纷呈的复杂社会状况,他们既不能从宏观上驾驭、整体把握现象性世界,也难以在微观上形成穿透生活表象的思辨能力。
⑤ 现实主义的重新燃起,在90年代的文学思潮中主要表现在新写实主义小说和新现实主义小说中,其中池莉、方方、谈歌、刘醒龙和何申是代表作家,他们的作品延续了现实主义的写作风格。
⑥ 其中,现实主义文学引人注目的形象是基层领导干部(农村中的乡镇领导以及城市中的国有大中型企业领导),如《分享艰难》中的西河镇党支书孔太平,《大厂》《大厂续篇》以及《年底》中的国有企业的厂长书记们。

实,力求再现典型环境中的典型人物①。它的基本特征就是真实、客观地反映现实,戳穿文饰现状的种种伪装,强调文学对现实的忠诚和责任,提倡为堕入边缘化的弱势阶层发言,具有人文关怀和人道精神。

官场文学创作在刻画典型环境方面遵循了这一法则。有研究者这样评述:"近年反映官场现实的小说力作,既继承了现实主义的传统,深刻反映社会现实,通过对重大题材的选择,强烈地揭露和批判现实,产生震撼人心的审美魄力,又以发展的创作态度,超越批判现实主义的现象化和社会主义现实主义的教条化模式化,融进浪漫的气质和理性的深邃。并且在创作审美观上,始终围绕典型人物的创造,给我们生动地描绘了一个官场现实人物的画廊。"②这种概述强调官场文学的创作遵循了现实主义的原则,也避免了现象化、教条化。官场小说对官场腐败和非正常的政治生活予以的深刻揭露和强烈批判,显示出了作为现实主义小说的传统之一:揭露性和批判性。以批判的眼光关注官场权力、再现官场生活,从这一点来说,目前的官场文学文本还是令人称道的。从《抉择》《苍天在上》《国画》《羊的门》、《跑官》《大雪无痕》《绝对权力》《沧浪之水》《国家干部》等文本,对社会转型期中社会出现的问题,对权力场中人的异化、官文化的盛行、政治的腐败等问题,都进行了揭露,同时着力选择关系国家命运前途和执政党声望地位的重大题材,从不同角度对现行干部选拔制度的弊病、党内政权内的激烈权力斗争、干部的腐化堕落过程进行了深刻的揭示,同时也关注了处于社会底层、贫困边缘的农民和城市低收入人群的生存困境,并对造成这样境况的社会体制进行了反思。

在塑造典型人物方面,官场文学的长廊中塑造了诸多较为成功的人物形象③,虽然这些人物形象一定程度上还不能称为完美,但他们的鲜明性格和典型意义还是得到了彰显。王跃文的《国画》中的从一个副县长升为省财政厅副厅长的朱怀镜,李佩甫的《羊的门》中对权力充满无限渴望的呼天成,是众多千方百计追求权力官员的代表者;《朝夕之间》里面退下来充满失落无奈的陶凡,是被权力同化后患上权力综合征的典型人物;阎真的《沧浪之水》中的从坚守知识分子精神

---

① 董晔:《从文学现象到艺术探究维度——对20世纪现实主义思潮的反思与阐释》,《山东科技大学学报》(社会科学版)2005年第4期。
② 毛克强:《重铸现实主义文学的灵魂——从〈抉择〉等反映官场现实的小说力作看现实主义的永久魅力》,《西南民族学院学报》(哲社版)2001年第4期。
③ 笔者注意到了一个比较有意思的现象,在从20世纪90年代中期到新世纪这几年的文学创作中,纯文学创作文本中能够让人记住的人物比较有限,倒是官场文学塑造的许多人物名却能够被人记住,虽然这种现象和官场文学的被改编成电视剧热播有一定的关系,但是否也可以这样理解,就人物塑造来说,官场文学表现出来的特征长于其他类型的文学创作,这也可以看成官场文学的一个亮点。

传统到完全拜倒于权力之下的池大为,是挣扎于精神困境中的知识分子的代名词;而张平的《国家干部》中光明磊落、一心为民、蔑视权术的夏中民,更是象征着民族和国家希望优秀官员的代表性人物。作家们主观上没有概念化、脸谱式地去刻画他们,而是在他们参与具体社会、政治生活的过程中,通过挖掘其内心潜在的情绪和捕捉他们成长中的性格渐变完成其形象塑造的。

应该承认,官场文学的作家们对人物的塑造是花了一番心血的,表现为充分挖掘人物的内心、追求人物鲜明的个性和复杂性,唯恐其笔下人物出现脸谱化、简单化。官场小说中的人物塑造基本有如下两种方法。

一是还原法。所谓还原,不是刻意抹掉其身上"官"的色彩,而是先把他当做一个和常人一样的社会角色来处理,把叙述人的观察视角降低,透过官职这层外衣,直抵其人性深处。既是普通人,就有七情六欲,就有俗世俗念等人的基本特点,正如卢卡契认为的:"没有人的基本特征的显现,没有人和外在世界的事件、和事物、和自然力、和社会设施的相互关系,最惊险的事件都是空洞的,没有内容的。"①在完成官员的普通人的叙事后,再把他投入到纷繁复杂的官场事件当中去,使人物显得真实、有血有肉,也令人信服。

王跃文的小说在这方面做得比较好,其笔下的诸多人物,表现得自然、生动、真实、可信,有可触摸之感。如《国画》和《梅次故事》中的朱怀镜,可以说是塑造得颇为成功的一个官场人物,作者首先就把他作为常人来进行叙述。他并不见得有多高尚,但也不是坏得不可救药,偶尔也动恻隐之心;他对权力有着强烈的渴望,也玩弄权术,但是他却又不是踩在别人的尸体上前进的人;他也有非分的情欲,但并不等于是玩弄女性,他对情人有着情感,虽然这种情感由于权力斗争的渗入变得有些异味,为此他对自己的妻子也有着愧疚感;他有一起谋划权力的同盟,也有着自己的私人圈子;他拒收贿赂,最多收点烟,后来发现香烟能卖钱,干脆戒烟,秉公办事,仍不失为一个好官,百姓仍然认可他。这个人物由于作者放低了视角,自然就显得饱满、真实,让人觉得既爱之又恨之。同时在王跃文几部小说中连续出现的人物关隐达,较之朱怀镜,其本性更为善良、朴质,有着传统的文人心态。身为陶凡的秘书,并不谄媚奉承,因为一手好书法,被同样喜爱书法的陶凡看重,甚至招他为女婿。然而,关隐达也有着相当敏锐的政治嗅觉,对各种人情世故极为通透,尤其对陶凡的心理拿捏得相当准确。虽在官场浸淫数载,却又难以真正摆脱渗透于骨髓的中国传统文人的气质与精神,这种气质推动着他在文人情怀与官场规则之间不断地徘徊。作者在刻画陶凡这个地委书记时,也是先从一个常人

---

① 卢卡契:《卢卡契文学论文集(一)》,中国社会科学出版社1980年版,第53页。

的身份开始,首先他是一个尽责的好丈夫、疼爱女儿的好父亲,然后涉入其爱好书法、知晓画理,有着传统文人雅趣的精神世界。完成了这些铺垫之后,再开始描述他另一个身份——地委书记。依靠这种把人先还原到常人,然后再又突出其官员属性的方法,这几个人物的塑造都较为成功。其他诸如《沧浪之水》中的池大为、《跑官》中的郭明瑞、《大雪无痕》中的周密、《中国制造》中的高长河等人物,都是以这种方法进行塑造的,而不是一味强调其政治身份。有时为了着力表现他们常人的一面,往往还附带刻画其家人和朋友。

二是极致法。表现为非好即坏,不是光明就是黑暗,这通常有两种方式:一是光明叙事,作者怀着一种非常高尚、纯洁的感情去刻画一个人物,而这个人物几乎具有一切可能的优点:清廉、高尚,敢于为民请命,敢于同腐败分子作斗争,哪怕牺牲也在所不辞,等等。二是黑暗叙事,作者用一种疾恶如仇的心态去描述这些人物,他们也几乎聚集了人类所有的缺点:贪婪、荒淫、权欲熏心等。本来这种方式容易脸谱化和概念化,但是恰恰由于作者将其推到极致,人物形象倒也可圈可点。比如《抉择》中的李高诚,简直就是一个完人,不食人间烟火;《国家干部》的夏中民也一样,好到极点,缺点也就看不出来了,倒显现出了他强大的道德、精神力量;《国画》里的皮市长、宋达清,《大雪无痕》中的冯祥龙,《国家干部》中的政治老手刘石贝,也因为作者在他们身上灌注了叙事的热情,这些反面人物也同样立了起来。

从现实主义角度考察,可以发现官场文学在再现社会生活现实、揭露矛盾和刻画典型人物等方面都取得了一定的成绩,更为重要的是证明了现实主义作为一种创作方法在新世纪文学创作中仍然焕发光彩。

二、官场文学的情感表达

如果说官场文学关于权力的叙事是主菜的话,那文本中的情感表达就是一道道可口的点心,它的出现在很大程度上缓解了权力叙事带来的紧张,使文本显得有生气和温情,也使得小说中的人物更加真实、可信,有立体感。官场文学中的情感处理大体有这样几种类型:亲情、恋情和友情(尤以红颜知己为多)。

官场文学对亲情的处理较多地集中在夫妻关系上,虽然由于小说的权力主题而使得文本对此的描述有一些简化,但综合看来无论是对和谐、幸福的,还是扭曲、痛苦的夫妻关系,表现得都颇为到位。《西州月》与《梅次故事》是这两种不同夫妻关系的代表性作品。《西州月》的陶凡、林姨和关隐达、陶陶两对夫妻,因为彼此的尊重、理解,夫妻关系一直非常融洽,尤其是陶凡和林姨皆已近花甲之年,携手走过了风风雨雨的几十年,感情几乎不曾有过波折,尽管陶凡一直担任领导,但他的严于律己和对婚姻的责任感使他成为了一个好丈夫。书中有一小段话回忆了他们的当年。

> 林静一当年爱上陶凡时,陶凡还不发达,只是省一化工厂的一位工程师。林静一年轻时很漂亮,是厂子弟学校的音乐老师。她这辈子看重的就是陶凡的才华和气质。陶凡的风雅常让林静一忘记他是学工科的。①

对于一个官员来说,尤其是一个身居地委书记这样高位的人,婚姻生活是否稳定更多地取决于这个官员自身的行为。陶凡做到了这一点,这使得他们夫妇的感情虽然平和、波澜不惊,但却非常温馨。小说中写到林姨为了给退休后的陶凡解闷,想方设法地开解、安慰他,一些生活细节为文本增添了不少温情色彩。

> 妈妈(林姨)笑道:"有天我见他吃过早饭。就抱着本书看,心里气他,就逗他。我说老陶,告诉你个好消息。你爸爸认真听着,问什么好消息?我说,你好好读书,会有意外惊喜。你爸爸又问,什么意外惊喜?我说,听说皇帝老子要招驸马了。"陶陶笑出了眼泪,直问爸爸是什么反应。说笑间,陶凡出来了。②

这样的生活细节读来令人轻松,也反映了陶凡和他夫人美满、和谐的婚姻生活。晚辈关隐达和陶陶似乎继承了他们的优点。小说中关隐达和陶陶的爱情故事更是充满了浪漫和温馨,这几乎是一个现代版的灰姑娘故事,关隐达出身农村,而陶陶是地委书记的女儿,按传统习俗来说实为门不当户不对,但他们还是擦出了爱情火花,并最终生活在了一起。即使关隐达意识到了,在陶凡即将退休并远离权力中心的时候,与陶陶结合将会给他的后半生带来不尽的颠沛和流离,但他还是毫不犹豫做出了自己的选择。

> 他知道自己并不蠢,可是因为他将是地委书记的女婿,别人就会低看他几分,以为他不过搭帮岳老子发迹。他要让人们相信自己能力,得比别人花更多心血。如果陶凡真的当了省委领导,关隐达就是另一番风景了。可是陶凡多半会在地委书记位置上退下来,关隐达今后的日子不会太好过。关隐达反复忖度自己的未来,徒增几分无奈。但他并没想过为着顶官帽子,就把自己心爱的人儿放弃了。③

关隐达的想法果然应验了,陶凡一退休,他的日子果真不好过起来,从一个地方被调到另一个地方,八年里换了五个地方,离权力中心越来越远,等回到市里,

---

① 王跃文:《西州月》,长江文艺出版社 2006 年版,第 57 页。
② 同上书,第 266 页。
③ 同上书,第 50 页。

已是不惑之年,但关隐达从来没有后悔过自己的决定,陶陶也是无怨无悔地跟着他奔波在各个县城之间,夫妻始终恩爱。权力场中的婚姻能够不受权力的侵蚀而始终保持美满,不能不说这是小说最为动人的地方。

《国画》《梅次故事》里朱怀镜的出轨却表现了官场文学中关于夫妻关系的另外一种状态,就是争吵、冷战、猜疑到婚姻趋于崩溃。当然这种争吵并不是一开始就形成的。

> 他是爱自己女人的。在老家乌县,他女人是那小县城里的一枝花。乌县县城很小但很美丽,他们在那里工作了整整十年。他们结婚、生子,有很多的朋友。①

我们应该相信朱怀镜在原来的小县城时对妻子的爱是真诚的,只是随着他从小县城调到市里,权力越来越大时,面对的诱惑越来越多时,他的意志慢慢动摇,对妻子的这种感情也开始逐渐变淡,加上情人梅玉琴的出现,夫妻关系开始出现不和谐的声音,最终面临离婚的边缘。

> 香妹说:"我是没什么同你计较的了。你一个人去当你的官,我一个人带着儿子过。"朱怀镜有些急了:"你怎么这么犟呢?发生过的事情再也不会发生了,这两年对我的教训太大了。你还担心什么呢?"香妹却很冷静:"不同你在一起,我就没什么担心了。"②

在《国画》的续集《梅次故事》中,朱怀镜和香妹的关系也基本处于冷战中。小说不仅以较为细致的笔法描写了他们夫妻关系逐渐变得如此糟糕的过程,也探究了其原因,那就是人在权力场中自我的迷失和放逐导致了这种现象的出现。夫妻关系是诸多社会关系中最为基本的一种,官场文学在把主要笔墨放在叙写权力的同时展现了权力场影响下的婚姻状况,这有助于我们从多方面去认识权力争斗对社会造成的消极影响。

官场文学在权力的叙事中也穿插着讲述了一个个爱情故事,从本质上来说,这种爱情和权力关系不大,相对比较纯洁,如《大雪无痕》中丁洁、方雨林、周密三人间的情感纠葛;《女同事》中万丽和康季平有始无终的情感。

方雨林表面看起来是一个普普通通的刑警,但事实上他并"不普通"。他本来有许多机会可以不当警察:不考法学院;到好朋友的公司供职,年薪五万;接受女友母亲的安排走上易于上升的仕途,但他都拒绝了。小说中方雨林与丁洁是从中学到大学的同学,但由于丁家的价值观伤害了他的自尊心,加上他倔强、刚直而又

---

① 王跃文:《国画》,人民文学出版社1999年版,第3页。
② 同上书,第521页。

略显自卑的性格,使方雨林把对丁洁的感情始终埋藏在内心深处,不愿表白。丁洁虽然是一个风风火火的女强人,但在感情方面也还是有些拘束,这就使得他们的感情处于若即若离的状态。副市长周密在与丁洁的交往中,因为她的善良、纯洁和对他的信任,萌生了爱意。虽然最后周密犯下了罪行,但他对丁洁的感情却是真诚的,他给丁洁留下的"空白日记"有这样一段话。

"我给自己留下了一片遗恨……一片空白……我一直想告诉你这一切到底是怎么发生的。我想以空白的日记本来引发你的好奇,让你主动来询问我。但你竟然如此地'规范',不肯稍稍提早一点进入一个男人的心灵……虽然如此,我还是要感谢你这些时日以来给我的信任和那种特殊的感觉。正由于这种感觉,才使我在面对你的时候,总是能回悟到这世界还是纯净的,生活也仍然是美好的……"①

虽然方雨林——丁洁——周密若隐若现的三角故事,从故事整体上来说只是权力叙事的一条支线,丁洁的角色使命主要也在于烘托方雨林,展示周密的内心世界,帮助侦破"12.18 枪杀案"。但是如果我们把它独立出来,当作爱情篇章来阅读,它也不失为是成功的。

范小青的《女同志》中,万丽和康季平在大学里就是一对恋人,后来虽然分道扬镳,各自有了自己的生活,但是万丽一直对康季平当初的所作所为耿耿于怀,直到康季平死去的时候,她才发现原来自己在官场的每一步路都有着康季平的影子,这个男人通过他在市委任高官的舅舅每每在关键的时刻帮助了万丽,使她最后当上市长。直到康季平垂危时刻,万丽才知道康季平一直都深深爱着自己。这个故事是悲伤、无奈的,康季平的存在和作用也消解了万丽在政治生涯感觉良好的自我努力,给文本涂上了悲情的色彩。

官场文学中第三类情感是关于官员友情,尤以遭遇红颜知己的故事最为出彩,这些红颜大多与官员有着精神上的相通,他们的交往似乎也远离了物质层面的限制:如《国画》中梅玉琴和朱怀镜;《沧浪之水》中池大为与小孟;《梅次故事》中的舒畅和朱怀镜;《步步高》中的古长书与顾晓你。他们相识、相知的过程基本相似,先是或在工作中或在私人交往中结识,发展到彼此欣赏引为知己,当中也会有感情出现,如梅玉琴宁愿把所有的罪行独自一人扛下来,也不愿意把朱怀镜牵扯进去,即使朱怀镜并不干净。当然这种角色的存在不太合理,也并不道德,因为他们破坏了正常的情感和婚姻秩序。而作家们似乎不是没有意识到这个问题,他们的笔调在写到这些内容时往往显得还是较为活跃和缺少节制,如《国画》大量的

---

① 陆天明:《大雪无痕》,吉林大学出版社 2000 年版,第 460 页。

与性有关的文字,恐怕已经超越了单纯的精神层面的意义。

官场文学对情感的涉猎虽然不是文本的主线,但它通过对夫妻情感两种状态的书写,对爱情故事的描绘,对红颜知己的刻画,不但一定程度上缓解了权力叙事的紧张,也在客观上丰富了文本的血肉,使得文本变得饱满起来,并且这种对情感的关注也弥补了文本中官场外围信息的缺失。

三、官场文学的叙事分析

从官场文学整体艺术性来看,叙事的模式化,对话的过度使用,影响了官场文学在艺术上的成就,也在一定程度上限制了官场文学的提高。

（一）叙事视角

官场文学几乎都采用全知叙事视角模式。所谓全知视角,是指"叙述者可以从任何角度、任何时空来叙述:既可以高高在上地鸟瞰概貌,也可看到在其他地方同时发生的一切;对人物的过去、现在和未来均了如指掌,也可以透视人物的内心"[1]。官场文学很少在叙事视角进行更多的探索,通常采用这种全知视角,作者和叙述者一般不会分开,叙述者对各个地方的事情都了如指掌,对前因后果也异常清楚。《梅次故事》中的有一段叙述语言。

> 到任当天,自然是地委设宴接风。梅次的头面人物,尽数到场。地委书记缪明,原是市委政策研究室主任,算是市委领导的智囊人物。此公个子不高,肚子挺大,满腹经纶的样子。他不知学了哪门功法,总好拿手掌在下腹处摩挲,顺时针三十六次,逆时针三十六次。只要手空着,便如此往复不停。朱怀镜和缪明原来同在市机关,也算相识,只是交道不多。行署专员陆天一,黑脸方鼻,声如响雷,天生几分威严。据说此人很有魄力,说一不二,属下颇为惧怕。人大联工委主任向延平,高大而肥胖,他那坐姿总像端着个什么东西,叫人看着都吃力。政协联工委主任邢子云,瘦小、白净,望着谁都点头笑笑。地委秘书长周克林,很谦和的样子,可他那梳得油光水亮的大背头,好像时刻都在提醒你,他是地委委员,也算是地级领导。行署秘书长郭永泰,不知是习惯了,还是天生的,头总是朝右偏着,所谓俯首帖耳,就是这副姿态吧。梅园总经理于建阳,眼珠子就像电脑鼠标,总在几位领导脸上睃来睃去。他虽没资格入席,却殷勤招呼,不离左右。[2]

从此段话我们可以看出,叙述者对每一个人物都进行了白描,并进行了简单

---

[1] 申丹:《叙述学与小说文体学研究》(第三版),北京大学出版社2004年版,第219页。
[2] 王跃文:《梅次故事》,人民文学出版社2001年版,第1页。

点评,如"满腹经纶的样子""好像时刻都在提醒你,他是地委委员",这是典型的全知视角写法。陆天明的《省委书记》中有一段文字,不同的是这段文字不是介绍各色人物,而是描述人物的平常生活。

  相安无事地跟随贡开宸六年的那双皮鞋,竟然在那一刹那间,露出了它早该显露的那种颜相:鞋跟突然松动,并眼看就要脱落下来。当时,他正应中央领导的紧急召见,要从省委大楼前那个极其庄重开阔的院子里,赶往十六公里外的军区空军专用机场,飞赴北京。鞋跟的脱落,着实让他好一阵不自在,不痛快。夫人病逝快一年,类似这种小小不然的"不自在""不痛快"已经发生过多起。比如,忽然的,怎么也找不见那支他特别喜欢的英雄金笔了……忽然的,那年冬天为去德国访问而特意添置的黑呢大衣上居然出现了一批大小不等的蛀洞,而这件高档的黑呢大衣至此为止,一共才穿过三次,完全应验了夫人生前反复叨叨过的一句话:呢料衣服越是久藏不穿,越容易招虫蛀……然后,忽然的,又发现卧室大衣柜柜门上的铰链和通往院子去的那条木板廊檐上的木头栏杆纷纷开始松动……继而,包括早年写的那份自传、一直在手头放着的几本相册、临睡前经常要随手翻它一翻的那套中华书局影印版的《资治通鉴》……统统找不见了。①

  本来这些事情都是发生在贡开宸自己身上的事情,按常理只有他自己才会知道,但是叙述者却叙述得一清二楚,可见全知叙事视角的使用给了作者这样全知的眼睛,所以能够洞悉一切。

  叙述声音与叙述眼光常常统一于叙述者,是全知叙事视角模式的特点。官场文学多采用这个模式和官场文学重故事情节有关,这也使得文本在叙述上显得单调、不够丰富。

(二)叙事结构

  在揭露官场密码与腐败的一系列文本中,它们的叙事构成主要有以下几个基本元素:权力密码、官场人物、升迁受挫、特殊机缘、成功升官。叙事程式可以归纳为"不为重用,渴望升迁——受到点拨,参悟权力——靠拢领导,取得信任——见风使舵,步步高升"。具体到文本尤多这样安排:小说普遍以各级政府官员为核心人物,角色职务低至村长、镇党委书记,高至市长、市委书记不等,他们要么因为自身对权术不够敏感,要么因为缺少后台背景等种种原因,长期得不到领导重用,从而内心充满焦虑,于是在一些洞悉权力密码与政治运作方式的"高人"的点拨下,参悟了权力的秘密,通过利用和创造各种各样的机会,积极向上级领导靠拢,千方

---

① 陆天明:《省委书记》,春风文艺出版社2002年版,第1页。

百计取得信任,从而步步高升,最后得到梦想中的权力和位置。

官场文学的创作思路大体遵循这个模式,只是在具体细节上略有差别,如王跃文的《国画》,朱怀镜的升迁之路就是如此:因为背景后台不硬,他升迁的道路充满阻碍,后来他洞悉了官场规则,开始向皮市长靠近,尽力投其所好,终于搭上了皮市长的船,结果一帆风顺。阎真的《沧浪之水》中池大为的政治道路也符合这个轨迹:先是因为坚守知识分子精神批评官场风气得罪了人,被安排了闲职,在经历了痛苦的心理转换后,他告别以前的自己,通过投降权力后的种种努力,走向了权力的中心。《机关滋味》中渴望权力的黄三木进入市政府成为权力俱乐部的成员,但他并未能领略到权力的快感,鸡零狗杂的琐碎事情和冷冰冰的游戏规则让他感到不适应,书生本色时不时地显露出来,在内参上撰文批评本部门的问题,导致上司晋升希望泡汤,他也因此被打入冷宫。在现实的极度压抑下,他开始出卖自己,与自己并不爱的市委副书记的女儿成婚,在岳父的扶持下步步高升。

以描写反腐败为主要内容的官场小说着重表现官场腐败和反腐败的激烈斗争过程,大致由这样几个基本叙事要素构成:各类经济案件、背后黑幕、政治斗争、权威领导出面、正气压倒邪恶。叙事元素往往是黑幕、言情加侦破,矛盾一般公开化,正邪处于势不两立的境地,清官与贪官、善与恶、正义与非正义展开了激烈的冲突。在叙事程式上常以经济案件、刑事案件、或换届选举为切入点,人物设置一般明显地分为两派:一派是涉案方,或杀了人,或利用职权谋取了经济利益,或希望铲除异己掌控权力,或包庇罪犯;另一派是查办方,就事件进行调查,但却阻力重重。这些事件背后往往还隐藏着更大的问题,甚至还会牵扯出某一后台高官,调查人员受到各种阻挠和打击,但在国家利益与个人安危面前,他们以大义为重、刚正不阿,毅然顶住各种压力,最后"在上级领导的坚决支持和广大人民群众的大力协助下,终于彻底查清了事情的真相,腐败分子得到了应有的制裁"[①]。

陆天明的《大雪无痕》就是这样:在省市领导为军区丁司令员举行招待会前,松江市东钢股票案重要知情人、市委张秘书被枪杀在宾馆的阁楼上。侦察员方雨林感到此凶杀案与省、市领导有关,中纪委要求省纪委重新调查九天集团的案子,冯祥龙因贪污受贿罪被捕。后来经过调查,周密罪行败露交代了12.18大案的杀人动机和全部过程。在《国家干部》中,基本构架也基本如此,夏中民是登江市委副书记兼常务副市长,一心扑在工作上,赢得了广大干部群众的信任和拥护。上级组织部门考虑到夏中民的政绩,希望他能够在党代会、人代会上顺利通过选举,成为下一届市长。而以刘石贝、汪思继为首的一批地方势力人物,唯恐夏中民掀

---

① 温凤霞:《试论"官场小说"的程式化和类型化》,《理论学刊》2006年第5期。

开腐败黑幕,千方百计加以阻挠,夏中民顶住压力,置生死于度外,终于揭开了经济案件的黑幕。《绝对权力》《换届》《省委书记》《梅次故事》等文本基本结构大多如此。

除了这些模式化的叙事、情节安排与内容处理,官场文学的模式化还体现在对"反腐败"这一主题的阐释角度上,即对腐败根源的道德化或人性化解释。叙事视角、结构的模式化的原因在于官场小说的题材定位,关注问题又缺乏足够的理性。与其说是作者在官场文学的叙事中呈现出模式化,倒不如说现实的政治生活发生的腐败、权力异化等本身就具有惊人的相似性。

(三)叙述话语

话语是小说的重要组成部分,很多小说家注重用人物的语言和思想来塑造人物,推动情节发展,在这一点上,官场文学不但延续了传统手法,而且发挥得更加充分,通过人物的对话和思想来叙述故事、完成情节设置。

> 国有企业的问题是全国性的具有普遍性的问题,国家领导都还着急着呢,你一个小小的市长充什么大头?就算出了什么事,也是集体的事,跟你一个当领导的又有什么脱不了的干系?如今的事情就这样,有了什么好事,光彩的事,自有人去争去抢去揽。若要扔了什么坏事、错事、吃不了兜着走的事,全都会一推了之,好像跟谁也沾不上边。要错也是集体错了,要有问题也是集体的问题。而只要变成集体的问题,再大的问题,也算不了什么问题,也会大事化小,小事化无。坏事只是个别人干出来的,哪有集体干坏事的道理?腐败也只是别人的腐败,哪有一个整体能全部腐败了?①

小说《抉择》中的这段对话,起的就是推进情节的作用,不但将李高成的微妙处境反映了出来,也把多数官场中人的想法透露清楚。而在此后的情节中,李高成如何与腐败斗争也多数是通过对话加以展现的。我们再看《跑官》中的一段对话:

> 郭伟说:"爸你理解错了。要说买官,三万来块钱怕连个乡镇长也弄不来呢。这点钱是让你手头零花的。比如请人家吃顿饭吧,要吃得像样点,一桌少不了一千多。吃完饭不给人家带两条烟?假如你请了五个人,每人带上两条'玉溪',就得五千,加上吃喝一千多,请一次客就得六千多。到省城请客,档次还得高,你想想,三万多块钱,也就是请几次客,还得手紧一些呢。"
>
> 贾敏说:"请客也得找个借口,你就说,我写的《从严治吏》和《论生态农业》两篇论文都获了奖,请同志们喝酒,这不是顺顺当当、自自然然的事吗?"

---

① 张平:《抉择》,群众出版社2000年版,第49页。

郭明瑞朝沙发后背一靠，一副哭笑不得的模样，说："这可真是好主意。从严治吏说的是反腐败，拿上反腐败文章的奖金又去搞腐败，这不是天下最大的讽刺？"①

所以举出这段略长的对话，只想说明话语在官场小说中的地位，它不但推进跑官情节的发展，也把郭明瑞的清高性格表现得颇为清楚。小说的矛盾冲突、情感表达、思考的流露几乎全是通过对话来体现，这不仅仅在《跑官》是如此，在其他的官场小说中也相差不大，对话的地位几乎压倒了文本中其他的形式。但是，对话的过度使用，在很大程度上也消解了文本叙事的张力和结构形式的丰富性，这多少影响到了官场文学的文学性。

话语作为组成文本的一种形式起到了上述作用，而官场文学话语本身的内容，我们往往称之为官话，却有着更为深刻的内涵，因为官话的使用者是一个特殊的阶层，就是官僚。社会生活中，一个社会利益集团都有代表本集团利益的一套整体语言。"社会价值几乎从不独立于语言而存在，词汇、语义和句法的单位表达了一些社会集体利益，并且能够成为社会、经济和政治斗争的赌注"②，由话语构成的小说文本必然地要与这些话语形成互文对照关系，其中较多的是具有官方意识形态的话语与官场社交语形成的消解。

在官场文学中，我们很容易识别夏中民、朱怀镜、皮市长、张天奇等人充满意识形态的"官腔"话语，因为他们在词汇方面使用了大量诸如"治理整顿""措施得力""干部队伍"等政策性极强的官方政治用语。这些词汇在我们通常的观念中被赋予了严肃的政治意义。但是这种官场话语又往往被官场社交语打碎。所谓官场社交语，实际上就是在办公室外面较为私下的语境中讲的官场话语，它与官方话语用着相同的基本词汇和较为接近的话语方式。但因为语境的变化，却使得官方话语中那些原本已被"中心化"和"主流化"了的意义，被戏拟、消解乃至被颠覆了。

如王跃文小说《国画》中那个贪污了一百多万却仍得到提拔的张天奇，在被贺教授嘲讽了一番后，曾对着朱怀镜发出这样语重心长的感叹：

"怀镜呀，我总是在思考这个问题：为什么我们共产党人是费力不讨好呢？我们说要为人民服务，不是假话。绝大多数共产党人是这么做的。不争气的党员和领导干部确实有，但毕竟是少数。可我们的形象就是好不起来。"③

---

① 田东照：《跑官》，中国电影出版社1999年版，第2页。
② 引自齐马著《社会学批评概论》，广西师大出版社1993年版。
③ 王跃文：《国画》，人民文学出版社1999年版，第32页。

小说将一段本来非常严肃的官方话语放在这样一种语境中,由一个贪官以这样一种似乎正式而又略带戏谑的方式说出来,就极具戏剧性,也颠覆了它在官方正常语境中的原始意义,从而也拆解、消解了其中诸如好/坏、多/少等语义的二元对立关系。

官方话语是一种具有独白性质的话语,如讲话、命令等。而官场社交语则在官方话语中杂糅了多种声音,使其成为具有"杂质"了的对话性的话语。在这种加入了其他因素的话语中,官方话语就变得不纯,变得言意相异、自我消解了。在官方话语中加入的三教九流的民间市井语以及江湖语等,使官方话语难以继续保持正襟危坐的姿态。它们之间所具有的拆解关系,在某种程度上更可视为是一种自我消解,是官方话语在新的语境中陷入了话语危机的一种表现。

当然,如果我们具体到官员生活中的官腔语调,便会发现它具有政策性、单调性甚至模糊性。伪真话、双关语、套话以及泛滥的政策话语,在官场文学文本中的能指和所指经常处于分离状态,这也似乎就是官腔语言的特性。当然,"任何最美好的语汇如果被不加节制地泛滥使用,都会变为陈词滥调而令其语义严重贬值,并且变得面目可憎,令人厌恶"[1],而呈现的问题是"语言的丧失从根本上讲意味着人的思想的萎靡和精神主体性的丧失,这样的人充其量不过是社会大机器上的一颗没有个性、没有活力、更没有创造精神的螺丝钉"[2],这显然是官场文学在话语方面给我们留下的警示。

官场文学在文学性方面值得肯定的地方,在于以现实主义的创作手法关注了社会现实,无论是对权力异化的批判,对官场腐败的揭露,还是对身陷官场各色人等的刻画都表现得较为客观、真实。作品通过塑造黑暗中摸索前行的刚直、正气的人物,体现出了官场文学作家们对当下社会的关注、体认与思考,对于历史进程中人性残缺的深深忧虑。然而其叙事视角的单调,结构的模式化,情节的雷同化,某些人物刻画的简单化,包括其受到大众文化影响而具有的商业性、娱乐性甚至猎奇色彩也在很大程度上损害了官场文学的艺术成就。

四、文本分析:《步步高》

《步步高》是李春平继《奈何天》出版之后的第二部官场小说,小说围绕如何提高政府和官员的执政能力和领导水平,以主人公古长书晋升的仕途经历为主

---

[1] 孙德喜:《当代反腐小说中腐败官员语言的文化心理透析》,《上饶师范学院学报》2004年第2期。
[2] 同上。

线,对这一新时代课题进行了深入大胆并极富想象力的艺术探索,塑造了古长书这样一位富有执政智慧的当代领导者形象,体现了作家对当代政治的深度思考。

小说以现实主义的笔法触及到了当下社会的许多问题:贫困地区的教育落后;小县城的工业衰败;城市规划不合理现象;官员腐败;行政效率不高;权力的监督机制不健全;等等。在某种程度上说,《步步高》涉及的都是当下社会普遍存在的制约着国家、社会进一步发展的问题。小说对丑恶的现象进行了揭露和批判,对不合理的举措进行了反思,对一些疑难杂症也开出了药方。在文本关于古长书解决这些问题的叙述中,一个充满智慧而又有原则性、同时敢于开拓进取的现代领导者形象被树立了起来。古长书的执政智慧在于敢于破除陈旧思维的束缚,在工作中创新求变。他在当常务副县长时,负责指挥清理大明县的违章建筑这一令人头疼的历史遗留问题时,古长书就大胆向金安市政法委建议实行异地执法,得到了非常满意的效果,也避免了许多矛盾的产生,甚至连县城里面最为霸道的"天不怕"也为之折服,他这样说:"你能冒险清理违章建筑,把十多年来的遗留问题解决好,我从内心佩服你。请你相信,恶人也有善良的时候,有心软的时候,也有服理服人服法的时候。"①

唐山是大明县城关镇镇长,工作能力虽然很强,但生活、经济作风问题很大,仗着他哥哥是市公安局长,颇有山大王的势头。古长书建议县委书记贺建军,把唐山调到容易发生腐败现象的交通局当局长,担任公路建设总指挥。古长书的理由是"如果他明智,他会把这个项目做得很好。说明这人还不是很贪。反过来看,如果他确实是个贪官,放在新的岗位上会更加为所欲为,狐狸尾巴很快就会露出来的"②。结果唐山真没能经得住金钱的考验,很快就落马了。这件事透露出了古长书科学而理性的用人态度。古长书当市长后,推出了一系列前所未有的施政方案,无一不涉及用人问题、政府效能问题、建设清廉政府问题、造福百姓问题等诸多敏感的方面,矛头直指官场的不良习气和制度及体制上的深层弊端。这些大胆举措,都闪耀着古长书作为一个城市管理者的智慧光芒和卓越的领导才能。

但如果据此就认为《步步高》仅仅是一部说教式的政治教材的话,那就大错特错了。小说中的情感叙事也颇有魅力,着重处理了古长书与两个女人的关系,一个是他妻子左小莉,另一个是同事顾晓你。开始,左小莉对古长书的许多做法很不理解,包括拒绝接受朋友赠送的戒指,为此和古长书有些争执,"我看你脑子有

---

① 李春平:《步步高》,春风文艺出版社2005年版,第109页。
② 同上书,第157页。

问题,怎么对同学做出这样的事情。为什么瞒着我?是怕我沾你光吧?"①但古长书并没有因为得不到理解就与妻子产生了隔阂,而是始终加以解释,晓之以理,动之以情,最终也得到了妻子的理解,夫妻感情并未受到伤害。而面对崇拜他、爱慕他的女同事顾晓你,尽管他内心深处确实心存好感,但他并没有像某些官员一样加以利用,而是尽力克制,把她当做一个好朋友一样对待,保持着恰当的距离,此举,也为古长书赢得了尊敬。同时,作者也以温情而略带喜剧性的笔调描写了他与父亲动人的父子情,与黄俊深厚的友情,以及与贺建军和谐的工作关系。这些情感叙事丰富了小说的内涵,也使文本在结构方面更加合理、流畅、张弛有致。

小说在叙事上呈现出官场小说的特点,以全知视角观察世界,结构处理上采用了生活流式结构,没有局限于一个地方和一件事情,而是让视点追随于古长书工作和情感世界的足迹。在描述古长书成长的过程中,在刻画人物对权力的认识和经验接受方面,与王跃文的官场权力批判小说中有着相似的安排。古长书毕竟不是天生的政治家,他的很多政治理念除了来源于自己的一些直觉以外,更多的是他始终以积极的心态向身边的人学习,避免了走弯路。他碰过壁,也有过挫折,但他始终在调整、修正自己。从这个意义上讲,官场文学中的官员形象具有一致性。在塑造人物方面,《步步高》没有简单地去以"好坏"划分人群,作者着重凸现每个人不同的性格,如书中的何无疾官瘾大、本事小,说他在"政治上还是个婴儿"②,显得栩栩如生。

小说以一种宏大的叙事气魄和冷静的叙事态度,直面政治生活中的敏感现实,通篇贯穿着力透纸背的政治话语和精到圆熟的领导智慧。雷达这样评价:"一般小说写官场,无非是反腐倡廉和展示官场的生存相,以其权力角逐的惊心动魄,贪污腐化的人性沦丧来吸引读者,很少有人像《步步高》的作者这样,正面地、主动地,以独到的眼光去研究从政经验、领导艺术和执政能力。"③小说不仅对现实发出了关注的声音,也对现代政治体制的改革做出了回应和探索,是一部不可多得的优秀官场小说。

第四节 大众文化语境中的官场文学

官场文学的出现不是一个纯粹的文学现象,它的发展受到了很多因素的影

---

① 李春平:《步步高》,春风文艺出版社2005年版,第131页。
② 同上书,第145页。
③ 雷达、毛时安等:《官场小说新突破——步步高》,《文学报》2005年11月17日。

响,其中很重要的一个因素就是大众文化语境,尤其在官场文学获得了更多读者的关注后,它呈现出的悦乐性、复制性和消费性特征,和大众文化在中国的兴起更有着千丝万缕的联系。

"大众文化是一个特定范畴,它主要是指兴起于当代都市的、与当代大工业密切相关的,以全球化的现代传媒(特别是电子传媒)为介质大批量生产的当代文化形态,是处于消费时代或准消费时代的,由消费意识形态来筹划、引导大众的,采取时尚化运作方式的当代文化消费形态。它是现代工业和市场经济充分发展后的产物。是当代大众大规模地共同参与的当代社会文化公共空间或公共领域,是有史以来人类广泛参与的,历史上规模最大的文化事件。"[1]金元浦的这个定义较好地回答了大众文化是什么、是怎样发生的,它强调了大众文化产生的环境,阐释了大众文化的传播手段、生产主体和消费群体。

大众文化能迅速、敏锐地把握时代的变化,并把这种变化以文化的形式表现出来,具有娱乐性、流行性、商业性、类型性的特点。娱乐性意味着可以为消费群体带去感官感受;流行性则突出了大众文化的更新速度和接受程度;商业性印证了大众文化可以成为消费品从而产生利润;而类型性则说明了大众文化具有可以不断复制的特点。大众文化产品从策划、投资、制作到宣传、发行进入实际消费阶段,被纳入工业生产的逻辑之中。而自从被作为一种批量生产的商品投入文化市场后,大众文化产品已不再把美学和精神价值的弘扬作为主要追求,而是把商品的交换价值和使用价值当做了最重要的目的。

大众文化这些特点给文学的生产和消费活动带来了很大的影响。首先是文学的生产机制发生了变化,其次是文学的消费方式也突破了单纯的阅读,这在具有通俗特点的官场文学活动中体现得很明显。90年代以来,从文学、影视、艺术到大众的日常生活都受到大众文化的影响。随着大众文化发展的逐渐深入,文学生产机制出现的变化,影响到了官场文学的创作、传播和接受。

一、文学生产机制的改变

厘清大众文化语境下文学生产机制的变化,有助于说明它是怎样有效地影响了官场文学的发展。在一次名为"当代文学与大众文化市场"的学术研讨会上,与

---

[1] 金元浦:《定义大众文化》,《中华读书报》2001年7月4日。

会学者就讨论了大众文化市场和文学生产机制这个议题①。与其说这个研讨会的意义在于说明学术界已经注意到了大众文化市场和文学生产机制之间的关系，不如说大众文化语境下文学生产机制出现的变化对文学活动产生的影响促成了这次研讨会的召开。文学管理和组织的转移是随着大众文化的市场化语境逐渐成熟完成的，文学活动开始从先前作家到编辑相对简单的联系，进展到把握大众阅读兴趣点、市场精心策划和运作以及后期商业开发（如影视化）的立体形态，这个立体形态是典型的大众文化运作模式。

在某种意义上可以这样说，正是由于大众文化市场化的生产模式在文学生产活动中得以生长，文学生产机制具有了以下几个新特点。

首先，文学作品创作的"大规模生产场次"呈现压倒"限制性生产场次"的趋势。"限制性生产"是"生产我们通常说的'高雅艺术'，如……严肃文学"②，由于它的受众小，生产具有限制性；而"大规模生产场次"就是"我们通常所说的大众（Mass）或流行（Popular）文化，像电视、畅销小说……"③。具体表现为纯文学逐渐开始萎缩，俗文学势头突起，文学的娱乐性、流行性被加以强调。

其次，文学作品具有商品化倾向。文学作品成为一种商品，其生产、宣传、营销等环节由官方埋单转移到了市场博弈。出版社实际上已经成为文化企业（文化工厂）。当然由于文学本身的特殊性，还不能说文学生产已经完全等同于传统意义上的工业生产，它是在复制了传统工业生产模式的同时，结合了文学本身的特点，利用现代传媒手段合作完成的文化产品。

文化产品出现程式化和雷同化趋势。这受制于大众文化本身具有的复制性，何种题材和形式能够产生利润，文学生产者（写作者和出版社）就一拥而上，集中人力、物力进行组织生产，出现雷同也在情理之中。

学者们对这种在大众文化语境下文学生产机制的变化有着清醒的认识，霍克海默与阿多尔诺对于"文化工业"的严厉谴责已经众所周知。国内有学者也认为"（大众文化）其实是一种文化工业，商业原则取代艺术原则，市场要求代替了精神要求，使得大众文化注定是平庸和雷同的"④。这种认识切中了大众文化存在的

---

① 2002年11月2-3日，《文学评论》编辑部、上海大学中国当代文化研究中心和上海大学中国现当代文学专业联合在江苏昆山市周庄镇举行了"当代文学与'大众文化市场'学术研讨会"。有来自北京、上海、广东、江苏、浙江、福建等地的30多位知名学者参加了研讨会，其中一些学者集中探讨了文学生产机制出现的变化和大众文化之间的关系。
② 邵燕君：《倾斜的文学场》，江苏人民出版社2003年版，第82页。
③ 同上书，第83页。
④ 张汝伦：《论大众文化》，《复旦学报》1994年第3期。

致命问题,不是说每一种大众文化产品都一定是平庸或雷同的,但它所注重的商业原则和市场要求显然对艺术构成了损害。

二、大众文化如何影响官场文学创作

厘清文学生产机制出现的变化和大众文化兴盛之间的关系,有助于解释大众文化如何影响到了官场文学的创作。官场文学发展最快的时间是20世纪90年代到近几年间[1],这段时间也是大众文化开始逐渐成熟的时期。官场文学创作在题材选择、结构设置、叙述语言等方面都受到了大众文化的影响。

(一)题材选择

大众文化语境下文学生产机制具有的"大规模生产场次"趋势,也就是通俗化,影响到了官场文学题材的选定。通俗化意味着文化生产以大众为接受对象[2],以迎合、满足大众既有的心理需求为目的,它"需要尽可能多的受众,所以很少接受形式实验。基本上是按照受众中既存的需要进行生产"[3]。官场文学的成功很大一部分原因是"它身上所附着的题材是当前大众最关注的,它才会产生这么大的影响力"[4]。官场文学受大众喜欢在于其题材包含了以下两个方面的内容。

首先是官场文学的题材隐含了"官场-权力"结构。官场的内核在"权力"[5],"权力"的诡秘之处又在"潜规则"。"官场"对大众的吸引有两方面:其一是大众阅读群对"权力文化"的迷恋,对权力占有和权力运作(亦即权术)深感兴趣;第二是大众对官场的想象,官场发生了什么,官场中人是如何生活的,对有着浓厚政治兴趣的大众来说充满了神秘感。我们可以看到,在大众认可度较高的官场文学作品中,对权术运作教科书般的描写比比皆是,对官员生活透析式的描述也随处可见。其中最为成功的当属王跃文的官场系列小说,他的《国画》《梅次故事》中的主人公朱怀镜从初入官场到他自己逐渐深谙此道,小说将"官场-权术-潜规则"眼花缭乱般的运作方式阐述得淋漓尽致,而这无疑是大众阅读群愿意看到的。

其次是官场文学题材展现了"腐败-反腐败"的斗争过程。"腐败"作为一种

---

[1] 论文关注的时间在世纪之交,即20世纪90年代中期到21世纪头十年中期。
[2] 约翰·费斯克:《理解大众文化》,中央编译出版社2001年版,第29页。作者认为大众文化首先是有大众的存在作为基础,大众承担了生产和消费的双重角色。
[3] 邵燕君:《倾斜的文学场》,江苏人民出版社2003年版,第82页。
[4] 张光芒:《反腐文学. 现实主义. 小说类型学》,《文艺评论》第1期,2005年。
[5] "权力"一词如今是一个很热的文化词语,其中法国思想家米歇尔·福柯对权力的研究最为世人称道,他主张权力关系论,抛弃权力占有论,在他的《规训与惩罚》《疯癫与文明》《性经验史》等书中都有所表现。但论文这里的"权力"与之有着较大的区别,强调的是中国特有的政治操作。

非正常的官场现象,受到了大众的热切关注。在反腐败的语境下,反腐败的声音有很大一部分来自民众的正义吁求。陆天明是官场文学作家中较为突出的一个,从90年代的《苍天在上》,到2000年以后的《大雪无痕》《省委书记》《高纬度战栗》等作品,尤其是2000年以后的作品,腐败问题一直是其笔下一个重要主题,作者往往先从一个突发案件开始进行叙述,条分缕析揭露出大案背后隐藏的权力腐败,而象征正义的代表与腐败势力进行了殊死搏斗,经过艰险而不乏刺激、周密不缺博弈的斗争,将腐败官员送上法庭。这是陆天明官场小说的一个模式,核心就是"腐败－反腐败"结构。

大众阅读群对官场文学的"权力－权术"和"腐败－反腐败"两方面内容的关注,是官场文学能够成气候的决定性因素。这两种结构极大地迎合了中国大众的心理和趣味。如王跃文的《国画》《梅次故事》着重官场解密,洞悉官场升迁密码,告诉了读者官场背后不一般的故事;陆天明的《大雪无痕》《省委书记》以官场腐败案件为主要切入点,展现了腐败与反腐败之间斗争的激烈;周梅森的《我本英雄》《至高利益》擅长描述经济发展中的官场风云,让人体会到了他对现代权力机制改革的思考;田东照的《跑官》《买官》《卖官》系列把笔墨集中在远离权力中心的官场小人物如何跑官买官,生动揭示了官场权钱交易的过程。

(二)结构设置

大众文化讲究复制性,畅销书就是一种可以复制的大众文化生产模式,对于讲究销售数量的官场文学来说同样如此。一般来说,畅销书具有这样几个特点:一是作品结构紧张有致,情节环环相扣,拒绝拖沓冗长;二是情节悬念跌宕、错落有致,一波未平,一波又起,惊险又刺激,充满悬念;三是作品有独特的精神表意。

反响大的官场文学作品几乎具备了上文所列的特点。首先,结构紧张有致,起承转合处理得恰到好处,如陆天明的《大雪无痕》,由人命案到案件调查的深入,再到权力纠缠后案情的水落石出,作者在小说结构上煞费苦心;周梅森的《绝对权力》,市委书记齐全盛酿成了镜州从未有过的严重腐败,前来查此案的是"宿敌"——省纪委常务副书记刘重天,女市长赵芬芳诡谲阴险的政治阴谋又草灰蛇线隐藏其中。王跃文的《梅次故事》表面看上去似乎平静,内部却也是紧张曲折。就连评论家颇为称道的《羊的门》《沧浪之水》在结构处理上也是如此。

其次,情节常设置重重悬疑,多以腐败或凶杀案件开篇,一步步把谜底解开,其中不乏突变,最后柳暗花明。如《大雪无痕》开篇就是人命案,省委省政府的主要领导正在为某大军区退休司令员回到省会定居筹办接风聚会。聚会开始前一个小时,别墅后的小树林里突然传来三声枪响,市政府秘书处的张秘书被人杀害在树林背后的一个旧房子里,是谁居然会在这样的场合,选择这样的时机,杀害这样一位政府工作人员？张平的《国家干部》一开始是一特工般的人物躲在市长夏中民家里监视他,而同时金融大案又一触即发。在新一届党代会和人代会即将召开之际,面对着老书记的即将离退,面对着书记市长位置的再次空缺,面对着新一轮的干部人事调整,嶝江市又一次陷入了空前的干部与民众的激烈对垒和较量之中。曹征路的《反贪指南》的副市长肖建国被宣布实行"双规",但检查组始终难以突破他的心理防线,该如何处理？伍稻洋的《市委书记双轨的日子》中,花季少女盘小琳在市委大门口自杀,刚正不阿的公安局长董为在自己家门前被杀,常务副市长石梓失踪,为什么会这样？周梅森的《我本英雄》有文山市委书记石亚南和市长方正刚一味追求GDP,为七百万吨钢铁的上马呕心沥血,却酿发了一场重大经济灾难,大搞地方保护主义,按官场潜规则办事,不惜违规违纪,最终造成该市最大的企业家吴亚洲自杀谢罪,他们该如何收场？陆天明的《高纬度战栗》故事发生在中俄边境被称为高纬度地区的一个叫陶里根的小城市。劳爷(劳东林)是一级警督,出了名的刑侦专家,但他却出人意料地脱下警服,辞职去了陶里根盛唐公司任职,为什么劳爷作出如此反常的举动？这些情节的设置提高了作品的趣味性和戏剧冲突,也很好地抓住了读者的视线。

(三)叙述语言

大众文化的一个特点是娱乐性,就要求作品能够快速进入故事,这使得作为通俗文化产品的官场小说偏重讲述,很少作描述,甚至一些质量不高的官场小说似乎只剩下了赤裸的对白。为了说明官场小说这方面的特点,从陆天明的《高纬度战栗》中举出一段话。

> 邵长水是昨天下午才接到任务,让他上这儿来约见这位劳爷,给邵长水布置这任务的是他们省公安厅办公室前主任李敏分。李前主任因病离职在家休养都快一年多了,邵长水又是省公安厅刑事侦查总队的人,要派他外差,走组织程序,按说得由总队的领导来布置,即便因为情况特殊,必须由办公室的领导来谈,也应该由在位的领导来谈,怎么也轮不上这样一位已然不管事的"前主任"啊——况且谈的又是那么重要的一档子事,所以,那天当李敏分突然把邵长水找到自己家里布置这任务时,邵长水的确感到非常意外,同时也觉得这事儿办得多少有些"出格",有些"诡异",因而也有些"神秘"。但碍于自己刚调到省厅,还没有正式定岗定职,处境微妙,当下里他就没表示任何异议。再说,在调来公安厅以前,他多少也听说了这位李前主任的一点情况。李前主任年龄虽然不算大,四十刚出一点头吧,但警龄不短,二十来年了;父亲也是个老公安,是省厅早期的一位老厅长。此人活动能量相当大,会办事,在本省公安系统内外颇有那么一点影响力。邵长水同时也想到,李前主任此举,肯定不会是"个人行

为"。至于这样一个办事本该十分规范的高级政法机关,居然不规范了,这里一定有某种原因,一定牵扯了一些不得不顾及的利害关系。至于到底是什么原因、什么样的利害关系导致了这种不规范,就不是他这么个"新人"该过问的了,恐怕也不是他一时半会儿能整明白的。邵长水从警也快二十年了,也曾当过一任县公安局副局长。他当然懂得,此时此刻,对于他,惟一能做的,也是他惟一应该做的事情,就是认真地听,坚决地执行。①

可以说,这段话是多数官场小说行文的模板,在介绍人物身份和出场时多用此种风格,看似有分析,实则多是讲述,直截了当直奔主题,没有多少拐弯抹角,对于展开情节、设置悬疑起到了重要作用。

大众文化促使文学生产机制出现新的变化,这些变化又在题材选择、结构设置、叙述语言等方面影响了官场文学的创作,使得官场文学的生产具有了"大规模场次"、商品性等特点。官场文学的创作确实不是一个纯粹的文学现象,也是一个社会现象,甚至是经济现象,它融合了很多要素,其中包括大众心理、市场操作、文本写作等,而这些要素能够聚拢在一起,核心原因在于已形成的大众文化语境,其流行性、商业性、娱乐性、复制性的特质不但影响了官场文学创作的外在方式,也影响了它的内在构成。

三、大众文化如何影响官场文学接受

受大众文化影响,文学作品被商品化,这意味着文学不仅在生产上需要符合工业生产逻辑,在传播与接受上也同样需要接受大众文化模式。官场文学生产过程中,出版社②的作用越来越大,从大众趣味的调研、题材的策划、书稿的选编,到作品的制作、发行等各个运作环节出版社都精心参与。为了让更多的人接受官场文学,出版社移植了大众文化的传播方式。

首先是耐人寻味的宣传策略和市场推销手段。《大雪无痕》的内容提要中有

---

① 陆天明:《高纬度战栗》,上海文艺出版社2005年版,第1页。
② 这里的出版社一词,有必要进行一些解释。从70年代以来,中国出版制度和机构进行了一系列的改革,简单来说,有这样几方面的内容,一是出版社严格的专业分工开始逐渐消解,许多地方文艺出版社力量被解放出来,面向全国,可以出版文艺书籍;二是出版社的目标管理体制、经营承包体制、劳资制度改革的推行,出版社的生命线和市场靠近;三是畅销书大规模生产在出版社开始出现,包括人民文学出版社自1992年策划出版的梁凤仪"财经小说"以来也出版了《哈里波特》等畅销书。(参看宋木文《从拨乱反正到繁荣发展——中国出版改革发展20年的巨变》,《中国当代出版史料》,第八卷,宋应离等编,大象出版社,1999年9月版)这些变化导致文艺出版社的定位有了移动,笔者纳入考虑视野的是盈利性出版机构和出版行为。

这样一段文字:"这是著名作家陆天明继《苍天在上》之后推出的又一部反腐力作。小说入木三分地剖析了权欲私欲膨胀后,人性畸变的痛苦而又丑陋的历程,并声声泣血地呼唤着社会的正义和良心。小说保持了作者创作同类作品时一贯运用的独特风格:笔锋犀利,悬念迭起,激情澎湃,正气浩然。把反腐败这一严肃而又沉重的主题与侦破小说的写法有机地结合在一起,读来令人兴味盎然,欲罢不能,却又耳目一新,掩卷长思。"①李良的《欲望之舟》②一书封面上也有着类似的广告词语:"商场幕后的官场交锋,官场前台的商场博弈。"从中不难看出,出版社向大众阅读群推销的是大众较为关注的"官场-权力"以及"腐败-反腐败"情节结构,但它所用的诸如"权欲私欲""人性畸变""声声泣血"等修饰文字,显然透露了出版社刺激读者阅读欲望的广告意旨。

参与制造官方评奖活动也是一种推广方式。因为反腐倡廉的主旋律题材,张平、陆天明、周梅森等作家比较容易得到官方的认可,其中张平的《抉择》获得了茅盾文学奖③;陆天明的《省委书记》获得了全国第九届"五个一工程"优秀作品奖、辽宁省第九届"五个一工程"优秀作品奖以及第六届"上海长中篇小说优秀作品大奖";周梅森的小说《中国制造》也获得中宣部"新中国成立五十周年十部献礼小说",据其改编的电影获得第9届百花奖。这些奖项本身的影响力,对这些作品的推广具有很大的作用。另外,组织研讨会,组发评论稿,举行签名售书,与影视结缘等方式对官场文学的发行和传播都有比较大的影响。

大众文化语境下大众的文学选择行为,是文学生产新机制发生作用的一个表象。大众的阅读趣味和官场文学内容的契合,是官场文学"大规模生产场次"能够进行的充分条件,出版社的策划、宣传和推广更是助动力,所以新世纪最近几年,官场文学发展才能如此迅速,传播才能如此之广。

其次,官场文学的接受是作为一种文化商品消费来进行的。文化产品被当做消费品来对待有他独有的社会语境,就是大众文化的流行,尤其是消费文化的出现更是文化品变成消费商品的直接语境。消费(Consume)一词最早的用法是"用光、浪费、耗尽",从这个意义上说,消费作为使用与花费的文化观念存在了很长的时间,后

---

① 陆天明:《大雪无痕》内容提要,文化艺术出版社2001年版。
② 李良:《欲望之舟》,长江文艺出版社2006年版。
③ 《抉择》获得的是第五届茅盾文学奖,2000年颁奖,同时获奖的还有阿来的《尘埃落定》、王安忆的《长恨歌》、王旭烽的《茶人三部曲》。虽然《抉择》发表于1997年,从时间角度来讲,尚属于论文要讨论的官场文学范围,这个获奖事件却能够很好地说明,官场文学作品凸现的政治性一旦和主流意识形态相切合,它也可以获得官方的认可。这种认可在相当大的程度上可以成为官场文学的宣传凭借的资源。

由于现代工业的发展,消费行为成为社会中一种强大有效的文化现象,就是消费文化。"消费文化"认为"大众消费运动随着符号生产及日常体验和实践活动的重新组织"①,是指直接进入文化消费领域、满足人们日常文化需要的产品和活动,也包括为了直接消费而进行必要的再生产(复制性的生产)和辅助性创造活动。

大众文化消费即把大众文化产品作为消费品加以消费,从中获得消费满足,大众文化从根本上来说就是消费文化,因为大众文化生产最后的目的是被消费获得最大化的利益。而大众作为消费主体虽然对自己选择和消费什么文化产品具有自主权,但这种主导在文化生产商的宣传轰击下往往呈现出弱势状态,时常被牵着鼻子走。"大众传播的这一技术程式造成了某一类非常具有强制性的信息:信息消费之信息,即对世界进行剪辑、戏剧化和曲解的信息以及把消息当做商品一样进行赋值的信息、对作为符号的内容进行颂扬的信息。简而言之,这是一种包装。"②然而,大众传媒本来就是众多大众文化生产商中的一个,这种对文化产品的宣传和包装有多少是真正为大众消费者考虑就不言自明了。处于这种消费文化语境下的官场文学自然也得遵守这样的游戏规则。官场文学本身就是一种大众文化产物,或者确切地说是一种大众文学,其本身要旨就在于吸引大众读者的目光。

当然,官场小说最初一开始并不单纯是一种流行商品或者文化消费快餐,至少在陆天明的《苍天在上》作为文学图书上市的时候还没有被这样处理,但随着《苍天在上》改编的电视剧成功后,官场文学潜在的巨大利益被出版商注意,也被写作者注意,官场文学生产和消费的时代才开始到来。官场文学的接受情况不能单纯看卖了多少图书,还需要看它的后期延续消费行为,比如影视改编、电台广播、网络传播,这才是一个立体的消费结构。

官场文学接受最基本的方式当然还是图书发行,其中主要过程由图书出版社负责,包括策划、宣传、销售等运作步骤。从图书的发行数量可以看出这种消费方式具有多大的影响力。在此列举几部官场小说的发行量:陆天明的《省委书记》一个月就发行了25万册,后加印20万册,而此前出版的《大雪无痕》也发行了18.5万册,多年前出版的《苍天在上》前后共发行近30万册③,周梅森的《绝对权力》已发行了近20万册,《中国制造》的发行量累计达到了30万册。《国家公诉》第一版就发行了12万册④,王跃文的每一部小说一年之内的发行数量都在20万册以上,

---

① 姜华:《大众文化理论的后现代转向》,人民出版社2006年版,第128页。
② 鲍德里亚:《消费社会》,南京大学出版社2000年版,第131页。
③ 王军:《官场文学:火爆中的冷思考》,新华网站,http://www.jcrb.com/zyw/n4/ca129664.htm。
④ 郭珊、贺敏洁:《周梅森:不会为了迎合影视而创作小说》,《南方日报》2003年3月24日。

《国画》在全国的盗版达到了 200 万册以上①。需要说明的是这些还不是最新的统计数据。列出如此稍显枯燥的数字只在于说明，数字的量化可以说明官场文学消费的状况。

大众文化和电影电视的关系本来就很近，有学者提出这样的分析："电视始终将不同文化、不同习俗、不同品味、不同阶层的人，连接在传媒系统中，并在多重传播与接受过程，将不同人的思想、体验、价值认同和心理欲望都'整流'为同一频道、同一观念模式和同一价值认同。"②电视对官场文学的接受具有极大的影响力。陆天明、周梅森、张平等具有主旋律特点的官场小说几乎每部都改编成了连续电视剧，其中就有《大雪无痕》、《省委书记》、《绝对权力》、《至高利益》、《忠诚》（改编自周梅森的《中国制造》）、《生死抉择》（电影改编自张平的《抉择》）、《国家干部》。电影电视传播巨大的影响力使很多官场文学作品逐渐深入人心，也刺激了图书的发行和其他作家写作的欲望。

最后，网络传播中的接受。网络进一步拓展了官场小说的传播范围，加快了其传播速度和效率，从而实现了多次消费。另外，电台广播作为一种传播手段也同样促进了官场小说的接受。这些消费方式的存在建立起了官场文学接受的立体框架。这种结构对官场文学从生产、传播到接受都有着不小的帮助。

结语：官场文学的生命力

艰难的现实、浮躁的人心、欲望的流行、意义的消解，对所有的文学形式都已经构成了挑战，在文学精神日益涣散的今天，官场文学的出现一定程度上说明了文学干预生活的生命力尚存。

官场文学让我们见识了权力可以有多大的效应，权术有怎样的魅力，现实有多么的无奈。虽然官场文学"作为一种意识形态实践，旨在以想象的方式解释现实矛盾。它以现实主义写作的面目描述、诊断了前行中的代价与痼疾，在试图揭示历史与现实问题上，一些'反腐败'小说也表现出了批判性的勇气，做出了可贵的尝试"③，但是它所作的探索还是太有限。

---

① 《燕赵都市报》2005 年 9 月 11 日。
② 王岳川：《消费社会的文化权力运作》，见金元浦主编《文化研究：理论与实践》，河南大学出版社 2004 年版。
③ 刘复生：《"反腐败"小说的表意模式与叙事成规》，《文学评论》2005 年第 2 期。

论文第一节从"权力·权术"的文学阐释、现代政治与清官意识、角色转换与心理焦虑三个方面论述了官场文学文本中渗透出来的官文化特质,由此可见权力的现代化进程完成得并不彻底,我国政治要达到真正的现代化还需要很长的路要走,其中最重要的就是努力消除权力运作机制中的非制度性的消极因素。尽管展示矛盾、揭露问题是官场文学的独特价值,但其批判有余、反思不足,尤其在如何建构合理、完善的政治体制的思考明显不足。虽然对于文学来说,这似乎有些难以承受,但与其提供一些廉价的、想象性的光明结局,还不如按真实的逻辑来进行官场叙事更有价值。论文第二节着重在分析官场文学在文学性方面的特征,其最有价值的在于突显了现实主义风格,营造了典型环境、塑造了典型人物,文本中的情感叙事也是文本的一个亮点,但这些无法掩盖官场文学在文学技巧上探索的薄弱。在第三节中,论文探讨了大众文化对官场文学创作和接受的影响。这是一个新的角度,在现有的研究中,从大众文化切入文本的还没有,论文得出的结论是官场文学受了大众文化语境的影响从而呈现出了商业性、娱乐性、复制性等特点。

官场文学是一个时代的产物,它的出现和中国当代社会生活尤其是政治环境有关,它客观上记录了当代社会政治生活中出现的问题及为解决问题进行的种种努力。虽然从文学角度看,官场小说在分量上无法与先锋文学和乡土文学比肩,但就其发行量和对社会大众的影响力来说,当代社会其他类的小说能够达到这个程度并不多。有人说官场文学的成功不是文学的成功,而是题材的成功。我们可以看到,文学在官场文学里头扮演的仅仅是一个化妆师的角色,它的作用就是让硬邦邦的故事变得柔和一点、美好一点,如果官场文学在文学成就上要提高一个层次的话,它必须破解这些问题。

鲁迅先生若干年前谈到清末谴责小说时,这样评价道:"虽命意在于匡世,似与讽刺小说同伦,而辞气浮躁,笔无藏锋,甚且过甚其辞,以合时人嗜好,则其度量技术之相去亦远矣,故别谓之谴责小说。"[1]如以此话用来把今天官场文学的脉,也无不可。笔者相信,并不是所有的官场小说作家都是为了稿费、版税而写作,也实在是真有关怀现实者。然而,官场文学作品权作消遣,并无不可,但若慎思之,深虑之,其中流露出的传统官文化内蕴,应予以清醒的认识,清官的出现对现代政治的理念不也是一种嘲弄?而现实似乎比文学作品更具有想象力。只是对于任何一种文学现象来说,过于热闹与过于冷清皆非正常,官场文学也是如此。

---

[1] 鲁迅:《中国小说史略》,上海文化出版社 2005 年版,第 234 页。

第六章

新世纪初的大众文化与传记文学

第一节 传记文学的概念及其研究现状

新世纪初传记文学在时尚文化的兴盛中形成热潮,有其自身的嬗变,也受到转型期复杂文化语境的深刻影响。题材上,文艺家、学者传记增多,影视明星传记大幅增长,平民传记开始出现,而政治人物传记有所减少。传记文本开始转向对日常生活图景的关注和对历史的重新阐释,叙事风格呈现多样化。

政治人物传记中,逸闻通过反历史策略而与宏大叙事保持距离。文艺家、学者传记通过文本构筑精神世界,用以退为进的话语策略实现知识分子主体性的重建。平民传记中民间话语力量增强,书写普通人的历史是对民间立场的坚持,谐趣的叙事风格成为对主流意识形态的反讽。传记文学自身的创作仍存在很多不足之处,并且在复杂的文化语境中被编入多重文化符码,影响传记文本的历史真实性。

新世纪传记文学文本内外部的多重话语形式,构成积极的对话关系,这一对话仍在进行之中,增强了对话各方的主体性,也促使传记文本在逼近历史真实的道路上努力行走。

一、传记文学概念的界定

关于传记文学的定义,李祥年认为"传记文学是一种真实地且艺术地记叙某个实际人生的写作样式"①。本论文以李祥年对传记文学的定义为参照,赞同传记文学是历史和文学的结合,历史的真实性是传记文学的基础。

赵白生的《传记文学理论》把传记文学的事实分为"传记事实""自传事实"和

---

① 李祥年:《传记文学概论》,安徽文艺出版社1993年版,第39页。

"历史事实"。"传记事实,狭义地说,是指传记里对传主的个性起界定作用的那些事实。它们是司马迁所说的'轶事',它们是普鲁塔克传记里的'心灵的证据',它们是吴尔夫笔下的'创造力强的事实,丰富的事实,诱导暗示和生成焕发的事实'。"①传记事实和自传事实、历史事实的结合才能构成一部完整立体的传记。"经验化的事实即'自传事实'"②。"历史事实"从狭义上可以理解为"历史事件"。《传记文学理论》中的"历史事实"还有一种更广义的理解,那就是"包括一切处于静态状态和动态状态的历史事实"③。新历史主义学派柯林伍德也认为:"历史学家必须在自己的心灵里重演过去。"④这些历史学观点使得史家开始强调自己的历史主体,改变了历史里时间的落脚点,"死的事实是过去的,活的史家生活在现在的问题中。"⑤历史事实也就包括了"事件事实"和"叙述事实"。考察传记文学的叙述事实也就是考察文本的叙述方式和叙述历史,从话语层面可以对传记文学在一定时期内的复杂特质进行分析,从而有助于了解一部传记文学的真实程度。

本论文以2000年以后,国内出版的人物传记为主要研究对象,把传记文学创作置于新世纪文化转型的话语背景之下,对政治人物、文艺家、学者、平民传记等文学价值相对较高的传记文本进行细读,对文化转型背景下的新世纪传记文学创作进行总体盘点。从传记文本的"传记事实""历史事实""自传事实"三个方面对传记文本内部进行分析,并结合转型期文化语境把握新世纪传记文学的复杂话语特质。

20世纪90年代以来,随着传统的戏剧研究、诗歌研究、小说研究的基本定型和研究空间的日趋缩小,传记文学的研究空间却日趋扩大并呈现勃勃生机。这主要有以下几个原因:

(1)随着我国社会文化转型,市民的个体意识突出,人们希望从非虚构叙事的文学作品中窥视真实的个体生存,观照现实生活中的某些方面,传记文学创作的繁荣迎合了此种社会心理需求。(2)传记文学因涉及人类经验的丰富性而具有跨学科的特质。个体生命在身份、性别、地域、宗教等方面具有的差异,为各种文化研究提供了丰富的养料。(3)在社会文化转型期,文化语境呈现出前所未有的复杂性,传记文学在传主的选择、体例、内容、阐释方面趋于多样化。本文把新世纪

---

① 赵白生:《传记文学理论》,北京大学出版社2003年版,第14页。
② 同上书,第26页。
③ 同上书,第32页。
④ 同上书,第28页。
⑤ 同上书,第29页。

传记文学放在文化转型的语境之下,对于传记文学在新世纪的发展变化进行总体把握,同时对传记文学作家的创作进行共性研究和个性剖析。在国内传记文学研究中,涉及新世纪传记文学总体面貌的研究不多,把新世纪传记文学置于社会文化转型的文化语境中的研究也甚少。开展传记文学研究既有利于重新审视文化转型背景下文学自身的发展衍变,也有利于准确把握传记文学在新世纪的总体面貌,有一定的学术价值。

二、传记文学研究现状

从20世纪80年代中期至今,传记文学的创作呈现蓬勃发展态势,但传记文学的理论研究却相对滞后,传记文学一直没有作为一种和小说、散文并列的文学样式被重视,没有真正进入主流文学批评界的研究视野。20世纪90年代以后,一些文学研究者开始把目光投向传记文学领域,陆续有传记文学的研究专著面世,学者们对于传记文学的关注开始日渐升温。

国内传记文学研究有几个主要方面:

(1)现代传记文学观的确立。19世纪三四十年代,随着西方文化的涌入,我国的自传、他传作品开始兴盛,传记文学完成了一次历史性转型,"彻底告别脱胎于经依附于史的昨天,而成为一种独立于史学著作和记叙散文之外的文学体裁"[①]。胡适是我国最早提出"传记文学"概念的人。1914年,他在一篇日记《传记文学》中就比较了中西传记的差异,提出要确立"现代传记观",并希望中国的传记文学能够中西兼容、取长补短,开创一个传记文学的新时代。此后,郁达夫、朱东润等人也纷纷提出要"古为今用,洋为中用",建立现代传记文学理论。在新时期传记文学研究中,有一些学者开始研究传记文学现代性的发生机制。如辜也平的《中国传记文学创作的现代转型》[②]、杨正润的《中国自传:现代性的发生》[③]等。

(2)传记文学的属性以及特征研究。在传记文学的属性问题上,一般有三种看法:①以朱文华为代表的"史学说"。朱文华坚持认为:"传记文学的本质属性应当也只能归于史学范畴,而不应划为文学范畴"[④]。②以朱东润、李祥年为代表的文学说。朱东润认为"现代的传记文学,是文学的一个独立部门"[⑤],朱东润的学

---

① 辜也平:《中国传记文学创作的现代转型》,《中山大学学报》2004年第4期。
② 同上。
③ 杨正润:《中国自传:现代性的发生》,《荆门职业技术学院学报》2003年第2期。
④ 朱文华:《传记通论》,复旦大学出版社1993年版。
⑤ 朱东润:《传记文学》,《大地》1981年第5期。

生李祥年在他的著作《传记文学概论》中也认为传记文学是"属于文学的一个分支"①。③以郭久麟为代表的"文史结合说"。郭久麟认为传记文学"是历史与文学嫁接产生的宁馨儿"②。

对传记文学的特征,学者们的认识也有不同。有的认为传记文学应该追求历史真实,有的认为应该突出文学艺术性,由此又引发了传记应不应该虚构的争论。从80年代开始,围绕传记文学的真实性和文学性、传记文学能否虚构和想象等问题,学术界展开了长时间的争论。2000年以后,这方面的争论还在继续。《人物》杂志在2000年和2001年,以"我的传记立场"为题开设论坛,一些知名传记作家撰文发表自己的立场,如沈卫威的《难免媚俗——我的传记立场》③、胡辛的《虚构在纪实中穿行——我的传记立场》④、朱文华的《抵制文学的诱惑——我的传记立场》⑤。

(3)对传记文学写作的探讨。80年代以后,一些学者从传记文学的写作原则、写作技巧、写作者自身的素质修养等方面展开了讨论,这方面的研究成果散见于各种学术刊物和传记文学著作的相关章节中。郭久麟先生分别于1999年和2003年出版的《传记文学写作论》(天马图书有限公司1999年版)和《传记文学写作与鉴赏》(中国三峡出版社2003年版),是目前国内关于传记文学写作研究比较全面的学术论著。

(4)对传记文学的叙事研究。相关论文散见在各种学术刊物上,如邱强、胡吉省的《叙述学对传记创作的启示》⑥、王成军的《"事实正义论":自传(传记)文学的叙事伦理》⑦等,有些学者运用心理分析学说对传记写作中的移情问题做了探讨,有些学者运用阐释学、新历史主义来讨论传记叙事策略和真实性问题,运用比较新的文学理论来研究现当代传记创作,这类学术论文多出现于2000年以后。

(5)对于传记文学消费与接受的研究。这方面研究刚显示出一些苗头,但也有一些相关的论文出现,如张新科发表在2004年《文学评论》上的《消费与接受:传记终极目标的实现》就认为:"消费与接受,是对传记生产的一个重要的、长期的检验过程。"⑧传记文学创作的日益繁荣和读者的消费阅读密不可分,这方面的研

---

① 李祥年:《传记文学概论》,安徽文艺出版社1993年版,第39页。
② 郭久麟:《传记文学写作与鉴赏》,中国三峡出版社2003年版,第12页。
③ 沈卫威:《难免媚俗——我的传记立场》,《人物》2000年第10期。
④ 胡辛:《虚构在纪实中穿行——我的传记立场》,《人物》2000年第11期。
⑤ 朱文华:《抵制文学的诱惑——我的传记立场》,《人物》2000年第12期。
⑥ 邱强、胡吉省:《叙述学对传记创作的启示》,《中共浙江省委党校学报》2004年3期。
⑦ 王成军:《"事实正义论":自传(传记)文学的叙事伦理》,《外国文学研究》2005年3期。
⑧ 张新科:《消费与接受:传记终极目标的实现》,《文学评论》2004年第5期。

究不可缺少。

（6）中西传记文学的比较研究。新世纪以来，国内学者对中西传记文学比较研究显示出浓厚的兴趣。如王成军的《纪实与纪虚——中西叙事文学研究》(百花洲文艺出版社 2003 年版)中就从叙事角度对中西传记做了比较。赵白生的《传记文学理论》(北京大学出版社 2003 年版)、何元智、朱兴榜的《中西传记文学研究》(中国文学出版社 2003 年版)中也都对中西传记文学做了比较研究。

（二）国内传记文学的研究专著

朱文华的《传记通论》(复旦大学出版社 1993 年版)是国内较早出版的传记文学研究专著，该著从传记文学的理论、历史、创作等方面对传记文学做了全面的总结和分析。90 年代以后相继出版的传记文学研究专著中，侧重于传记文学历史流变的有：韩兆琦主编的《中国传记文学史》(河北教育出版社 1992 年版)，杨正润的《传记文学史纲》(江苏教育出版社 1994 年版)，韩兆琦的《中国传记艺术》(内蒙古教育出版社 1998 年版)，陈兰村的《中国传记文学发展史》(语文出版社 1999 年版)，陈兰村、叶志良主编的《20 世纪中国传记文学论》(天津人民出版社 1998 年版)，全展的《中国当代传记文学概观》(黑龙江人民出版社 2004 年版)等。侧重于传记文学理论的有：李祥年的《传记文学概论》(安徽文艺出版社 1993 年版)，俞樟华的《中国传记文学理论研究》(湖南文艺出版社 2000 年版)，赵白生的《传记文学理论》(北京大学出版社 2003 年版)，何元智、朱兴榜的《中西传记文学研究》(中国文学出版社 2003 年版)。侧重对传记文学写作进行研究的有：郭久麟的《传记文学写作论》(天马图书有限公司 1999 年版)和《传记文学写作与鉴赏》(中国三峡出版社 2003 年版)。此外，台湾出版的《什么是传记文学》(传记文学出版社 1985 年版)是一部关于传记文学的论文选集，对传记文学的理论和创作等方面进行探讨。

赵白生的《传记文学理论》涉及传记文学的事实理论、虚构现象、结构原理、阐释策略、经典诉求等问题，是目前国内传记文学研究水准较高的一部理论专著。全展的《中国当代传记文学概观》紧扣国内 1949 年至 2004 年的传记文学创作的发展历程，对传记文学的创作进行了一次扫描，是目前国内对当代传记文学创作概貌研究最新最全的一部专著。

（三）国内传记文学大事记

1. 传记文学刊物

80 年代以后出现的传记文学刊物有《人物》(双月刊，三联书店)、《传记文学》(季刊，文化艺术出版社)、《名人传》(月刊，黄河文艺出版社)等。传记文学刊物不仅刊登优秀的传记文学作品，还经常举办优秀传记文学作家作品的评选活动,举办各类传记文学的研讨会,推动和鼓励传记文学创作与研究。

2. 传记研究机构的成立和学术会议的召开

1994年,中外传记研究会成立;首届全国中外传记文学研讨会召开,至今是第十届;

1998年,北京大学世界传记中心成立大会召开;

1999年,由北京大学世界传记中心主办的第一届传记文学国际学术研讨会召开;

学术机构和学术会议的召开促进了当代传记文学研究的发展,一些有见地的学术论文相继出现。

(四)国外传记文学研究的总体形势

国外特别是西方传记文学研究起步比国内早,传记研究成果丰富,不少见解独到的传记研究专著相继出现,不过还缺少具有里程碑式的传记理论专著,而且和传记文学创作的热潮相比,传记文学的理论研究也显不足。呈现两大走势:

(1)自传研究在整个传记文学研究中一枝独秀。出现了一批自传研究专家,如法国的勒热讷、美国的艾津、奥而泥、德国的帕史卡尔等,他们在自传研究方面颇有造诣。

(2)研究方法多元。除历史研究、意识形态分析、哲学阐释等方法仍用于传记文学研究外,人类学研究、发展心理学理论、性别研究、文化研究、身体政治等新方法也开始运用到了传记研究之中。

(五)国内当代传记文学研究的不足

和国外传记文学研究相比,我国传记文学研究有自己的传统,但不足也是明显的。

(1)研究话题比较集中,过于单一。比如传记文学的真实与虚构、历史性与文学性问题,这是有关传记文学很重要的一个方面,但翻看八九十年代有关传记文学的研究论文,大多集中在对这个问题的探讨上,没有向别的方面开拓。

(2)研究方法单调,理论视阈不够宽广。很多传记文学的研究论文,都对当前的传记文学现象泛泛而谈,而紧扣传记文学创作中的某种现象、用较新的文学理论来进行研究的不多。

(3)对传记文学创作的最新动态关注度不够。从传记文学的研究成果中,较少能看到传记文学创作的新面貌。比如在新世纪的传记文学研究中,有一些对于新世纪传记文学作品的个案分析,但对于新世纪传记文学的创作动态的及时关注较少,也缺少对新世纪以来整个传记文学的整体关注。

和目前整个的国际传记文学研究形势一样,相对于传记文学创作,传记文学研究十分滞后。90年代以后,我国传记文学研究在朝良性方向发展,不断有比较优秀的传记文学研究专著和论文出现,但是和国际传记文学研究的成果相比,数量较少,质量也较低,我国传记文学研究还有相当广阔的空间可以开拓。

第二节　新世纪初的传记文学概观

一、大众文化兴盛中的传记文学

20世纪八九十年代开始,随着社会的转型,精英文化不再占据主流地位,大众文化通过多种媒介渗透到社会各个领域,渗透到日常生活,并带动一拨又一拨的文化热潮。从80年代港台歌曲流行、武侠小说热、言情小说热,到90年代《渴望》的热播、王朔小说的畅销,从电影电视、通俗小说,到流行音乐、迪斯科、交谊舞、时装表演、电子游戏、时尚广告、超女选秀等,这些都成为社会大众最热衷的消费方式和瞩目的焦点。"大众文化是在工业化技术和消费社会语境下,通过大众传媒广泛传播,适应社会大众文化趣味的文化范式和类型。"①表面上看,大众文化与精英文化、主流意识形态文化相对立,而实质上,消费社会的语境下,大众文化常常会与精英文化、主流意识形态文化发生媾和,并以某种调和的方式出现。

大众文化具有通俗化、多元化的特点,又具有猎奇、从众的心理,可以在一定时期内得到迅速传播和被普遍接受。传记文学正符合了这些特点,在大众文化兴盛的背景下形成热潮。20世纪八九十年代开始的传记文学热潮和大众文化的兴盛密切联系。研究新世纪传记文学,要梳理其自身的发展脉络,也要将其放置在大众文化的驳杂景观中进行辨析,用文化景观的碎片折射出某一类文本的复杂特质。

我国从《史记》开始就有了传记文学,至今已走过2200多年的历史。"19世纪后期,西学东渐,现代传记文学萌芽,中间经胡适大力提倡、积极尝试,到三四十年代自传、他传创作的繁荣,传记文学形成了一次创作高潮。"②胡适的《四十自述》、郁达夫的《达夫自传》、朱东润的《张居正大传》、吴晗的《朱元璋传》都是现代传记文学的名著。新中国成立后,传记文学创作有所停滞,到80年代中期开始有

---

① 贾明:《文化转向:大众文化时代的来临》,《上海师范大学学报(哲学社会科学版)》2005年第1期。
② 辜也平:《中国传记文学创作的现代转型》,《中山大学学报(社会科学版)》2004年04期。

所复苏,90年代在大众文化的兴盛中形成热潮并持续至今。传记文学热潮的形成有几方面的原因:(1)改革开放后我国开始向市场经济社会转型,人们的世俗热情日趋高涨,对个体利益和人生目标有世俗的追求,期望通过名人传记看到个人奋斗的成功之路,这种阅读趋向直接导致传记文学的繁荣。(2)虚构文学的创作和阅读遭遇瓶颈。一方面,虚构文学创作危机给非虚构文学留出空间。"诗歌和小说创作的确还面临着一些亟待解决的严峻问题;相比之下,作为跨越于史学与文学之间的文体,传记文学正充分显示着它文体上的优势,拥有越来越多的读者,的确显示出比其它文学品种更为生气勃勃的前景。"①进入90年代,"作为创作主体的知识分子在精神上受到剧烈的冲击,这也就是所谓'人文精神'的失落"②。一些知识分子放弃了独立批判的写作精神,根据商业追求进行创作。另一方面,随着生活节奏的加快,人们难以把阅读兴趣集中在节奏缓慢、内容深刻的虚构文学作品上,传记等非虚构文学的畅销使其成为很多作家创作的首选。(3)大众传媒的推动。出版社出版名人传记吸引读者眼球,提高销售码洋。广播、电视、报纸、网络等媒体热衷于培育"名人",制造名人效应,甚至利用名人进行炒作,为传记文学挖掘出更多可以书写的传主,积累更多的写作资源。消费文化环境为传记文学创作提供土壤。(4)文化反思热的影响。80年代就不断有作家对"文革"、反右等历史劫难进行反思,至世纪末反思历史的作品增多,很多就是通过回忆录、传记的形式进行的。

可以看到,八九十年代传记文学热潮,一方面是由于传记文学在自身生长点上延续发展,一方面也是大众文化背景下,现代传媒推动的文本狂欢。大众文化背景下兴盛的传记文学不再是单纯的文学文本,而是被编入了多重文化符码。研究新世纪传记文学,需要把握传记文学的大致面貌,也需要细微探究文本内部外部的文化特征,只有这样,才能贴切绘制出新世纪初传记文学的真实图景。

二、新世纪初传记文学的面貌

有人做过统计,1995年左右,我国年均出版的传记文学作品达到200部左右,成为仅次于小说的第二大畅销读物。笔者对国家图书馆中文外借书库所藏书目进行统计,2000年之后的七年间,以"主题词"为"传记"搜到的书目就有3000多个,平均一年就有500本,这还不包括"主题词"为"生平事迹"等从广义上也算做传记文学的书目。各大城市书店里也专门开设了各类传记文学的专柜,很多传记

---

① 陈建功:《憧憬传记的"黄金时代"》,《文艺报》2000年9月19日。
② 陈思和:《中国当代文学史教程》,复旦大学出版社1999年版,第324页。

跃上畅销书排行榜单,摆在书店的显要位置。

具体考察新世纪初的传记文学创作,会发现新世纪传记文学在传主类别、叙述体例等方面有所变化。笔者以《传记文学》(2000—2005年)、中国国家图书馆(2000—2006年)、上海书城和北京西单图书大厦图书销售排行榜(2006年3月—2006年12月)为案例进行了调查研究。

(一)传记期刊

表一 《传记文学》2000—2005年栏目设置情况

(主办:中国艺术研究院 出版:文化艺术出版社《传记文学》杂志社)

(该期刊整体风格雅致精巧,办刊路线较少受商业气息影响,在国内传记期刊中品位较高)

栏目 \ 年份 / 篇数	2000	2001	2002	2003	2004	2005
星汉灿烂	7		1	16	8	12
文化名人	8		18	8	20	
风云人物	10	3	4			
风雨人生	23	12	8	3	3	36
将帅风采	6	6	1			
人物传奇	10	15	13	5		
人物博览			5	24	21	4
艺海弄潮	19	25	10	4	10	8
艺坛人物			6	20	8	3
历史回眸	16	17	9	1	2	4
海外博览	8		6		4	
名人轶事	4	10				
海外名人	19	19	5	9	10	16
百态人生	28	26	11	3	2	
心曲写真	6		13	4	2	
情感驿站			4	5	2	
文苑回瞻	4	5				
文苑撷英		6	4	2	16	19

239

续表

栏目\年份篇数	2000	2001	2002	2003	2004	2005
体坛经纬	5		1	1	5	
史迹寻踪	11	3	2	5		32
史迹拾零	2		3			
文史珍闻					2	
历史档案				2		
传记论坛	1					
法制天地		2				
如烟往事		11	9	1	8	1
岁月屐痕		7	2	2	6	
共和国纪事				1		
英模特写			1	2	2	
传记之窗			1			9
热点聚焦			1	4		
影视人物			4	1		
人在异乡		4				
影视写真				5		
影者游踪					4	18
二月河专栏					2	12
特别关注						2
立体扫描				2	2	2
财经人物					1	1

表二

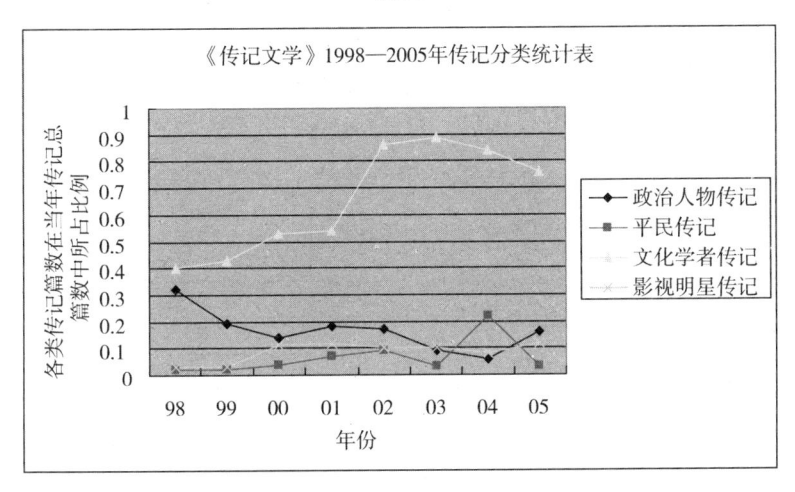

《传记文学》1998—2005年传记分类统计表

图例：政治人物传记、平民传记、文化学者传记、影视明星传记

纵轴：各类传记篇数在当年传记总篇数中所占比例
横轴：年份（98 99 00 01 02 03 04 05）

从表一中可以看到，2000—2005年，《传记文学》的栏目设置广泛，传主既有文化名人、艺坛人物，又有叱咤政界、商界的风云人物，有领袖将帅、影视明星，也有默默无闻的平民百姓；既关注名人的成功之路，书写知识分子的精神历程，也描写普通人的情感世界。传记体例上既有自传、口述，又有各种形式的他传。表一中的斜体字是2000年以后新增栏目。2001年，新增"人在异乡"栏目，编发四篇文章（《我在东京发广告》《闯荡京城的农家女》《我真的起来了——一位"残疾人"孤身闯荡京城的故事》《东瀛生活琐忆——在日本打工的日子》），讲述异地打工者的人生经历，关注普通人尤其是城市漂泊者的生存状态。2003、2004年增加"影视写真"和"影视游踪"栏目，选择当下比较受关注的影视编导、演员作为传主，结合近期播出的影视节目，用访谈等形式记写影视人物的生活轨迹和艺术理念。2003年增加的"立体扫描"栏目从不同角度刻画人物，包括自传和他传。如2003年11期"立体扫描"栏目编发的第一组稿件：《蒲团与福气——我的童年故事片断》（毕淑敏）和《六面体的毕淑敏》（王扬），毕淑敏回忆自己的童年生活，而王扬则从另一个角度记写了毕淑敏的人生经历，两种不同视角构成对人物的立体扫描。此外，新增的栏目还有"二月河专栏""特别关注""立体扫描""财经人物"等。

从表二来看，文艺家学者传记在《传记文学》篇目中所占比例较高，2000年后继续保持增长趋势。政治人物传记在传记篇目中所占比例仅次于文艺家学者传记，但其在1998年就出现了大幅下降，2000年后和2000年前相比仍呈下降趋势。影视人物传记所占比例不高，在1999年出现明显增长趋势，2000年以后稳中有升。平民传记所占比例最小，增减趋势不稳定，但在2000年后出现大幅增长。

总结两表可以看到,2000年以后,传记期刊的题材多,传主选择范围广;政治人物传记减少,传记写作的政治话语色彩减淡;文艺家、学者人物传记增多,影视人物频频亮相;顺应市场经济发展,财经人物传记出现;传记写作和新闻传媒结合紧密,及时关注热点事件,聚焦热点人物,时效性和当下性增强;开始关注普通人的生存;传记写法灵活多样,从多角度、用多种声音书写传主、塑造传主立体形象。

(二)图书馆藏书和图书销售

表三 中国国家图书馆2000—2006年"人物传记"藏书情况

政治家传记	文艺家、学者传记	平民传记	影视人物传记	评传	图传	系列传记
214	375	18	23	298	20	215

表四 上海书城、北京西单图书大厦2006年文艺类图书销售排行榜传记上榜情况

日期	书名	作者	出版社	销售名次	地点
5月	《谦君一发》	薛之谦、君君	上海人民出版社	1	上海书城
6月	《谦君一发》	薛之谦、君君	上海人民出版社	8	上海书城
7月	《谦君一发》	薛之谦、君君	上海人民出版社	8	上海书城
10月	《年轻的战场——好男儿成长写真》	东方卫视	上海人民出版社	2	上海书城
11月	《年轻的战场——好男儿成长写真》	东方卫视	上海人民出版社	6	上海书城
1月	《毛泽东传(插图本)》	特里尔·罗斯	中国人民大学出版社	22	西单图书大厦
5月	《谦君一发》	薛之谦、君君	上海人民出版社	2	西单图书大厦
6月	《忏悔无门——慈善家李春平的旷世情缘》	王春元	长江文艺出版社	1	西单图书大厦

在中国国家图书馆的检索系统中,2000—2006年,主题词为"传记"搜索到的传记书目3000多本,其中历史人物传记占据最大部分,由于历史人物传记不是本文的研究对象,所以不作考察。以国家图书馆2000—2006年所藏书目并结合表三的数据可以看出:文艺家、学者传记和政治家传记居多,另外还有平民传记、影视人物传记等。平民传记在世纪之交浮出水面,在传记图书里所占比例不高,但

有继续发展的趋势;传记体例多样,评传最多,且一直有增无减;画传、图传在2000年后开始频繁出现,此外大传、全传也频频登场;系列传记增多,整体策划加强;传记的写作形式上有突破。

从表四可以看到,在图书市场销售排名靠前最多的是影视明星传记,此外还有政治人物传记和财经人物传记。电视媒体通过真人秀节目推出一批明星,出版社依靠明星的人气来提高传记的销售热度。在一些书店,影视明星传记在人物传记书架上所占的比例很高,这与国家图书馆的藏书情况却不符合。原因有二:一是因为图书馆收藏和书店销售的目标不同。图书馆趋向收藏具有历史意义的名人传记和一些有文化品位的传记,而图书市场销售的准则是商业效益,两相比较可以知道,近年来不少品位高、底蕴深的优秀传记图书不断问世,而影视明星传记却是图书销售市场的宠儿。二是因为明星传记粗制滥造,很多传记没有经过详细确凿的调查采访,得不到出版界的认可,一些由正规出版社出版的明星传记盗版现象也很严重,也不属于图书馆的收藏范围。

三、盘点传记文学作家与作品

(一)传记作家

2005年10月25日,由中国传记学会、河南文艺出版社和《名人传记》杂志社联合主办的"风雅颂杯当代优秀传记作家"评选活动,评选出10位当代优秀传记作家:王朝柱、叶永烈、石楠、祁淑英、朱晴、陈廷一、胡辛、徐光荣、韩石山、董保存。这些获奖作家都是一直活跃在传记文学领域的知名作家,其中有不少在2000年以后的传记文学创作中颇有建树。

王朝柱:被称为"领袖传记作品专业户",2000年后创作了《张学良:少帅涅槃》《邓小平》《李大钊》等传记作品。

石楠:主要进行文艺家、学者传记创作,2000年以后又写出了《一代画魂潘玉良》《张恨水》《一代名妓柳如是》《苏雪林》《杨光素传》《刘苇传》等文艺学者传记,具有很高的史学价值和艺术品格。

陈廷一:主要写领袖、政治人物传记,2000年以后引发了一拨"大传""全传"的传记写作热潮,先后出版《宋庆龄全传》《宋美龄全传》《宋霭龄全传》《宋子文大传》。2003年推出《宋氏三姐妹》《贺氏三姐妹》,然后又相继推出《周氏三兄弟》《蒋氏父子》和《宋氏三兄弟》,打造出了一批品牌传记。

韩石山:历史专业出身,传记作品致力于推理事件过程、追究事件真相,重视历史的真实性。2004年出版的《徐志摩传》在传记界获得很好反响。2000年以后还出版了《李健吾传》《徐志摩与陆小曼》《徐志摩图传》等传记作品。

胡辛:多年一直致力于女性文学研究,同时涉及传记文学创作。与韩石山相反,她强调虚构在传记创作中的作用,强调传记写作时主体意识和情感的介入①。2000年以后出版了《陈香梅传奇》《张爱玲传奇集》等传记。

此外,2000年后在传记文学领域活跃的作家还有李辉。李辉集"学者、报人、作家"三位一体的特殊身份,使得他的作品具有了"史料文献的厚实性、报告文学的新闻性、散文随笔的灵动性和传记文学的人文性"②的多重文体风格。2000年以后出版了《沈从文图传》《黄永玉:走在这个世界上》《老舍:消失了的太平湖》《梁思成:永远的困惑》《邓拓:文章满纸书生累》等传记。他主编的"大象自述文丛",收录了数十位艺术家的自述传记,在传记文体上有所突破,成为新世纪传记文学领域备受瞩目的一次创新。

(二)传记作品

新世纪传记文学热潮继续,优秀传记作品可以分为以下几类:

文化蕴涵深厚的有《王统照传》(刘增人)、《从城南走来——林海音传》(夏祖丽)、《人之子——鲁迅传》(项义华)、《我与鲁迅七十年》(周海婴)、《思痛录》(韦君宜)、《徐志摩传》(韩石山)、《岁月与性情——我的心灵自传》(周国平)。

史学价值高的有《张爱萍传》(东方鹤)、《毛岸英》(杨大群)、《毛泽东传》(肖特·罗斯)、《听外婆讲那过去的事情》(孔东梅)、《我的父亲邓小平》(毛毛)、《他改变了中国——江泽民传》(罗伯特·劳伦斯·库恩)、《胡耀邦传》(满妹)、《陈云之路》(叶永烈)。

历史反思类的有《我们仨》(杨绛)、《半生为人》(徐晓)。

整体策划的系列传记的有"当代作家评传系列"(郑州出版社)《铁凝评传》《余华评传》《金庸评传》等;"文化名人图传系列"(湖北人民出版社)《朱自清图传》《闻一多图传》等;"中国经济学家系列"(中国金融出版社)《我国经济学泰斗马寅初》《开国第一任央行行长南汉宸》《登上世纪坛的学者孙冶方》等。

记录普通人生活的有《上海的红颜遗事》(陈丹燕)、"人生中国丛书"(北京出版社)、《牵手一家人》(李崇安)、《向天而歌:太行盲艺人的故事》(刘红庆,王景春)、《屠夫看世界》(陆步轩)、《岁月剪贴》(母国政)。

畅销书:大多为影视明星传记,如《日子》(倪萍)、《岁月情缘》(赵忠祥)、《声音——一个电视人与观众的对话》(敬一丹)、《前沿故事》(水均益)、《临海凭风》(杨澜)、《不过如此》(崔永元)、《痛并快乐着》(白岩松)。热销的真人秀明星传

---

① 张瑷:《20世纪实文学导论》,文化艺术出版社2005年版,第306页。
② 同上书,第289页。

记有《谦君一发》(君君、薛之谦)、《年轻的战场——好男儿成长写真》(东方卫视)。品味较高的人物传记有《围棋人生》(聂卫平)、《生命的不可思议》(胡茵梦)等。

第三节 新世纪初的政治人物传记

一、新世纪初政治人物传记概观

新世纪初,政治人物传记在整个传记文学中占有不小的比例。政治人物传记因为记载重要政治人物的生平,历史、政治意义较强,图书馆收藏大量政治人物传记作为学术研究资料,也供读者阅读励志;政治人物自身的魅力使得关于他们的传记受到读者青睐,一些大型书店的传记图书销售区专门设有"政治人物传记"书架,这些传记动辄成为书店的畅销书,跃上销售排行榜。

新世纪初,政治人物传记主要以两大主题成为图书市场亮点:

(1)纪念性传记。从图书市场角度看,配合各类历史纪念日出版相应的纪念性图书,既具时效性,有利于取得市场效益,又可以取得社会效益,提高图书品位。2003年是毛泽东诞辰110周年,毛泽东传记图书量居高不下。毛新宇编著的《爷爷毛泽东》、毛泽东外孙女孔冬梅写的《翻开我家老影集——我心中的外公毛泽东》都有很好的销售纪录。英国作家菲力普·肖特的《毛泽东传》中文版后来居上,短短3个月内四次再版。2004年8月22日是邓小平诞辰100周年,新闻出版总署确定的"100种纪念邓小平诞辰100周年重点图书"中,就有不少关于邓小平的人物传记。四川出版集团出版的《邓小平画传》共用图片1200余张,是目前图片最多、最全面地反映邓小平生平的传记性画册。中央文献出版社出版的《邓小平年谱(1975–1997)》采取"年谱"体例,具有较为自由的写作空间,披露邓小平鲜为人知的革命经历。《永远的小平:卓琳等人访谈录》是我国第一部以访谈形式集中反映小平同志内心世界和情感生活的书籍。2006年1月8日,敬爱的周总理逝世30周年,由四川人民出版社出版的《周恩来画传》收录了1000幅周恩来各个历史时期的照片,是迄今为止周恩来传记中图片最多的。

(2)打造"红色经典"文化。2000年以后文化市场掀起"红色经典"热潮,图书市场借这股文化东风,推出一批"红色经典"图书。这股热潮在2003年毛泽东诞辰110周年成为高潮。毛泽东外孙女孔东梅在写成《翻开我家老影集——我心中的外公毛泽东》后,又撰写出版了《听外婆讲那过去的事情——毛泽东与贺子珍》

和《改变世界的日子——与王海容谈毛泽东外交往事》两本书,并成立文化传播公司,接受媒体采访时声明要"弘扬红色经典文化"①。2005年是世界反法西斯战争胜利70周年,2006年是红军长征胜利70周年,文化市场一次又一次适时打造"红色经典"文化氛围,在这种氛围之中,相关政治人物传记被推出。

2000年以后,群体人物传记多,叙述体例多样。除史学价值较高的领袖传记之外,一些整体策划的系列传记也有较好反响。解放军文艺出版社从90年代开始策划的"中国人民解放军百战将星丛书",在2000年以后又推出数十位将军传记。2002年由中国财政经济出版社策划的"北洋兵戈"丛书,出版孙传芳、段祺瑞等十位北洋军阀传记。2004年,中国文史出版社推出"民国高层内幕大揭密丛书",出版阎锡山、白崇禧等民国高层人物传记。东方出版社策划的"东方文化书系·20世纪著名群体人物传记",推出陈廷一的《宋氏三姐妹》《贺氏三姐妹》,然后又相继推出《周氏三兄弟》《蒋氏父子》和《宋氏三兄弟》,打造一批政治人物品牌传记。以写政治人物传记擅长的作家陈廷一还在新世纪初领导了"大传、全传"的人物传记潮流,写出了《宋庆龄全传》《宋美龄全传》《宋霭龄全传》《宋子文大传》。

政治人物传记的创作出现了一些新趋势。从第一章的图表分析可以看出,2000年后,无论是传记期刊、图书馆收藏书目,还是销售排行榜,政治人物传记在整个传记中都不再高居榜首,而是让位于文艺家、学者传记。可以说,在政治人物传记红红火火的表象下,其内部是有所降温的。这是因为,社会转型背景下,人们对政治的兴趣减淡,而转为关注当下生活,领袖人物的光环色彩趋淡。与此同时,影视明星、经济人物、学者精英吸引人们更多目光,政治人物传记创作、销售相应也就处于低回状态。当然,政治人物传记因为其传主的特殊身份、个人经历的传奇性,仍会在整个传记文学中占有非常重要的地位。

二、"走下神坛"的政治人物刻画

"走下神坛"一词与传记文学联系是在80年代末,权延赤的《走下神坛的毛泽东》在传记文学界引起轰动,其后权延赤又撰写出版了《领袖泪》《走下圣坛的周恩来》等传记作品。从生活逸事的角度记录政治人物生平的传记文学作品成为政治人物传记的热点,政治人物的"走下神坛"不仅是传记文学事件,也成为当时的一种文化现象。

---

① 许黎娜:《毛泽东外孙女孔东梅:从文化角度推广红色经典》,《南方都市报》2006年08月24日。

"逸闻为真实生活遗留下来的'踪迹'并用它来表达其对真实的追求。"①"逸闻提供一种接近日常生活的门径,它通往事情如是发生之所,通往以粗陋的表述方式表述真理的实践领域,而那些方式在最富修辞性的文学文本中却遭到了否弃。"②在我国的传记文学历史中,记述政治人物的生活逸事的古已有之,汉代司马迁就曾在《管晏列传》中"'不论''其书','论其逸事'"③。新中国成立后,政治话语一直居于社会主流,政治人物的神化和个人崇拜在"文革"十年发展到极致,政治人物传记成为神化政治人物的工具,很难有政治人物的日常生活逸闻。1980年,美国人罗斯·特里尔推出了一部全新的《毛泽东传》(中国人民大学出版社),"关于毛泽东个人事务的描写比中国在 80 年代出版的任何一本书都要大胆些。诸如关于毛泽东的心理,和女人的关系,对信仰、对死亡、对他自己孤独的极度痛苦,以及其他方面的解释"④。"在 1980 年第一版的诸多述评中,我(罗斯·特里尔)曾因过多关注毛泽东的个性和个人事务而遭受批评"⑤。罗斯的这本书写在 80 年代之初,因还原政治人物而遭到批评。但是 80 年代以后,随着"文革"的政治话语时代逐渐结束,政治人物传记神化领袖的工具作用减淡,政治人物传记向真实的人物面貌还原。80 年代末期,毛泽东等领袖人物的私人生活细节几乎成为政治人物传记的主要内容。

新时期以来记述传主生平逸事的传记写法通常在手法上比较灵活。这类传记中自传体比较少,这是因为政治人物自身身份特殊,在有生之年的话语权力受到限制,我国的自传文学又缺乏深度自我挖掘的精神,通过记录自身生活琐事来给自己立传少之又少,目前可以见到的《彭德怀自传》也是根据他在"文革"中交代个人情况的材料编成的"二手自传"。记录政治人物生活逸事的传记通常是他传,不过写作手法多样。一是间接的,专业作家寻找政治人物身边的工作人员或者朋友、亲属,对他们叙述的材料进行加工整理,综合多人的叙述材料写成他传,或者整理为口述实录、人物访谈形式的传记。权延赤的《走下神坛的毛泽东》就是根据毛泽东身边的卫士、秘书等人的回忆写成的访谈录。二是直接的,政治人物身边的工作人员或者朋友、亲属为记忆中的政治人物做传。如毛泽东的保健医生王鹤滨的《紫云轩主人——我所接触的毛泽东》,周恩来的保健医生张佐良的《周

---

① 张进:《新历史主义与历史诗学》,中国社会科学出版社 2004 年版,第 274 页。
② 同上书,第 276 页。
③ 赵白生:《传记文学理论》,北京大学出版社 2003 年版,第 180 页。
④ 罗斯·特里尔:《毛泽东传》(最新版全译插图本),中国人民大学出版社 2006 年版,第 5 页。
⑤ 同上。

恩来的最后十年》。

　　这两类传记在80年代后期都很常见,生活逸事类政治人物传记甚至出现了一哄而上的局面,"走下神坛"成为消解政治话语的必然姿态,成为一种文化符号。随着时间的推移,到新世纪初,政治人物传记少了80年代末期出现的喧嚣场面。生活逸事类政治人物传记仍不断出现,如政治人物亲属撰写的传记,他们不光通过自己的回忆,也通过走访、调查,描画出自己心目中的政治人物。无论是他传、回忆录、访谈录,还是靠二手材料撰写的传记,发现历史细节、寻找传主生平逸事恐怕是政治人物传记出彩屡试不爽的方法。所以新世纪初的大多政治人物传记还是沿袭了80年代末期开始的政治人物传记写作套路,秉承记录"生平逸事"的写作理念。

　　《毛泽东传》的三种版本(特里尔·罗斯、菲利普·肖特、孔东梅)中,都提到了毛泽东年幼时和父亲的一次争吵、父亲追至水塘边的细节:

　　　　泽东跑到水塘边上停下,声称如果父亲再靠近一步,他就要跳下去……泽东在客人面前的反抗举动迫使父亲做出了让步。泽东向父亲道了歉,但只磕了半个头(单膝着地),毛顺生允诺不打他。①

　　肖特的《毛泽东传》里也提到了毛13岁随父亲进入东山学堂的情景,他引用了毛的一段讲话:

　　　　"我以前从没见过这么多孩子聚在一起……我只有一套像样的短衫裤……许多阔学生因此看不起我。"②

　　这种年幼精神受抑的经历和反抗行为都是毛泽东性格特征的佐证,不屈服权威的性格特质使得毛泽东日后走上了革命的道路,任何传记作者也不愿轻易放过这些细节。

　　毛毛的《我的父亲邓小平:"文革"岁月》,作者在叙述历史变迁和父亲政治沉浮的同时,不厌其烦地历数邓家家务事、邓家的"文革"遭遇、邓小平的家庭生活、邓小平的生活逸事,透过"文革"政治硝烟的层层雾障可以看到一个在家庭生活中寻找精神寄托的个体生命的存在。

　　散佚的历史细节被传记作者掇拾,成为了记录传主真实个性的有力证据,使我们可以从中窥见政治人物传记作者颠覆政治话语、力求还原真实人物的努力。

---

① 罗斯·特里尔:《毛泽东传》(最新版全译插图本),中国人民大学出版社2006年版,第2页。
② 同上书,第36—37页。

三、生活逸闻和"反历史"策略

赵白生的《传记文学理论》把传记文学的事实分为"传记事实""自传事实"和"历史事实"。"传记事实,狭义地说,是指传记里对传主的个性起界定作用的那些事实。它们是司马迁所说的'轶事',它们是普鲁塔克传记里的'心灵的证据',它们是吴尔夫笔下的'创造力强的事实,丰富的事实,诱导暗示和生成酝发的事实'。"①传记作者记述生活逸闻、力求还原真实的政治人物的努力,可以说,这种生活逸闻式的传记写法使得传记文本具备了"传记事实"。要想达到传记(由于多是他传,所以在此忽略"自传事实")真实,还需具备传记文本的"历史事实",历史事实从狭义上可以理解为"历史事件",传记事实和历史事实的结合才能构成一部完整立体的传记。而 80 年代末期出现的生活逸闻式传记中,生活见闻和琐事占据大部分章节。比如《走下神坛的毛泽东》,第一集是毛泽东卫士长李银桥的回忆,通篇采取问答式,如:"毛泽东最大的性格特点是什么","毛泽东喜欢听大家喊他万岁吗","毛泽东最遗憾的是什么","毛泽东与江青的感情生活"②。整部书写的是日常生活中的毛泽东,而几乎看不到毛泽东的政治经历,看到的几乎是日常人物,而非政治人物。

对"历史事实"还有一种更广义的理解,那就是"包括一切处于静态状态和动态状态的历史事实"。这使得史家开始强调自己的历史主体,改变了历史里时间的落脚点,"死的事实是过去的,活的史家生活在现在的问题中"③,历史事实也就包括了"事件事实"和"叙述事实"。当我们考察 80 年代末期开始出现的生活逸闻式传记的"叙述事实"时,我们会发现一种"反历史策略",这个概念源于新历史主义,"通过建构复数化的小写历史而刺穿历史'宏大叙事'的堂皇假面,实现其'反历史'表述"④。通过考察这种"反历史策略"的叙述事实,我们才得以从另一个角度窥见政治人物传记的真实性。

---

① 赵白生:《传记文学理论》,北京大学出版社 2003 年版,第 14 页。
② 权延赤:《走下神坛的毛泽东》目录,内蒙古人民出版社 2001 年版。
③ 赵白生:《传记文学理论》,北京大学出版社 2003 年版,第 29 页。
④ 张进:《新历史主义与历史诗学》,中国社会科学出版社 2004 年版,第 278 页。

(一)推倒偶像

80年代末,政治人物作为偶像的时代已远去,"走下神坛"本身有一种由庙堂走向广场的"狂欢"隐喻。传记文本里呈现出一个脱离于政治话语的日常人物,他的生活逸闻、鸡毛蒜皮的生活琐事都被统统纳入文本之中,而传主作为政治人物所经历的历史事件却很少被涉猎,偶像的神秘完美被打破,政治人物的崇高感、话语权威、价值维度都消解在传记文本琐事的狂欢之中。逸闻逸事在文本中大行其道,人们无法看到完整的历史事件,异端和差异的诉说使得历史的连续之流被阻断,异端和差异成为一条进入历史的裂隙,使人们在另一种语境中得以逼近"真实"。宏大叙事让位于逸闻式的边缘话语,政治偶像被"走下神坛"式的文本狂欢所推倒,"推倒偶像"成为一个历史时期的文化符号。这类传记文本显示出的对主流政治话语的拒斥姿态和90年代的转型期话语特征是吻合的。政治人物传记实现了"传记事实"和"叙述事实"的统一,"反历史"表述成功完成其话语策略。

生活逸闻式的政治人物传记充斥于80年代末期到90年代初,专业传记作家收集传主逸闻津津乐道,作者开始带上个人好恶对传主进行个人式的主观评价,"众说纷纭"给政治话语解禁后的文化空气带来活力,人们得以更进一步地触摸到历史人物的真实脉搏。但是应当看到,逸闻式传记对"真实"的逼近和"反历史"叙事策略本身是有缺陷的,"在背离大历史的垄断后,小历史难免繁琐和零碎"①,无限制的"小事大作"缺少价值维度,拒斥政治话语的姿态也会导致矫枉过正。不少传记由于过多关注政治人物的生活琐事,成了暴露隐私、满足读者窥视欲望的低品位读物,无法实现传记文学作为文学文本引人向善向美的功能。

(二)重塑偶像

90年代中期,政治人物传记以对政治话语的拒斥姿态完成了自身使命而成为被定格的历史影像,"走下神坛"的逸闻式政治人物传记少了一轰而上、大鼓大躁的局面。随着毛泽东诞辰100周年的到来,也就是在1993年,国内掀起"红色文化热"。"太阳最红,毛主席最亲"的红色革命歌曲在这一年不期而红,原本预计发行七八万盒的"红太阳"录音带,一个月就卖出了100万盒,在今天看来依然是各路歌星们可望而不可及的销售奇迹。在城市和农村,压在箱底的毛泽东像章被重新翻了出来,不仅挂在墙壁上,而且挂在各式各样的大卡车、小轿车等交通工具上。农民和司机们重新把毛泽东当成了神,而一些年轻人则把毛泽东重新当作偶像。"重塑偶像"的过程又是一场"狂欢",而且场域更为扩大。在对偶像的忆念中,这场文化热渐次发展到对整个革命岁月的怀旧。学者陶东风把这种现象称为

---

① 张进:《新历史主义与历史诗学》,中国社会科学出版社2004年版,第283页

"后革命时代的革命文化"①,并把后革命时代的语境特点归结为"革命时期建立的政治体制和后革命时期的经济转型并存,经由官方选择和改造的革命文化被纳入今天的主流意识形态,与此同时,新出现的消费主义、大众娱乐文化、实用主义、物质主义则把革命的文化遗产纳入了市场和消费的大潮"。② 由官方主流意识形态和商业文化互相借重、相互妥协的"红色文化",表现出政治话语、商业性、文化怀旧等诸多驳杂特质。

在这场"红色文化热"中,各式政治人物传记在"红色经典"的名义下被摆上书店的显要位置并获得不俗的销售业绩。政治人物传记不再像前几年那样,通过逸闻的单一声音来进行"反历史"表述,历史事件和生活逸闻相交错,被打上"红色"标志。通过对传主逸闻(日常生活史)的书写和对历史事件的重新接近来刻画传主形象,历史不再仅仅由逸闻发出声音,逸闻的叙述姿态发生改变,历史链条再次出现断裂,叙述的事实又一次被改写,政治人物传记成为完成"红色"任务的中坚力量。所谓的"红色"任务,首先是满足文化怀旧情绪,在"重塑偶像"的过程中,人们在文本中与传主接近,通过想象回到逝去的岁月,实现一次精神怀旧。当然,"红色"任务还包括商业效益的实现和政治主流意识形态的入驻,这使得文化语境变得更为复杂。政治人物传记在这样的语境中也出现了多种变化。一些逸闻式的政治人物传记成为图书市场的卖点,显现出暴露隐私、文化媚俗的弊端;还有些政治人物传记看似将逸闻和历史事件相结合,刻画完整的传主形象,实则被主流政治话语所俘获,逸闻成为意义空泛的点缀。

(三)和光同尘

新世纪初,"红色文化热"依旧。政治人物传记在"红色"氛围的熏染下依然具有"红色文化"流行以来的多种特征。实质上,文化意义的怀旧热度在冷却,而商业运作的成分在加大,在一次次市场策划的"红色文化"运作中,民间反应趋于冷淡,"红色文化"成为商业形式和营销策略。不过,在市场营销策略、主流意识形态、大众文化、精英文化多年博弈下,新世纪的政治人物传记稍显冷静和理性。很多传记借用了"红色"的外部形式,却有着作者自己的追求与写作特征:

1. 逸闻式写法渗透到文本内部

新世纪的政治人物传记的逸闻式写法已没有了80年代拒斥主流话语的强硬姿态,而是逐渐渗透到文本内部,成为惯常的写作手法,对人物的日常描写变得更加妥帖细致,这一点在新世纪的政治人物传记文本中随处可见。而80年代对政

---

① 陶东风:《后革命时代的革命文化》,《当代文坛》2006年第3期。
② 同上。

治人物传记的大量逸闻式描写,又为新世纪的人物传记写作提供了诸多史料。

2006年,中国人民大学出版社推出罗斯著的《毛泽东传》最新版全译插图本。罗斯在序言中提道:

> 在四分之一世纪前我撰写这部书的第一个英文版时,可资我利用的文献资料与近些年来有很大的差异。例如,自80年代到90年代出版的作品颇丰,有董边等人主编的《毛泽东和他的秘书田家英》,郝梦笔、段浩然主编的《中国共产党六十年》,《建国以来毛泽东文稿》,逢先知主编的《毛泽东年谱》,师哲的《在历史巨人身边》等。①

外国作家写的中国政治人物传记有一个共同问题:使用大量的二手材料,易导致不准确甚至失实的记录和判断。而在新版中,因为文献资料的增多,新版增加了大约三分之一的篇幅,增加部分主要根据过去20年间新出现的文献资料,尤其是中文资料写成的诸如《六大以来》《毛泽东文集》,以及毛泽东亲属、秘书、警卫人员、医务人员的回忆文字。《毛泽东和他的秘书田家英》《在历史巨人身边》等八九十年代出版的逸闻式政治人物传记,被作为新世纪人物传记的一手文献材料,在传记写作中加以利用。生活逸闻使历史碎片发出真实的光芒,具有了史料的价值。

2. 多种叙事策略的运用

新世纪初的政治人物传记没有局限于逸闻式的写法,微观权力关系分析、多重视角阐释等都被作为叙事策略运用到写作中,以满足人们的精神怀旧情绪,用审视历史的姿态与重塑的偶像接近,进行深刻的历史反思。

2004年,英国人肖特在中国签售他的《毛泽东传》,这本"大红本"传记颇像旧时的"红宝书",有着"红色文化"的典型外部特征,该传一直畅销到2005年。肖特是一名记者也是一名学者,《毛泽东传》集结了他七年的学术研究成果,同时也具有新闻记者的观察视角。全书以恢弘的历史画面为背景,囊括传主生平逸闻,富于生动的历史细节,长于对权力关系的揣摩、分析。有学者对外国传记作家的"长于权力斗争分析"的特征进行过批评,但不可否认,远距离视角使得传记作者对历史的观察和阐释更为客观,有利于对历史的深刻反思。中共"七大"确立了毛泽东思想作为党的指导思想,肖特这样写道:

> 七大结束时,毛最终取得了权力的融合,这是遵义会议以来他孜孜以求

---

① 罗斯·特里尔:《毛泽东传·序言》(最新版全译插图本),中国人民大学出版社2006年版。

的意识形态和一种能引起大众狂热拥戴的无法形容的领袖气质的融合。①作者又引用了别人的评价：

> 但李敦白在将毛与周恩来作了比较后说得最好。他写道："与周恩来在一起时,我觉得他是朋友,也是同志;与毛泽东在一起,我觉得自己似乎就坐在历史的旁边。"②

福柯在《规训与惩罚》一书中,精心阐述他的微观权力理论。他认为,权力分为特权和微观权力两种。特权是指国家通过法律等行使的统治权,而微观权力则是渗透在生活的每个角落,依靠细小、日常物理机制而运作的权力。"保障原则上平等的权力体系的一般法律形式,是由这些细小的、日常的物理机制来维持的,是由我们称之为纪律的那些实质上不平等和不对称的微观权力系统维持的。"③它可以是心理的,也可以是外在的;可以是公开的,也可以是隐蔽的;可以是严厉的,也可以是温和的。在民主的国家制度下,领袖的个人行为参与到微观权力的运作中,容易引起权力的失衡,也容易给大众造成不平等的压制。在这里,作者通过对传主的个人权力在微观权力运作中的分析,通过摘引他人对传主的评价,分析不同历史阶段传主身份、权力和心理的变化,揭示领袖的个体因素在历史发展中埋下的伏笔,显示出对历史的洞见和反思。微观权力的阐释视角使得传记文本显得更加冷静、深刻。

3. 画传的增多

新世纪以后,社会进入了一个读图时代,画传增多,传记文本中图片增多,这从另一个方面增强了政治人物传记的真实性,无声的镜头语言往往包含更多内容。比如《周恩来画传》(中共中央文献研究室)侧重于记录政治历史生活中的传主,用历史大事件来串联传主人生,史料翔实客观,少文学性描写,对传主的日常生活、情感和内心世界极少着墨,但基本是一本传主的"政治生活大事记",读来不免枯燥单调。书中600多幅生动的图片,打开了一道缝隙,让人得以窥见些许真实。如1966年,在邢台地震的日子里,周恩来慰问受灾群众,握住一个老妇的手,总理的脸上写满悲痛和关切之情,而这种表情绝非领导视察做秀式的,没有半点虚伪和做作,照片语言比文字语言显得更有力度。

新世纪政治人物传记不仅通过逸闻式写法,还借助微观权力关系分析、多重

---

① 罗斯·特里尔:《毛泽东传》(最新版全译插图本),中国人民大学出版社2006年版,第318页。
② 同上。
③ 米歇尔·福柯:《规训与惩罚》,刘北成、杨远婴译,北京三联出版社1999年版,第248页。

视角阐释、画传等方式来实现反历史策略,力求传记事实和历史事实的统一,在"红色文化"等错综复杂的外部环境下保持对传记真实性的追求。当然,外部文化语境对新世纪政治人物传记也产生深刻的影响。如果对新世纪的政治人物传记作整体统计,会发现官方修史的传记占据大部分,大多数政治人物传记还是在为主流意识形态服务。同时,"红色文化"商业营销策略和主流意识形态共同制造的各种文化热潮,使得传记写作也产生一些弊端:

(1)人物形象的刻画缺乏突破。主流意识形态话语的束缚往往会使传记的话语表达受到限制,进而影响对人物形象的刻画。逸闻式写法的运用、传记图片的增多使得叙事生动而真实,但实质上,对传主形象的刻画并没有突破。大多数政治人物传记刻画的还是作为政治家的传主,而缺乏对于立体真实的传主形象的注重。如《宋庆龄传》写出了宋庆龄的一生经历和政治生活,却往往难以进入传主内心,写出传主情感。比如,孙中山逝世后,作者只是在写传主终身如何继承孙中山的遗志为革命奔走,而宋庆龄作为一个女人失去丈夫后半生的孤单生活和寂寞内心,作者却从未提起,对传主形象的刻画仍然停留在"国母"的层面上。

(2)人物刻画仰视过多。新世纪政治人物传记在"红色文化"的熏染下,常以纪念性传记的形式出现。纪念性传记是传主的亲人、朋友、工作人员所写,记述传主生平,也寄托自己的怀念之情。纪念性传记在新世纪政治人物传记中占据不小比例,特别是政治人物亲人所写的传记,通过对亲人生活点滴回忆,写出心目中的传主形象。作者本人对传主的怀念是这类传记在新世纪出现的原因之一,而主流意识形态的积极入驻,商业营销策略的成功策划,更使其在图书市场走俏,频繁进入受众视线。纪念性一个共同特点就是:"传记作者试图用文字为死者树立一座高耸入云的纪念碑,借死者的伟大来鼓起生者的勇气。"[1]新世纪的大多纪念性传记,由于作者对传主的崇敬和仰慕,很难从更高的角度对传主进行客观的分析和评价,"高耸入云的纪念碑"是纪念性传记作者常常无法超越的写作暗疾。这种写作暗疾却契合了主流意识形态的话语表达诉求,成为主流意识形态常常借助的写作模式。一些传记作者叙写传主的形象时往往采取仰视的视角,传主只有优点,没有任何符合人性的缺点和过失。还有一些传记充满了对传主的追忆和深情怀念,但对传主的生平缺少冷静、理性、有距离感的深刻审视和剖析。

"红色"阳光的普照不能给新世纪政治人物传记带来更多的话语自由,政治人物传记还必须不断克服自身不足,辨别阳光下看不见的灰尘,提防和光同尘,换一种角度,才能发现问题,净化自身。当然,新世纪里,多种话语的博弈仍在进行并

---

[1] 赵白生:《传记文学理论》,北京大学出版社2003年版,第122页。

且有升级之势,诸如生活逸闻这类传记中的活力因子仍会不断发挥"反历史"的话语策略,推动着政治人物传记向更加真实、自由的方向发展。

四、纪念性政治人物传记的文本分析

《我的父亲邓小平:"文革"岁月》《听外婆讲那过去的事情——毛泽东与贺子珍》是新世纪反响较大的两本纪念性传记,对其进行文本分析,有助于把握"红色文化"氛围中政治人物传记的写作特征。这两本传记都是在领袖人物的纪念日推出的,对革命领袖的怀念之情尽现于文本。作为反响比较好的两本政治人物传记,他们各自有着自己的写作特点。

逸闻式写法渗透到新世纪政治人物传记文本内部,运用得更加妥帖、圆熟,这在《我的父亲邓小平:"文革"岁月》中得到很好的体现。《我的父亲邓小平》(上卷)问世7年之后,邓小平女儿毛毛又写出一部续篇《我的父亲邓小平:"文革"岁月》。在邓小平漫长的革命生涯和人生经历中,"文革"十年是他最跌宕起伏的"非常时期"。他无端背负了各种不实的罪名,遭受了前所未有的屈辱,经历了一生中最艰辛的"复出",也面对了最混乱、最无奈的政治局势。邓小平一家人被卷入政治风暴漩涡中心的种种遭遇,第一次全面、细致地被凸显出来:邓朴方致残,邓小平天天为他翻身、擦澡;孩子们回江西看望父母,邓小平默默地为他们炒菜、擀面条;"文革"中,他给毛泽东、汪东兴写信多是关于家庭琐事:

> 父亲这个人,向来行事简约,讲话不写讲稿,写报告也总是言简意赅,从不赘言。在生活中,我们从小到大未见过父亲写信………而在"文革"中间,在家庭处于困境之时,在他的家人子女需要得到关怀和帮助时,作为一家之长,为了让孩子治病,为了让孩子上学,为了孩子的工作,他会一反一贯作风,一次又一次地拿起笔,一封又一封地写信,而且是不厌其详地写信。①

如果说在叙述父亲的政治历程时,作者还尽量保持着一种较为克制和冷静的口吻,那么,在讲到家人的生活情景时,她再也无法控制自己的情绪而任由其倾泻而出。与政治的变幻莫测相反,家是温暖的避风港,作者写家庭命运、个体命运,写邓小平的家庭日常琐事,刻意与政治话语保持一定的距离:

> 都说父亲为人严厉,连他的老部下都说"怕"他。可跟我们这些孩子在一起,他就没辙了。从在江西时期开始,我们都亲昵地叫他"老爷子"。我们说:"老爷子,看我们多热闹,跟我们一起聊聊天嘛。"他会说:"哪有那么多说

---

① 毛毛:《我的父亲邓小平:"文革"岁月》,中央文献出版社2000年版,第223页。

的。"看我们闹得太不成样子的时候,他也会说句"胡说八道",算是把我们骂了。①

作者没有回避父亲首先是一个政治家的事实,树立起传主的另一面形象,让读者认识一个真实亲切的政治领袖。当然,作者记叙艰苦岁月中的父亲和家庭遭际的同时,也对历史做了深刻的反思,尤其是在书的"序言"和"结束语"中,对父亲所经历的这段历史进行回顾,是对逝者人生的反思,也是对生者的启示和激励。

> 今天我回首这些往事,决非仅仅是回味苦难,而是希望更多的人去思考、去体会其中深刻的经验教训。让所有的人都记住,这样的悲剧决不能重演了。

作者通过对父亲生活逸闻的记述塑造了一个日常生活中的传主,在对个人苦难生活的真切记述中回顾历史,感性和理性相结合,进行深刻的历史反思,让后人警醒。

《听外婆讲那过去的事情——毛泽东与贺子珍》中,毛泽东和贺子珍的外孙女孔东梅通过记述外婆贺子珍和毛泽东的爱情历程,从伟人后代和当代女性的双重视角出发,写出了革命、爱情、亲情多重主题交错的人物传记。贺子珍和毛泽东一同生活、革命的十年间,共生过十个孩子,只有孔东梅的母亲李敏幸存。贺子珍头部多处中弹片,加上不断怀孕生产,心力交瘁,与毛相处出现矛盾,去莫斯科治病休养,临走前托人转给毛泽东一方白手绢,并写上诀别信,而这一走就成了永远。不久,毛泽东在延安与江青结婚,并委婉表示与贺子珍婚姻关系的解除。

作者写到外公在解放后派人转递给外婆一方白手绢。1979年贺子珍去北京的毛泽东纪念馆,手中紧握的也是一方白手绢。白手绢成为毛、贺分手后,两人精神联系的一个见证。

> 我眼前总会浮现外婆的样子,觉得她又抽着烟坐在书桌前的椅子上,叉着腰走在阳台的地板上。②

这是定格在作者脑海中的外婆身影,也是贺子珍晚年生活的真实写照。作者通过寻访了解到贺子珍1959年与毛泽东见面的情景,两人22年没有相见,据当时的工作人员小封的回忆,见面后贺子珍把毛泽东的"香烟、安眠药都拿走了"③,可见贺子珍心中仍然有着毛泽东。而一幅幅贺子珍晚年的生活照则更见证了她

---

① 毛毛:《我的父亲邓小平:"文革"岁月·序言》,中央文献出版社2000版。
② 孔东梅:《听外婆讲那过去的事情——毛泽东与贺子珍》,中央文献出版社2005年版,第3页。
③ 孔东梅:《听外婆讲那过去的事情——毛泽东与贺子珍》,中央文献出版社2005年版,第109页。

一直以来所受的寂寞煎熬。作者最后写道：

> 外婆是西沉的弯月，外公是东升的旭日，月到半夜，日到中天，他们其实都是寂寞的。外公外婆的传奇，成为永久的爱情悲剧。[①]

这是作者对外婆外公爱情的一个脚注。作者以一方白手绢的细节，书写外公外婆的爱情。同时，通过其在外婆身边生活六年间的所见所闻，通过走访外婆生前的亲友得来的关于外婆生平的资料，写出外婆一生无法排解的孤独与哀痛。外婆既是无畏的革命者，也是爱情生活的不幸者，传主的形象暗示了革命岁月中爱情的苍白无力和女性身世的寂寞飘零。从女性视角记叙政治人物是对一贯以男性视角叙写政治人物传记的反拨，这与逸闻式传记对宏大叙事的政治人物传记的"反历史"表述有着一脉相通之处，多重视角阐释的运用使历史的另一面真实呈现。

这两个文本也有着纪念性传记的普遍不足，对传主的怀念之情使得作者刻画传主形象缺少审视态度。如《我的父亲邓小平："文革"岁月》中，作者毛毛虽然对父亲的性格脾气有足够的了解，对父亲形象的刻画也有突破，但仍没有真正深入传主心里的精到描绘。其实，书中深刻犀利的历史剖析随处可见，比如对毛泽东的复杂心理的刻画，他对邓小平是"既保护又保留"[②]的态度，对周恩来是"既离不开又总不满意"[③]。"在政治大局上，他采用的是让不同的政治势力相制衡的办法；在个人的信任上，他最终选择的，还是他自己的亲人——比他还'左'的江青。"[④]这些历史事实洞见让我们看到政治人物传记向"真实"靠近的一种可能。而作者作为传主的女儿，不可能用平视或俯视的视角对传主性格进行犀利的剖析刻画，这一点正显示了新世纪初纪念性传记的不足。也让我们期待新世纪以后大量出现的纪念性传记和其他政治人物传记在复杂的文化语境中能够拥有更多的话语自由，对传主的刻画能够更加完整、立体。

[①] 孔东梅：《听外婆讲那过去的事情——毛泽东与贺子珍》，中央文献出版社2005年版，第161页。
[②] 毛毛：《我的父亲邓小平："文革"岁月》，中央文献出版社2000版，第168页。
[③] 同上。
[④] 同上。

第四节　新世纪初的文艺家、学者传记

一、新世纪初文艺家、学者传记概观

为了便于叙述,本节把文学家、艺术工作者和学者的传记归并在一起展开研究。90年代以后,文艺家、学者传记在整个传记中所占的比例不断提高,到90年代中期开始超过政治人物传记,成为整个传记文学中所占比重最高的类别。新世纪以来,文艺家、学者传记在整个传记文学里所占的比例仍然高居榜首,且不断上升。

新世纪此类传记的变化主要有几个方面:(1)题材上。知识分子、学者传记虽没有在图书市场大红大紫,但是秉承一贯沉稳冷静的风格,有着较高的评价,拥有一群忠实的高层次受众群。文艺家学者的个人自传不断出现:如《我负丹青——吴冠中自传》、《郭宝昌自述》、聂华苓的《三生三世》、徐星的《剩下的都是自己》、周国平的《岁月与性情——我的"心灵自传"》、余秋雨的《借我一生》、杜高的《再见昨天》、《王蒙自述:我的人生哲学》、黄永玉的《比我老的老头》、陈四益的《臆说前辈》等;经济学家传记、财经人物传记开始成系列出现:如中国金融出版社的"中国经济学家列传"《开国第一任央行行长南汉宸》《我国经济学泰斗——马寅初》等;影视明星传记增多,且与传媒互动明显。往往是某位明星在传媒的推动下迅速走红,然后图书市场就推出传记,提高明星的知名度,也提高传媒的被关注度。如央视的一批节目主持人几乎各个都有自传。再如电视台火爆的真人秀节目,在湖南台"超级女生"、上海台"我行我秀"等节目中脱颖而出的明星们,也有不少出版了传记,如张靓颖《靓声靓影》、薛之谦和君君的《谦君一发》等,这些传记一出版,就在很短时间内在借着传主的人气跃上图书销售排行榜。(2)体例上。评传、画传是近年来较多出现的新形式,另外口述实录、回忆性传记也是新热点。如谢有顺主编的"当代作家评传系列"(《铁凝评传》《余华评传》《金庸评传》等),湖北人民出版社出版的"文化名人图传系列"(《朱自清图传》《闻一多图传》),李辉主编"大象自述文丛"(《黄苗子自述》《冯骥才自述》)等。(3)随着世纪末"反思热"的兴起,新世纪文艺家、学者传记中有很多是对"文革"和"反右"历史进行深刻反思。这类传记清醒看待历史变革和政治变故,在对历史的反思中,突出历史变迁中人的命运遭际和内心世界的变化,具有知识分子的忏悔和自省精神。影响比较大的有杨绛的《我们仨》、徐晓的《半生为人》等。

新世纪以来的文艺家、学者传记也在发生着变化,作者对传主人性深处的剖析增多、对历史的评说和反思增多,这些都增加了传记的真实性、深刻性。但是受商业文化、大众文化等多种因素影响,图书市场策划的一拨又一拨文化热潮变得并非完全真如其事,知名度高的文艺家、学者传记中有些文化品格并不高,由于传媒的推动,影视明星传记的火热也是如此,有些影视明星或者社会名人传记的内容并不符合传主的真实形象,只是传媒制造的文化假象。

二、知识分子精神历程与生命写照

90 年代"人文精神大讨论"的发起者认为,在由计划经济向市场经济的转变过程中,文学产生了世俗化和精神价值消解的倾向。"以往文学中的那种现实社会关怀和精神价值在世俗化的过程中被消解了,而新的文学和文化观念却并未在转型期建立起来,从而使人文知识分子处于一种'价值话语'的断裂之中。"[1]这场大讨论由文学批评界蔓延到整个人文知识界,成为处于转型期的当代知识分子对自身使命的一次拷问。

90 年代,王小波作为"特立独行、自由而孤独的知识分子与文化英雄的形象"[2]的出现,成为"文化英雄主义取代或曰对抗革命英雄主义的表述"[3]。90 年代后期,陈寅恪、吴宓、钱钟书等国学大师频繁进入人们的视线,这些大师不仅在学术上造诣深厚,还保持着难能可贵的独立人格。1995 年,《陈寅恪的最后二十年》由三联书店出版,书中记述国学大师的学术成就,更披露大量档案资料,记述传主在"文革"中遭围攻迫害却始终奋力著述的经历,写出一个在政治高压下仍然坚持学术立场、维护知识尊严的独立知识分子形象。这本传记在文化界甚至在民间都引起很大反响。"独立之精神、自由之思想"就是陈寅恪的人生写照。自由知识分子形象成为 90 年代以来的人文学者寻求精神重建的一种想象性自我定位。《陈寅恪的最后二十年》《心香泪酒祭吴宓》成为展现学者独立人格的经典传记之作。这类传记成为文艺家、学者重要的精神资源,也成为复杂的文化符号,在多重语境中被编入了诸如商业、大众文化等各种符码。

知识分子追求独立人格的自我定位成为新世纪文艺家、学者在想象中不断追求自我完善的希冀。新世纪以来的文艺家、学者传记有不少是从传主的精神层面

---

[1] 吕智敏主编:《话语转型与价值重构——世纪之交的北京文学》,北京出版社 2002 年版,第 74 页。
[2] 戴锦华主编:《书写文化英雄——世纪之交的文化研究》,江苏人民出版社 2000 年版,第 4 页。
[3] 同上。

入手,深入剖析传主人格,突出传主作为知识分子的特殊身份,与90年代相比,更加注重对个体精神历程的梳理和反思。知识分子作为时代精英,保持独立人格,以自己的姿态发出声音。时光荏苒,无论是忧患的屈原,还是反传统的"五四"时代知识分子,都业已成为历史群像。知识分子带着民族的集体记忆,保留神圣的使命感,新世纪文艺家、学者传记中对此种精神历程的记录有着知识分子的自我想象,包含着对"五四"树立的知识分子启蒙形象的认同,也有对日益喧嚣的社会语境的一次话语抵抗。

人民出版社在2000年策划了"二十世纪文化名人传记丛书",相继推出国学大师传记:《钱穆传》《梁漱溟传》《傅斯年传》《冯友兰传》等。其写法上与先前的《陈寅恪的最后二十年》类似。如《梁漱溟传》(郑大华著),作者由梁漱溟一生所追求的两个问题——人生问题与中国问题谈起,展现传主一生不息的精神追索。因对人生问题的困惑,梁漱溟出入佛家、儒家,努力从中寻找人生的真谛;因对中国问题的关注,梁漱溟不得不投身现实社会,企图在军阀的支持下,解决乡村建设问题。被称为中国"最后一代大儒"的梁漱溟亲身经历了中国现代史上的几乎所有重大事件,与现代史上的一些著名人物都有交往,他的一生可以说是与中国现代史息息相关的。传主不惧强权,敢于在政治高压的年代公开发言,和政治权威对话争辩,其至大至刚、光明坦荡的性格在政治历史的大背景中显得更加鲜明和可贵。

历史跨过百年,而伏在时间深处的往事,知识分子在精神追索中走过的曲折道路,曾经的迷惘、欢愉和伤痛,都掩埋在传主的精神历程中。在新世纪文艺家、学者传记的精神历程中可以看到知识分子"世纪回眸"的反思姿态。

在新世纪一些文艺家、学者的传记中,还可以看到知识分子对理性精神的坚持,也有对自身主体性的回归和追求。《半生为人》也是新世纪反响较大的一部个人自传。作为《今天》诗刊的重要编辑,徐晓是历史的见证人,更是历史的参与者。在那个年代,这一群体所代表的理想主义和浪漫主义精神以及敢于怀疑的理性精神,使许多人着迷。在《半生为人》中,徐晓回忆了与爱人周郿英的生死恋情,回忆了与一代奇人赵一凡、诗人北岛的交往,从一个侧面记录着那个年代的人和事,也构筑了一部以个人经历为线索的心灵自传。作者在回忆丈夫的章节"爱一个人有多久"中这样写道:

> 有时候,在你的墓前,我的心情会偏离初衷,思绪会游荡到毫不相干的琐事上去,而我不能释怀的,始终是你生前我们的恩恩怨怨。这种时候我会很尴尬,也会很惭愧。这与我自己认同的美好感情多么不一致啊!这使我不得不面对这样的事实:没有什么能改变我在记忆中留驻和欣赏你的品性,但记

忆却又无法替代我在现实中把握和触摸你的品性。于是我问自己:这是生活无可救药的堕落,还是人性不可避免的软弱?①

作者对死者的追忆和怀念没有矫情,不是丧失自我的俯身屈就,而是在怀疑和理性中不断地对灵魂进行追问,探讨人的主体性和真实个体的存在,也在个体的精神历程的演变中找寻心灵的栖息地。这里,作者走出纪念性传记的窠臼,在对自我精神历程的怀疑和深刻剖析中,凸显出了一个具有独立人格的自我形象。

三、精神书写话语模式的观照分析

精神世界"是指以物质为基础、拥有超越性与创造性等品格、落实于情感体验之中的生命现象"。② 新世纪文艺家、学者传记通过构筑传主的精神世界来表现知识分子精神的完善和超越,这其中有知识分子对理性精神的坚持,也有对主体性的回归和追求。对精神历程的书写也使得传记文本呈现出诗性叙事的特征。从对精神书写话语模式的分析入手,可以发现新世纪文艺家、学者传记的一些写作特征:

(一)内外聚焦叙事视角的转换

以往的传记文本叙述时常采用全知视角,也就是全聚焦模式,由于全知全能的叙述视角很大程度降低了传记的真实性,这种视角逐渐被限制性叙述视角所取代。传记文本特别是文艺家、学者传记常采用内聚焦的叙事视角。这种视角的特点是:"不管叙述者显现为人物还是隐身于角色之内,其活动范围只限于人物的内心世界,只是转述这个人物的内心活动,通过这面屏幕来反射外在的人和事。"③文艺家、学者传记中有很多自传,个人叙述更加符合内聚焦的叙述视角特点。即使是他传,作者也常常把叙述限制在传主的内心活动范围内,力求贴近传主的心灵世界。新世纪的文艺家、学者传记大量采用内聚焦叙事视角进行叙述,如李辉主编的"大象自述文丛"(《黄苗子自述》《冯骥才自述》),知识分子的口述自传就是一种典型的内聚焦叙述视角的运用。"在内聚焦中,我们看到的不是人物自身的内在性,而是反映这个内在性的外在世界。"④这就为传记作者深入透视传主身外的对象,传达传主的经验世界,记叙传记的经验事实提供最佳窗口,也为传记文本构筑传主精神世界提供可能。

---

① 徐晓:《半生为人》,同心出版社 2005 年版,第 38 页。
② 徐岱:《基础诗学——后形而上学艺术原理》,浙江大学出版社 2005 年版,第 169 页。
③ 徐岱:《小说叙事学》,中国社会科学出版社 1992 年版,第 200 页。
④ 同上书,第 207 页。

除内聚焦叙事视角之外,新世纪一些文艺家、学者传记也采用外聚焦的叙事视角。外聚焦模式中,"叙述者所了解的情况少于剧中人物,如同局外人与旁观者"①。这种叙述视角在传记写作中的运用之一是多角度叙述。如《传记文学》杂志从 2003 年新增的栏目"立体扫描",请不同的人从不同的角度围绕传主进行记叙,以不同视角构成对人物的立体扫描。外聚焦的另一种表现就是"严格控制叙事主体的主观介入,绝对排斥介入到故事中人物内心世界的所谓纯客观化叙述方式"②。传记文本中,作者只转述他人话语,或者尽量呈现史料和逸闻,不以个人的视角对传主内心进行描摹和表现。这种纯客观化的叙述方式为传记实现历史真实性提供了可能,也使新世纪文艺家、学者传记在叙述方式上有所突破。

(二)对主体性的追寻

转型期的文化语境下,知识分子处于价值话语的断裂中,往往退居社会边缘,但通过文艺家、学者的传记文本可以看到,仍有很多知识分子坚持精神操守,在复杂的文化语境中构筑自己的精神家园,用一种以退为进的话语策略实现自身主体性的重建。"恰恰是经常被理解为时代断裂标志的主体之消隐,可以解释为一个在主体性场域之中而不是之外的一个企图。如同自我设立一样,主体的退隐也属于主体的运动。"③

首先,对主体性的追寻来自知识分子想象性的自我定位。90 年代,在商业话语的挤压下,知识分子的关注点开始转向,一是转向内心,关注心灵世界;二是转向对历史的反思。这两种转向往往都是融合在知识分子对个体精神历程的回忆和梳理之中,回到内心和进入历史都是寻求历史真实的一种尝试。通过对真实历史的寻求,知识分子社会启蒙的使命感,深刻清醒的历史反思意识,悲天悯人的情怀,独立自由的精神气质,都在传记文本中显现出来。传记文本构筑的精神世界实现了知识分子启蒙式的想象性自我定位,知识分子这个群体的主体性被凸现。

其次,这种对主体性的追寻来自作者抑或传主对生命体验的关注。精神世界"不同于作为一般感知活动的'灵'与其物质基础的'肉'的二元区分,'精神'意味着身与心的统一"④。新世纪文艺家、学者传记中对"精神历程"的书写和"对生命的关照"结合在一起,作者通过对传主生命体验的关照,通过对传主心灵世界的探寻,梳理了知识分子的精神历程。在文艺家、学者传记文本中,经常出现两种生活

---

① 徐岱:《小说叙事学》,中国社会科学出版社 1992 年版,第 209 页。
② 同上书,第 215 页。
③ [德]彼得·毕尔格:《主体的退隐》,陈良梅、夏清翻译,南京大学出版社 2004 年版,第 219—220 页。
④ 徐岱:《基础诗学——后形而上学艺术原理》,浙江大学出版社 2005 年版,第 169 页。

经验:家庭生活和艺术生活。作者往往通过对这两种生活经验乐此不疲的叙述,刻意与主流意识形态话语、商业话语保持一定的距离。正如杨绛在《我们仨》扉页引用诗人蓝德的小诗:"我和谁都不争,和谁争我都不屑;我爱大自然,其次就是艺术;我双手烤着生命之火取暖,火萎了,我也走了。"①在《我们仨》中,钱瑗、钱钟书和"我",构成了传主生活的全部内容。杨绛沉浸在对一家三口的生活回忆当中,"我们仨"拥有着平淡却珍贵的日子,与世无争、淡泊名利,坚持着岁月中的厮守,坚持着人生长路中的相互搀扶。"我们仨"褪去了世俗眼中的三个著名学者的虚浮外衣,"我们仨"是一种信念,是一种坚持,更是一种生活。即使在钱瑗和钱钟书相继离开人世以后,这一家三口的生活回忆仍在支撑着传主的精神世界,成为传主抵抗喧嚣的外在世界的心灵栖息地。生命的意义不会因为躯体的生灭而有所改变,那安定于无常世事之上的温暖亲情已经把"我们仨"永远联结在一起,传记文本也因为个体生命存在的无限延展而被赋予永恒的意义。由谢有顺主编的"当代作家评传系列"丛书,包括《铁凝评传》《余华评传》《金庸评传》等知名作家的传记,作者结合传主的个人经历,对传主的创作历程进行评述。《铁凝评传》中,作者这样写道:"即使是在他们的虚构作品的内部,同样也传递着作家灵魂的消息,只要有发现的眼光,一切便将昭然若揭。"②作者不厌其烦地叙述传主的创作经历,试图通过传主的艺术生活寻找逼近传主心灵的路径,体现传主的独立人格,这些都是对个人主体性的重建。

(三)诗性叙事

在新世纪文艺家、学者的传记中,有知识分子想象性的自我定位,也有对知识分子群体以及个人主体性的追寻和重建,有对历史的反思和心灵的探寻,也有对生命体验和艺术经验的叙述,这些传记事实构筑传主的精神历程,使得文本的叙事呈现诗性特征。首先,想象性叙事使得文本具有独特的审美特质。这种想象力并非通过事实的虚构来实现,而是通过对传主追求独立人格的精神历程的梳理,保留新世纪文艺家、学者在想象中不断追求自我完善的希冀。这种希冀带着民族的集体记忆和知识分子神圣的使命感,提升了传记文本的精神境界;其次,传记文本中显示出的传主至诚至信、至大至刚、坚忍内省的精神品格,豁达圆融的生活态度表达了人性的理想,也使得文本富于诗意。再次,人的主体性的重建使得文本具有诗性特征。传记文本通过探寻心灵、关注生命体验梳理传主的精神历程,而这个过程正凸显了人的存在。"'艺术的体验是对存在的体验',所谓'艺术的本

---

① 杨绛:《我们仨·扉页》,生活·读书·新知三联书店,2003年版。
② 贺绍俊:《铁凝评传·自序》,河南医科大学出版社2004年版。

质是诗'也既是对'人诗意地栖居'的生存境遇的一种凸现。"①"真正属于人的'栖居'本质上就是'诗意'的。"②

传记文学的真实性和文学性,传记文学能否虚构和想象等问题,学术界展开过长期的争论。有学者把"语言的艺术,故事本身的趣味性、可读性,小说故事的意义层面"③看作小说实现文学性的三个层面。从这三个方面返观新世纪的文艺家、学者传记,可以发现其文本至少在第三个层面即故事的意义层面实现了文学性。"克罗齐说得好,不论什么诗,其基础都是人性。归根到底,文学艺术并非无关人生的东西,而是人性的升华。"④新世纪文艺家、学者通过对精神历程的书写,实现了人的精神境界的提升,实现了人的诗意的栖居,赋予了文本精神层面的意义,这种升华也让我们看到纪实文本实现文学性的一种可能。

"所谓'诗意的栖居'并非是诸如养花种草的清高做派,而只是对日常生活世界中的那些庸俗状况的超越。这种超越的实质也并不是让我们自欺欺人地离开这个世界而去,恰恰相反,而是通过返朴归真的途径真正地拥有这个世界。"⑤新世纪文艺家、学者传记通过对传主的精神书写,在转型期复杂的文化语境中采取独特的话语策略,保持了自己独立的话语特质和精神品格,也保持了纪实文学的艺术品质,使文艺家、学者传记成为新世纪品位较高的传记文学。

在转型期复杂的文化语境中,文艺家、学者传记不可能与外界保持隔绝,其文本在与外部的文化语境的互相影响中,必定会被编入多重话语符码,其文本内部也存在着写作技巧上的某些缺陷。

1. 何处觅心影

传记文本书写传主的精神历程,写法上仍有值得商榷之处。文艺家、学者传记中,自传占很大比例,经验成为寻找传主心灵地图一条不可或缺的路径。自传中,作者自述精神历程,突出了传主作为人类思想工程师的特殊身份。他传中,传主的作品如诗歌、画作等,从某种意义上也是一种变形的精神自传,闪耀着作者生命体验的光芒,也能够为他传作者提供梳理传主精神历程的二手经验事实。

韩石山的《徐志摩传》在新世纪为传记评论界所称道,作家的史家眼光保证这部书在史实和细节上的真实。作者在序言中写道:"我想说的是,我是把它当作一

---

① 徐岱:《基础诗学——后形而上学艺术原理》,浙江大学出版社2005年版,第171页。
② 同上。
③ 祖国颂:《叙事的诗学》,安徽大学出版社2003年版,第85—86页。
④ 转引自徐岱《基础诗学——后形而上学艺术原理》,浙江大学出版社2005年版,第60页。
⑤ 徐岱:《基础诗学——后形而上学艺术原理》,浙江大学出版社2005年版,第199页。

部史料写的。"①全书采取的是纪传体写法,分"家庭""交游""本传"几个部分记述传主生平。作者紧扣史料,避免主观评价。比如说到陆小曼和徐志摩的爱情悲剧,就引用了陆母的话:"志摩害了小曼,小曼也害了志摩,两人是互为因果的。"②作者常根据史料做史实上的推断,"在硬处点破,让读者尝到吸髓的乐趣"。③这种史家写法避免了人物传记中权威话语的出现,但是却少了和传主的精神交流。作者对传主的人生遭际写得很周全,但是唯独忽视了作者重要的人生内容,就是创作,对作者的作品内容很少涉及,诗人徐志摩喜欢写诗,而且常常是有感而发、直抒胸臆,其诗歌正是其精神历程发展的路标,通过这些路标,我们可以按图索骥,找到通往作者真实心灵的证据。作者拒绝通过传主的作品进入传主的内心,拒绝内聚焦的叙述视角,而完全采取客观的外聚焦叙述视角。这种外聚焦叙述视角容易产生一些弊端:"它(外聚焦叙述视角)所构筑起来的叙事文本也带有一种冷漠的客观性和非人格化,如同物质世界本身。这固然使得这类文本具有一种极强的科学方面的价值和重建新的美学原则的意义,但其本身却存在着鲜明的反审美倾向。"④韩石山在《徐志摩传》序中也写道:"或许有人会说,你的文字已然达到了文学的境界。如果是我引诱你说这样的话,那是我太无耻,不是我多么好,是没有这个必要。"⑤作者为了保证传记文本的真实性,而回避了传记文本的审美取向,这样的叙述视角可以写出历史中的徐志摩,却无法真切写出作为文学家的徐志摩,无法刻画完整、生动的传主形象。内外聚焦叙述视角的运用、转换,给传记文本的叙述形式带来突破,也容易给传主精神历程的书写带来硬伤,这也是新世纪文艺家、学者传记在写作上需要不断调适的。

作者从传主的作品入手可以寻找逼近传主心灵的路径,但是完全从传主的作品入手来记述传主经历又是不完整的。《铁凝评传》中,作者大致记述了传主的成长经历,记述了传主的父母,对于传主的感情生活却只字未提。这并非是要满足人们对隐私的窥视,一个女作家的情感生活在其精神生活中占有很重要的位置,对她的创作也有很大影响,如果对此回避的话,是难以逼近传主灵魂的。

一个是作家的他传,一个是作家的评传,一种从史实接近传主精神世界,一种是力图从传主的创作中寻找破解传主心灵密码的路径。两种写法对于作家的精神经验却都没有完整记述。生命经验的缺乏导致传记在真实性上打了折扣,无法

---

① 韩石山:《徐志摩传》,北京十月文艺出版社2001年版,第2页。
② 同上书,第29页。
③ 赵白生:《传记文学理论》,北京大学出版社2003年版,第222页。
④ 徐岱:《小说叙事学》,中国社会科学出版社1992年版,第215页。
⑤ 韩石山:《徐志摩传》,北京十月文艺出版社2001年版,第2页。

和传主进行深刻的精神交流,无法贴近他们的内心真实,传记写作时强调的历史真实,强调的评述并重都只能成为叙述的姿态。记录知识分子精神历程,用内聚焦还是外聚焦的叙事视角,从史实抑或从作品,或者两者兼备,没有定式。

2. 伪精神历程

新世纪以来,无论是媒体对文化名人的专题报道,还是图书市场为文艺家、学者传记所做的图书介绍,常听到的一个词就是:心路历程。"心路历程"成为文化名人们展示自我的必要方法,一用必定有撼动人心、启发心智等作用。但是,一个词如果出现得过于频繁,就容易变成文化符号。

社会走向全球化和市场化的转型过程中,知识分子内部也有分化。有人拥抱市场经济,有人坚持思想启蒙,有人回归传统文化,也有人诉诸革命遗产。完全以对"五四"启蒙式知识分子形象的认同,来记录传主精神历程并非是对传主形象的真实刻画。

近年来,在文艺家、学者传记当中,影视名人传记的数量不断上升,世纪之交,影视人物传记出现一次大幅上升,这和国内影视传媒的发展扩张不无关系。影视传媒通过自身的传播力捧红一批文化名人,出名了再著书立说便成自然。"心路历程"也成为这批人做传时的法宝。

本文以白岩松《痛并快乐着》为例,做一次管窥蠡测。

白岩松在自传中首先提到:"对于我这个30多岁的新闻人来说,没有资格谈论很久以前的事。"①于是,这部个人自传顺理成章撇去了大学毕业以前的诸多琐事,而转为和当下的自我身份相一致的叙述。翻看这本书,各种叙述也确实符合新闻工作者的身份,应该被称为"一位新闻工作者的见闻":工作岗位的调动,走进播音间,参加过的重大采访事件,业余生活,家庭和孩子……这样的叙述似乎概括了传主的个人经历,有工作,有工作之外的业余生活。可探究起来,新闻人的叙述仅停留在对新闻事件的报道中,而并非转向自身。作者在序言中总结道:"回首过去10年,仔细查看我们每一个人的心路历程,你都会轻易地发现,痛苦与快乐紧密地纠缠在一起。"②在传记文本中,我们并没能读到痛苦与快乐如何紧密地纠缠。这里不能把作者一棍子打死,因为从文本中,至少可以读到两种可能。一是因为作者的身份:新闻人。新闻人在中国是一个官方的概念,更多代表主流意识形态,作者出于工作需要,甚至是新闻舆论导向的需要,不能过分渲染自己的痛苦。二是作者用"痛并快乐着"作为自己心路历程的总结,其实并没有多少痛苦,

---

① 白岩松:《痛并快乐着》,华艺出版社2000年版,第5页。
② 同上书,第7页。

痛苦只是其顺利人生经历的一种点缀。

再看崔永元的《不过如此》，阿城评价："崔永元实话实说不容易。"①这是指崔永元在自传中保持和《实话实说》栏目里一样的说话风格——不煽情，跳脱文艺腔。在这本自传里，崔永元依然如此，幽默、风趣、自嘲，大量生活细节也很生动。不过，自嘲完了，书也就结束了。崔永元花了大量笔墨描写自己的失眠，失眠的背后是什么呢，作者只能自嘲，实话实说，还有些不能说。郜元宝先生对这类荧幕名人传记的话语机制进行了总结："偶像在高居仰仗他们表达自己的那些芸芸众生的存在的金字塔顶的同时，还必须服务或服从于更大的权力之源，当他们以公开揭密的方式掩盖更大的真实，至少是延迟或干扰对真实的想象的时候，当他们以说出真话的虚假的坦诚无休止地说谎的时候，他们其实是在执行比他们站得更高的权力者的指令。对被代表者，他们是剥夺者；对可见或不可见的权力之源，他们又是被剥夺者。"②无论怎么理解，这些作者总结的"心路历程"都多少带点话语策略，官方话语色彩也好，讨好读者也好，这类传记中的精神历程都戴上了伪装的面具，可以称作"伪精神历程"。

这样以"暴露精神历程"的名义来表明自己真诚态度的传记，新世纪以来不在少数。名人们动辄写上一部传记，貌似进行深刻的心灵反思，而实际上却是摆个内省的姿态，作一回秀，吸引了不少眼球。当然，大多数新世纪文艺家、学者传记的文化品格还是居于上乘的，通过对精神历程书写话语模式的观照分析，有助于我们认识传记文本内部外部的多重话语符码，也使得我们期待更多品位高、思想深刻的传记作品出现。

四、《岁月与性情——我的心灵自传》
　　——知识分子的精神写照

2004 年，周国平的《岁月与性情——我的心灵自传》出版之初，有媒体对该书作了炒作，炒作的热点就是周国平的性爱观和三次婚恋经历。仔细翻看这本书，会发现其中并无暴露隐私迎合读者的媚俗之举，而是一本真诚、内省的个人自传。整个自传的落脚点在于记录自己多年的精神历程，在对精神历程的梳理中，追问个体存在的意义。

　　我想要着重描述的是我的心灵历程，即构成我心灵品质的那些主要因素

---

① 崔永元：《不过如此》，华艺出版社 2001 年版，第 3 页。
② 郜元宝：《当代名人传记现象批判》，《中国艺术批评》2006 年第 8 期。

在何时初步成型,在何时基本定型,在生命的各个阶段上以何种方式呈现。我的人生观要用一句话概括,那就是:真性情。①

作者把"真性情"当作自己人生观的总结,表明其人生经历最终探求的是人格的独立和精神的自由。在这个过程中,可以看到一个知识分子对自身主体性的不断追寻。

作者在童年、少年时代一直是个内敛、文静的孩子。由于天资聪颖再加上后天勤奋,先后考入上海中学、北京大学,一直在精英荟萃的象牙塔里生活,受到良好的教育,也保持着文化上的优越感。进入大学不久,"文革"开始。作者花大量笔墨描写对自己一生精神追求方向有重要影响的人——郭世英,记述郭世英在"文革"的遭遇。郭世英是郭沫若之子,但他始终不沉溺于安逸的生活,独立于自己的家庭之外。追求自由思想的郭世英不甘于"文革"对人精神的压抑,通过各种方式进行抗争。政治高压的年代里,个体的突围悲壮而惨烈,带有理想主义和英雄色彩的郭世英最终凄惨地离开了人世,作者描述了自己的悲痛之情:

> 我一直不能接受世英已死这个事实,无数次地梦到他。每次梦到他,他都仍然生龙活虎,于是我对自己说,原来他还活着,可是只要这么一想,我就立即看出他已是一个死者。事情过去30多年后,我仍会做这样的梦。在这一生中,我梦见最多的人就是世英。②

郭世英的死给作者莫大的悲痛,而郭世英强烈的精神追求也深深影响了作者,成为作者一生的精神坐标。在"文革"的这场精神劫难中,作者的主体意识开始萌发,但是由于个体的孱弱和精神方向的模糊,这种主体意识反而使得作者陷入没有依傍的精神恐慌之中。

大学毕业后,作者被分配到偏远的乡村,在精神匮乏的生活环境中,其觉醒的精神追求没有消失,而是在岁月的磨练中逐渐更加执着,自传中就描述了具有强烈精神本能的人是如何在农村度过寂寞的岁月。多年后,作者进入学术机构,成为学者、作家,再次回到喧嚣的生活中。而此时,面对外界的喧嚣,作者的个体已经成熟,不再慌乱,而是能够清醒地审视自身,从容把握自己的精神方向。人文精神失落的大环境中,作者折返安静的内心世界。

> 我对做风云人物本来就没有兴趣,这正好符合我的天性,与时代拉开距离,回归我的内在生活。③

---

① 周国平:《岁月与性情——我的心灵自传》,长江文艺出版社2004年版,第8页。
② 周国平:《岁月与性情——我的心灵自传》,长江文艺出版社2004年版,第137—138页。
③ 同上书,第235页。

在这一时间段内作者主要记述两种生活:一是治学和写作。治学、写作使作者得以抵御外界的烦扰,保持独立人格。"文革"的精神创伤使作者更倾向于与体制保持一定的距离,通过学术研究把自己置在制度之外,即使是走进了学术机构,作者仍保持着对制度的距离感。比如,一直没有带博士,对学术利益不是热心争取,而是淡泊处之,保持知识分子的独立人格。作者在治学过程中,不断对个体的存在进行追问,把治学和生命体验紧密结合,使学问成为生命内在的需要。二是情感生活。作者对性爱和自由做了辨证的思考,写出生命个体在遵守道德伦理与追求性爱自由之间的徘徊。作者引用了前妻雨儿的一段话:

爱有很脆弱的一面,开放的婚姻是胡扯,人性都是趋乐避苦的,人性的弱点利用互相信任寻求快乐,最后就会损坏爱。爱是要付出努力的,在这个世界上,谁也别想占便宜。①

作者一直倡导婚姻中双方保留足够自由的生活空间。女儿妞妞去世后,作者和前妻雨儿都沉浸在丧女的悲痛中,在婚外的生活空间寻求安慰,导致后来发生婚变。作者对这段生活的回忆,对婚姻关系的反省,体现了一个知识分子的诚实、客观,也凸现了真实的人性。

治学、写作和情感生活成为作者在折返内心世界后主要的人生内容,作者的笔触在对这些人生关键词的回忆中游走,构筑了独立、内省、深刻的精神世界,知识分子的个人主体性得以重建,而传记文本也在喧嚣复杂的文化语境之外保持了自己独特的精神品格,在空间和时间的无限延展中获得意义的延伸,这也许就是作者——一个知识分子为自己立传的初衷。传主的心灵史成为知识分子精神史的一块历史碎片,也成为当代知识分子的一种精神写照。

第五节　新世纪初的平民传记

一、新世纪初平民传记概观

为普通人立传,我国古代就已有传统,司马迁的《史记》中有不少章节录写下层人士的生平传记。"五四"时期,胡适的《李超传》是比较著名的一部普通人传记。新中国成立后一直到"文革"结束,政治话语占主流地位,宏大叙事充斥文学创作,为个人言说的平民传记几乎销声匿迹,这样的状况持续到 90 年代中后期,

---

① 周国平:《岁月与性情——我的心灵自传》,长江文艺出版社 2004 年版,第 234 页。

为普通人所做的传记开始不断出现,如朱东润的《李方舟传》、刘心武的《树与林同在》、焦波的《俺爹俺娘》、陈丹燕的《上海的金枝玉叶》等。在传记文学研究领域颇有建树的全展先生提出"平民传记"的文学概念,他认为"平民传记文学作为被'遮蔽的历史'的发掘,已成为世纪之交传记文学的一个新的亮点。平民传记诉说小人物的艰难困苦,赞颂小人物的美德,同时也不回避小人物的缺憾与丑陋,具有名人传记不可取代的认识价值和审美价值"①。新世纪以来,平民传记在整个传记文学中所占比例不高,但是整体处于上升趋势。平民传记记录普通人的生命历程和个人体验,作为一种民间话语,加入到新世纪多重话语语境之中,一同构筑新世纪驳杂传记文学的话语景观。

新世纪比较著名的平民传记,首推北京十月出版社出版的"人生中国"丛书。北京十月出版社从2004年开始策划《人生中国》丛书,策划人语:"我们崇尚真实,真实往往比虚构更离奇更有力;我们关注平民,平民往往比名人更真实更亲切。"②丛书将视角放在普通中国老百姓的真实生活上,推出一系列平民传记,包括描述太行山盲艺人的《向天而歌》、讲述清华大学食堂厨师自学英语成才故事的《英语神厨》、讲述北大高才生毕业卖肉的传奇人生经历的《屠夫看世界》、出自73岁的普通母亲之手的《牵手一家人》等。这套丛书在图书市场受到欢迎,成为平民传记的一个品牌,也成为新世纪平民传记发展的一次重要事件。新世纪出版的平民传记中比较有影响的还有:《上海的红颜遗事》(陈丹燕)、《网络妈妈》(胡辛)、《耳边的世界》(陈燕)、《路福记事》(路福)、《一个普通中国人的家族史(1850—2004)》(国亚)、《不理会太阳的向日葵——一个和生命奋战的勇敢灵魂》(陈子衿)、《活下来再说——一位心脏移植者的自述》(杨孟勇)和新版《俺爹俺娘》(焦波)等。

新世纪,传记作家渐趋把目光转向平民,为平民立传,记录普通人的生命历程,普通人发出自己声音的诉求也日趋增多,不少普通人开始写自传和回忆录。平民传记以自己的话语方式传达个人生命体验,用民间视角看待世界,传达民间理想和民族精神,是传记文学摆脱主流意识形态话语笼罩的一次尝试。平民传记记录普通人的历史,记录一个个小写的复数历史,丰富了新世纪传记文学的图景。

二、个人经验与历史叙述

平民传记关注小人物生存,记录小人物历史,传达普通人的个人体验。这类

---

① 全展:《被"遮蔽的历史"的发掘——平民传记文学三题》,《荆门职业技术学院学报》2002年第2期。
② 陆步轩:《屠夫看世界·扉页》,北京出版社2005年版。

传记有着不同于其他传记的特质:对民间立场的坚守,对平民生存状态的关注,对民族精神的自我体认。

新世纪以来,记录个人经验渐成潮流,网络博客就是一个重要的平台,在这个巨大的公共交流空间中,个人的经验可以不受拘束地公开发表,具有"草根文化"的某种特质。"草根(grassroots)一说,始于19世纪美国,当时美国正浸于淘金狂潮,盛传山脉土壤表层草根生长茂盛的地方,下面就蕴藏着黄金。后来'草根'一说引入社会学领域,'草根'就被赋予了'基层民众'的内涵。"①野草因其平凡而具有顽强的生命力,看似不会长成参天大树,却因植根于大地而获得永生。"草根文化"由于其深厚的民间基础而拥有顽强的生命力,成为新世纪的文化现象。平民传记记录普通人的个体经验,与草根文化的相通之处就在于对民间立场的坚守。《一个普通中国人的家族史》的作者国亚,在父亲病重弥留人世之际,根据父亲的口述写出一部自己的家族传记。他在序言中谈到:

> 那些历史学家们笔下的历史,往往是政治家、军事家、文人墨客等大人物的历史,而且由于各种原因,经常有倾向性的取舍。这样的历史我称作"官史",并认为,它最大的缺陷就在于,忽略了同样真实的小人物的命运和感受,因而是残缺的历史。我所做的努力,就是要尽我所能来填补那残缺的部分。②

"官史"往往忽视对民间生存的关注,给小人物树碑立传可以弥补这一缺憾,使得历史更加全面和真实,《一个普通中国人的家族史》中作者鲜明地提出了为普通人书写历史的观点,表达了传记作者的民间立场。

对民间立场的坚守有助于写出真正的人性,写出不引人注目的人性闪光点,陈丹燕的《上海的红颜遗事》就是一例。这本传记讲述著名电影明星上官云珠的女儿姚姚的故事。身为名人之后,姚姚没有任何光辉业绩,一直是个非常平凡的女子。陈丹燕谈起为姚姚写传记的原因:

> 我觉得在她身上可以看到这个时代是怎么折磨一个普通人,这个普通人是怎么全心全意地维护自己做人的权利。我觉得这是人性的光芒。③

因为自己的出身,姚姚无论怎么努力,也无法融入"文革"的红色队伍中。母亲自杀、恋人因遭到迫害而自杀,然后她又与比自己小10岁的早熟少年相爱并怀上身孕,这样的"大逆不道"使她遭人唾弃,居无定所的姚姚找不到一个像样的工

---

① 严莉燕:《网络与草根文化》,《上海文化》2006年第3期。
② 国亚:《一个普通中国人的家族史·序》,中国广播电视出版社2005年版。
③ 傅光明:《陈丹燕:虚构给我提供更大的空间》,《中国邮政报》2004年9月11日。

作……经历了这么多的人生坎坷,姚姚依然保持着在人前笑语不断的生活姿态。就在她终于可以进歌舞团工作的时候,一场意外的车祸让31岁的姚姚结束了短暂的人生。姚姚是一个普通人,有很多缺点,也很爱虚荣,但是在追求做人的权利的过程中,她身上散发的是人性的光芒,她是一个普通人,但首先是一个大写的人,而不是特殊年代里被压抑得丧失人性的政治符号。

从平民传记对平民生存状态的关注中,我们可以看到平民传记和名人传记的文本在现代性话语上的相互抵牾,从而窥见历史的某种真实。阅读政治家传记或者文艺家、学者传记,会发现传主都是在人生道路上获得过成功的,比如权力的获得,对某种知识资源的占有,被大众崇拜,等等。这些传记无不在制造一种现代社会的价值取向,就是"个人奋斗""成功"。有人总结传记文学的社会功用之一,就是励志,也就是鼓励读者像名人那样,朝着成功的目标努力奋斗。每个人都可能成名成家么?这当然不可能。就平民本身尤其是社会的底层来说,其占有的资源具有先天的不平等,所以"成功"往往是名人传记制造的某种幻象。随着全球化进程的加快,整个社会都在朝现代化发展,面对西方在文化和经济上的强势,社会精英们普遍有一种现代化的焦虑,追赶又唯恐追赶不及。"成功"是朝向现代化的一个目标,人被某种目标限定和奴役而成为工具,丧失主体性、产生异化。这种焦虑和异化被带到现代名人传记当中,再由文本传达给受众。新世纪的平民传记,关注平民的生存状态,文本中平民的生存现实与名人传记中的现代性话语相互抵触,制造了现代性话语的裂隙。《向天而歌》讲述太行山上盲艺人的故事。作者刘红庆的母亲和二弟都是盲人,二弟刘红权是一位歌手和唢呐手,作者说:

> 二弟给予我的东西比我给他的多。他教会了我宽容、惜福、感恩。在我努力离开太行山时,他从一个盲孩子成长为一位盲艺人,成了整个太行山地区最优秀的歌者与乐手。①

作者详尽描述了二弟和盲艺人们的生活状态,每天"背着铺盖,不分寒暑,将全县360个村庄走了9遍。每演出一次,他们都会挣上三五十元"②。盲艺人孤独又自得的生活方式让人们对其独立人格肃然起敬。盲艺人的人生价值取向显然与名人传记倡导的功利态度背道而驰,文本在现代性话语的裂隙中透出一道光亮,与名人传记的现代性话语保持了距离。

盲艺人们以同样的命运为纽带结为一个群体,以歌唱为他们的终生事业,他们每一个人都有着辛酸的经历。默默地行走着,这是太行山盲艺人的生活常态,

---

① 刘红庆,王景春:《向天而歌:太行盲艺人的故事》,北京出版社2004年版,第10页。
② 同上书,第12页。

带有原始的民族记忆,是对民族精神和传统人格的承继。作者说道:

> 边缘化,非主流人群,自尊地活着,这是盲艺人的特点,也是他们的宿命。①

这种形象在新世纪平民传记中还有很多。《岁月剪贴》中作者描述的"妻"在经济拮据的日子中从不抱怨,而是用生存的智慧维持着家庭生活。《牵手一家人》里,一家人尤其是母亲,在苦难面前始终保持着豁达乐观的心态。余华的小说《活着》把苦难放大得特别真切,而主人公福贵在苦难面前的坚忍正是民族传统人格精神的体现。新世纪平民传记中的传主形象与小说《活着》中的主人公福贵有精神上的契合之处,体现了中国的普通百姓对苦难的认识,对民族精神的认同和继承。

这些平民的个人经验汇聚起来,在历史的废墟和社会的边界上寻找到一道缝隙,发出真实的光亮,蕴涵着异样的历史景观,成为对正史的某种补充。

三、平民视角与民间话语

传记的真实需要传记事实和历史事实达到真实的统一,历史事实包括"事件事实"和"叙述事实"。平民传记再现传主个人体验、传记事实达到真实。考察平民传记的叙述方式也就是寻找传记文本的叙述事实,是平民传记真实性的方法之一。在新世纪驳杂的语境中,平民传记坚持民间立场,从民间视角来叙述普通人的个人体验,呈现出如下写作特征:

1. 平民视角——民间立场阐释策略

传记家斯特雷奇说:"未经阐释的真实就像深埋在地下的金子一样没有用处,艺术是一位了不起的阐释者。"②这里说的艺术也就是传记的叙述方式。传记作家通过对事件的阐释,赋予事实以意义,体现作者的立场和价值观。传记理论家赵白生认为:"作者的做传目的常常决定他们采取种种不同的阐释策略。尽管阐释策略千差万别,但它们的背后却有一个共同点:作者往往在自传事实、传记事实和历史事实中依赖某种事实为主打以达到其阐释的目的。"③平民传记主要依赖个人体验即依赖传记事实,通过对个人经验的阐释来实现其民间话语策略。《上海的红颜遗事》中,陈丹燕并未见过传主姚姚,对传主生平的了解多是通过第三者的回忆得来,文本大段引用采访对话,但并没有仅停留在对话的转述上。

---

① 刘红庆,王景春:《向天而歌:太行盲艺人的故事》,北京出版社2004年版,第98页。
② 转引自赵白生《传记文学理论》,北京大学出版社2003年版,第135页。
③ 同上。

有很多地方是空的,因为找不到人证明,这个是要我自己把它圆过去,圆过去的时候我会讲清楚这是我说的。①

"圆过去的"就是作者补充的传记事实,事实中有作者的解释和推断,也有合理想象。作者在对话之外铺陈最多的是日常生活的图景:姚姚出生了,父母一声"宝贝"体现了对她所有的爱;姚姚在好天气里和妈妈一起去拍照;姚姚在青春期里给男生写纸条被妈妈痛骂;姚姚恋爱的时候满脸会洋溢幸福表情。"文革"开始,姚姚的妈妈、恋人、叔叔、教授全都离她而去。文中有大段对话是第三人对姚姚失去亲人的痛苦的回忆,也有人提到,姚姚的情绪恢复过来以后,在人前依然是有说有笑的,她把伤口藏起来,在无人的时候黯然神伤。作者在这里没有赘述姚姚的伤悲,补充更多的是日常生活场景:

每天每天,她走在这些还是充满了沉着的生活情调的小马路上,坐在张小小家的小房间里,闻见油炸面团的香气,听着家常的琐细的声音,渐渐,姚姚的脸上又有了笑容。②

灾难过后,普通人藏起伤痛,毅然生活下去,姚姚的弟弟形容姚姚"就像一只水里的汽球,你把它压下去,它又会浮起来"。③ 这是由于日常生活巨大力量的推动,也来自人自身顽强的生命力。普通人在历史大环境下难以把握个体的命运,但是他们有来自日常生活的信念和勇气,能在日常琐细生活中找到最切实的生活方式。作者在日常生活的语境中写普通人,写个体命运如何受到历史的影响,从平民视角出发,通过对传记事实的阐释,表达作者的民间立场。阐释的目的不同,话语方式也不同。平民传记为普通人立传,记录普通人的个人体验,通过作者的平民视角来阐释事实,以达到体现民间立场的话语阐释策略。

2. 谐趣的叙事风格——狂欢文本特征之一种

平民传记与新世纪出现的草根文化、网络文化的相通之处,是对民间立场的坚持。我们可以把新世纪的草根文化、网络文化以及平民传记都看作典型的狂欢文本,这源于它们的民间立场,及与庙堂相对立的平民的、广场式的思维方式。巴赫金的狂欢理论中提到一种体裁的狂欢,即讽刺性摹拟。"所谓讽刺性摹拟就是指对某一现成的确定的对象进行戏仿或笑谑,以取消它的唯一性和自足性,使它相对化"④。当然,讽刺性摹拟不仅可以通过体裁表现出来,也可以是文本的话语

---

① 傅光明:《陈丹燕:虚构给我提供更大的空间》,《中国邮政报》2004年09月11日。
② 陈丹燕:《上海的红颜遗事》,作家出版社2000年版,第176页。
③ 同上书,第249页。
④ 王建刚:《狂欢诗学——巴赫金文学思想研究》,上海学林出版社2001年版,第151页。

表现形式。新世纪的平民传记中,就有这种讽刺性摹拟的话语形式。自传作者对个人经验的陈述常带着一种谐趣或者讽刺的口吻,他传作者也常常借对传记事实的阐释表达一种戏谑,这些都可以被看作平民传记文本的讽刺性摹拟话语形式,也成为平民传记特有的叙事风格。我们也确实会发现,大凡和平民有关的文本,常隐含笑谑的态度。

《我是北大四不像》的作者刘邦立是60年代北大印尼语专业的毕业生,"文革"中被分配到农村工作了八年,后来回城工作,人生经历复杂坎坷,不幸患绝症后,他在病榻上写下自己的人生经历。作者戏称自己为"四不像",意指自己的人生经历丰富,但是又没有被定格,知识分子?官员?都不是,说到底还是一个忙忙碌碌的普通人。"四不像"是作者对自己人生经历的一种自嘲。整篇自传用语诙谐幽默,很多沉重的生活苦难被作者的谐趣幽默化解。回忆"文革"下放农村的经历时,作者没把目光放在"文革"给人带来的苦难上,而是绕开去,把不少笔墨放在"猪"身上,"海外回来的女猪倌""猪通人性""北京背回猪油渣""一锅猪食"①等章节都是写与猪有关的生活。在压抑的年代中,猪反而给人的生活带来乐趣,这源于作者和猪打交道产生的感情,其实还有一层隐含的话语意义,就是很多人的人性丧失,连猪都不如,猪还通人性呢。这种谐趣表达方式,体现了作者在面对生活苦难时的豁达乐观,另外,谐趣作为一种话语形式,是平民在面对各种话语暴力(如"文革"时政治话语的压抑)时采取的拒斥和消解的姿态。谐趣的话语策略与主流意识形态或严肃或煽情的话语方式形成鲜明对比,是对官方话语的一种颠覆,体现了平民传记的民间立场。

3. 立体表述——图文之间的互文

图传的兴起是新世纪传记文学的新趋势,在以文为主的传记中,图片出现的频率也越来越高。平民传记中,图片和传文形成了一种对话互文的关系,是对传记事实的说明,也往往能够开掘更深的话语意义。比如《向天而歌》中,作者配合文字,剪贴很多盲艺人穿行于太行山演出的摄影照片。盲艺人通过演奏和歌唱表达出对世界的理解,他们看不见,对世界是没有影像概念的,这使得他们的演出少了"他者化"的表演成分,少了模仿和复制,而是一种内心的真实流露。所以,盲艺人吹唢呐时的悲怆表情往往胜过任何文字。再如《岁月剪贴》,作者母国政不按照历史时间的顺序来叙述人生经历,把回忆碎片化、图像化,抛开惯常的历史顺序的思维,用张张生活图片串起片断化的回忆,图文并列,构筑记忆中的生活场景,这

---

① 刘邦立:《我是"四不像"——一位北大毕业生的故事》目录,海天出版社2000年版,第2页。

些生活场景才是平民切实的人生体验。片断、场景、碎片的记忆文字与图片之间形成一种对话互文关系,使得文本拥有了历史逻辑之外的民间话语形式。

平民传记虽然在新世纪传记文学的整体创作中没有占据主要位置,但其不同于以往的民间的写作视角和立场引起人们足够的注意。作为一种刚刚活跃在传记舞台的传记文本,其自身还有一些不成熟的表现,有些传记的写作技巧比较粗糙。有的传记文本先在网上流行,然后很快就被翻成纸质文本印刷出版,但其文本内部很多还需要精心酝酿、仔细推敲,以致造成文本的粗制滥造。另外,对民间立场的坚守容易使传记文本的叙述腔调流于油滑,类似于"痞子文学"。对于平民生存状态过于琐碎的关注可能会使传记文本呈现无厘头的倾向,甚至被商业话语借重,使传记文本娱乐化,从而丧失传记文学所应保持的文化品位。平民传记的不足还有待时间的历练,待平民传记文本层出不穷、能够与其他种类的传记并驾齐驱之时,平民传记的写作技巧也会在自身的成长过程中得到提高与完善。

四、《屠夫看世界》——民间话语的反讽文本

北大中文系毕业生陆步轩街头卖肉的新闻曾经被媒体热炒,社会各方众说纷纭。尘埃落定,陆步轩进了家乡的区志办,撰写出版了自传。这部自传作为北京出版社"人生中国"系列丛书之一被推出,所幸没有沾上当代人出了名就做传的浮躁心态,还有可读之处。其文本的最大特征就是谐趣的叙事风格,这种谐趣看似来自作者的民间视角,而深究下去,会发现其中存在着传主对民间立场的坚守和知识分子对个体价值追求之间的错位,这种错位是隐含在文本戏谑背后的深层隐喻。

传记以屠夫卖肉的场景开始:屠夫早起先是过足烟瘾,然后"摆放案板,打扫卫生,整理器械……约五时半,屠宰场将大肉准时送到,过磅、付款、剔骨"。① 屠夫一天的生活就这样开始了,传记也就定位于"一个屠夫的叙述"。既然是屠夫,一介平民的口吻当然需要,视角也要完全符合屠夫身份,这贯穿整本传记的始终。以屠夫的视角看待人世,以屠夫的口吻调侃戏谑。书名《屠夫看世界》也就暗示这本自传是一个卖肉的平民对世界的看法。

整本自传是在作者对人生经历的交代和对人事的分析上形成的,作者叙述个人经历,叙述人生观点,不乏深刻犀利,也不乏幽默调侃。"屠夫"出生于一个农民家庭,寒窗苦读,进入北大校门,毕业于1989年,被分配到了家乡企业,借调在机关工作。企业倒闭,"屠夫"也就成为失业人员流入社会,下过海,投身装饰业,最

---

① 陆步轩:《屠夫看世界》,北京出版社2005年版,第3页。

后发现还是卖肉的行当生活稳定,有固定收入,能养家糊口。"屠夫"交代了读书经、机关谋事经、生意经、交代最详细的还是卖肉经:

> 槽头肉即血脖子肉。肉肥而脏,带有淋巴结,食之无味,弃之可惜,属肉中下品。有些生意人,贪图便宜,用之做馅,糊弄外八路……对付这种人,我自有办法。①

作者的叙述中不时出现民间俗语、俚语,不时引用一些民间段子打趣,让人忍俊不禁,文本充满谐趣的气氛,口吻和屠夫身份的确吻合。孔庆东在序中写道:

> 首先,我认为卖肉和卖电脑没有高下之分。其次,卖肉也不必非要卖到什么麦当劳,什么连锁店的程度。②

可见,孔庆东对作者的屠夫身份也是认同的。社会在发展,个人价值的体现渠道可以有很多,北大才子卖肉也没什么大惊小怪。但是细读文本,会从作者对人生经历的阐释中读到另一层含义,那就是一个小人物的辛酸挣扎史。

作者最后在地方人事局的安排下进入当地区志办工作,如果卖肉的行当真的很有趣,为什么不继续做下去? 可见,作者北大毕业,读了书,有知识有文化,不可能不希望从事跟自己专业相关的文职工作。当年的现实是,作者受时代影响,受周围环境的牵制,无法掌控自己的命运。而从大学毕业到进入卖肉行当的过程中,作者是在不断挣扎的,希望一切心想事成,而恰恰事与愿违,这从作者对人生经历的阐释中就可以看出来。机关人浮于事,个人才能得不到发挥,下海经商的经验不足,总是吃亏,如此等等。作者虽然是用调侃的语气在写,有时自嘲,有时幽默,但深入传主的心境,会发现这是一种"含泪的笑"。整个文本的谐趣气氛其实有更深刻的含义。作者对个人经验的阐释体现作者的民间立场,而在作者的人生经历之中始终贯穿着一个知识分子对个体价值的追求。作者的民间立场和知识分子对个体价值的追求在文本中始终是无法统一的,这种错位成为一种隐喻,暗示着作者对个人身份左右为难的尴尬。作者的戏谑是自嘲,也是对主流话语的反讽。"表面上看,庄谐体的价值取向与现实生活是不可调和的,它总要揭生活之短,指陈时弊,并将它公之于众。但这不是哗众取宠,它也不想摧毁现有的生活,只是从否定的角度来关注现实生活,让人们看到生活反向的一面。否定只是一种手段,目的还在于'揭出病苦,引起疗救的注意'。"③所以,屠夫讲述的人生经历听起来很幽默,谐趣的叙事风格读起来似乎轻松,而实际上揭示出生活不能承受之

---

① 陆步轩:《屠夫看世界》,北京出版社2005年版,第15页。
② 陆步轩:《屠夫看世界·序》,北京出版社2005年版。
③ 王建刚:《狂欢诗学——巴赫金文学思想研究》,上海学林出版社2001年版,第181页。

重,是平民传记通过民间话语成功进行的一次反讽。

结语:文化语境与新世纪传记文学创作

2000年作为时间链条的一个节点,代表20世纪的结束和新世纪的开始。如果把2000年至今作为一个历史时期来考察,可以发现其诸多特征。有学者把新世纪称为文化的"第三次转型"。前两次文化转型分别是80年代初和90年代初,第三次转型发生在新世纪,"20世纪90年代末21世纪初,无论在大的文化语境还是文学思潮上,都有一系列的新变化。尽管其新变往往非常微妙乃至容易被论者忽略,但其嬗变律动与其实质指向都与90年代的文化/文学思潮表现出本质的区别"。①

"文革"结束后,80年代的社会文化语境表现出面向全球化、倡导"五四"启蒙精神的大趋势。90年代,由于大众文化和消费文化的参与,文化语境表现为政治话语、商业话语多元并存的局面。90年代初,知识分子进行的"人文精神"大讨论,呼唤社会现代化进程中人文精神的回归,并对历史进程中的文化发展表示了担忧。时间进入新世纪,整个社会在中国"和平崛起"的大历史背景下和谐发展,知识分子们对历史文化的担忧并未出现,沿着90年代的文化语境顺理成章地发展下去,随着时间的推移,呈现出更加复杂多维的形态。知识分子的启蒙话语不再在文化语境中占据主要位置,而是作为一种想象性的自我建构存在于知识分子的精神生活中;个人视角、民间立场的出现使得民间话语的声音日趋响亮。网络文化兴起,网络的匿名性鼓励自由发言,也鼓励平民的参与,提高了民间话语的发声频率;商业话语、主流意识形态话语、大众文化等多种话语方式依然并存于文化语境中,不过经过90年代中后期到新世纪的多年博弈,日趋冷静和理性。从新世纪的文化现象来看,红色文化、怀旧热、反思热、网络文化、草根文化等,都不能划归为某一种简单的话语形式,而是多种话语形式的合谋。"多元"话语呈现合谋态势,强强联合也使得弱势群体的话语声音受到遮蔽,出现话语的"断裂"②,民间声音、弱势群体的声音缺失或者被利用。比如草根文化就不能完全被看作平民话语的代表,草根文化中的大部分参与者是网民,而非真正的社会底层民众,一部分底层民众仍然处于失语状态。所以,多种话语形式的博弈仍在进行中,并将在新世

---

① 张光芒:《论中国当代文学的第三次转型》,《当代作家评论》2004年第5期。
② 同上。

纪中不断地制造更多元的文化风景。

复杂多维的文化语境中,新世纪传记文学可以被看作"文本的狂欢"。从其文本的题材变化来看,具体特征表现在:(1)题材走向上,增长最快的是影视明星传记,这和大众文化、消费文化的浸淫不无关系。政治人物传记所占比例有所减少,而文艺家、学者传记的增多,受到大众文化影响,同时也是整个社会文化反思热的产物,契合新世纪文化语境的冷静理性的氛围。(2)话语的共谋中形成复杂的文化特质。传记文学作为非虚构文学,正契合快节奏社会人们的阅读需求,成为图书市场的热点。由于市场的策动,传记文学常与文化热潮有所关联,比如红色经典文化、怀旧文化、草根文化等,这些文化本身的复杂性,使得传记文学也被编入多重符码。(3)对日常生活图景的关注。新世纪政治人物传记仍保留了90年代的逸闻式写法,文艺家、学者传记注重对生活琐事和个人经验的关注,而平民传记则完全依靠日常图景的展开和对传主个人经验的记述来构筑个人历史。(4)对历史的重述。新世纪传记文学力图挖掘旧闻逸事,把关注目光转向平民,实现反历史的话语策略,通过无数个小写的历史颠覆宏大叙事的大历史。对历史进行反思并重新阐释,对主流中心话语进行消解,是"多元"话语形式博弈日趋冷静和理性的表现。底层弱势群体努力发出声音,也容易被商业话语和大众文化所借重,成为大众娱乐的途径之一种。

从文本内部来看,新世纪传记文学的叙事方式有所变化。(1)叙述视点多重转换。新世纪传记文学出现的口述自传、立体扫描、回忆录等多种传记体例,文本包含传主、回忆人、作者等多个叙述人,叙述视点在不同人之间转换,力求通过不同的叙述视点构成的不同视角,使得传主形象更加立体真实。(2)图文之间的互文。读图时代的到来,传记文本中的图片大量增多。有学者评价,文学文本中图片的增多使得受众的想象力有所限制,减少文本的阐释空间。但是在传记文学这种非虚构文学中,图片和文字的配合能起到互文的作用。人物传记中的图文之间的互文呈现为叠加式、背离式两种。一些政治人物传记中,文字塑造的人物形象与图片中的人物往往呈现一种背离关系,政治话语下的人物与图片中的日常生活中的人物形象有所不同,在两种话语的反向拉力中,历史出现缝隙,真实图景得以呈现。在平民传记中,图片中的日常图景与文字叠加,成为一种同构关系,体现作者的民间视角和平民立场。还有一些传记开始运用漫画、图表等,也同样拓宽了传记文本的阐释空间。(3)务必阐释。新世纪传记文学中作者常常采用对传记事实进行阐释,表达不同的视角和价值立场。关于鲁迅的传记不下几十种,由于作者不同的阐释,呈现出不同的鲁迅形象。而对传记事实以及个人经验的不同阐释,也体现了作者不同的价值立场。政治人物传记中,有些作者运用微观权力的方法对传主进行分析,把政治人物和微观权力运作结合,使得传主形象清晰可辨。平民传记中,作者往往就通过对传主个人生活图景的关注和阐释塑造平民传主形象,也表达作者的民间立场。(4)叙事风格多样化。新世纪传记文学文本的叙事风格上,有的诗性沉静,有的幽默诙谐,有的辛辣反讽,与以前的传记文学相比较,呈现个性化、多样化的特征。

　　整体来看,新世纪传记文学表现出的多重话语形式,正构成积极的对话关系,这可以被看作是新世纪第三次文化转型的印证。传记文学的文本内部不同的题材、叙事方式、语言风格可以被看作是"杂语"①,而文本的外部环境,即新世纪的文化语境中存在的不同话语形式,构成文本的"多语"②。无论是多语还是杂语都处于对话的关系中。巴赫金说:"每逢转折时期,言语自身的对话因素总会增强。"③对话关系使得各方的主体性不断增强。新世纪传记文学文本中政治话语不再占据统治地位,逸闻正通过反历史策略而与宏大叙事保持距离,寻求群体主体性。知识分子通过文本构筑的精神世界,反思历史,关注生命,探求心灵生活,用以退为进的话语策略实现知识分子主体性的重建。平民传记中民间视角、民间话语的增强,也是对个人主体性的追寻。当然,也要看到,文本外部各种话语的共谋,不可能使新世纪传记文学处于逼近历史真实的单向度发展之中,传记文学仍受到政治话语一定程度的左右,并且常常会被消费文化、商业话语等利用,成为大众文化、娱乐文化的载体,呈现复杂多维的文化特质。传记文学文本内外部的言语对话关系仍在进行之中。传记文学作为构筑历史的文本之一种,仍在逼近真实的道路上努力行走。

---

① 王建刚:《狂欢诗学——巴赫金文学思想研究》,上海学林出版社2001年版,第305页。
② 同上。
③ 巴赫金:《巴赫金全集》第四卷,河北教育出版社1998年版,第206页。

跋

这是一部师生合作的研究成果。在6位硕士研究生考虑硕士学位论文时,我便策划了一个相对集中的课题:"新世纪初的文化语境与文学现象研究"。在充分考虑了不同学生的个性与兴趣的过程中,便将不同的论题分给了他们。经过我的指导,经过他们的搜寻资料、考虑提纲,在论文初稿的撰写过程中,我与他们分别仔细讨论,经过对他们论文初稿的不断指导与修改,经过学位论文答辩后,我将他们的论文编在一起,我再逐字逐句进行修改润色,就成为了这部学术著作。我为这部著作撰写了绪论,绪论发表在《天津师范大学学报》。

该著各章节的分工为:"绪论"杨剑龙,策划统稿校对杨剑龙;第一章"新世纪初的生态文化与生态小说"周旭峰;第二章"新世纪初的后现代文化与'80后'小说"沈佳;第三章"新世纪初的网络文化与网络文学"陈丽伟;第四章"新世纪初的无厘头文化与戏仿文学"朱美华;第五章"新世纪初的官场文化与官场文学"李伟长;第六章"新世纪初的大众文化与传记文学"汪炜。他们自2007年毕业后都被分配在上海,周旭峰在上海慈善基金会的《至爱》杂志任编辑,沈佳在华东政法学院法律学院任辅导员,陈丽伟在《上海侨报》任记者,朱美华在上海市嘉定嘉一联中任语文老师,李伟长在上海作家协会创联室任职,汪炜先在《上海科技报》任记者,后至上海科技党委工作,他们基本上都与原先学习的专业相关,从事记者、编辑、教师、公务员等工作,研究生期间的学习为他们打下了比较扎实的基础,这部著作便是在我指导下他们学习的见证。

文学使人生丰富,文学使生活充实。我们从事过文学研究的学者们,无论其走到哪里、无论其从事什么工作,他们总离不开文学。我们研究文学,既需要探究文学历史的渊源,也需要关注研究正在发生与发展着的文学,这也正是"新世纪初的文化语境与文学现象"论题的价值与意义。

该著即将出版,期望能够得到行家们的关注与指教。

杨剑龙

2010年9月6日